PREMIÈRE PARTIE

1

<notes

1. Programmer la voiture pour le bureau de Ben.
2. Utiliser l'appli Uber via le compte "invité". Ne pas donner mon vrai nom.
3. Me faire prendre au parking de Ben, aller bosser.
4. Envoyer des SMS à Ben à partir du milieu de la matinée.
5. Appeler son boss vers midi.

CLAIRE ARDEN

Quand la porte d'entrée se referma, la voiture était garée devant chez Claire Arden et l'attendait.

Elle s'attarda un peu sous le porche, relisant les notes qu'elle avait saisies sur son téléphone, jusqu'à ce qu'elle entende le faible bip-bip-bip indiquant que la maison s'était mise sous alarme. Elle jeta un regard furtif à son lotissement de banlieue, semblable à tant d'autres quartiers de Peterborough. Sundraj, au numéro 27, était le seul autre voisin visible dehors ; il guidait ses quatre jeunes enfants qui piaillaient vers son monospace, comme un fermier qui essaie de faire passer ses moutons d'un champ dans un autre. Quand il l'aperçut, il lui adressa un demi-sourire et un signe de la main tout aussi hésitant, qu'elle lui rendit sans plus de conviction.

JOHN MARRS

LES PASSAGERS

DU MÊME AUTEUR :
Âmes sœurs (Hugo Thriller, 2018)

ÉGALEMENT DISPONIBLES DANS LA COLLECTION :
Le tombeau d'acier, Bear Grylls
The End of the World Running Club, Adrian J Walker
Corps-à-corps, Martin Holmén
Les anges de feu, Bear Grylls
Wonderland, Jennifer Hillier
Derrière les portes, B.A. Paris
L'Ombre d'Emily (Disparue), Darcey Bell
Le tricycle rouge, Vincent Hauuy
Notre petit secret, Roz Nay
Compte à rebours, Martin Holmén
Cyanure, Laurent Loison
Itinéraire d'une mort annoncée, Fabrice Barbeau
Mentor, Lee Matthew Goldberg
La journaliste, Christina Kovac
Défaillances, B.A. Paris
Innocente, Amy Lloyd
Le brasier, Vincent Hauuy
Les jumeaux de Piolenc, Sandrine Destombes
Hunter, Roy Braverman
Maudite, Denis Zott
Organigramme, Jacques Pons
Irrespirable, Olivia Kiernan
Dix petites poupées, B.A. Paris
La faim et la soif, Mickaël Koudero
Le prieuré de Crest, Sandrine Destombes
Crow, Roy Braverman
Le livre des choses cachées, Francesco Dimitri
Dans la toile, Vincent Hauuy
Les liens du sang, Olivia Kiernan

Titre original : THE PASSENGERS

Publication originale : Del Rey / Penguin Random House, 2019

Pour la traduction française :

34-36, rue La Pérouse
75116 Paris

Collection Hugo Thriller et ouvrage dirigés par Bertrand Pirel
Graphisme de couverture : © Rémi Pépin
Visuel de couverture : © Anuruk Perai / EyeEm / Getty Images
Conception graphique Hugo Thriller et mise en page : Emmanuel Pinchon

ISBN : 9782755644463
Dépôt légal : novembre 2019
Imprimé en France

JOHN MARRS

LES PASSAGERS

Traduit de l'anglais (Royaume-Uni)
par Vincent Guilluy

Hugo Thriller

À Bridget Driscoll, 1851-1896

Prologue

UK
NEWS

UK News

La chambre des Lords approuve à l'unanimité l'introduction des véhicules sans chauffeur sur les routes britanniques d'ici à cinq ans. L'interdiction des véhicules non autonomes devrait être votée avant dix ans.

Claire se remémora la fête des quinze ans de mariage de Sundraj et de Siobhan, sa femme, au printemps dernier. Ils avaient organisé un barbecue pour l'occasion et presque tous les voisins étaient venus. Il avait trouvé le temps de coincer Claire à la sortie des toilettes du rez-de-chaussée, ivre, et avait suggéré que s'il leur prenait, à elle et à son mari Ben, l'envie d'inviter une troisième personne dans leur lit, il n'aurait rien contre la proposition. Claire avait décliné poliment et Sundraj avait paniqué, la suppliant de ne rien dire à Siobhan. Elle avait promis de se taire et avait tenu parole. Elle n'en avait même pas parlé à Ben. Claire était prête à parier que chacun, dans cette rue, avait au moins un secret qu'il dissimulait aux yeux du monde – elle y compris. *Surtout* elle, en réalité.

Tandis que le véhicule de Sundraj quittait l'impasse, Claire inspira plusieurs fois profondément pour se calmer et contempla, mal à l'aise, sa propre voiture. Ben avait signé le contrat pour l'acheter à crédit trois semaines plus tôt, et elle avait encore du mal à s'habituer à ses multiples fonctionnalités nouvelles. La plus grande différence avec leur précédente voiture, c'est que celle-ci n'avait plus ni volant, ni pédales, ni possibilité de passer en contrôle manuel. Elle était totalement autonome, et ça effrayait Claire.

Ils avaient assisté, fascinés, à l'arrivée de la voiture, qui s'était livrée d'elle-même chez eux et s'était garée dans l'allée. Sentant le malaise et la réticence de Claire, Ben l'avait assurée que n'importe qui était capable de l'utiliser, même elle, que c'était vraiment une « voiture pour les nuls ». Pendant qu'ils en personnalisaient les réglages à partir d'une appli, elle avait répliqué d'une bourrade en plissant les yeux. Après quoi il avait protesté, affirmant qu'il n'avait pas du tout voulu dire qu'elle était nulle.

« Je n'aime pas l'idée de ne rien maîtriser », avait-elle dit lors de leur premier trajet jusqu'à la clinique. Elle s'était agrippée à son siège quand la voiture avait clignoté pour doubler d'elle-même un autre véhicule.

« C'est parce que tu veux toujours tout régenter, avait répliqué Ben. Il faut que tu apprennes à faire confiance à des choses que tu ne maîtrises pas. Et puis l'assurance ne coûte presque rien et il faut qu'on commence à faire des économies, non ? »

Claire avait acquiescé à contrecœur. Toujours soucieux du détail, Ben avait passé un temps infini à chercher la voiture idéale pour leur situation, qui allait bientôt évoluer. Et après quelques mois difficiles, elle avait été heureuse de le voir redevenir lui-même. Il avait essayé de l'intéresser à la chose en lui proposant de choisir la couleur de la carrosserie et le tissu des sièges. Mais elle l'avait traité de misogyne, comme si l'achat d'une voiture était une « affaire d'homme » et qu'à part l'esthétique, elle était incapable d'y comprendre quelque chose. Ces derniers temps, Claire le rembarrait de plus en plus souvent. Mais il n'était jamais en tort et elle le regrettait immédiatement. Ce qui ne l'empêchait pas de continuer à le rabrouer ; et elle redoutait que le ressentiment silencieux qu'elle éprouvait envers lui ne devienne de plus en plus visible.

Le regard de Claire s'attarda un instant sur le coffre de la voiture, jusqu'à ce qu'un léger coup de pied dans ses reins l'arrache à ses pensées. « Bonjour ! » murmura-t-elle en se frottant le ventre, rond et gonflé. C'était la première manifestation de la présence du bébé, Tate, de la journée. Ils lui avaient donné ce surnom quand la sage-femme leur avait appris qu'il pesait environ une livre et avait la taille d'un paquet de sucre Tate & Lyle. Mais ce qui était au départ une plaisanterie était resté, et ils envisageaient sérieusement de lui donner ce prénom.

Si tout se passait comme prévu, dans deux mois, Claire serait mère pour la première fois. Le docteur Barraclough l'avait avertie qu'avec son hypertension, il était primordial d'éviter tout stress. Plus facile à dire qu'à faire. Et ces dernières heures, c'était tout bonnement impossible.

« Tu peux le faire » se dit-elle à voix haute avant d'ouvrir la portière. Claire déposa son sac à main sur le siège avant droit et se baissa pour s'installer, fesses en premier, dans la voiture. Son ventre de femme enceinte avait commencé à s'arrondir bien plus tôt que celui de ses amies qui avaient eu des enfants, et elle avait parfois l'impression de porter un bébé éléphant. Son corps semblait sans cesse tiraillé entre des forces antagonistes : certaines parties s'affaissaient, tandis que d'autres paraissaient prêtes à éclater.

Elle appuya sur un bouton pour refermer la portière et fit face au scanner de reconnaissance d'iris. Jetant un bref coup d'œil à son apparence, Claire nota que ses yeux bleus baignaient dans un halo rosâtre et que les cercles sombres qui les entouraient étaient encore visibles sous le fond de teint. Ce matin, elle n'avait pas lissé sa frange blonde qui pendouillait, lâche, sur ses sourcils.

Le scan ayant confirmé que Claire était une passagère enregistrée, le moteur électrique s'anima en silence, la console centrale et le système d'exploitation du tableau de bord s'illuminèrent, en bleu et blanc. Claire prononça : « Bureau de Ben » et une carte en 3D reliant la maison au bureau de Ben, quelques kilomètres à l'extérieur de la ville, apparut sur l'écran.

La voiture démarra et Claire sursauta lorsque les haut-parleurs se mirent à cracher, très fort, des hymnes de rock des années 1990. Claire détestait autant les goûts musicaux de Ben que le volume auquel il écoutait sa musique. Mais elle n'avait pas encore compris comment désactiver sa playlist en streaming ni comment s'en faire une à elle. Puis, en entendant les premières mesures d'une vieille chanson des Arctic Monkeys que Ben adorait, elle ne put ravaler ses larmes. Il en connaissait toutes les paroles par cœur.

« Pourquoi tu nous as fait ça ? Pourquoi maintenant ? » gémit-elle.

Claire s'essuya les yeux et les joues, éteignit la musique et garda le silence, inquiète, tandis que la voiture poursuivait son trajet. Elle se repassa la liste des choses à faire ; elle devrait mettre les bouchées doubles d'ici cet après-midi pour que ça puisse marcher. Elle se répéta que tout ce qu'elle faisait se justifiait. Que tout ça était pour Tate. Et elle avait beau mourir d'envie de rencontrer son bébé, une minuscule part d'elle-même voulait qu'il reste en sûreté en elle, là où elle pourrait continuer à le protéger de la cruauté du monde pour toujours.

Elle jeta un regard par le pare-brise juste au moment où sa voiture tourna inopinément à droite au lieu de prendre à gauche, dans la direction opposée à celle du bureau de Ben qui se trouvait dans la banlieue de Peterborough. Claire loucha sur l'itinéraire du système de navigation, sûre qu'elle l'avait correctement programmé. Puis elle se rappela que Ben lui avait dit que, parfois, les voitures sans chauffeur changent d'itinéraire quand elles apprennent qu'il y a des difficultés de circulation. Elle espéra que le trajet ne serait pas trop rallongé. Moins elle aurait de temps à passer dans cette voiture, mieux elle se porterait.

L'écran de la console vira tout à coup au noir. Claire hésita, puis appuya au hasard sur diverses icônes, cherchant un moyen de redémarrer le système. Ce qui n'eut aucun effet.

« Bon Dieu ! » marmonna-t-elle. Ce n'était vraiment pas le jour à avoir un véhicule défaillant. La voiture tourna à nouveau, empruntant cette fois une rampe d'accès puis une route à quatre voies qui, elle le savait, l'éloignait encore plus de sa destination.

Elle commençait à être troublée. « Qu'est-ce qui se passe ? » demanda-t-elle tout en maudissant Ben de l'avoir convaincue d'acheter une voiture sans commandes manuelles. Elle essaya encore d'autres boutons, espérant que quelque chose lui permette de reprendre le contrôle du système et de demander à la voiture de s'arrêter.

« Nouvelle destination en cours de programmation, fit une voix douce et féminine que Claire reconnut comme celle du système d'exploitation. Nouveau calcul de la route. Arrivée à la destination choisie dans deux heures, trente minutes.

— Quoi ?!? répondit Claire. Mais non ! On va où ? »

La voiture s'arrêtant à un feu rouge, elle y vit une chance de descendre. Elle détacha vivement sa ceinture de sécurité et appuya sur le bouton d'ouverture de la portière. Une fois dehors, elle pourrait se ressaisir et repenser son plan. Elle savait que, quoi qu'elle fasse, elle ne pouvait pas laisser la voiture sans surveillance, sous aucun prétexte. Mais la portière résista. Elle essaya, encore et encore, de la pousser, mais rien ne se produisit. Le bébé donna un nouveau coup de pied.

« Ça va aller, ça va aller », répéta-t-elle, essayant de se convaincre, autant que le bébé, qu'elle pouvait trouver un moyen de sortir de là.

Claire se tourna vers la voiture arrêtée au feu à côté de la sienne et se mit à faire de grands signes pour attirer l'attention du conducteur. Mais il était trop absorbé par le film qui passait sur son pare-brise connecté. Ses gestes se firent de plus en désespérés, jusqu'à ce qu'elle finisse par attirer son regard. Il tourna la tête vers elle mais, en une fraction de seconde, les vitres de la voiture de Claire passèrent du transparent à l'opaque. On venait de modifier à distance le réglage de l'intimité, pour que personne ne puisse être le témoin de son désespoir.

La terreur l'envahit lorsqu'elle finit par réaliser ce qui se passait : quelqu'un d'autre contrôlait sa voiture.

« Bonjour, Claire », commença une voix masculine dans les haut-parleurs.

Elle laissa échapper un cri. La voix était calme, détendue, amicale presque, mais tout à fait malvenue.

« Tu as peut-être compris que ce véhicule n'est plus sous ton contrôle, continua la voix. À partir de maintenant, c'est moi qui décide de sa destination.

— Qui êtes-vous ? Qu'est-ce que vous voulez ?

— Ces questions n'ont pas d'importance, répondit la voix. La seule chose qu'il te faut savoir pour le moment, c'est que dans deux heures et trente minutes, il y a de grandes chances que tu sois morte. »

2

ROUTE MASTER 2000

NUMÉRO DE RUE :	inconnu
NOM DE RUE :	inconnu
CODE POSTAL :	inconnu
COORDONNÉES :	56.0006°N, 3.3884°O

JUDE HARRISON

Jude Harrison avait les yeux rivés sur le câble du chargeur branché dans la calandre de sa voiture.

Il ne savait plus très bien depuis combien de temps il était assis dans ce véhicule à fixer le point de chargement, ni pourquoi son attention s'y était arrêtée. Comprenant qu'il avait perdu la notion du temps, il consulta l'horloge de son tableau de bord. S'il ne voulait pas se mettre en retard, il allait devoir bouger bientôt. Ses yeux se posèrent sur l'indicateur de charge – il restait dix minutes pour que sa batterie soit à 100 %. Le trajet qu'il avait à faire ne nécessitait pas une charge complète, mais dès que l'indicateur descendait au-dessous de 75 %, il devenait nerveux.

La plupart des autres véhicules du parking du supermarché se rechargeaient avec des méthodes plus intelligentes que le sien. Ils utilisaient des chargeurs sans contact, par induction, incrustés dans la chaussée aux feux rouges, aux ronds-points, dans les parkings et même dans les *drive-thru* des fast-foods. Jude avait acheté sa voiture sans chauffeur au début de la Révolution routière lancée à grand bruit par le gouvernement. Du jour au lendemain, il était passé de conducteur à Passager, quelqu'un dont le véhicule ne possédait plus de commandes manuelles. La voiture prenait toutes les décisions elle-même. Comparée à beaucoup, la sienne était désormais obsolète, elle cesserait bientôt de mettre à jour automatiquement son logiciel de pilotage, l'obligeant ainsi à en acheter une nouvelle. On lui avait fait miroiter des avantages financiers s'il en achetait une plus récente, plus high-tech, mais il avait refusé. Il ne servait à rien de dépenser de l'argent pour quelque chose dont il n'aurait bientôt plus l'utilité.

Son ventre émit un gargouillement sourd, guttural, lui rappelant qu'il fallait le nourrir. Il savait qu'il fallait manger pour préserver son énergie et passer la matinée. Mais il n'avait pas d'appétit, même pas pour les barres chocolatées qu'il gardait dans les poches extérieures de ses bagages posés sur le siège arrière. Il descendit de voiture, entra dans le supermarché mais se rendit aux toilettes, pas dans les rayons d'alimentation. Là, il déféqua, puis se lava le visage et les mains et les sécha sous la machine fixée au mur. Il sortit de sa poche une brosse à dents jetable imprégnée d'une pâte qui moussait une fois mélangée à la salive et entreprit de se brosser les dents.

La lumière crue au-dessus du miroir se reflétait sur son crâne, soulignant la raréfaction de ses cheveux autour de ses tempes. Il s'était récemment résolu à les garder très courts plutôt que d'essayer de faire illusion. Il se rappela que son père les avait prévenus, son frère et lui, qu'il avait commencé à perdre ses cheveux le jour de ses trente ans, et Jude suivait ses traces. Ses amis investissaient dans des traitements pour garder leurs cheveux ; Jude refusait de le faire, comme il refusait toutes ces modifications cosmétiques si répandues. Il n'avait même pas fait redresser ses deux dents du bas qui se chevauchaient et qui l'obligeaient à garder les lèvres closes quand il souriait.

Il s'était passé près d'une semaine depuis la dernière fois qu'il s'était rasé, et son teint mat paraissait plus sombre encore. Malgré la fatigue, le blanc de ses yeux restait lumineux et donnait à ses iris verts la couleur d'une pomme mûre. Il plaqua la paume de ses mains sur son T-shirt, suivit du doigt la ligne de son ventre et de ses côtes. Il savait qu'il avait perdu du poids depuis un mois et mettait ce stress sur le compte de tout ce qu'il avait fallu faire pour que cette journée soit un succès.

Il chercha l'heure à son poignet, oubliant qu'il n'avait plus de montre depuis longtemps. Elle accumulait des données sur son pouls et sa température pour analyser son métabolisme, sa tension artérielle et autres indicateurs dont il n'avait rien à faire. Il n'avait pas besoin de lire des chiffres sur un écran pour savoir que son niveau de stress crevait le plafond.

Jude revint à sa voiture et, satisfait de voir la batterie pleine, il débrancha le chargeur et inspira profondément plusieurs fois avant d'embarquer et d'informer le système d'exploitation du véhicule, activé à la voix, de sa prochaine destination.

La voiture se lança sur les routes de banlieue à moins de quarante kilomètres-heure, et Jude se rappela à quel point il aimait être l'unique pilote d'un véhicule. Il avait passé son permis le jour de son dix-septième anniversaire et, à l'époque, ça lui paraissait la plus grande réussite du monde, celle qui lui accordait la liberté dont il avait rêvé. Il pouvait enfin franchir les frontières du village où il avait grandi. Il ne dépendait plus de bus aux horaires incertains, de ses parents ou de son frère aîné pour aller découvrir le monde. L'idée qu'aujourd'hui, des enfants de quatorze ans étaient des Passagers dans des véhicules totalement autonomes le mettait mal à l'aise. C'était comme s'ils trichaient.

Jude se rappelait aussi l'époque où il fallait éviter les routes comme celles-là à cette heure de la matinée, encombrées par la circulation, pare-chocs contre pare-chocs, aux heures de pointe. Aujourd'hui, les voitures glissaient avec fluidité dans les rues, conversaient entre elles par un réseau de systèmes de communication permettant de réduire étranglements et embouteillages. Il détestait ces voitures, mais elles offraient quelques avantages.

Une barre de son et un grand écran OLED interactif qui lui donnait accès à tout, du choix de son programme télé à ses e-mails, ses réseaux sociaux et ses lectures, occupaient presque tout son tableau de bord. Il fit dérouler le menu jusqu'à ce qu'il trouve un dossier bleu intitulé *Vacances en famille*. Dedans, il ouvrit un sous-dossier baptisé *Grèce* et un choix de plusieurs vidéos apparut. Il s'arrêta sur celle portant la mention *Restaurant* et lança la lecture.

L'image en super HD était si claire qu'il eut l'impression d'être là-bas, à se détendre sur une chaise longue à la terrasse d'un restaurant à côté de Stephenie, emmitouflé dans un pull chaud, et à profiter du soleil qui se couchait sur un vaste panorama. La caméra balaya doucement le paysage de gauche à droite, en zoomant sur le croissant de la baie et les îles inhabitées, face à eux. Au-dessus, de rares nuages illuminés de bleu et d'orange projetaient leur ombre sur les îles. Il entendit la voix de Stephenie qui demandait :

« Tu vois le bateau, là-bas ? Là, derrière l'île. Il n'y a que la poupe qui dépasse.

— Ah, oui, je le vois, maintenant », répéta Jude par-dessus la voix enregistrée. Il connaissait le dialogue par cœur et doubla silencieusement la réponse de Stephenie : « Un jour, on devrait faire une croisière autour du monde, dit-elle. Et on pourra passer notre retraite à voir le soleil se coucher sur tous les océans et tous les continents. Qu'est-ce que tu en dis ?

— Parfait ! répondit Jude. Ça me va parfaitement. »

Il n'avait compris que depuis quelques années que la perfection était un concept impossible.

Il referma le dossier et abaissa la température dans l'habitacle à l'aide de l'écran. Cette matinée de printemps s'avérait plus chaude que ne l'avaient annoncé les bulletins météo. Mais l'affichage resta obstinément bloqué sur vingt-sept degrés.

« Voiture, commença Jude qui contrairement à la plupart des gens n'avait pas personnalisé son logiciel en lui attribuant un nom, mets en route la climatisation. »

Rien ne se produisit. Le véhicule exécutait en principe toutes les tâches demandées, et la voix de Jude était la seule programmée pour être reconnue.

« Voiture, répéta-t-il d'une voix plus ferme, réponds à ma demande ! »

Toujours rien.

Il maudit ce bug du logiciel et retroussa ses manches. Puis il attrapa un clavier sans fil dans le vide-poches de la portière, se connecta à sa messagerie et commença à écrire un e-mail.

Il choisit de le taper, préférant l'ancienne méthode, plutôt que de le dicter ou de l'envoyer par vidéo.

Chers tous, commença-t-il, *excusez-moi pour ce message impersonnel mais…*

« Bonjour, Jude.

— Merde ! » Jude jura à voix haute et fit tomber son clavier à ses pieds. Il jeta un coup d'œil circulaire à la voiture, comme s'il s'attendait à découvrir un second Passager qui se cachait.

« Comment vas-tu, ce matin ? reprit la voix.

— Bien, merci. Qui êtes-vous et comment avez-vous eu mon numéro ? »

Il examina l'icône du téléphone de son tableau de bord mais il était éteint.

— Il faut que tu m'écoutes attentivement, Jude, reprit calmement la voix. Dans environ deux heures et demie, tu vas mourir. »

Jude cligna des yeux.

« Qu'est-ce que vous venez de dire ?

— La destination que tu as entrée dans ton GPS va être remplacée par une autre, que j'ai choisie. »

Jude fixa l'écran de son tableau de bord, où de nouvelles coordonnées apparurent.

« Sérieusement, qu'est-ce qui se passe ? demanda-t-il. Qui êtes-vous ?

— Je te donnerai plus de détails plus tard mais pour l'instant, assieds-toi confortablement et profite de cette superbe matinée de printemps, ce devrait être ta dernière. »

Tout à coup, les vitres de la voiture s'opacifièrent. Plus personne ne pouvait voir qu'il était piégé à l'intérieur.

3

Essex
Herald
& Post
Online

Essex Herald & Post Online
Une des actrices préférées des Britanniques rendra visite aujourd'hui à de jeunes malades du cancer dans un hôpital de l'Essex.

Sofia Bradbury, 78 ans, visitera la toute nouvelle aile de l'hôpital Princesse-Charlotte, qu'elle a contribué à financer grâce à une campagne de trois ans qui a permis de récolter des millions de livres.

SOFIA BRADBURY

« Rappelle-moi où je suis censée aller, parce que je suis infoutue de m'en souvenir, dit Sofia Bradbury d'un ton brusque.

— Encore ? » répliqua Rupert, exaspéré.

Sofia n'était pas d'humeur à se faire traiter comme une enfant. Les analgésiques et les anti-inflammatoires qu'elle avait avalés au petit déjeuner avec un grand verre de cognac avaient peu d'effet sur l'arthrose lombaire qui la faisait souffrir. Pour ne rien arranger, ses appareils auditifs fonctionnaient mal et certains mots lui échappaient.

« L'hôpital, tu te souviens ? poursuivit Rupert avec de la lassitude dans la voix. Rassure-moi, tu es bien dans la voiture, là ?

— Je suis dans un vaisseau spatial, peut-être ? Où veux-tu que je sois !

— Je vais envoyer l'adresse à ton GPS.

— Mon quoi ?

— Oh, bon sang ! La carte sur ton écran. »

Sofia vit des coordonnées apparaître sur la console centrale, suivies du calcul de l'itinéraire que sa voiture devait suivre depuis chez elle à Richmond, au sud-ouest de Londres. Les portes papillon se verrouillèrent et le véhicule démarra, avec pour seul bruit celui du gravier crissant sous les larges pneus.

« Et j'y vais pourquoi, au fait ? » demanda Sofia.

Elle entendit à peine Rupert soupirer : « Je le lui ai déjà dit ce matin. » Elle supposa qu'il s'adressait au stagiaire, un garçon très efféminé qui partageait son bureau. Rupert changeait d'assistant avec une régularité alarmante, se dit-elle, et ils avaient toujours la même apparence : T-shirts serrés, jeans moulants et torse fluet.

« Rupert, tu es mon agent. Si je te pose une question, tu dois me répondre.

— C'est la réception avec des jeunes atteints du cancer.

— Ah, oui. » Soudain inquiète, elle fronça les sourcils. Mais ses muscles faciaux étaient encore trop insensibles après sa visite de la semaine dernière chez le dermatologue pour qu'elle puisse sentir quelque chose au-dessus de la bouche. « Ça ne va pas encore être une de ces réceptions où personne ne sait qui je suis, si ?

— Mais non, bien sûr.

— Ne me dis pas "mais non bien sûr" comme si ça n'était jamais arrivé. Tu te rappelles cette école de Coventry où ils étaient tous trop jeunes pour me reconnaître ? Quelle humiliation. Ils avaient cru que j'étais la femme du Père Noël.

— Mais non. Comme je te l'ai déjà expliqué, ceux-là sont des pré-ados et on m'a assuré qu'ils étaient tous fans de *L'Espace et le temps*.

— J'ai fini de tourner ça il y a dix ans, répliqua Sofia.

— Non, pas déjà dix ans, si ?

— J'ai peut-être soixante-dix-huit ans, mais je ne suis pas encore sénile, figure-toi. Je m'en souviens parfaitement parce que c'est la dernière fois que tu m'as décroché un rôle dans une série en *prime time*. Donc je ne risque pas de l'oublier, hein ? »

Même en ayant lu le script une dizaine de fois, y compris en plein tournage, Sofia n'avait pas la moindre idée de ce que racontait le scénario de cette série de science-fiction grand public. Tout ce qu'elle avait saisi pendant qu'elle jouait devant un fond vert et qu'elle fuyait un cameraman hors-champ qui agitait une balle de tennis accrochée à un bâton, c'est qu'on ajouterait à la prise, en post-production, une tête d'alien. Mais Sofia n'avait jamais regardé un seul épisode. Les années passant, elle regardait de plus en plus rarement ses propres œuvres. Elle n'éprouvait aucun plaisir à se voir vieillir.

Ces derniers temps, le travail s'était fait plus sporadique, et les rôles proposés de moins en moins intéressants. Sofia avait essayé de rester dans la course en renonçant à son cachet pour jouer dans quelques films d'étudiants en cinéma, et elle avait sillonné le pays avec des productions théâtrales régionales de *Macbeth* et de *La Tempête* saluées par la critique. On lui avait aussi proposé de grosses sommes d'argent pour figurer au générique de deux soap-opéras qui duraient depuis longtemps. Mais elle n'éprouvait aucun plaisir à jouer les grand-mères, habillée en costume de deuxième main et à peine maquillée ; elle avait refusé les deux rôles sans hésiter.

Elle préférait se remonter le moral en se faisant remonter le menton et les seins, grâce au bistouri d'un chirurgien de

Harley Street. Aujourd'hui, les rides et les plis du dos de ses mains étaient les seuls signes trahissant son âge véritable.

« Oh, Oscar, qu'est-ce que tu as mangé ? » dit-elle en grondant le loulou de Poméranie blanc qui dormait à côté d'elle, agitant les mains pour essayer de chasser l'odeur toxique qu'il venait de lâcher. Le chien ouvrit brièvement un œil noir, se resserra contre sa hanche et referma l'œil.

Sofia ouvrit le fermoir de son sac à main Chanel vintage et en sortit un petit miroir. Elle appliqua une nouvelle couche de son fameux rouge à lèvres pourpre sur ses lèvres et vit, agacée, qu'il avait débordé en deux lignes verticales sous son nez. Elle plissa le front en voyant combien ses yeux gris s'étaient délavés et nota mentalement qu'elle devait demander à l'assistant de Rupert de chercher s'il existait un moyen médical d'atténuer leur teinte laiteuse. Avec ses vernis, ses pommettes retendues, ses implants capillaires et mammaires, elle se demanda un instant s'il restait quelque chose de la Sofia Bradbury d'origine, hormis l'ambition.

« Tu as des nouveaux scripts à me faire lire ? demanda-t-elle à Rupert.

— J'en ai reçu deux, mais je ne crois pas qu'ils soient pour toi.

— C'est à moi d'en juger, non ?

— Eh bien, le premier est un rôle de prostituée vieillissante atteinte d'un cancer en phase terminale dans une série TV interminable qui se déroule en milieu hospitalier. L'autre, c'est une vidéo musicale pour un groupe féminin. Il faudrait que tu joues… un fantôme.

— Oh, pour l'amour de Dieu ! soupira Sofia. Ils me veulent soit jambes écartées sur mon lit de mort, soit revenant d'outre-tombe. Je me demande parfois si tout ça a un sens, bon sang !

— J'envoie les résumés à ta voiture tout de suite, comme ça tu pourras les lire pendant le trajet. »

Sofia n'avait pas fini de lever les yeux au ciel que les descriptions des personnages s'affichaient sur son pare-brise, qui pouvait d'un geste se transformer en télévision grand écran. Il lui suffit de lire deux lignes décrivant chaque personnage pour refuser les rôles.

Elle n'avait pas besoin d'argent. Elle cherchait la reconnaissance, l'estime. Et les apparitions annuelles à des conventions de SF ou dans des talk-shows télévisés ne suffisaient pas. Alors qu'elle avait foulé les planches pour la première fois à l'âge de sept ans, le BAFTA, l'académie britannique du cinéma et de la télévision, ne lui avait toujours pas offert d'en être membre à vie, et ça l'agaçait.

Est-ce qu'ils savent? se demanda-t-elle tout à coup. *Il y aurait eu des rumeurs? Est-ce que le BAFTA sait ce que tu as fait et te punit pour ça?* Elle détestait entendre cette voix intérieure, qui la hantait depuis près de quarante ans. Elle la chassa de son esprit dès qu'elle apparut.

Sofia renfonça son dos douloureux au fond du siège et appuya sur un bouton pour se le faire masser, avec des vibrations profondes, pénétrantes. Elle se servit un autre cognac tiré du réfrigérateur de l'accoudoir. Elle se dit que le meilleur côté des voitures sans chauffeur, c'est qu'on pouvait boire et conduire en toute légalité. Elle passa ses ongles manucurés sur le luxueux cuir de veau. Puis elle pianota sur les garnitures en bois de Macassar, et enfin plongea la main dans l'épais tapis de laine de vigogne. En se passant de chauffeur, elle avait pu s'offrir cette Imperial GX70, la voiture autonome la plus chère à ce jour. Elle n'avait aucune idée du fonctionnement d'une voiture sans chauffeur, et s'en moquait – tant que Rupert s'assurait à distance qu'elle allait du point A au point B, et qu'elle était à l'heure, le reste n'avait pas d'importance.

« Rupert, demanda-t-elle timidement, tu es toujours là ?

— Oui, bien sûr. Que puis-je pour toi ?

— Est-ce que mon… est-ce que… Patrick viendra aujourd'hui ?

— Oui. Son compte est toujours relié à ton calendrier. Il a annoncé son intention d'être là, j'ai donc réservé une voiture qui viendra le chercher au golf. Il te retrouvera à l'hôpital. »

Sofia laissa flotter un moment les paroles de Rupert, sachant les complications que pouvait créer la présence de son mari.

« Je te rappelle plus tard », dit-elle doucement avant de raccrocher sans attendre la réponse. Ses ongles s'étaient enfoncés si fort dans la paume de son autre main qu'elle était au bord de se faire saigner.

« Bonjour, Sofia », fit une voix masculine qu'elle ne reconnut pas.

Sofia jeta un regard noir à la console, supposant qu'elle avait accidentellement touché quelque chose et répondu à un coup de téléphone.

« Rupert ? Pourquoi est-ce que tu prends cette voix idiote ?

— Ce n'est pas Rupert, répondit la voix. Et vous serez peut-être surprise d'apprendre que votre véhicule n'est plus sous votre contrôle.

— Il n'a jamais été sous mon contrôle, répondit Sofia en riant. J'emploie des *gens* pour ça. Pour être sûre que quelqu'un les contrôle pour moi.

— Hélas, je ne suis pas un de vos employés. Je dirige cependant la destination de votre voiture.

— Grand bien vous fasse ! Maintenant, si vous voulez bien arrêter de faire l'andouille, passez-moi Rupert, s'il vous plaît.

— Rupert n'a rien à voir là-dedans, Sofia. J'ai programmé votre voiture pour qu'elle suive un autre trajet, ce matin. Et dans deux heures et trente minutes, vous serez probablement morte.

— J'ai lu le script, mon cher, soupira Sofia. Je ne jouerai pas une pute mourante dans une série hospitalière du samedi soir. Je suis Sofia Bradbury, et je pense que Sofia Bradbury mérite un petit peu mieux que ça.

— Vous aurez de mes nouvelles très bientôt. »

La voiture redevint silencieuse.

« Allô ? Allô ? »

Sofia jeta un coup d'œil à la carte et ce n'est qu'en voyant les indications M25 et M1 qu'elle comprit qu'elle quittait Londres et se dirigeait vers le nord, au lieu d'aller vers un hôpital de l'Essex.

« Rupert ? dit-elle. Rupert ? Qu'est-ce qui se passe, bon Dieu ? »

Tout à coup, Sofia plissa les yeux et inclina la tête, comme si elle venait de comprendre. Un large sourire se peignit sur son visage.

« Rupert, espèce de petit cachottier, tu as réussi, c'est ça ? Tu m'as décroché un rôle dans cette émission ? »

Elle sentit des élancements dans son dos en s'avançant sur le bord du siège. Elle grimaça en jetant un regard circulaire. « Ils ont caché des caméras ou ils n'utilisent que celle du tableau de bord ? »

Il n'y avait que trois émissions de télé-réalité auxquelles Sofia aurait pu envisager de participer. Mais les tentatives de Rupert pour organiser des réunions avec les producteurs avaient toutes été repoussées. On avait jugé Sofia en trop mauvaise santé pour danser et trop vieille pour rester un mois dans la jungle péruvienne. Mais *Célébrités au pied du mur* était la nouvelle émission dont tout le monde parlait autour de la machine à café, et tous les comédiens en perte de vitesse rêvaient d'y apparaître.

Dans le premier épisode de chaque série, dix personnalités connues étaient arrachées sans prévenir à leur train-train quotidien. On les emmenait discrètement dans un lieu inconnu où ils se mesuraient dans plusieurs épreuves physiques et intellectuelles. Des caméras filmaient tous leurs mouvements pendant une semaine. Un an auparavant, Sofia avait vu avec jalousie l'actrice Tracy Fenton, sa rivale depuis plus de quarante ans, faire partie des heureuses élues. Elle aussi avait été enlevée alors qu'elle était en voiture, et sa popularité retrouvée lui avait permis d'apparaître au générique de deux séries haut de gamme sur le câble. Apparemment, aujourd'hui, les producteurs de *Célébrités au pied du mur* avaient choisi Sofia.

Elle serra les poings pour contenir son excitation – son retour était imminent, elle le sentait. Et pas en jouant des vieilles grand-mères dans des soaps. En jouant son propre rôle retransmis dans tous les foyers, dans les voitures, sur les téléphones et les tablettes, chaque soir de la semaine.

Sofia ressortit le petit miroir de son sac à main et vérifia son maquillage sous tous les angles, poudrant, atténuant, soulignant là où il le fallait. Puis elle prit un autre analgésique qu'elle fit descendre d'une rasade de cognac.

« Et voilà, Oscar, dit-elle fièrement en caressant la tête de son chien. Maman est de retour au sommet. Tu vas voir. »

Elle assura son sourire et regarda droit dans la caméra. Pour la première fois depuis longtemps, elle n'eut pas peur de contempler sa propre image qui apparaissait devant elle sur l'écran.

4

EncycloWorld

Accueil
Sommaire
À la une
Actualités
Article au hasard
Faire un don
Boutique en ligne

Contribuer

Aide
À propos d'Encycloworld
Communauté
Modifications récentes
Contact

Anniversaire de mariage

Encycloworld, l'encyclopédie libre

L'origine de **l'anniversaire de mariage** remonte au **Saint Empire romain.** Les cadeaux varient selon les pays, mais certains sont communs à la plupart des nations. Dixième anniversaire : **étain, fer blanc.**

Liens **[masquer]**
1 **Anniversaire de mariage**
2 **Saint Empire romain**
3 **Étain**
4 **Fer blanc**

SAM & HEIDI COLE

« Tu es sûre que tes parents ont réservé la date ? demanda Sam. Ta mère ne se rappelle jamais quel jour elle a proposé de faire du baby-sitting.

— Oui, je suis sûre, répliqua Heidi. J'ai déjà mis la date dans le calendrier familial, donc elle recevra tous les jours un SMS de rappel dans la semaine qui précède. Et toi ? Tu seras bien rentré à Luton à ce moment-là ?

— Mmm. Je devrais être rentré.

— Alors, quand est-ce que tu vas me dire ce que tu as organisé ?

— Jamais. Comme je te l'ai dit, c'est une surprise.

— Je déteste ça, tu le sais.

— La plupart des femmes aiment les surprises.

— La plupart des femmes ne sont pas flics, et dans mon boulot, une surprise est rarement une bonne chose.

— Eh bien, que celle-là soit l'exception. Pour une fois, fais confiance à ton mari ! »

Heidi voulut rire mais se retint. Elle acheva de se limer les ongles et repensa à la tentative de l'an dernier : un dîner de poisson au pub du coin. Comme ils manquaient d'argent, elle avait gardé pour elle sa déception. Presque un an plus tard, elle avait découvert la vraie raison de leurs difficultés financières. Mais elle avait choisi de ne rien dire.

Elle consulta l'heure d'arrivée prévue au tableau de bord de la voiture – elle parviendrait à destination dans vingt minutes. Il lui fallait trouver de quoi tromper son anxiété. Elle décida de se vernir les ongles. Elle ouvrit son sac à main et en sortit trois flacons de différentes nuances de blanc.

« Lequel je devrais mettre ? » demanda-t-elle en les présentant à la caméra du tableau de bord.

Elle observa Sam les étudier soigneusement depuis la console de sa propre voiture.

« Le blanc », répondit-il avant de prendre une nouvelle cuillerée du porridge tiède qu'il avait emporté dans un Tupperware et de l'enfourner dans sa bouche. Heidi détestait être Passagère dans sa voiture à lui, le matin. Ça puait les flocons d'avoine au lait ou le bacon bien cuit.

« Mais quel blanc ? insista Heidi qui vit Sam hésiter, comme s'il savait d'instinct que c'était un test.

— Celui de gauche.

— Bien joué. Tu t'es souvenu que c'est celui que j'avais choisi pour notre mariage.

— Impossible de l'oublier. »

Heidi savait que son mari mentait, puisqu'elle mentait aussi. Elle avait mis du rose layette, ce jour-là. Depuis peu, elle se retrouvait à le tester de plus en plus souvent, sur les sujets les plus innocents et les plus futiles, juste pour savoir à quel point il était capable de mentir.

— Cette couleur me rappellera toujours quand j'étais avec Kim et Lisa dans le bar à ongles, reprit-elle, affabulant au fur et à mesure. On a rendu la patronne folle avant d'arriver à se décider sur la couleur. Kim n'arrêtait pas de me dire de choisir l'ivoire pour aller avec ma robe, mais je voulais quelque chose d'un peu plus brillant.

— Tu as fait le bon choix. Tu étais ravissante. »

Heidi essaya de déchiffrer son sourire, espérant secrètement qu'il était sincère. Elle le revit l'attendre devant l'autel, tourner la tête quand l'organiste avait attaqué les premières mesures de la marche nuptiale de Wagner, et se tamponner les yeux après l'avoir vue. Encore aujourd'hui, après tout ce qui s'était passé, elle ferait tout pour revivre ne serait-ce qu'un instant ces premiers temps de leur couple, dignes d'un conte de fées.

« Tu te rappelles notre première soirée en amoureux ? demanda Heidi.

— Bien sûr ! Dans ce restaurant de poisson, dans la grand-rue d'Aldeburgh.

— Non, ça c'était la deuxième.

— Je ne compte pas la première parce que c'est le soir où on s'est rencontrés.

— C'est vrai, tu faisais un enterrement de vie de garçon d'enfer.

— Le témoin de Bob nous avait loué deux mini-bungalows dans un camping plein de retraités et le seul club de la ville fermait à onze heures. Et puis je t'ai vue, toi et tes copines, vous rentriez à pied au camping, et tout a basculé. On a passé la nuit à boire du prosecco, et fini en regardant le soleil se lever sur la plage. »

Heidi sentit une vague de chaleur sur sa peau, reflet de ce qu'elle avait ressenti quand Sam s'était penché vers elle pour l'embrasser pour la première fois. À l'époque, après l'effondrement du mariage de ses parents, elle ne croyait pas à l'amour éternel. Et pas un instant, elle n'avait supposé pouvoir tomber amoureuse si fort et si vite. La chaleur reflua aussi rapidement qu'elle était venue. Elle souffla doucement sur les ongles de sa main et entreprit de vernir l'autre.

« Qui aurait cru à l'époque qu'on fêterait notre dixième anniversaire de mariage ? demanda-t-elle.

— Moi, parce que je n'avais jamais rencontré quelqu'un avec qui je me sentais autant sur la même longueur d'onde. Hors de question de te laisser filer. Et pendant que j'y suis, à part une tronçonneuse pour couper la chaîne du boulet qu'on traîne au pied, qu'est-ce qu'on est censés s'offrir pour fêter ça ?

— Quelque chose en fer blanc.

— Donc si je mets un papier cadeau autour d'une boîte de conserve, tu seras heureuse ?

— Essaie, et tu verras combien de temps le proctologue mettra à te l'enlever !

— Et il y avait quoi sur la liste des cadeaux d'anniversaire à la mode que tu as cherchée sur Google ?

— Des diamants. Toujours les meilleurs amis des femmes, apparemment.

— Je croyais que c'était moi, ton meilleur ami ? »

Oui, c'était toi, se dit Heidi. *À une époque, tu étais tout pour moi.*

Elle regarda Sam essuyer ses lunettes avec sa cravate. Il n'en portait pas quand ils s'étaient rencontrés – ses cheveux et sa barbe n'étaient pas non plus parsemés de gris et il n'avait pas encore de pattes d'oie au coin des yeux quand il riait. Elle se demanda s'il l'avait vue vieillir comme elle l'avait vu vieillir, lui. C'est peut-être comme ça que tout avait commencé. Les coupables, c'étaient ses gènes. Elle était physiquement moins attirante pour lui qu'au début de leur histoire d'amour. Mais n'était-ce pas la raison d'être du mariage ? L'important n'est pas la cérémonie ou les grands élans pour marquer un anniversaire de mariage ; il s'agit d'avancer aux côtés de quelqu'un, quoi qu'il arrive. De vieillir avec quelqu'un et de l'aimer, malgré ses défauts. *Jusqu'à ce que la mort nous sépare*, se dit-elle.

Heidi se demanda comment les autres la voyaient. Dans sa tête, elle était toujours une jeune femme de vingt ans qui avait toute la vie devant elle. En réalité, elle avait quarante ans, était mère de deux enfants et ses cheveux, autrefois blonds et épais, perdaient de leur éclat. Ses dents jaunissaient, et la peau de son cou perdait de son élasticité. La gravité la faisait tomber, emportant avec elle ses taches de rousseur. Aujourd'hui, elles étaient moins de mignonnes petites taches brunes que de gros pâtés d'encre. Et il n'y avait pas que son air qui s'était durci avec le temps ; son caractère aussi. À cause de son métier, elle avait du mal à voir le bon côté des gens. Elle ne savait plus pleurer, ni de joie, ni de tristesse. Elle avait parfois l'impression d'être de pierre. Vous pouviez briser sa coquille, elle était tout aussi dure à l'intérieur.

« Tu ne regrettes jamais cette période ? demanda-t-elle soudain.

— Quelle période ?

— Celle où on pouvait boire, fumer, sortir quand on voulait ou foutre le camp pour un week-end dans une grande ville d'Europe sans avoir à se préoccuper des gosses ?

— Si, parfois, comme le jour où ils ont chopé une gastro juste avant Noël et que la maison puait comme un vomitorium romain. Mais sinon, non. Notre aventure à nous est bien plus amusante avec eux.

— Si on peut trouver une promo de dernière minute pas trop chère, on devrait les emmener dans le sud de la France quelques jours, en août. On prend un minimum de bagages, on programme l'adresse, on part de nuit et on dort dans la voiture pendant qu'elle roule. On pourrait être à Lyon le lendemain matin. »

Heidi connaissait la réponse de Sam avant de l'entendre.

« On verra. »

Dès qu'il s'agissait de voyages à l'étranger, depuis leur mariage, la réponse était toujours « on verra ». Un Noël sur deux, il allait rendre visite à sa mère, qui avait un appartement en Algarve. Mais il y allait toujours seul.

« Dis, rappelle-moi, tu m'emmènes où pour notre anniversaire de mariage ?

— Oh, bon Dieu, si tu veux vraiment le savoir, je vais te le dire. Mais ne viens pas te plaindre après que j'ai gâché la surprise.

— Allez, vas-y ! Crache !

— OK. Bon. J'ai loué un bungalow à Aldeburgh pour le week-end, et j'avais prévu d'emporter un pique-nique de petit déjeuner pour qu'on puisse commencer la journée là où tout a commencé, au soleil levant.

— Oooh, c'est gentil », répondit Heidi sans en penser un mot. Sam supposait visiblement que c'était un geste romantique et plein d'attention. « C'est vraiment une bonne idée.

— C'est ce que je me suis dit, répondit-il. Et puis je me suis souvenu de la tête que ma femme a faite quand je l'ai emmenée au pub, l'année dernière. Alors au lieu de ça, je nous ai pris deux billets pour une comédie musicale du West End, à Londres, et j'ai réservé un super dîner dans un restaurant chic et une chambre dans un hôtel de Covent Garden. »

Heidi savait que ça n'arriverait jamais mais elle décida de jouer le jeu.

« Tu es sérieux ? Tu crois qu'on peut se le permettre ? Il y a la sortie de classe de neige de James qui va arriver et…

— Mais oui, on peut se le permettre ! » répliqua Sam. Heidi décela l'irritation dans sa voix. « Je mets de l'argent de côté depuis un moment pour ça. »

Heidi ouvrit la bouche pour dire quelque chose, mais changea d'avis. Elle leva ses mains tout juste vernies devant la caméra : « Qu'est-ce que tu en penses ? » demanda-t-elle. Mais avant que Sam puisse répondre, son image disparut. « Sam ? On a été coupés ? »

Pendant ce temps, dans sa voiture, à quelques kilomètres de là, son mari Sam tapait du plat de la main sur le tableau de bord pour essayer de rallumer l'écran. Il payait le fait d'avoir ignoré les rappels automatiques de la voiture à renouveler sa vignette de six mois, à mettre à jour le logiciel et à prendre rendez-vous pour un diagnostic matériel. Il n'avait pas non plus pris rendez-vous pour la voiture de Heidi, mais elle n'avait pas besoin de le savoir. Il y avait beaucoup de choses qu'elle n'avait pas besoin de savoir.

« Je t'entends toujours, dit Sam.

— Qu'est-ce qui s'est passé ?

— On a dû tomber dans un trou noir du wi-fi.

— Alors pourquoi est-ce que mon GPS se reprogramme avec un autre itinéraire ? »

Sam déposa son bol de porridge maintenant vide sur le siège à côté de lui. « Ça fait ça de temps en temps, non ? Tu sais, s'il y a eu un accident ou s'il y a des bouchons sur le trajet. » Il jeta un coup d'œil à son écran. « Attends. Le mien fait pareil. Que… Merde, où est-ce qu'il nous… »

Il n'eut pas le temps de finir sa phrase. La voix qui jaillit des haut-parleurs n'était ni celle de Sam, ni celle de Heidi.

5

TV TVNews.co.uk

Flash de 7:05

La police du Leicestershire a arrêté douze individus soupçonnés de trafic d'êtres humains, d'exploitation du travail et d'esclavage moderne. Les agents ont investi tôt ce matin deux établissements de Leicester ainsi que trois domiciles situés à Rugby. Deux hommes et une femme seront présentés au tribunal aujourd'hui même, et neuf personnes sont toujours placées en garde à vue.

SHABANA KHARTRI

« Je vais y arriver, je vais y arriver, je vais y arriver… »

Shabana se répétait ce mantra entre ses dents tandis que la voiture démarrait, l'éloignant du seul foyer qu'elle eût connu en vingt ans. *C'est pour de vrai*, songea-t-elle. L'impensable devenait réalité.

Il ne s'était passé que trente minutes depuis que son fils, Reyansh, était apparu à la porte d'entrée de la maison familiale, la suppliant de l'écouter. Même ravie de le voir, elle avait tout d'abord eu peur pour lui.

« Qu'est-ce que tu fais là ? » avait-elle dit en lui prenant les joues, le regard filant de son aîné aux maisons des voisins pour vérifier que personne n'avait constaté son retour. Il était essoufflé. « Tu sais qu'il ne faut pas que tu viennes ici, avait poursuivi Shabana. C'est dangereux pour toi.

— Ça n'a plus d'importance, avait répondu Reyansh. Je t'en prie, maman, écoute-moi ! C'est l'occasion que tu attendais, celle de partir d'ici.

— Qu'est-ce que tu veux dire, mon fils ? Qu'est-ce qui se passe ?

— C'est papa. Il a été arrêté. »

Dans l'entrée, Shabana avait reculé d'un pas et hoché la tête, comme si elle avait mal entendu.

« Comment ça, il a été arrêté ? Pourquoi ?

— Je ne connais pas tous les détails. Tout ce que je sais, c'est que son avocat a téléphoné pour que tu payes sa caution. Comme tu ne parles pas anglais, c'est moi qu'il a appelé. Tout ce que l'avocat m'a dit, c'est que son arrestation est liée à du trafic d'êtres humains. »

Shabana avait déjà entendu cette expression, mais n'avait pas pensé à demander ce qu'elle signifiait.

« C'est quand on fait passer illégalement des gens d'un pays à un autre, avait poursuivi Reyansh. Les hommes sont souvent vendus comme travailleurs forcés, et les femmes obligées de se prostituer. »

Elle avait porté les mains à la bouche. « Et ils disent que c'est ce que ton père faisait ?

— Il est accusé de ça, oui. Rohit et Sanjay ont aussi été arrêtés au restaurant la nuit dernière, et d'autres hommes, ailleurs, aussi. La police dit qu'ils font partie d'un gang qui envoie ici des enfants et des mendiants des bidonvilles d'Assan, pour les revendre. »

Shabana connaissait le nom des autres hommes, sans pouvoir leur donner un visage. À chaque fois que son mari,

Vihaan, ramenait des amis à la maison, il lui ordonnait de rester à l'étage, invisible, jusqu'à leur départ. Souvent, ils restaient dans la salle à manger à se soûler au sekmai jusqu'au petit matin. Il n'était pas rare non plus que Vihaan ne rentre pas pendant plusieurs jours, c'est pourquoi elle ne s'était pas inquiétée cette nuit-là.

« Maman, c'est l'occasion de t'enfuir, avait repris Reyansh. Tu n'auras jamais une deuxième chance comme celle-là. »

Shabana savait que si ce que disait son fils était vrai, tout ce dont elle avait pu rêver pouvait peut-être se réaliser. Mais elle avait quand même hésité.

« Il faudrait que je fasse une valise, que je prépare les filles... Qu'est-ce que je vais leur dire ? Je n'ai pas d'économies, comment fera-t-on pour manger ? Comment on va vivre ? Et où aller ?

— J'ai commandé deux taxis, avait dit Reyansh en se tournant pour désigner les deux voitures qui attendaient. Un pour te conduire chez une avocate, l'autre pour emmener les filles dans un refuge. Papa a dit à son avocat qu'il avait caché de l'argent dans l'abri de jardin. Il y a des milliers de livres, qui sont censées payer sa caution. Rien ne t'empêche de le prendre.

— Mais ça serait du vol !

— Il a volé vingt ans de ta vie !

— Quel genre de refuge ?

— Quelque chose pour les familles comme nous, les femmes comme toi. Des femmes de la communauté indienne qui ont passé des années sous la domination de leur mari. Des femmes qui n'en peuvent plus d'être battues, harcelées, traitées comme des chiennes, et qui ont besoin d'un nouveau départ.

— Mais... mais... » Shabana n'avait su que répondre. Depuis des années, elle rêvait de pouvoir échapper à Vihaan.

Neuf ans avaient passé depuis sa dernière tentative sérieuse, lorsqu'elle avait projeté de quitter Leicester pour aller à Newcastle, où vivait une de ses cousines éloignées. Madame Patel, la gérante de la supérette du coin, l'avait aidée. Mais quand le mari de celle-ci avait découvert les billets de car National Express que sa femme dissimulait pour Shabana et ses enfants, il s'était senti obligé d'aller avertir Vihaan de ses projets. Celui-ci l'avait punie en la battant si durement qu'elle était toujours incapable de s'appuyer entièrement sur sa cheville droite.

Depuis ce jour-là, son seul espoir était qu'une mort prématurée débarrasse enfin le monde de Vihaan. Il fumait un paquet de cigarettes, très fortes, par jour, et avec son régime gras, il était en surpoids d'au moins vingt kilos. Son cœur allait lâcher, ce n'était qu'une question de temps. Elle fantasmait parfois de le voir s'écrouler sur le carrelage de la cuisine, se tenant la poitrine et la suppliant d'appeler à l'aide. *Je ne peux pas*, lui aurait-elle répondu. *Je ne parle que le bengali. Tu n'as pas voulu que j'apprenne l'anglais, tu te souviens ?*

« Maman ! avait dit Reyansh, la ramenant à la réalité, en lui prenant les mains. C'est ce que tu veux, non ? L'occasion de toutes vous enfuir ? Parce qu'elle est là, maintenant, tout de suite.

— Mais quand il rentrera, il se mettra à notre recherche, il nous trouvera et il nous tuera. Je sais combien ton père est violent quand on le pousse à bout.

— Il ne le fera pas, parce qu'il ne pourra pas. J'ai rencontré les femmes qui tiennent le refuge, je leur ai expliqué ta situation et elles m'ont dit que quand tu serais prête, tu serais la bienvenue. C'est totalement anonyme. Personne ne saura jamais où tu es. Je leur ai encore parlé avant de venir ici, elles peuvent vous prendre toutes dès ce matin. Il y a des lits qui vous attendent. Et elles m'ont mis en contact avec une avocate qui travaille beaucoup avec elles. Elle peut te recevoir tout de suite pour lancer une mesure interdisant à papa de te contacter. Tout est en place, tout est prêt. Il ne manque que toi et les filles.

— Mais, et toi ? Tu vas aller où ?

— Il ne me reste que quelques mois avant d'aller à la fac. Jusque-là, je peux squatter les canapés de mes copains. J'ai eu de la chance ; me faire virer parce que mon père croit qu'être gay est pire que la mort, c'était le meilleur service qu'il pouvait me rendre. Maman, le monde est beau derrière ces murs, si tu veux bien lui donner une chance.

— Ton amie avocate, elle sait que je ne parle pas anglais ?

— Oui, et elle te fait dire de ne pas t'inquiéter. Elle a déjà vu souvent le cas. Elle est prête à t'aider.

— Et tu promets de t'occuper des filles pendant que je vais la voir ?

— Oui, bien sûr. »

Et soudain, une vive chaleur s'était répandue dans les veines de Shaban, parcourant tout son être. Ses hochements d'approbation étaient restés à peine perceptibles, jusqu'à ce qu'elle parvienne à s'imaginer que l'avenir pouvait être bien différent si elle faisait confiance à son fils et aux personnes qu'il avait contactées pour l'aider. Que celles-ci puissent aider une inconnue avait été une leçon d'humilité pour elle. Elle avait regardé Reyansh droit dans les yeux et dit, avec une confiance grandissante : « Aide-moi à préparer tes sœurs. »

Shabana avait fourré tout ce qui pouvait lui servir les deux jours suivants, vêtements, sous-vêtements et produits de toilette, dans deux grands sacs de courses. Depuis sa chambre, elle avait entendu Reyansh qui préparait ses quatre sœurs dans les chambres voisines. Elle était très fière de son seul fils. Même s'il avait tout appris sur les hommes en observant son père, il savait quand même où était le mal. Et il était resté une personne douce, gentille et attentionnée. Le prénom qu'elle lui avait donné signifiait « premier rayon de soleil » et aujourd'hui, c'était lui qui lui faisait ce cadeau : la chance de voir un nouveau jour, sous une nouvelle lumière. Elle était prête à sortir de l'ombre et à rejoindre un monde lumineux qu'elle avait presque totalement oublié.

En entendant les filles descendre l'escalier, elle avait récité une petite prière à leur intention. Elle s'était lancée dans la parentalité pleine de bonnes intentions, aurait voulu apprendre à ses filles à devenir indépendantes, à ne se laisser dominer par personne. Mais alors que l'aînée avait quatorze ans, ses filles ne connaissaient d'elle qu'une femme effrayée, soumise. Elle espérait quand même que, bien qu'ayant grandi sous ce toit, il n'était pas trop tard pour qu'elles changent de point de vue sur ce que pouvait être un mariage. Si elles reproduisaient ses erreurs, ce ne serait pas leur faute, mais la sienne. Et ça, elle ne se le pardonnerait jamais.

Son sac prêt, Shabana s'était dépêchée d'aller dans la cuisine, avait pris une clé puis avait traversé le jardin jusqu'à l'abri cadenassé où elle n'avait jamais eu le droit d'entrer. Elle avait tiré tous les cartons des étagères, fouillé dans toutes les boîtes et tous les sacs et s'était emparée, liasse après liasse, de tout l'argent liquide. Le montant l'avait abasourdie. Pendant qu'elle était contrainte de jongler avec un budget ridicule pour nourrir et vêtir tant bien que mal la famille qui s'agrandissait, Vihaan avait entassé des milliers et des milliers de livres. Ça n'avait fait que renforcer sa haine pour lui.

Elle avait fourré l'argent dans ses poches et rejoint sa famille au salon que Vihaan avait annexé, leur en interdisant l'accès. Elle avait commencé à ressentir une force qu'elle ne se connaissait pas en voyant les filles, cartables accrochés aux épaules remplis de vêtements, de livres et de jouets. Pendant ce temps, Reyansh faisait les cent pas à la fenêtre derrière l'épais voilage, vérifiant que tout allait bien dehors, que tout était prêt pour leur évasion. Le rideau avait masqué pendant trop longtemps au reste du monde ce qu'il était advenu de Shabana. C'en était fini. Elle avait tiré le rideau, l'avait arraché à sa tringle, et il était tombé en tas à ses pieds. Enfin, elle pouvait regarder par la fenêtre sans obstacle. « Je veux qu'ils me voient », avait-elle dit d'un air de défi.

Pendant qu'elle embrassait tour à tour chacun de ses enfants, les deux plus jeunes, Aditya et Krish, s'étaient mises à pleurer. Leur mère les avait serrées fort dans ses bras. « Je vais vous montrer ce que ça veut dire, être heureuse », avait-elle chuchoté avant de les laisser partir. Reyansh les avait accompagnées à la porte, puis mises dans un des deux taxis sans chauffeur garés dehors. Ensuite, il avait aidé Shabana à mettre ses sacs dans le second, garé juste derrière, et entré l'adresse de l'avocate dans le GPS.

« On se retrouve cet après-midi, avait-il dit en lui tendant un téléphone portable, avant de se rappeler qu'elle n'en avait encore jamais utilisé. Je t'appellerai là-dessus. Appuie sur le bouton vert pour décrocher. Et puis je demanderai à ta voiture de te conduire jusqu'à nous. »

Shabana avait pris son fils dans ses bras un long moment. « Merci », avait-elle murmuré avant de le lâcher.

C'était la toute première fois qu'elle voyageait dans un véhicule sans chauffeur. Mais elle avait fait confiance à Reyansh quand il lui avait promis que la voiture l'amènerait toute seule là où il le fallait. Son unique garçon n'avait pas encore dix-huit ans mais c'était le seul homme en qui elle avait confiance – pas en son père qui avait arrangé son mariage avec un homme qu'il savait violent, ni en ses frères qui avaient tabassé presque à mort le petit ami qu'elle avait, adolescente, en Inde, et qui était d'une caste inférieure.

Shabana commençait à oser imaginer sa vie de femme libre. Un petit appartement en logement social lui suffirait, avec une radio et une télévision pour pouvoir regarder des films, une fois les filles couchées. Avec les années, les films étaient devenus son seul moyen d'évasion. Parfois, lorsque Vihaan était sorti en oubliant de cacher la télécommande de la télé, elle regardait une chaîne indienne et vivait par procuration les plus grandes histoires d'amour de Bollywood. Elle était hypnotisée par les jolies femmes avec leur chevelure sans défaut, leurs vêtements vifs et colorés, qui dansaient avec un plaisir qu'elle avait rarement connu. C'est comme si elles étaient bénies d'un dieu différent de celui qu'elle vénérait.

Shabana avait jeté un coup d'œil à la carte sur le moniteur du tableau de bord pendant que la voiture roulait dans des rues qu'elle n'avait jamais parcourues qu'à pied. Elle s'était habituée à la brûlure des muscles de ses bras tandis qu'elle rentrait chez elle, courbée sous le poids des lourds sacs de nourriture.

C'était fini. Bientôt, elle pourrait prendre le bus, ou un taxi, ou même se faire une amie et aller faire les courses avec elle. Grâce à la ténacité de Reyansh, tout un monde de possibilités s'ouvrait à elle et à sa famille. Les quatre mots que Vihaan lui avait désappris à force de coups revenaient doucement dans son vocabulaire.

Je peux le faire, se répéta-t-elle. *Je peux le faire.*

Cette voix intérieure fut la dernière qu'elle entendit avant qu'une voix anglaise surgisse de nulle part dans les haut-parleurs. Elle jaillit si soudainement que Shabana sursauta.

« Que se passe-t-il ? » demanda-t-elle à voix haute dans sa langue natale. Elle jeta des regards affolés dans l'habitacle. La voix continua à parler mais elle n'arrivait à comprendre que quelques mots épars. Elle crut reconnaître un mot qui ressemblait à « mourir ».

Tout à coup, le tableau de bord s'anima. L'écran principal s'emplit d'écrans plus petits, avec d'autres personnes dans des voitures. Aucune ne souriait, toutes semblaient avoir peur. Shabana se pencha plus près, en espérant voir la figure de son fils. Mais il n'y avait aucun autre visage familier.

La panique l'envahit, exactement comme les fois où elle entendait Vihaan claquer la porte d'entrée après avoir passé la nuit dehors. Quand il était ivre, il était en colère. Et s'il était en colère, il se défoulait sur sa femme en lui faisant tout ce qu'il voulait pendant qu'elle demeurait allongée, immobile, yeux fermés et poings serrés, en rêvant d'une vie meilleure.

D'autres voix inondèrent l'habitacle, des mots et des langues qu'elle ne comprenait pas, et des pleurs déchirants, des cris, des personnes en détresse.

« Que se passe-t-il ? redit-elle à haute voix. Je n'aime pas ça, s'il vous plaît, pouvez-vous arrêter la voiture ? J'aimerais sortir. »

Elle appuya sur un bouton de la portière, en espérant qu'elle s'ouvre, mais il ne se passa rien. Elle regarda le téléphone que Reyansh lui avait donné et appuya sur le bouton vert, pressant le téléphone contre son oreille. « Reyansh ? Reyansh, mon fils, tu m'entends ? Tu es là ? Allô ? »

Mais il n'y eut aucune réponse. Shabana eut la sensation que la nouvelle vie dont elle avait osé rêver lui échappait déjà.

DEUXIÈME PARTIE

6

NG NationalGov.co.uk

Pourquoi des voitures sans chauffeur ?
En 2019, un million de personnes dans le monde sont mortes dans des accidents de la route. Les voitures sans chauffeur pourraient réduire ce chiffre d'au moins 95 %. Autres avantages : moins de pollution, moins d'encombrements et donc un gain de temps. De plus, elles coûtent moins cher à entretenir.

Comment fonctionne une voiture sans chauffeur ?
Chaque véhicule est alimenté par des batteries rechargeables et piloté par une série d'ordinateurs. La voiture est équipée de caméras vidéo numériques, de détecteurs à ultrasons, d'un radar, d'un sonar, de systèmes infrarouge et d'un lidar. Tous connectés, ils donnent une image à 360° de l'environnement du véhicule, mise à jour cent fois par seconde. Si un accident potentiel survenait, les ordinateurs embarqués choisiraient l'option la moins coûteuse en vies humaines, grâce à l'Intelligence Artificielle. Toutes ces données sont stockées dans la boîte noire dont chaque véhicule est équipé.

Quand ces véhicules seront-ils obligatoires ?
Suite à la loi votée par la chambre des Communes et la chambre des Lords, le gouvernement a promis que les routes britanniques seraient le premier réseau totalement autonome du monde, et prévoit d'interdire les véhicules manuels d'ici dix ans.

Libby Dixon n'avait pas besoin de voir son reflet dans le miroir de la salle de bains pour savoir qu'elle avait encore sa tête des mauvais jours.

Elle l'avait déjà quand le réveil avait sonné à 6 h 45 et qu'elle s'était rappelé où elle devait passer la journée. Elle avait mal à la nuque, parce qu'elle avait dormi dans une mauvaise position. Elle avait pressé les muscles de chaque côté pour essayer de les dénouer, mais en vain, et son air renfrogné ne la quitta pas une fois qu'elle fut douchée, puis maquillée du bout des doigts. Elle était toujours maussade quand elle découvrit un bouton sur son menton, attacha en queue-de-cheval ses cheveux bruns naturellement bouclés et passa en revue sa garde-robe. Elle opta pour une tenue classique, chemisier crème simple, jupe trapèze bleu marine et veste assortie. Elle n'avait besoin de faire bonne impression à personne.

Même ses lapins domestiques, Michael et Jackson, ne purent lui arracher un sourire tandis qu'ils se pourchassaient l'un l'autre dans la cuisine, à ses pieds. Elle se versa une seconde tasse de café, espérant qu'une deuxième dose de caféine la mettrait de bonne humeur. En vain. Elle restait renfrognée.

Grogner, bouder n'était pas naturel chez Libby. Elle trouvait invariablement des aspects positifs aux pires moments. Mais aujourd'hui était l'exception. Et si les douze prochaines heures devaient ressembler un tant soit peu à la journée de la veille, elle n'allait pas retrouver le sourire avant la fin de la semaine, quand tout serait fini. Ce qui signifiait encore quatre jours de mauvaise humeur.

Elle donna aux lapins de la paille fraîche et des granulés, enfila une paire de vieilles chaussures abîmées, jeta son sac à main sur l'épaule et se dirigea vers la porte. Elle s'arrêta pour extraire de sa poche son téléphone portable et consulter e-mails, SMS et réseaux sociaux. Elle soupira en silence en voyant qu'une fois de plus, ses recherches sur lui ne donnaient rien.

Il est peut-être temps que je renonce à toi ? se demanda-t-elle avant de laisser tomber son téléphone dans son sac.

L'humeur de Libby était au plus bas et contrastait radicalement avec celle de la veille, quand elle s'était levée nerveuse et excitée. Elle avait mis son réveil plus tôt que d'habitude pour avoir le temps d'aller courir le long du canal de Birmingham, qui faisait une boucle autour des usines rénovées, avant de rentrer chez elle prendre son petit déjeuner de fruits bio et de yaourt allégé. Puis elle avait lavé ses cheveux, shampooing et après-shampooing, s'était maquillée avec ses cosmétiques les plus luxueux et avait sorti de sa housse de plastique un de ses cinq tailleurs revenus du nettoyage à sec – un pour chaque jour de la semaine.

Libby avait eu à cœur de faire bonne impression sur les inconnus avec qui elle devait passer une semaine à huis clos. Mais sa bonne volonté s'était dégonflée comme un ballon de baudruche quelques minutes après son arrivée. Leurs regards hostiles lui avaient vite fait comprendre que sa présence n'était qu'une formalité à laquelle ils ne pouvaient pas s'opposer. Le mépris était rapidement devenu mutuel.

La porte d'entrée se verrouilla derrière elle et, une fois dehors, elle sentit la chaleur des premiers rayons du soleil sur son visage. Elle pouvait au moins être reconnaissante de cette tiède matinée d'avril, se dit-elle en remontant les manches de sa veste et en se mettant en route.

Elle traversa à pied les jardins partagés de la résidence sécurisée où elle habitait, franchit le haut portail de fer forgé noir, suivit le chemin de halage et se dirigea vers le centre de Birmingham qui s'élevait au loin. Les gratte-ciel qui ponctuaient l'horizon n'existaient pas encore quand elle avait débarqué en ville, venue de Northampton, neuf ans plus tôt. Sa ville d'adoption changeait avec l'époque, et si rapidement qu'elle avait parfois l'impression que le monde moderne allait trop vite pour elle.

Ses relations aussi. Beaucoup de ses amies vivaient avec quelqu'un ou s'étaient mariées et avaient fondé des familles. Libby ne comptait plus le nombre de bains de bébés auxquels elle avait assisté, ni le nombre de fois où ses amies lui avaient demandé si elle avait trouvé quelqu'un pour remplacer William, son ex-fiancé.

Elle ne l'avait pas remplacé.

À l'époque, elle lui avait pardonné son baiser, ivre, à une jolie stagiaire de ses collègues. Jusqu'à ce que, sept mois plus tard, l'adolescente débarque sur le pas de leur porte, visiblement enceinte. Libby avait viré William de chez eux et avait refusé tout contact avec lui depuis. Mais le détester ne l'avait pas empêchée de passer un week-end entier à pleurer lorsque des amis communs l'eurent informée qu'il était désormais fiancé et père d'une petite fille.

C'était l'amour de sa vie et personne ne pouvait comprendre pourquoi, deux ans et demi après leur séparation, Libby demeurait célibataire. Mais elle s'était juré que, plutôt que de s'escrimer à chercher M. Parfait ou de comparer sa vie à celles de ses amies, elle profiterait de sa vie de femme seule et indépendante. Pourtant, les soirs où elle se retrouvait avec ses deux lapins et une bouteille de *pinot grigio* pour toute compagnie, elle se connectait à des sites de rencontre, pour voir qui d'autre traînait encore sur les rayons. Certaines fois, elle se contentait de regarder leur photo ; d'autres, elle parcourait leurs profils, y trouvant des raisons de ne pas leur parler. Elle avait parfois des conversations polies avec ceux qui prenaient l'initiative, mais une fois qu'ils se montraient trop empressés ou intéressés, elle se rendait invisible, ou elle les bloquait.

Et puis, *il* avait débarqué. Mais il avait disparu aussi vite qu'il était apparu. Même maintenant, six mois plus tard, elle pensait à lui au moins une fois par jour. Elle se demanda s'il avait autant pensé à elle qu'elle à lui.

Libby croisa quelques ouvriers municipaux qui mettaient à l'eau des dragues depuis une péniche et les traînaient au fond du canal pour récupérer les objets immergés. La plupart du temps, c'étaient des vélos en accès libre, la plaie de la ville, une sorte de peste propagée par de gros rats de métal. Ils étaient censés être la solution pour ceux du bas de l'échelle des revenus, ceux qui n'avaient pas les moyens de payer les assurances de plus en plus chères des véhicules classiques ni de remplacer leurs voitures bientôt obsolètes par la prochaine génération de voitures électriques sans chauffeur.

Mais l'absence de réglementation avait fait que chaque fabricant vendait moins cher que son concurrent, et les vélos avaient inondé le marché. Certaines marques ayant déposé le bilan, leurs vélos étaient devenus gratuits – à utiliser et à vandaliser. Libby hocha la tête en voyant se relever le filet cerclé d'acier et compta six nouveaux vélos aux couleurs vives. L'environnement était très vite devenu une nouvelle victime de cette course aux voitures sans chauffeur, qu'elle s'était mise à haïr.

Elle quitta le silence du canal et se dirigea vers un escalier de brique raide qui menait à la rue. Elle dépassa un des campus de l'université de Birmingham où, après avoir tourné le dos à une carrière peu gratifiante de conseillère bancaire spécialisée dans les prêts immobiliers aux particuliers, elle avait passé près de trois ans à suivre une formation d'infirmière psychiatrique. Son nouveau métier lui convenait très bien et elle avait hâte d'y retourner, une fois que cette semaine serait passée.

Quand Libby déboucha dans Monroe Street, une longue rue en courbe bordée des deux côtés de cafés, de restaurants et de boutiques, elle s'obligea à ne pas s'y attarder du regard. Elle avait souvent fréquenté le quartier auparavant. Mais deux ans avaient passé depuis la dernière fois qu'elle était venue ici. Elle se rappelait chaque seconde de cette succession d'événements comme si c'était hier.

Il y avait trois moments de la vie de Libby qu'elle n'avait aucune envie de revivre, et celui-là en faisait partie.

7

**Bla-
Bla-
Chat!**

Tendances UK (534 posts) :
G 1 pb avec mon fil d'actu

Il y a 2 minutes

EnnemiIntérieur : qqun sait pkoi Facebook arrête pas de montrer des img de la bagnole d'1 gus ? Il a l'r de flipper.

SourireAmer : G ça aussi, et une femme enceinte. C de la pub ?

Wonderland : Je crois pas. Ça dure depuis 10 min.

Quel que fût le temps, Libby choisissait de marcher vingt-cinq minutes pour aller travailler. Très rarement, quand la météo s'annonçait vraiment très mauvaise, par exemple, elle prenait un taxi. Et même alors, elle choisissait une compagnie de taxis avec chauffeur. Mais au fur et à mesure que les véhicules entièrement autonomes, moins chers, devenaient la norme, les taxis avec chauffeur se faisaient moins rentables et de plus en plus rares.

À son grand agacement, la propagande pour les voitures autonomes n'avait jamais été aussi intense. Déductions fiscales, chargement gratuit des batteries et remises substantielles sur les tarifs d'assurance avaient poussé en un an quatre-vingts pour cent des automobilistes à passer aux véhicules autonomes, un objectif atteint plus vite que prévu. Libby n'avait jamais été convaincue. Elle refusait de confier sa vie à un robot, parce qu'elle savait les dégâts qu'ils pouvaient causer. Elle jura dans sa barbe quand une caravane de véhicules autonomes ornés de publicités lumineuses criardes la dépassa. *Il faudrait vraiment qu'on interdise les spams de voitures-robot*, se dit-elle.

Elle se dirigeait d'un bon pas vers le centre-ville quand elle entendit une voix de femme l'interpeller.

« Hé, Libs ! » beugla Nia. Son accent qui mêlait les Midlands et les Caraïbes permettait de l'identifier instantanément. Libby se tourna pour saluer sa collègue et amie. « Tu fais une tête de six pieds de long ! Encore un peu et elle traînerait par terre ! dit-elle en riant. Qu'est-ce qui t'arrive ? C'est si chiant que ça, ta formation ?

— Mmm, pas terrible, répondit Libby, qui préféra ne pas trop en dire.

— C'est sur quoi, déjà ?

— Confidentialité et protection des données du patient.

— Ah c'est ça. Ça a l'air emmerdant comme tout. »

Libby détestait mentir sur les raisons de son absence au travail, surtout à une amie. Mais légalement – et c'était rappelé dans les quarante pages des formulaires très précis qu'on lui avait fait signer la veille –, elle n'avait pas le choix. Seuls Libby et le département des ressources humaines de l'hôpital où Nia et elle travaillaient étaient autorisés à savoir ce qu'elle faisait vraiment.

« Tu me raconteras tout dans le bus. »

Libby jeta un œil noir au long véhicule blanc garé de l'autre côté de la rue, orné sur chaque flanc de vidéos publicitaires.

Il les déposait en principe à l'entrée de l'hôpital. Mais Libby se rendait ailleurs, et elle inventa un prétexte.

« Je ne prends plus les transports en commun depuis qu'ils ont remplacé les conducteurs par des ordinateurs, dit-elle. Mettre la vie de dizaines de personnes dans les mains de l'intelligence artificielle, c'est chercher les ennuis.

— Tu parles comme un dinosaure du Moyen Âge. »

Libby se retint de répliquer que les dinosaures n'avaient pas vécu au Moyen Âge et fit mine d'approuver.

« Ouais ! et la seule fois où tu me verras dans un de ces trucs qui se conduisent tout seuls, je serai à l'arrière d'un corbillard.

— Si c'est pas cher et que ça m'amène où il faut, ça serait tiré par des licornes en rollers que ça me serait égal. » Nia rejeta la tête en arrière et partit d'un grand rire. « Mais bon, je vais être en retard si je ne prends pas celui-là. On déjeune toujours ensemble lundi ? Tu auras fini ton stage ?

— Absolument.

— Ça tombe bien, parce que c'est ton tour de payer, ajouta Nia en descendant sur la chaussée.

— Attention ! »

En criant, Libby saisit le bras de Nia et la tira en arrière, l'écartant de la trajectoire d'une voiture qui arrivait.

« Ces voitures électriques ne font vraiment aucun bruit, hein ? Ça me tue.

— Elles nous tueront tous », répondit Libby tandis que Nia traversait la rue, sans risque cette fois.

Elle attendit que le bus de son amie ait disparu au bout de la rue avant de repartir à pied, dans une autre direction. Elle vérifia une fois de plus sur son téléphone si elle n'avait pas de nouvelles de *lui*. Toujours rien.

Libby était partie avec Nia et des amies passer un week-end à Manchester, le soir où ils s'étaient rencontrés. Elles étaient entrées dans la salle de karaoké, au fond du pub, quand elle l'avait vu pour la première fois. Elles étaient montées sur scène toutes ensemble et s'étaient serrées autour de deux micros pour chanter la chanson choisie par Libby, *Man in the Mirror*, de Michael Jackson. Mais comme elle durait plus de cinq minutes, elles avaient abandonné et laissé Libby terminer la chanson toute seule. C'est alors qu'elle l'avait vu. Leurs regards s'étaient croisés d'un bout à l'autre de ce pub bruyant et il lui avait adressé un sourire effronté, presque tordu. Ça n'était pas le plus beau garçon du groupe dont il faisait partie, ni le plus large d'épaules, ni le plus grand. Et il restait en retrait des autres, comme si leur comportement macho le gênait. Comme elle, il était visiblement fan de Michael Jackson, et il avait mimé toute la chanson. Il connaissait par cœur tous les *whoop!*, les petits cris et les *hii-hii!* qui la ponctuaient.

« Ce mec ne regarde que toi, avait dit Nia quand Libby avait fini par descendre de scène. Va lui parler ! »

Libby avait ouvert la bouche pour protester, comme elle le faisait toujours quand ses copines l'encourageaient à flirter. La trahison de William n'était jamais loin de la surface de ses pensées. Mais cette fois-là, elle avait enfermé William là où il devait être, et verrouillé la porte à double tour. Cette fois-là, elle en avait eu envie. Après avoir sifflé son gin-tonic pour se donner du courage, elle s'était approchée.

« Salut, avait-elle commencé, nerveuse, avant de lui tendre la main.

— C'est très protocolaire, non ? » Il l'avait charriée mais lui avait serré la main. « Comment tu t'appelles ?

— Libby.

— Moi c'est… »

Mais elle n'avait pas pu entendre la réponse, parce que le micro du DJ avait déclenché au même moment un gros larsen. Elle allait lui demander de répéter quand il avait repris :

« Alors, tu es fan de Michael Jackson ?

— On a grandi avec, mon frère et moi. Ma mère l'écoutait tout le temps.

— Chez nous, c'est mon père qui était fan. Une fois, gamin, il nous a pris des billets pour aller le voir en concert à Londres, mais il est mort juste avant et on n'a jamais eu l'occasion de le voir.

— Ma mère aussi ! Elle a encore les billets, encadrés, au mur des toilettes. »

Libby lui avait souri et avait senti des picotements dans le ventre.

« Tu es du coin ? avait-il demandé.

— Non, on est venues de Birmingham pour un week-end entre filles. » Elle avait désigné ses six amies et l'avait tout de suite regretté quand elles s'étaient mises à souffler théâtralement des baisers dans leur direction. Mais il avait répliqué en faisant de même, et ça avait plu à Libby.

Elle avait proposé de lui payer un verre et il avait accepté.

Tandis qu'ils s'avançaient vers le bar, c'est comme si le pub se vidait autour d'eux ; chacun ne voyait et n'entendait que l'autre. Les corps ivres qui dansaient, les voix et le *beat* insistant de la musique qui emplissaient la salle n'existaient plus. Libby lui avait parlé de son job d'infirmière et il lui avait raconté qu'il avait travaillé dans l'industrie automobile jusqu'à ce que les voitures sans chauffeur rendent son job inutile. Ils semblaient partager le même mépris pour ces véhicules, mais Libby n'avait pas voulu gâcher la soirée en expliquant pourquoi elle ne les aimait pas.

Elle avait apprécié qu'il lui pose autant de questions qu'elle lui en posait et son regard avait une chaleur qui lui donnait envie d'y plonger et de tout apprendre sur lui. Quand il riait, des fossettes apparaissaient sur ses joues. Les murs qu'elle avait passé deux ans à édifier depuis le départ de William s'écroulèrent rapidement. Elle n'avait jamais ressenti d'envie aussi intense que son désir de l'embrasser, là, à cet instant. Mais elle s'était retenue.

« Tu veux qu'on aille dehors ? C'est moins bruyant », avait-il proposé. Elle avait accepté.

Le jardin du pub était illuminé de guirlandes et de lanternes électriques, qui donnaient à tout l'espace extérieur une couleur ambrée sous le ciel nocturne. Les guirlandes électriques entouraient les branches des trois arbres et des haut-parleurs diffusaient une playlist de *Balearic beat* qui allait très bien avec le décor. Une table s'était libérée au moment où ils avaient débouché dans le jardin ; ils s'y étaient assis, tandis qu'une serveuse avait déposé une bougie dans un pot de terre cuite entre eux deux.

Une minute durant, ils étaient restés assis simplement à se regarder, dans un silence qui n'avait rien de gêné.

« C'est peut-être l'alcool qui me fait dire ça, avait fini par oser Libby, mais j'ai l'impression qu'on se connaît depuis toujours, pas depuis deux heures.

— Moi aussi. Et non, je ne pense pas que ce soit l'alcool. »

Il avait tendu la main pour prendre son verre. Son petit doigt avait brièvement effleuré le sien. Libby avait avancé la main pour retrouver ce contact.

Ils avaient passé une heure encore à parler, jusqu'à ce que Libby n'en puisse plus. Elle s'était penchée en avant, avait posé la main sur son bras et avancé les lèvres jusqu'aux siennes. Un premier baiser entre deux personnes amoureuses, le baiser de deux personnes qui se connaissent parfaitement, jusqu'à n'en former qu'une. Elle aurait voulu qu'il n'ait pas de fin.

Elle avait soudain senti qu'on la tirait par la manche.

« Libs, je suis vraiment désolée mais on a besoin de toi, avait dit Nia d'une voix pressante.

— Quoi ? avait répondu Libby, agacée.

— Je suis vraiment désolée », avait ajouté Nia à l'intention du nouvel ami de Libby. Puis : « Cerys est tombée du réservoir de la chasse d'eau.

— Tombée de la chasse d'eau ? Mais qu'est-ce qu'elle foutait dessus ?

— Elle a bu trop de vodka-orange, et elle était montée dessus pour danser mais elle a glissé et elle est tombée la tête la première. Elle est assommée. On a appelé une ambulance.

— Merde ! » Libby s'était tournée vers celui dont elle ignorait encore le nom. « Je reviens », avait-elle dit en lui souriant, pleine d'espoir, et en se levant. « Attends-moi là, je t'en prie. »

Dans les toilettes des femmes, elle avait bien vu que ce qui était arrivé à Cerys était sérieux. Et en accompagnant son amie sur le brancard jusqu'à l'ambulance, elle avait tourné la tête pour *le* voir une dernière fois mais des fêtards bloquaient l'entrée du jardin et elle n'avait pas pu le trouver du regard.

Six longs mois avaient passé et Libby n'avait toujours pas chassé l'étranger de son esprit. Elle s'était même surprise une fois à parcourir les rayons de parfum du grand magasin John Lewis et à vaporiser des échantillons d'eau de Cologne sur des bouts de carton pour essayer de retrouver l'odeur de celle qu'il portait.

Elle se maudissait de ne pas lui avoir demandé de répéter son nom : sans ça, le retrouver en ligne devenait une tâche herculéenne. Elle avait passé des heures à chercher sur Internet, à donner sa description en laissant son adresse e-mail au cas où quelqu'un le reconnaisse. À l'exception de quelques farceurs, personne ne lui avait répondu.

Deux fois, elle avait refait le trajet de cent-quarante kilomètres pour revenir à ce bar de Manchester, au cas peu probable où il en soit un client régulier. Mais malgré les heures passées assise seule dans un box à observer les gens, il était resté invisible. Les serveurs ne reconnaissaient pas sa description, et il n'avait pas « liké » la page Facebook du pub. Les compagnies de taxis ne pouvaient pas fouiller dans leurs archives sans nom. Une recherche LinkedIn sur d'anciens employés de l'industrie automobile n'avait donné aucune photo reconnaissable. Son dernier recours, une voyante, ne fut comme attendu d'aucune utilité.

Au fond d'elle-même, Libby savait qu'il était temps de reconnaître sa défaite. Elle ne retrouverait jamais l'homme sans nom. Elle se demandait si, en fin de compte, sa quête n'était pas qu'un prétexte pour ne pas chercher de nouvelle rencontre. C'était peut-être la relation idéale pour elle : si elle ne pouvait pas le retrouver, elle ne pourrait jamais vraiment le connaître, et il ne pourrait pas la décevoir. Il ne serait jamais comme William.

Sans s'en rendre compte, Libby était parvenue à destination. Elle hésita et regarda, de l'autre côté de la rue passante, le bâtiment vieux de deux cents ans. L'ancien hôtel de ville de Birmingham contrastait avec les immeubles voisins plus modernes. Influencé par l'architecture romane, il était fait de blocs calcaires et de briques gris pâle, avec des dizaines de piliers qui soutenaient son toit à deux pentes. C'était une construction impressionnante, mais elle appréhendait de devoir y passer toute la journée.

8

NG Commentçafonctionne.com

Quels sont les 5 niveaux de voitures sans chauffeur ?

Niveau 0 : Le conducteur effectue toutes les opérations.
Niveau 1 : La voiture peut aider à corriger sa trajectoire pour rester dans sa voie, limiter sa vitesse de croisière et contrôler le freinage.
Niveau 2 : Le véhicule peut aussi se garer sans assistance et accélérer seul.
Niveau 3 : La technologie permet au véhicule de rouler de manière autonome dans certaines circonstances.
Niveau 4 : La voiture peut tourner, freiner, accélérer, changer de voie, braquer, utiliser seule des signaux et répondre à des événements dans certaines zones délimitées. Le conducteur peut toujours en reprendre le contrôle.
Niveau 5 : Le véhicule est entièrement autonome. Il contrôle tout et ne nécessite aucune intervention humaine. Il n'y a ni frein manuel, ni volant.

Libby traîna des pieds sur les dalles de l'entrée, franchit les portes de verre coulissantes et se retrouva dans le hall. Les arômes de viennoiseries et de café attirèrent son attention et elle acheta au snack un pain au chocolat et une banane.

Elle évita l'ascenseur et choisit de retarder l'inévitable en montant les cinq étages à pied. Arrivée devant une solide double porte de chêne, aux charnières larges comme des avirons, elle lissa le moindre pli de son costume et pressa la sonnette. Un panneau de LED s'illumina en bleu clair.

« Empreinte digitale requise », entonna une voix de synthèse féminine. Libby leva sa main droite vers la caméra. « Empreinte vérifiée », reprit la voix, et la porte s'ouvrit.

Dans la pièce, elle compta six hommes et femmes, vêtus de costumes stricts. Certains parlaient dans des écouteurs branchés sur des téléphones portables, d'autres travaillaient devant des écrans d'ordinateur, mais Libby ne put voir de quoi il s'agissait. Deux agents de sécurité, masculins, habillés en noir des pieds à la tête, s'approchèrent d'elle. Chacun avait un iris légèrement décoloré, que Libby reconnut comme des lentilles intelligentes. *Pourquoi tout doit-il être intelligent, ces temps-ci ?* se demanda-t-elle. Nia avait peut-être raison : Libby aurait dû vivre au Moyen Âge – mais sans les dinosaures. Ils l'escortèrent jusqu'à une table.

« Mettez vos affaires dans cette caisse », demanda l'un d'un ton bourru. Libby obéit et y déposa son sac à main, sa montre et son téléphone portable.

« Ça fait longtemps que j'en ai pas vu un comme ça », dit le second en prenant le téléphone de Libby pour le montrer au premier. Il essaya d'en courber le châssis rigide, qui menaça de se briser.

« Faites attention ! dit Libby.

— Je parie qu'elle paye aussi encore en espèces », répondit son collègue.

Après les avoir passés aux rayons X, ils lui rendirent son sac à main mais placèrent téléphone et montre dans un casier à serrure en métal argenté, sous la table. À l'aide de disques blancs fixés à leurs paumes, ils scannèrent Libby de bas en haut à la recherche de matériel d'enregistrement ou de communication. Satisfait de voir qu'elle n'avait ni l'un ni l'autre, le plus petit des deux sortit un tampon de prélèvement d'un sachet scellé.

« Bouche », dit-il avant de placer le tampon de coton sur sa langue puis de l'introduire dans un étui cylindrique de la taille d'un capuchon de stylo.

Le visage tout près du sien, Libby remarqua qu'une minuscule image d'elle-même, vraisemblablement celle de sa carte nationale d'identité, accompagnée d'informations que lui seul pouvait lire, se reflétait dans sa lentille intelligente.

« Parlez là-dedans », reprit-il en tendant une tablette vers sa bouche. « Votre nom.

— Libby Dixon », répondit-elle. Une coche verte apparut sur l'écran du système de reconnaissance vocale. « Je vais devoir faire ça tous les jours ? Je n'imagine pas trop mon ADN ni ma voix changer beaucoup d'ici vingt-quatre heures.

— Le règlement, c'est le règlement. » Il l'amena devant une autre porte imposante. Il tapa un code et scanna son propre iris. La porte s'ouvrit sur une salle carrée de belle dimension. À l'intérieur, deux hommes et deux femmes étaient regroupés dans un coin sous des fenêtres cintrées opaques qui ne permettaient de voir ni dans un sens, ni dans l'autre. Dos à Libby, seules leurs têtes se tournèrent vers elle quand ils entendirent la porte s'ouvrir.

« Re-bonjour », dit Libby en souriant nerveusement sans viser quelqu'un en particulier. Ils répondirent sans un mot d'un hochement de menton, puis reprirent leur conversation.

C'était exactement le même décor stérile et inhospitalier que la veille. Quatre larges bureaux de bois étaient disposés en demi-cercle au centre de la pièce. Ils faisaient face à un mur en trois parties, sur lequel Libby devinait à peine les minces contours de douze écrans de télévision, dont l'un beaucoup plus grand que les autres. Dans l'angle de chaque écran, on lisait les mots « non connecté ». Des lambris d'acajou qui lui arrivaient à l'épaule tapissaient tout le tour de la salle.

Sur la gauche de Libby se trouvaient trois autres tables derrière lesquelles deux hommes, lunettes connectées sur le nez, étaient assis en silence. De simples tablettes, dont les claviers virtuels étaient projetés sur des surfaces de verre fumé, étaient posées devant eux. Maintenant que les téléphones et les tablettes avaient les mêmes capacités que les ordinateurs, Libby ne se souvenait même plus de la dernière fois qu'elle en avait vu un.

L'un des deux hommes était sténographe, il était là pour enregistrer et saisir numériquement tout ce qui se dirait une fois la séance commencée. L'autre était chargé de projeter les visuels sur le mur d'écrans. Ni l'un ni l'autre n'avaient prononcé plus de quelques mots, la veille.

Hésitant sur l'attitude à tenir avant que neuf heures sonnent, Libby sortit son pain au chocolat du sac en papier et en prit un morceau pour le manger.

« Il est interdit de consommer de la nourriture ici », dit avec dédain une femme qui portait une jupe bleu sombre aussi écossaise que son accent et une veste assortie. Libby se sentit rougir comme une élève grondée par son professeur et jeta la viennoiserie dans une poubelle métallique. « Cette poubelle est uniquement pour le papier », ajouta la femme.

Libby chercha en vain une autre poubelle, tendit le bras pour reprendre son pain au chocolat et le remit dans son sac à main. Tout à coup, une lumière verte se mit à clignoter sur le mur.

« Bien. Nous commençons ? » dit une voix, et un homme se tourna. Il détailla avec méfiance Libby de la tête aux pieds, tout en essayant de masquer son dédain d'un sourire fourbe. Jack Larsson, député, ministre du gouvernement, était le seul visage qu'elle eût déjà vu hors de la salle, lors de ses quelques apparitions télévisées. En s'avançant vers les tables, il sifflota les premières mesures d'une vieille chanson qu'elle reconnut, *Feeling Good*. Vu la nature sérieuse du sujet de la discussion à venir, ce n'était pas un choix des plus appropriés.

Ses collègues s'avançant eux aussi vers les tables, Libby hésita et attendit qu'ils soient tous assis pour tirer à son tour une chaise. Hier, la femme en jupe écossaise l'avait envoyée bouler parce qu'elle avait choisi un siège qui ne lui était apparemment pas destiné. La chaise de Libby était la plus éloignée de la sortie, qu'elle ne pourrait emprunter qu'au bout de la journée entière.

Jack Larsson excepté, elle n'avait aucune idée du nom des autres personnes. Un des agents de sécurité l'avait avertie que s'enquérir de détails personnels, ne serait-ce qu'un prénom, était strictement interdit. Mais on lui avait demandé de porter un badge argenté où était gravé MADEMOISELLE DIXON en majuscules noires.

Le chargé de projection déposa une valise métallique noire devant Jack Larsson, puis entra une combinaison sur un clavier électronique pour la déverrouiller. Il en sortit tout ce qu'elle contenait, cinq appareils électroniques semblables à des tablettes, et en tendit un à chacun. Libby fut servie la dernière.

« Commencez l'enregistrement », ordonna Jack Larsson.

« Enregistrement lancé », répondit le sténographe. Libby entendait à peine ses doigts qui couraient sur le clavier de verre.

« Bien, mesdames et messieurs, nous connaissons tous la procédure, à présent, reprit Larsson. Mais selon les dispositions relatives aux voitures autonomes de la loi sur la circulation routière, je suis tenu de vous rappeler que je déclare ouverte la réunion numéro trois mille cent vingt et un de la Commission d'Enquête sur les Accidents routiers.

Notre objet est d'entendre ce que la boîte noire de chaque véhicule aura à nous dire sur l'accident, et ainsi d'évaluer les responsabilités. Aujourd'hui, vous aurez sur vos épaules le poids de décider si les personnes impliquées dans des accidents mortels avec des véhicules sans chauffeur sont décédées légalement ou illégalement. Vous déciderez de qui est responsable, l'homme ou la machine. »

Libby savait ce qui allait suivre, et être forcée d'y participer lui faisait horreur.

9

C Commenquête.co.uk

À propos | Aide et Conseils | Campagnes | Soutien | Famille

Aide et Conseils > Nos Services

SI VOUS AVEZ ÉTÉ DÉSIGNÉ POUR SIÉGER À LA COMMISSION D'ENQUÊTE SUR LES ACCIDENTS ROUTIERS, VOICI CE QU'IL FAUT SAVOIR

1. La Commission est composée de quatre membres nommés par le gouvernement : un membre du Parlement et un représentant du Conseil de l'Ordre des médecins, du Défenseur des droits, du Conseil de la pluralité religieuse (l'organisation créée par les chefs religieux pour s'assurer que les principales religions pratiquées en Grande-Bretagne peuvent faire entendre leur voix dans les instances officielles).

2. Un cinquième membre, tiré au sort parmi la population, complète cette Commission, avec un mandat de cinq jours. Cette participation est obligatoire. À cause du caractère sensible d'une Commission d'Enquête, le fait d'être désigné pour y siéger ne doit être divulgué à personne.

3. La Commission se réunit une semaine par mois en différents endroits du pays, pour déterminer la cause des accidents de la route mortels.

4. L'identité des membres de la Commission et du personnel lié à celle-ci ne peut être consignée nulle part, pour que la Commission demeure impartiale et à l'abri des possibles répercussions liées à ses décisions.

Libby regarda chacun des autres membres du jury de la Commission tandis que son président, Jack Larsson, lisait à voix haute une série de règles et de directives impératives.

Jack Larsson étant ministre des Transports, son apparition la veille avait surpris Libby. Elle avait commencé par le trouver affable : il avait été le seul à se présenter, à lui serrer la main et à lui offrir un café. Bien qu'il approchât la soixantaine, son physique trapu et sa tête rasée lui conféraient une forme d'ascendant physique, d'autorité. Son nez et ses lèvres épaisses étaient forts, ses yeux noisette transperçaient tous ceux qui s'opposaient à lui aussi facilement qu'un foret s'enfonçait dans de l'eau. Son bronzage permanent dénotait un homme qui partait souvent en vacances à l'étranger.

Libby s'était sentie trop mal à l'aise la veille pour étudier franchement les autres jurés de la commission. Mais aujourd'hui, pendant que Larsson parlait, elle profita de l'occasion pour les détailler tous.

Elle situa l'Écossaise assise à la droite de Larsson autour de la quarantaine. Elle n'écoutait pas le discours, qu'elle avait déjà dû entendre des centaines de fois, et surfait sur sa tablette. Libby nota qu'à chaque fois qu'elle baissait les yeux sur quelque chose, ses lunettes sans monture glissaient sur le bout de son nez avant qu'elle les remonte.

À côté d'elle, un bel homme, plus jeune, qui représentait le Conseil de l'Ordre des médecins, et portait une veste de tweed vert olive coupée sur mesure, par-dessus une chemise blanche impeccable à boutons de manchette en argent en forme de gélules. Son regard onctueux comme du chocolat était de la même couleur que ses cheveux et que le duvet qui couvrait ses joues et son menton. Il ne lui avait accordé aucune attention et Libby ne l'avait encore jamais vu sourire. Hors de ces quatre murs, elle l'aurait peut-être trouvé séduisant.

Au bout de la rangée de bureaux trônait une femme bien en chair aux épais cheveux roux, peu ou pas maquillée, portant des vêtements ternes, informes, et une grosse montre bracelet noire. Elle avait un air moins sévère que la femme à la jupe écossaise. Un poil solitaire dépassait d'une de ses narines, et Libby eut du mal à ne pas se pencher en avant pour le lui arracher. Les lettres PR, acronyme de pluralité religieuse, étaient brodées au revers de sa veste.

Et puis il y avait Libby. Sa participation obligatoire avait débuté lorsqu'un jeune coursier en maillot fluorescent lui avait fourré dans les mains une enveloppe matelassée alors qu'elle s'apprêtait à partir travailler, un matin. Il était remonté sur son vélo et avait disparu en pédalant à toutes jambes avant qu'elle ait le temps de l'ouvrir, d'en lire les instructions et de la lui rendre.

Que Libby, qui détestait profondément tout ce qui était sans pilote, eût été désignée entre tous, lui avait fait croire à un canular. Elle avait, une fois, participé à une manifestation de vingt mille personnes et marché sur Downing Street pour exprimer son inquiétude face aux voitures de niveau 5. Elle avait donc supposé qu'une fois la Commission avertie de son opinion, sa réquisition serait vite abandonnée. Il n'en fut rien. Et ne connaissant personne qui aurait également été réquisitionné avant elle, Libby avait été à la pêche aux informations sur Internet. Mais elle n'avait pas trouvé grand-chose.

Tous les grands fournisseurs d'accès internet étaient contraints légalement de retirer et de bloquer tous les commentaires enflammés contenant des comptes rendus ou des spéculations sur ce qui se passait lors d'une Commission d'Enquête sur les Accidents routiers.

En dernier recours, elle avait consulté le site officiel de la CEAR et n'y avait trouvé qu'une vidéo de cinq minutes ne débitant que la propagande gouvernementale. Le gouvernement avait créé la Commission sous la pression des opposants au contrôle absolu des voitures par l'Intelligence Artificielle.

S'appuyant sur les images des caméras embarquées et les données des boîtes noires, elle décidait si un accident mortel relevait de la responsabilité de l'IA du véhicule ou du Passager. Dans le premier cas, les constructeurs automobiles et les assureurs payaient conjointement les dommages et intérêts demandés. Il fallait ensuite faire la coûteuse reprogrammation logicielle nécessaire pour que l'erreur ne se reproduise pas.

Mais Libby savait que la Commission donnait très rarement tort à l'Intelligence Artificielle, système perçu comme virtuellement infaillible. Elle avait lu des articles sur des familles endeuillées, en colère, protestant contre les décisions iniques de la Commission, qui avait fait porter à leurs proches tout le poids de la responsabilité d'un accident mortel. Ceux qui avaient un lien familial avec les victimes n'avaient pas le droit de faire appel et souvent, des familles qui venaient de perdre celle ou celui qui leur permettait de vivre finissaient ensuite par perdre aussi leur maison.

La manière dont la Commission tranchait restait également secrète. La Commission était souveraine et n'avait pas à motiver ses décisions. Pour quelqu'un comme Libby qui croyait en la transparence absolue, c'était un autre aspect déplaisant du processus.

Le jour de sa convocation approchant, elle s'était promis de profiter de ces cinq jours pour se faire la voix de la minorité et pour remettre en question les décisions quand elle le jugerait nécessaire.

Mais une fois arrivée dans la salle de la Commission, elle avait rapidement vu ses bonnes intentions contrecarrées. À chaque fois qu'elle faisait connaître son point de vue, Jack Larsson, si amical au début, la rabaissait et la poussait à se taire. Son comportement passif-agressif envers elle était si subtil qu'elle s'était demandé si elle ne l'inventait pas. Enfin, à sa grande honte, elle s'était rencognée sur son siège, vaincue. Dans le monde réel, elle n'aurait pas hésité à résister, pour elle-même ou pour ses patients. Mais cette salle ne représentait pas le monde réel. C'était un club privé et on ne lui avait accordé qu'un statut de visiteur.

Tout à coup, Libby prit conscience que tous les regards étaient fixés sur elle.

« Mademoiselle Dixon, vous vous ennuyez déjà ? dit Jack Larsson en souriant. Vous voulez que je répète ce que je viens de dire ?

— Non, je vous en prie, continuez, murmura-t-elle, la bouche sèche.

— Que c'est généreux de votre part, dit la femme en jupe écossaise.

— Bien. En espérant que notre invitée n'aura plus de sautes d'attention, nous pouvons commencer, reprit Larsson en adressant un clin d'œil à Libby. Et je dois vous prévenir que dans ce que vous allez voir, il y a des éléments particulièrement durs. »

Libby crut déceler un éclair de plaisir dans l'œil de Larsson tandis qu'il demandait qu'on lance la projection.

10

JUDE HARRISON

Jude restait pétrifié dans son véhicule, les mains serrées de chaque côté de son crâne, la bouche ouverte. Il regardait impuissant, sur son écran, la carte du GPS calculer un itinéraire sur lequel il n'avait aucun contrôle. Il allait arriver à une adresse en Écosse dans deux heures et vingt-cinq minutes.

Dans sa tête, il se repassa la voix qui avait jailli quelques instants plus tôt des haut-parleurs pour l'informer que quelqu'un d'autre contrôlait sa voiture. À l'en croire, il allait bientôt mourir. Il tendit le bras pour appuyer sur le bouton de déverrouillage de la portière, mais rien ne se produisit. En se penchant, il essaya celui de l'autre portière, là encore sans résultat.

« OK, vous m'avez bien eu, dit-il à voix haute. Je ne sais pas qui vous êtes, mais vous vous êtes bien amusé. Maintenant, est-ce que vous pouvez me rendre ma voiture, s'il vous plaît ? »

Il attendit une réponse, mais rien ne vint. La voiture continuait de rouler dans une direction qu'il n'avait pas choisie.

« Réfléchis, réfléchis ! » marmonna-t-il en appuyant sur diverses icônes de son tableau de bord pour essayer de reprendre le contrôle à la fois de la voiture et de la destination programmée. Mais rien de ce qu'il faisait n'avait d'effet.

« Voiture, connecte-toi à Internet, dit-il, pensant que le système d'exploitation de la voiture allait lui permettre d'accéder à son manuel d'utilisation et de prendre le dessus sur le GPS.

— Véhicule déconnecté, répondit la machine.

— Non, insista Jude. Je veux que tu te connectes à Internet.

— Véhicule déconnecté », répéta la voiture.

Jude essaya toute une série de phrases différentes, espérant que l'une d'elles aurait du succès. « Désactivation du système. Mise en stationnement. Rendre les commandes au Passager. Ouverture du manuel d'utilisation. » La voiture n'obéit à aucune. D'impuissance, il hurla : « Voiture, fais ce que je te dis, merde ! »

Il y eut un silence, puis la voiture répondit : « Non. »

Jude hésita. Il n'avait encore jamais entendu la voiture utiliser ce mot. D'habitude, si elle était incapable d'obéir à un de ses ordres, la voiture était programmée pour répondre poliment un « Je suis désolée, cette demande ne peut aboutir pour l'instant », suivi d'une explication. Jamais un refus pur et simple.

Il sortit de sa poche des écouteurs qu'il brancha sur le tableau de bord pour passer un coup de téléphone.

« Appel des services d'urgences, articula-t-il.

— Non », répondit le système d'exploitation.

Jude se souvint qu'à chaque fois qu'il montait en voiture, son téléphone se connectait automatiquement au wi-fi du véhicule. Il farfouilla dans la boîte à gants pour en extraire son combiné. Il trouva un moyen de déconnecter le wi-fi et de reconnecter le téléphone à un réseau 5G. Mais le symbole confirmant qu'il était bien sur le réseau s'évanouit à peine apparu. Un message afficha : PAS DE SIGNAL. Il inspira à fond et essaya de regarder dehors pour pouvoir chercher de l'aide, mais les vitres demeuraient opaques.

Tout à coup, les haut-parleurs s'éveillèrent, le faisant sursauter. Cette fois, c'était la voix d'une femme, qui sanglotait :

« Par pitié, laissez-moi sortir ! Je ne vous ai rien fait ! »

Jude tenta de lui répondre.

« Allô ? Qui est là ?

— Qui… Qui êtes-vous ? répliqua-t-elle, tout aussi hésitante.

— Jude… Jude Harrison. Quelque chose est arrivé à ma voiture.

— Je m'appelle Claire Arden et je suis dans une Skepter AR5, immatriculée FGY778. Je partais travailler quand ma voiture a changé de destination et une voix m'a annoncé que j'allais mourir. Mon téléphone ne marche plus. Vous pouvez envoyer quelqu'un pour m'aider ?

— J'aimerais bien, mais je suis dans la même situation que vous, répondit Jude. Je suis coincé dans ma voiture et je ne peux pas sortir.

— Je ne comprends pas. Ben m'a dit qu'il avait pris l'option assistance complète et dépannage d'urgence. Vous n'êtes pas le technicien ?

— Non, je suis désolé. J'ai essayé tout ce que je pouvais, mais je n'arrive pas non plus à arrêter ma voiture.

— Pourquoi… Pourquoi ça, alors ? Qu'est-ce qu'ils me veulent ? Ils veulent de l'argent ? Je n'ai pas grand-chose, mais je peux essayer d'en trouver…

— Est-ce que quelqu'un vous a dit qu'on avait piraté votre voiture ?

— Oui.

— Et on vous a demandé de l'argent ?

— Non. Tout ce qu'on m'a dit, c'est que dans deux heures et demie, j'allais mourir. »

Sa voix se brisa et Jude l'entendit se remettre à pleurer.

« On m'a dit la même chose, reprit-il.

— Qui peut nous aider ?

— Aucune idée. Je crois qu'on va devoir attendre qu'on nous explique…

— Sam, qu'est-ce qui se passe ? » Une autre voix de femme surgie de nulle part résonna dans la voiture de Jude.

— Je ne sais pas. Essaye de rester calme, fit une troisième voix, masculine cette fois.

— Allô ? » crièrent en même temps Jude et Claire.

Il y en a encore combien comme ça ? pensa Jude. « Vous pouvez nous aider ? demanda-t-il.

— Mais qui êtes-vous ? répondit l'homme.

— On est coincés dans nos voitures, impossible de sortir. Vous pouvez nous aider ? Vous avez accès à un réseau de téléphone ou au wi-fi ?

— Non. Ma femme et moi… Quelqu'un nous a enfermés… »

Mais avant que la voix d'homme puisse poursuivre, le tableau de bord de Jude s'illumina et il vit son image sur l'écran télé. Il était filmé de face, depuis la caméra intégrée à son tableau de bord. Puis d'autres petits écrans apparurent, montrant des visages inconnus. Jude en compta cinq en tout.

Son cœur se mit à battre à tout rompre quand il entendit la confusion et la panique des autres Passagers, qui suppliaient qu'on leur explique ce qui leur arrivait.

Puis, aussi vite qu'ils étaient apparus, le son fut coupé et un silence menaçant retomba sur Jude.

11

Manuel d'utilisation de votre Zephertron Mark 5

5b. Comment votre voiture s'adapte-t-elle aux conditions météo ?

De leur usine de départ dans la Silicon Valley californienne à la chaleur extrême du désert de Gobi, des feux de forêts australiens à la glace sibérienne, les véhicules d'essai pilotés par l'Intelligence Artificielle d'AI Vehicles ont parcouru quinze millions de kilomètres dans le monde entier. Ils ont affronté les pluies de cendres des volcans norvégiens, les ouragans du Midwest américain et la pollution du smog chinois. Au Royaume-Uni, il n'y a pas une route qui n'ait été parcourue par un véhicule autonome. Toutes les données recueillies, aussi infimes soient-elles, sont analysées et servent à mettre à jour la technologie utilisée par chaque modèle de véhicule.

Jack Larsson leva la main droite et abaissa son index pour donner le signal à un de ses assistants.

« Cas numéro trois cent vingt-deux », commença-t-il, et la vidéo d'un véhicule qui roulait apparut sur les tablettes des jurés de la Commission. Des lasers fixés au mur projetaient en même temps vers une table au centre de la pièce un hologramme en trois dimensions d'une rue où on pouvait voir sous tous les angles des véhicules qui se déplaçaient.

Libby supposa que la vidéo qui passait sur sa tablette, vu le positionnement et la proximité de la chaussée, provenait des caméras HD intégrées à la calandre à l'avant du véhicule. Diverses données s'affichaient dans l'angle de l'écran : vitesse, conditions météo, pente de la rue et coordonnées géographiques, notamment.

« Cet incident s'est produit dans un nouveau quartier, juste en dehors de Hemel Hampstead, reprit Larsson. La voiture est une Howley ET, un véhicule autonome de niveau 5 construit en graphène et en plastique renforcé au carbone, comme la plupart des autres modèles. Première main, pas d'incidents répertoriés jusqu'ici, vignette et assurance à jour, et on venait de télécharger la dernière version du logiciel. »

Libby regardait sur sa tablette la voiture qui roulait à une vitesse constante de quarante kilomètres-heure. La vidéo passa à une image prise depuis le tableau de bord.

« La température extérieure était de vingt-deux degrés, poursuivit Jack Larsson. Il ne pleuvait pas, le véhicule roulait à cinq kilomètres-heure en dessous de la limite autorisée, sur une route à séparateur central sèche qui avait été regoudronnée trois mois plus tôt. Il y avait un Passager à l'intérieur et le véhicule roulait depuis vingt-deux minutes consécutives dans une circulation modérément encombrée dans les deux sens. »

Tout à coup, un cyclomoteur blanc surgit et tenta de doubler la voiture. Libby repoussa son siège, inquiète de ce qui allait advenir. Son regard passa aux projections holographiques, et elle vit le cyclomoteur se rabattre entre la Howley et le camion qui la précédait, mais accrocher le pare-chocs avant du côté droit. Soudain, le cyclomoteur fit un écart sur sa gauche et, alors que son pilote tentait d'en reprendre le contrôle, partit en tête-à-queue. Derrière, la voiture freina brutalement, mais sans dévier de sa trajectoire pour l'éviter. Puis, aussi vite qu'il était apparu, le cyclomoteur bascula sur un côté et plongea avec son pilote sous la voiture, disparaissant de l'écran.

Jack Larsson leva à nouveau la main pour un second signal. Sans prévenir, la caméra fut remplacée par une autre fixée au châssis de la voiture. Sur les tablettes des jurés et sur le plus grand des écrans muraux apparut une jeune femme, étendue immobile sur la route, les membres faisant avec son corps des angles bizarres, le côté gauche du crâne enfoncé. Son casque était à côté d'elle. Libby détourna les yeux de sa tablette, mais se retrouva face à la même image figée, en bien plus grand, sur le mur d'écrans.

Une nausée l'envahit quand, l'espace d'un instant, elle se retrouva transportée deux ans en arrière dans Monroe Street, à Birmingham. Elle se revit, debout dans la rue, totalement impuissante, à respirer l'odeur de caoutchouc des pneus, à sentir le crissement des éclats de verre sous les semelles de ses baskets, et à regarder fixement ses mains, ses poignets, les manches de son chemisier, tachés de sang. Elle cligna des yeux pour chasser ce souvenir.

Aucun des six cas présentés à la Commission la veille n'était aussi visuellement explicite que celui qu'elle venait de voir. Elle tourna la tête pour observer ses collègues mais ils ne montrèrent aucun signe d'émotion. Ils faisaient ça depuis si longtemps qu'ils étaient insensibles à la mort. Pas Libby. D'autant plus que la mort l'avait poursuivie toute sa vie.

L'homme aux cheveux et aux yeux bruns représentant le Conseil de l'Ordre des médecins se leva et dirigea un pointeur laser vers le mur. Un point rouge apparut tandis que la séquence se répétait au ralenti. Libby garda les paupières closes.

« Comme vous pouvez le voir, dit l'homme, lorsque la motocycliste apparaît, le véhicule ne peut quasiment rien faire pour l'éviter. Il fait ce qu'il est programmé pour faire, et freine au maximum, mais la collision est inévitable.

— Quelle fut la cause du décès ? demanda Larsson.

— L'autopsie a révélé que le décès était dû à de sévères lésions au tronc cérébral, au cortex cingulaire et à la boîte crânienne. La mort a vraisemblablement été instantanée.

— Qu'est-il arrivé à son casque ? demanda la femme à la jupe écossaise. Il a été arraché lors du choc ?

— Oui. Il n'était pas attaché correctement. Un labo indépendant l'a analysé et n'a détecté ni microfissures dans la coque, ni problèmes à la mentonnière, ni défaut de fabrication. »

Jack Larsson renifla sèchement : « La vanité. Voilà la vraie cause de tout ça, vous pouvez me croire. Une écervelée plus préoccupée de son apparence que de sa sécurité. »

Libby ouvrit les yeux et la bouche pour protester mais n'en eut pas le courage.

« Que savons-nous du Passager ? demanda la représentante de la pluralité religieuse.

— Un homme, trente-sept ans, qui travaille dans le quartier financier de Londres. Pas de casier judiciaire ni de condamnation, détailla Larsson. Il a deux enfants de moins de cinq ans et est l'unique source de revenus du foyer. Visiblement, il a été très choqué par tout ça, et a payé très cher les réparations obligatoires à effectuer sur son véhicule.

— Et la victime ? »

Jack Larsson lui lança un regard lourd d'avertissement.

« Vous savez très bien que nous n'appelons jamais "victimes" les personnes décédées. Il n'y a pas de victimes ici, sauf si nous concluons que le décès est dû à des causes illicites. » La représentante des religions baissa la tête comme un enfant pris en faute et Larsson poursuivit : « La motocycliste avait dix-neuf ans, un casier judiciaire vierge également. Elle était étudiante en première année de théâtre. Pas de personne à charge connue. »

Libby repensa à ses vingt ans et à la manière dont sa vision de la vie avait changé le jour où son frère s'était suicidé. Tout avait basculé après qu'elle eut découvert le corps de Nick pendu au lustre de sa chambre. Les dissensions familiales étaient apparues instantanément et n'avaient fait que se creuser avec les années. C'était sa faute s'il était mort et elle ne se pardonnerait jamais d'avoir laissé ce drame se produire. L'incapacité qu'il avait alors à parler et à exprimer ses inquiétudes resterait à jamais le plus grand regret de Libby. Il ne fallait pas que ça se reproduise.

Tout à coup, le besoin de défendre la motocycliste se fit irrépressible. La vie de cette fille valait plus qu'un numéro de cas.

« Comment s'appelait-elle ? demanda Libby doucement.

— Qu'est-ce que ça peut faire ? répliqua la femme en jupe écossaise, penchant la tête en avant, ce qui fit glisser ses lunettes sur le bout de son nez.

— J'aimerais le savoir, c'est tout. »

La femme leva les yeux au ciel et se tourna vers un des assistants, dans un coin de la salle. Il balaya son écran et quelque chose apparut sur la tablette de l'Écossaise. Elle allait répondre quand Jack Larsson intervint.

« Son nom doit rester secret, coupa-t-il.

— Quelles étaient ses notes ?

— Là aussi, l'information est classée secrète, mademoiselle Dixon. »

Libby n'était pas prête à renoncer. « Vous dites qu'elle n'avait pas de personne à charge connue. Quelle famille avait-elle, exactement ?

— Classé secret. »

Cette fois, Larsson haussa les épaules, comme pour s'en excuser. Mais tout le monde dans la salle savait qu'il valait mieux ne pas lui faire confiance.

« Et le nom du conducteur de la voiture qui l'a tuée ? »

Jack Larsson hocha la tête. « J'apprécie votre nature curieuse, on dirait un chiot qui s'excite facilement. Cependant, rien de tout cela n'aura d'influence sur notre décision, je le crains. » Il se tourna vers la femme en jupe écossaise. « Y a-t-il des défaillances du véhicule à signaler ?

— La boîte noire a été examinée selon la procédure normale, avec un diagnostic complet, et on n'a signalé aucune erreur. D'un point de vue légal, c'est sans l'ombre d'un doute une erreur humaine de la part de la motocycliste.

— Pourquoi la voiture n'a-t-elle rien fait pour l'éviter ? reprit Libby. Elle a seulement freiné. »

Jack regarda les autres et leva les yeux au ciel, puis lui offrit un autre sourire hypocrite : « N'êtes-vous pas au courant de la manière dont un véhicule autonome fait ses choix dans une situation de danger mortel, mademoiselle Dixon ?

— Si, bien sûr, mais… »

Mais Larsson ne s'intéressait pas à la réponse de Libby et la coupa : « Alors vous savez que si un véhicule comme celui que nous venons de voir freine sans changer de trajectoire, c'est qu'il a calculé les risques et fait son choix pour une très, très bonne raison.

— Regardez les côtés droit et gauche de l'hologramme », ajouta l'homme aux cheveux bruns. Il était moins condescendant que Larsson, mais ne l'avait pas encore regardée dans les yeux une seule fois. « D'un côté, il y a des voitures en stationnement, de l'autre, un flux de véhicules en mouvement.

Braquer vers l'autre voie de circulation aurait pu faire plus de morts. Juste derrière les véhicules stationnés, il y a un trottoir – de cet angle-là, vous voyez qu'il y a au moins douze piétons. Une collision avec une de ces voitures aurait pu la mettre sur leur chemin.

— *Aurait pu*, répéta Libby. Mais ça n'est en aucun cas une certitude, si ? »

Le silence se fit, et Libby prit conscience que même les assistants se regardaient d'un air gêné. Mais elle n'était pas prête à battre en retraite.

« Avez-vous une projection ? Quelles voitures exactement celle-ci aurait pu heurter, le matériau dont elles sont construites, et la force d'impact nécessaire pour les envoyer sur le trottoir ? demanda-t-elle.

— Je… Je ne pense pas que nous ayons ça, répondit la femme en jupe écossaise.

— Ne devrions-nous pas disposer de toutes ces informations avant de pouvoir prononcer un verdict ?

— Mademoiselle Dixon », commença Larsson qui vint se planter devant Libby. Elle se sentit tout à coup petite et insignifiante devant lui, qui la dominait. « Auriez-vous préféré que le véhicule calcule une trajectoire qui aurait sacrifié la vie du conducteur et celle de passants pour sauver une jeune écervelée ? D'autres personnes auraient-elles dû payer de leur vie son idiotie ? »

Libby se mordit la lèvre inférieure pour l'empêcher de trembler. « Je pensais que c'était l'objet de cette Commission, discuter de ce qui s'était passé et prendre la décision ensemble ? Aujourd'hui, c'est exactement comme hier : vous avez déjà décidé de votre verdict, et ce n'est jamais la faute du véhicule. »

Jack Larsson recula d'un pas et se pinça le haut du nez.

« Vous en êtes à, quoi, votre deuxième journée ici ? Je ne m'attends pas à ce que quelqu'un comme vous ait conscience des tenants et des aboutissants du développement de logiciels. Mais je m'attends, en revanche, à ce que vous ayez confiance en la parole du gouvernement. Les logiciels qu'utilise l'IA intègrent des principes humains qui contribuent à optimiser le processus de décision du véhicule. »

Plus Larsson se faisait condescendant, plus il poussait Libby à le défier.

« Vous voulez me faire croire que l'IA possède les mêmes capacités cognitives que vous et moi ? Une voiture ne ressent ni empathie, ni sympathie, et ne suit pas de code moral comme nous.

— Il nous reste beaucoup à voir, et il vaut peut-être mieux avancer, répondit Larsson. À moins que quelqu'un ait quelque chose à ajouter se rapportant à ce cas, je vous invite à passer au vote. »

Les autres, Libby exceptée, donnèrent leur accord.

« Si vous voulez bien cocher une des deux cases au bas de l'écran… »

Une sonnerie de téléphone dans un coin de la salle l'interrompit. L'un des assistants répondit et Libby le vit blêmir.

« Monsieur, dit-il en s'adressant à Larsson, nous allons devoir suspendre la séance pour l'instant. »

L'hologramme disparut et, en entendant un bip, toutes les têtes se tournèrent vers la double porte qui se déverrouilla et s'ouvrit en grand. Les deux costauds de la sécurité qui avaient fouillé Libby à son arrivée se précipitèrent dans la salle, suivis de leurs collègues.

« Quelqu'un m'expliquera-t-il ce qui se passe ? demanda Larsson.

— Je suis désolé de vous interrompre, commença sévèrement le plus petit des deux agents, mais il s'est produit une situation qui requiert votre attention immédiate. »

Il balaya l'écran de sa propre tablette jusqu'à ce qu'une chaîne d'info en continu apparaisse, puis la projeta sur l'un des écrans au mur. La chaîne diffusait l'image d'une femme dans un véhicule, apparemment paniquée, qui se précipitait d'une portière à l'autre, cognant des poings contre les vitres. Libby remarqua immédiatement qu'elle était enceinte.

« Qui est-ce ? » demanda la représentante des religions. Autour de l'image de cette inconnue affolée, trois écrans plus petits s'allumèrent. Chacun semblait montrer d'autres Passagers dans d'autres voitures, tous visiblement apeurés et désorientés.

« Jack ? » fit la femme en jupe écossaise, se tournant vers lui pour obtenir une réponse. À l'expression vide de Larsson, Libby supposa qu'il n'en savait pas plus qu'elle.

« Montez le son », dit-il quand une présentatrice prit la parole.

"Pour les téléspectateurs qui nous rejoindraient, nous essayons toujours de vérifier l'authenticité de ce direct. Mais si ce que nous avons appris est vrai, il semblerait que quatre véhicules sans chauffeur aient échappé au contrôle de leurs Passagers. Nous attendons encore une déclaration officielle, mais il n'est pas impossible que les véhicules que vous êtes en train de voir aient été piratés."

« C'est ridicule, fit Larsson, dédaigneux. C'est impossible.

— C'est du sensationnalisme, répondit la femme en jupe écossaise. Comment osent-ils diffuser ça ? Ils sont irresponsables ! »

Larsson se tourna vers le plus petit des agents de sécurité.

« Appelez-moi Westminster sur une ligne sécurisée immédiatement. »

Le regard de Libby passait d'un Passager à l'autre, chacun réagissant de manière différente à ce qui lui arrivait. Tout à coup, tandis qu'un cinquième écran s'allumait, elle demeura bouche bée, le souffle coupé.

12

> **AI** ACTUALITÉS INTERNATIONALES
>
> **Édition : Royaume-Uni** **Londres, 6 avril**
>
> **DYSFONCTIONNEMENT LOGICIEL DANS DES VOITURES AUTONOMES DE NIVEAU 5**
>
> **Les Passagers de plusieurs voitures autonomes britanniques auraient des difficultés à sortir de leur véhicule.**
> Une source anonyme diffuse en direct sur les réseaux sociaux des vidéos de Passagers en détresse à différents endroits du pays.
> Le ministre de l'Intérieur, Harry Dowling, est intervenu sur Twitter pour assurer les Passagers de niveau 5 qu'il « n'y a pas de quoi s'alarmer » et qu'une enquête est en cours.

CLAIRE ARDEN

Les voix des autres Passagers enfermés offrirent à Claire un minuscule semblant de réconfort. Au moins elle n'était pas seule à être retenue contre son gré. Mais quand le son de la stéréo fut coupé aussi brusquement qu'on l'avait allumé, elle se sentit à nouveau seule. L'angoisse avait un goût acide de plus en plus brûlant et elle déglutit pour la contenir, plutôt que de la laisser la consumer entièrement.

Ben saurait quoi faire, se dit-elle. *Ben sait toujours quoi faire.* Elle se figea – elle avait oublié un instant qu'elle ne pouvait pas l'appeler. Claire étudia les options qui s'offraient à elle. Elle ne pouvait demander de l'aide ni à la police ni à ses amies, ça aurait exigé trop d'explications. Ce qui ne laissait qu'une seule personne. *Andy. C'est le seul.*

Ça faisait trois Noëls qu'elle n'avait pas vu son frère, même s'ils avaient gardé le contact via de vagues et rares messages téléphoniques, et elle ne savait pas exactement où il vivait depuis sa libération conditionnelle anticipée. Elle ne pouvait qu'espérer qu'il n'habite pas trop loin. S'il répondait au téléphone et qu'elle lui disait toute la vérité sur ce qui s'était passé plus tôt dans la matinée, elle était sûre qu'il ne la jugerait pas. Mais le connaissant comme seuls des frères et sœurs peuvent se connaître, elle ne doutait pas qu'il demanderait une contrepartie financière à son assistance et à son silence.

« Roxanne, dit-elle à voix haute (c'était le nom qu'avait donné Ben au système d'exploitation de la voiture, celui d'une de ses ex-petites amies, que Claire avait rencontrée une fois et immédiatement détestée. Ben avait trouvé ça très drôle.), je dois téléphoner à Andy… » Mais elle n'eut pas l'occasion d'en dire plus.

« Système de communication déconnecté », répondit Roxanne.

Claire tenta plusieurs fois de réitérer sa demande, sans succès.

La compréhension fut brutale. Elle ne pouvait pas sortir de la voiture. Elle était totalement seule. Et comme pour lui rappeler sa présence, elle sentit dans son ventre le bébé donner un nouveau coup de pied. Claire se corrigea : elle n'était pas seule, elle était avec son fils. Et pour lui, il fallait qu'elle survive à cette épreuve. Il fallait qu'elle le protège comme jamais encore elle n'avait protégé quelqu'un, pas même Ben. Pour lui, elle ne devait pas renoncer.

Lorsque le bébé recommença à gigoter et à donner des coups de pied, Claire espéra que le stress de ce qui se passait ce matin-là ne le faisait pas souffrir. Tout ce qu'elle pouvait faire, c'était appliquer les méthodes de respiration qu'elle avait apprises à ses cours d'accouchement sans douleur. Elle se rappela comment Ben et elle gloussaient nerveusement pendant les cours, et comment il avait blêmi lorsqu'on l'avait obligé à regarder la vidéo d'un accouchement. Elle commença par une inspiration lente et profonde, purificatrice, avant de poursuivre par d'autres plus brèves et plus douces. Au bout de quelques instants, elles semblèrent avoir de l'effet et le bébé se calma.

« On va s'en sortir, lui murmura-t-elle, en massant doucement son ventre gros comme un ballon de football. Reste calme, et on va trouver le moyen de sortir de là. On a réussi à arriver jusqu'ici, on ne va pas abandonner maintenant. »

Claire jeta un regard furtif vers l'arrière de la voiture et le fin duvet sur sa nuque se hérissa. « Maman va faire ce qu'il faut, quoiqu'il arrive. »

13

« C'est pas possible ! » chuchota Libby qui fixait un des écrans, en croyant à peine ses yeux. Elle inclina la tête, les yeux rivés sur lui, et tenta de retrouver son souffle. Elle ignora les autres Passagers et la confusion qui régnait dans la salle de la Commission pour se concentrer sur un seul visage.

La personne que tu cherches depuis six mois est coincée dans une voiture sans chauffeur !

Le côté rationnel du cerveau de Libby prit les commandes et elle se demanda si c'était vraiment l'homme qu'elle avait rencontré au pub six mois auparavant. Son esprit lui jouait-il des tours ? Ou était-ce quelqu'un qui lui ressemblait beaucoup ? Impossible d'en être certaine.

Lentement, elle étudia son apparence. La ressemblance était troublante. Il était plus mince que dans son souvenir. Ses pommettes étaient plus prononcées et ses yeux n'avaient plus l'éclat qu'elle se rappelait parfaitement. Mais elle ne doutait pas que dans sa situation, elle aussi aurait les yeux moins pétillants.

Le seul moyen d'être sûre que c'était bien lui qu'elle voyait, c'était de l'entendre parler. Il remuait les lèvres mais les haut-parleurs de la salle n'émettaient aucun son. Libby envisagea d'expliquer la situation aux autres jurés de la Commission, mais l'assurance qu'elle avait réussi à se forger quelques instants plus tôt pour s'opposer à Jack Larsson avait disparu aussi vite qu'elle lui était venue, et la rendait muette. Pour le moment, elle n'allait rien dire.

Libby détourna son regard de l'écran, un instant distraite par l'assistant chargé des projections sur le plus grand des murs. Il balaya frénétiquement l'écran de sa tablette dans tous les sens, avant de s'emparer de celle de son collègue le sténographe pour faire de même. « Rien ne marche, dit-il. Je ne comprends pas. Je ne maîtrise plus ce qui est projeté.

— Qui le contrôle, alors ? » demanda son collègue.

Il haussa les épaules.

Pendant ce temps, un des agents de sécurité tendait un téléphone à Larsson. Celui-ci s'éloigna vers la porte, assez loin pour ne pas être entendu, et se mit à tourner en rond sur le seuil, tandis que tous les regards convergeaient vers lui en attendant l'explication de ce qui passait sur les écrans. À voir son visage qui rougissait lentement, à ses veines qui commençaient à saillir de chaque côté de son cou épais, il était clair qu'il perdait patience.

« Eh bien trouvez-moi quelqu'un qui *pourra* me le dire ! » finit-il par aboyer avant de raccrocher.

« Jack ? demanda le seul autre homme de la Commission. Que se passe-t-il ? »

Larsson prit le temps de rassembler ses esprits. « Ça reste à confirmer, mais il n'est pas impossible que quelques véhicules aient été… *temporairement* compromis.

— Que voulez-vous dire par “compromis” ? demanda la représentante des religions.

— Vous voulez dire qu'ils ont été piratés ? » renchérit son collègue.

Larsson ne répondit pas et Libby sentit son estomac se serrer et se réduire à la grosseur d'un poing.

« Je ne dis pas que c'est ce qui arrive. Je dis qu'il existe une *possibilité* que quelque chose de cet ordre se soit produit. J'attends de plus amples informations de mes collègues du ministère de l'Intérieur et du ministère des Transports.

— Piratés ? répéta la femme en jupe écossaise. Mais ça n'a pas de sens ! Ces véhicules sont impossibles à pirater. C'est ce qu'on nous a répété depuis le début, n'est-ce pas ?

— C'est même comme ça que vous avez convaincu l'opinion publique de se fier aux voitures autonomes, ajouta l'homme aux cheveux bruns. Il était garanti de manière infaillible que comme ces véhicules ne communiquaient avec le monde extérieur que quand c'était nécessaire, il n'existait ni liaison permanente, ni cloud à pirater. Vous êtes en train de nous dire que ces garanties sont compromises ?

— Je suis sûr qu'il ne s'agit que de rumeurs et de spéculations », répliqua Larsson, mais son mince sourire disparut rapidement et il peinait à dissimuler son inquiétude.

Tout à coup, une nouvelle image apparut sur un des douze écrans de télévision. Cette fois, c'était un homme âgé avec une poignée de médailles accrochées au revers gauche de sa veste. Son attitude contrastait avec celle des autres. Il paraissait détendu en regardant par la fenêtre de sa voiture qui roulait.

« Ça en fait six », commenta l'homme de la Commission, juste au moment où le son de la chaîne d'information était rétabli.

“… *Et le gouvernement vient juste de confirmer que celles et ceux que vous voyez à l'écran sont dans des voitures contrôlées par une tierce personne, mais par qui et pour quel motif, nous ne le savons pas encore. Tout ce que nous pouvons dire, c'est qu'elles semblent venir de différents endroits du pays et se diriger vers la même destination. La police a aussi reconnu que chaque Passager avait été averti qu'il allait peut-être mourir d'ici la fin de la matinée."*

« Mourir ? hoqueta la représentante des religions en se tournant vers Larsson. Vous venez de dire à l'instant que le piratage de ces voitures n'était qu'une simple possibilité ! Mais alors, ces gens sont… des *otages* ?!? Savez-vous seulement ce qui se passe ? »

Larsson ne put contenir sa rage. « Pourquoi dois-je apprendre ça par une chaîne de télé et pas par vous ?!? hurla-t-il sur son subordonné le plus proche. Si on pirate des voitures sur mes routes, pourquoi suis-je le dernier à l'apprendre ?

— Nous essayons d'identifier les Passagers de chaque voiture, les marques et les modèles concernés, en espérant que les constructeurs pourront trouver un moyen de les arrêter à distance.

— *En espérant* ?!? Je ne veux pas d'espoir, je veux des résultats. Et pourquoi est-ce que personne de mon ministère n'a rappelé ? Passez-moi le PC de communication du gouvernement immédiatement. »

Larsson se frotta les yeux et hocha la tête tandis que l'assistant se précipitait.

« En voilà une septième », fit remarquer l'homme aux cheveux bruns. Un nouveau visage terrifié, une femme d'origine asiatique, emplissait un nouvel écran.

« Quand cela va-t-il s'arrêter ? demanda la représentante des religions. Qui sont ces gens ? Comment les a-t-on choisis ? Pourquoi sont-ils visés ?

— Vous ne feriez pas mieux de prier au lieu de poser toutes ces questions ? coupa Larsson, furieux, qui fixait le téléphone dans sa main.

— Et le numéro huit », poursuivit l'homme aux cheveux bruns. Une femme avec un hijab apparut sur un autre écran. « Combien encore ? »

Libby vit Jack Larsson serrer les poings, l'air fou de rage. « Mais bon Dieu, je vois très bien ce qui se passe ! Pas la peine de me faire un commentaire en direct, merde ! J'ai besoin que vous la fermiez tous deux secondes, que je puisse réfléchir.

— Ça n'est pas Sofia Bradbury, l'actrice ? demanda la femme en jupe écossaise.

— Non, pas possible », répondit la représentante des religions. Elle s'avança sur sa chaise pour regarder de plus près. Dans le même instant, la chaîne d'informations zoomait sur Sofia et la comparait avec des images d'archives de l'actrice dans un de ses rôles. « Ah, si, vous avez raison. Ça alors, ça me… »

La présentatrice de la chaîne d'info l'interrompit :

"Les images que nous allons vous présenter proviennent de certains réseaux sociaux. Elles ont été prises au moment où ces personnes, que nous appellerons désormais les Passagers, ont été informées de ce qui leur arrivait."

Tous les regards de la salle convergèrent vers le plus grand des écrans, où ils virent Claire Arden monter dans sa voiture et celle-ci démarrer. Peu après, une voix l'informait que sa voiture était détournée. Les histoires des autres Passagers se succédèrent. Tous étaient informés en des termes similaires qu'ils allaient être condamnés à mort. Ils réagissaient avec un mélange d'incrédulité, de peur et de trouble. Libby eut pitié de tous, mais l'un d'eux avait plus d'importance. *Lui.*

Elle fit tourner machinalement une bague en argent qu'elle portait autour de son doigt, jusqu'à ce que sa vidéo apparaisse. Le Hacker l'appelait Jude, et lorsqu'il répondit, elle écouta très attentivement le son de sa voix. « *Qui êtes-vous et comment avez-vous eu mon numéro ?* » avait-il demandé au Hacker dans la vidéo. C'était la confirmation qu'elle attendait, autant qu'elle la redoutait.

C'est bien toi, se dit-elle.

14

Libby ne savait comment réagir. Elle voulait tout à la fois sourire, pleurer, crier, taper du poing sur la table en hurlant que c'était vraiment trop injuste. Mais elle savait qu'elle devait rester totalement maîtresse d'elle-même. Elle devait d'abord digérer ce qu'elle savait de Jude avant de dire la vérité à un groupe d'inconnus qu'elle n'appréciait pas du tout.

Jude, se répéta-t-elle en silence. Il avait un nom, maintenant. Comme la chanson des Beatles que son frère Nicky écoutait souvent. Elle ne pouvait s'empêcher de penser que, si elle l'avait entendu le lui dire le soir où ils s'étaient rencontrés, elle l'aurait peut-être retrouvé plus vite. Et il ne serait peut-être pas sur un écran en face d'elle, enfermé dans une voiture, menacé de mort. Le nom de chaque Passager s'afficha et ces visages anonymes devinrent tout à coup des personnes réelles.

« On en est où ?!? »

Libby sursauta en entendant Jack Larsson aboyer dans la salle.

« L'Agence nationale de la Sécurité des Systèmes d'Information essaye de remonter jusqu'aux serveurs d'où proviennent les streamings vidéo, répondit un de ses assistants. Mais ils pourraient être n'importe où, et transiter par de nombreux pays. Même si on arrive à remonter aux serveurs, il y a peu de chance que ça tombe sous le coup de la loi locale.

— Eh bien demandez à la chaîne d'info d'arrêter le direct. Les citoyens n'ont pas besoin d'en savoir plus sur ce qui se passe que ce qu'ils ont déjà vu. Ça ne fera qu'aggraver les choses.

— Nous n'avons pas la main sur ses programmes.

— Si, puisqu'il s'agit d'un acte terroriste. À qui dois-je m'adresser pour demander un blackout immédiat sur les infos ?

— Mais il n'y a pas que cette chaîne, monsieur Larsson. C'est sur toutes les grandes chaînes d'info de la TNT, du câble et du satellite. Et même si on les coupait toutes, les gens pourraient suivre ce qui se passe en ligne, puisque tout est diffusé simultanément sur les réseaux sociaux. Facebook live, la chaîne TV de Facebook, Twitter, Snapchat, YouTube live, Instagram Stories, Instagram TV et Vevo, pour ne citer que les plus connus. Il y a plein d'autres start-up qui… »

Il s'interrompit en entendant sonner le téléphone de Larsson. Au bout de quelques instants à peine, son employeur mit abruptement fin à sa conversation et Larsson soupira longuement.

« On vient de m'informer que cet incident était désormais considéré comme une grave agression contre notre pays, dit-il.

— Menée par qui ? demanda l'homme aux cheveux bruns.

— Aucune faction ni aucun groupe politique ne se sont encore manifestés. On m'a assuré que tout le personnel disponible au PC de communication du gouvernement traitait l'affaire en priorité. Et ils se font aider par les États-Unis et par la Russie.

— Il doit bien y avoir une procédure définie pour un cas comme celui-là, non ? » demanda Libby. Larsson plissa les yeux mais cela n'arrêta pas Libby. « Il y a forcément un plan B pour tout, n'est-ce pas ?

— Ça ressemble à une procédure alternative, d'après vous ? répliqua Larsson. Vous ne croyez pas que s'il y en avait une, on serait en train de la mettre en œuvre dans l'instant ?

— Je n'y connais rien en programmation, mais je sais que dès qu'un ordinateur est en jeu, rien n'est totalement sécurisé. Avec suffisamment de connaissances et de volonté, il y a toujours une faille à exploiter. »

Larsson toisa Libby si durement qu'elle eut envie de fondre comme de la neige. « Pourquoi êtes-vous encore ici, mademoiselle Dixon ? »

Libby fut déstabilisée par ce changement de sujet : « Parce que... Je...

— Rien de ce qui se passe ici ne vous concerne, si ? Au cas où vous n'auriez pas bien compris, c'est une atteinte à la sécurité nationale, on ne vous demande donc plus de siéger dans ma Commission. Et maintenant, sortez ! »

Libby fit des yeux le tour de la salle. Personne ne prenant la parole pour justifier sa présence ici, elle se leva. Mais au moment où elle se saisissait de son sac, l'inquiétude de ce qui allait arriver à Jude si elle ne restait pas se fit la plus forte. Elle ne pouvait rien faire pour l'aider, mais les circonstances et le hasard lui avaient fait croiser sa route une seconde fois et elle se sentait obligée de rester là jusqu'à ce que la menace fût écartée. Elle avait plus peur de ne pas rester là que de Jack Larsson.

« Non, dit-elle en laissant tomber son sac sur la table. Je n'ai pas demandé à siéger à cette Commission. J'ai même demandé à ne pas en faire partie. Mais les lois que vous avez inventées m'ont obligée à siéger, contre ma volonté, donc je vais rester ici. S'il n'y a pas de précédent à ce qui est en train de se passer, vous n'avez aucune légitimité pour m'obliger à partir. »

Libby posa les mains sur les hanches, plus résolue que jamais. Personne ne remarqua que sous le bureau, ses jambes tremblaient comme des feuilles.

« Mademoiselle Dixon, mugit Jack Larsson, Barrez-vous gentiment de ma Commission maintenant avant que je ne vous jette dehors moi-même ! »

Il marcha sur elle mais l'homme aux cheveux bruns s'interposa.

« Ça suffit, Jack ! Le problème n'est pas mademoiselle Dixon, là. » Il la regarda vraiment pour la première fois, l'air presque embarrassé, comme pour s'excuser du comportement de son collègue. « Si elle veut rester, laissez-la rester. On a d'autres chats à fouetter. »

Quand la voix résonna dans les haut-parleurs, un frisson parcourut toute la salle. Ils la reconnurent comme celle qui avait prévenu chaque Passager de ce qui l'attendait. Elle était grave, mielleuse, très calme, et démentait la gravité de ses paroles.

« Tu devrais l'écouter, Jack ! commença le Hacker. Tu as des sujets plus brûlants à régler que d'essayer d'écarter mademoiselle Dixon de cette affaire. »

Larsson se tourna vivement vers ses subordonnés, exigeant une explication. « Qui nous a mis en contact ?

— Je me suis invité tout seul, répondit le Hacker. Si je suis capable de détourner huit voitures au hasard et d'en diffuser les images dans le monde entier, il n'est pas illogique que je sois capable de me faufiler dans ce nid de vipères, si ?

— Mais qui est ce type et comment sait-il que je suis là ? » reprit Jack, la lèvre supérieure retroussée comme un chien acculé dans un coin et qui montre les dents. Il se tourna vers

Libby et pointa vers elle un doigt accusateur : « C'est vous qui avez fait ça ? Je fais confiance aux autres, mais vous êtes le coucou dans mon nid.

— Bien sûr que non, répondit Libby.

— Je connais assez bien chacun de vous, reprit le Hacker. Voici Fiona Prentice, née en Écosse, avocate au cabinet Rogers & Freemouth ; elle a une fille appelée Tabitha et est mariée à George depuis vingt-cinq ans. Puis nous avons Muriel Davidson pour la pluralité religieuse, qui a épousé il y a six ans sa femme Laura ; elles attendent leur premier enfant ensemble pour juillet. À votre droite, le Dr Matthew Nelson, pathologiste, récemment divorcé, sans enfant, et enfin, Jack Larsson, ministre des Transports, député, marié deux fois, divorcé deux fois, sans enfant. »

Les jurés s'entre-regardèrent puis se tournèrent vers Larsson, comme s'il allait les rassurer sur le fait que la divulgation de leur identité n'avait pas d'importance. Il n'en fit rien. Mais il leva la tête, le regard tourné vers le plafond comme s'il parlait à Dieu.

« Ce que vous faites est un acte terroriste, dit-il. Vous attaquez notre nation et menacez de tuer nos concitoyens.

— Vous m'avez mal compris. Je ne *menace* pas de tuer ces gens, je vous donne ma parole que je *vais* assassiner ces gens avant la fin de la matinée. Et vous ne pouvez rien faire pour m'en empêcher. Donc je vous en prie, asseyez-vous, que nous puissions discuter de ce qui se passera ensuite. Mademoiselle Dixon, prenez une chaise et faites comme chez vous. »

Jack Larsson essaya de le défier et resta debout, la poitrine gonflée, ses profondes inspirations nasales audibles dans toute la salle. Enfin, et sans oser regarder quiconque, il lâcha prise et retourna à son siège.

15

Global News - édition numérique

VOITURES PIRATÉES – 14 PAYS CRAIGNENT D'ÊTRE LES PROCHAINES CIBLES

L'Espagne, le Japon, la France et onze autres pays ayant acheté le modèle et le logiciel britanniques de voitures sans chauffeur redoutent d'être la prochaine cible des terroristes. Ils devaient mettre en circulation les véhicules autonomes de niveau 5 à partir de l'année prochaine.

Dans la salle de la Commission, le silence des jurés et de leurs assistants était palpable, tandis que chacun réalisait l'ampleur de la menace du Hacker.

« Qu'attendez-vous de nous ? demanda Larsson, mains jointes comme s'il priait.

— Allons Jack, chaque chose en son temps, dit le Hacker. Pourquoi tant de hâte ? C'est ça le problème, avec les gens comme toi. Tu veux toujours arriver quelque part plus vite. Tu ne sais pas t'arrêter et apprécier l'instant. Tu es le témoin d'un événement historique, de quelque chose que le monde n'a encore jamais vu. On se rappellera de ce jour pendant des dizaines d'années. Et toi et ton équipe êtes au cœur de tout. Si je peux attirer à nouveau ton attention sur l'écran… »

Larsson hésita avant de tourner à contrecœur le regard dans la même direction que les autres. Il y eut quelques hoquets de surprise lorsqu'ils virent leurs propres visages se refléter sur l'écran. Quelque part dans cette salle secrète, une caméra était pointée sur eux – et plus particulièrement sur Larsson.

« Vous êtes un vrai petit groupe clandestin, non ? reprit le Hacker. Vous siégez une semaine par mois dans un endroit différent à chaque fois ; on ne sait pas qui vous êtes ; vous n'êtes pas tenus de justifier les décisions que vous prenez ; vous menacez les représentants des citoyens, qui ne sont là que pour la forme, de les poursuivre en justice s'ils refusent de siéger, et quand ils siègent, vous les rabaissez tellement qu'ils ont peur de poser ne serait-ce qu'une question ou d'avancer une opinion. Une bonne petite autocratie. Eh bien tout ça, c'est du passé, Jack. Ça se termine aujourd'hui. Vous êtes en live dans le monde entier. Il n'y a pas un coin de la planète où on ne peut pas vous voir. »

Les membres de la Commission virent les subordonnés de Jack s'animer, se déployer dans la pièce avec des détecteurs-comparateurs d'image pour déterminer où se trouvait la caméra. « Par ici ! cria l'un d'eux quand son gadget se mit à biper. Elle est au-dessus de la porte ! »

Larsson jaillit de son siège et, arrivé près de la porte, s'empara d'une chaise pour y grimper. En équilibre précaire, il passa les doigts le long du mur inégal jusqu'à sentir une légère protubérance. Le grand écran s'assombrit soudain quand ses doigts touchèrent le minuscule objectif d'à peine un demi-centimètre de diamètre, avant qu'il ne l'arrache du mur de plâtre. Il jeta un regard furieux à l'objet qu'il tenait dans la main, le laissa tomber et descendit de la chaise. Il leva le talon.

« J'y réfléchirais à deux fois avant de faire ça, dit le Hacker. Ce ne serait pas la meilleure décision de ta vie. Aujourd'hui, à chacune de tes actions, il y aura une réaction.

— Jack, murmura Muriel Davidson, vous devriez peut-être écouter…

— Mais ils savent à quoi nous ressemblons, ils savent qui nous sommes, répliqua Larsson, têtu. Il faut tuer ça dans l'œuf. Pas question qu'on nous voie nous prosterner ! »

Larsson fit un grand sourire à l'objectif avant de piétiner la caméra et de l'écraser, en tournant le talon dessus pour faire bonne mesure. L'image disparut. Mais elle fut vite remplacée par une autre vue de la salle et de ses occupants, avec un angle différent. Le sourire de Jack Larsson s'effaça.

« Tu croyais que je n'avais installé qu'une caméra ? demanda le Hacker. Que tu me croies aussi négligent est un peu contrariant. En réalité, il y a des dizaines d'objectifs un peu partout dans cette salle. Tu pourrais en atteindre certains, mais pas tous. Cela dit, c'est le cadet de tes soucis, à l'heure actuelle. Tu me comprends ? »

Larsson acquiesça presque imperceptiblement.

« Revenons à ce qui nous occupe. J'ai pris le contrôle de huit de vos voitures autonomes – ces mêmes voitures que ton gouvernement disait impossibles à pirater ou à détourner – pour les diriger à ma guise. Ces Passagers représentent diverses strates de la société britannique moderne. Certains ont des enfants, d'autres non. La plus jeune a une vingtaine d'années, les plus vieux ont dépassé soixante-dix ans. Certains travaillent, d'autres non. Certains sont nés et ont grandi ici, d'autres sont venus dans cet ancien grand pays aujourd'hui fracturé. Six d'entre eux ont été choisis exprès, et les deux autres se sont malheureusement trouvés au mauvais endroit au mauvais moment, parce qu'ils avaient besoin d'un taxi, et me sont aussi étrangers à moi qu'à toi. Mais la chose qu'ont en commun tous les visages qui apparaissent sur ce mur, c'est que j'ai programmé la même destination sur tous leurs véhicules. Dans environ deux heures et dix minutes, ils vont arriver au même endroit et, à la même vitesse d'environ cent dix kilomètres-heure, ces huit véhicules vont entrer en collision frontale. »

16

Le son des voitures des Passagers leur parvint immédiatement : un chœur de personnes sous le choc, terrifiées et désespérées par la menace du Hacker.

Libby eut envie de se boucher les oreilles pour ne pas entendre leurs voix, qui suppliaient qu'on les épargne. Mais elle garda les mains crispées sur la table. Si sa vie n'était pas menacée, elle était aussi embarquée que les autres dans cette histoire. Et elle leur devait bien de supporter d'entendre leur douleur, de ne pas s'en protéger.

C'est la réaction de la femme enceinte qui la fit le plus frémir. Claire, selon le nom affiché en sous-titre au bas de l'écran, ne pouvait s'empêcher de pleurer. « Et mon bébé ? geignait-elle. Par pitié, ne tuez pas mon enfant ! » Libby regarda un autre écran où une femme à la peau sombre portant un hijab coloré gardait les yeux fermés et psalmodiait, ou priait, dans une langue inconnue. Puis le regard de Libby revint à Jude. Sa poitrine se soulevait et se creusait lentement, il avait l'air absent. *Il y a soixante-dix millions d'habitants dans ce pays, pourquoi faut-il que ça te tombe dessus ?* se demanda-t-elle. *Mais en même temps, pourquoi pas lui ? Et pourquoi pas eux tous ?*

Soudain, la voix d'un des Passagers résonna dans la salle.

« Libby, c'est toi ? »

Tout le monde se tourna vers elle tandis que Jude la fixait droit dans les yeux via la caméra de son tableau de bord. Libby le dévisageait, le cœur battant. Elle voulut lui décocher le même sourire chaleureux qu'elle avait eu lorsque leurs regards s'étaient croisés, d'un bout à l'autre du pub. Mais elle lui offrit un sourire de compassion plus adapté aux circonstances.

« Oui, c'est moi, dit-elle en levant la main pour le saluer avant de se raviser.

— Libby ! Oh mon Dieu ! répondit-il comme s'il était aussi content qu'elle de la revoir. Qu'est-ce que tu fais là ?

— On m'a désignée pour siéger à la Commission.

— Et comment… Comment vas-tu ?

— Bien – enfin, ça allait bien jusqu'à ce que tu apparaisses à l'écran.

— Vous vous connaissez ? » intervint Larsson. Sa stupéfaction se fit immédiatement accusatrice. « Je vous l'avais dit, qu'elle avait quelque chose à voir avec tout ça ! Je veux qu'on l'emmène et qu'on la surveille jusqu'à que la police...

— Allons, allons, Jack ! coupa le Hacker. Calme-toi et laisse-les continuer.

— Pourquoi n'avez-vous pas dit que vous le connaissiez ? » demanda Muriel Davidson. Elle semblait se méfier de Libby autant que Larsson.

« Je n'en étais pas sûre jusqu'à ce que j'entende sa voix. Nous ne nous sommes vus qu'une fois, il y a quelques mois, dans un bar de Manchester.

— Tu sais que j'ai essayé comme un fou de te retrouver, après cette soirée ? » fit Jude.

Le cœur de Libby se mit à palpiter. « Moi aussi, j'ai essayé de te retrouver. La musique était trop forte et je n'avais pas compris ton nom – c'était comme essayer de retrouver une aiguille dans une botte de foin. »

Jude parut s'apprêter à répondre lorsque le Hacker les interrompit.

« Vous aurez l'occasion de rattraper le temps perdu plus tard, les tourtereaux. Mais le temps n'attend pas, et surtout pas toi, Jack. »

Larsson releva les yeux vers les haut-parleurs.

« Tu peux passer le reste de la matinée à jouer aux devinettes et à chercher où dans la salle j'ai disposé mes petits yeux de verre, mais je voudrais plutôt attirer ton attention sur la voiture numéro huit. »

Le plus grand des écrans passa de l'image des jurés à celle du plus âgé des Passagers. Il avait une épaisse chevelure blanche, des yeux bleus délavés, et paraissait détendu. Des médailles colorées étaient épinglées au-dessus de la poche de poitrine de sa veste. Les garnitures intérieures en plastique de son véhicule et les publicités microperforées collées aux vitres suggéraient l'intérieur d'un taxi. Il se vit sur le moniteur du tableau de bord et se racla la gorge.

« Allô ?

— Bonjour, monsieur, répondit le Hacker. Pouvez-vous nous dire qui vous êtes ? »

L'homme se redressa, se pencha en avant et regarda droit dans l'objectif. « Je m'appelle Victor Patterson, dit-il lentement, et un peu plus fort que nécessaire. P, A, deux T, E, R, S, O, N.

— Pouvez-vous nous en dire un peu plus sur vous, monsieur Patterson ? fit le Hacker.

— J'ai soixante-quinze ans et je suis imprimeur à la retraite. J'ai trois enfants et sept petits-enfants. Qui êtes-vous ? Est-ce que ma fille aurait donné une mauvaise adresse à la voiture ?

— Je vois d'après vos médailles que vous avez servi dans l'armée ?

— Oh, oui, répondit fièrement Victor Patterson. Vingt-neuvième commando du régiment royal d'artillerie pendant la guerre des Malouines, puis deux rotations en Afghanistan, avant de me faire choper par une mine.

— Je suis désolé de l'apprendre. Pouvez-vous me dire ce qui s'est passé ?

— Qu'est-ce que tu crois qu'il se passe quand tu tombes sur une mine, mon gars ? gloussa Patterson. Elle m'a arraché un putain de bras et une jambe. » Il tapota de la main droite sur son genou droit ; tous deux rendirent un son creux. « Mais ça ne sert à rien de se plaindre, si ? On fait avec, c'est tout. Et ça ne m'a pas déplu de conduire des bus pendant vingt ans, avant qu'on se fasse tous virer.

— Qui vous a tous virés ?

— La municipalité, quand elle a choisi les bus sans chauffeur. Les gens comme moi ne servaient plus à rien, hein !

— Et où allez-vous aujourd'hui, monsieur Patterson ?

— Eh ben, ce taxi est venu me chercher et j'étais censé aller à un rendez-vous à l'hôpital. Et puis j'ai commencé à entendre toutes ces voix qui parlaient d'un accident de voiture qui ne s'est pas encore produit. Alors je ne comprends pas très bien.

— Pourquoi allez-vous à l'hôpital, si je puis me permettre de vous poser la question ?

— Radiothérapie, mon gars. J'ai un cancer de la prostate. Les médecins disent que ça me permettrait de vivre huit ou dix ans de plus. Ça me suffira bien. »

Victor Patterson rappelait à Libby son grand-père, décédé, un homme qu'elle avait presque toujours vu sourire, jusqu'à la mort de son frère. Le grand-père était mort peu après.

Elle s'en souvenait comme s'il avait disparu de sa vie la veille. C'était la même chose pour tous les êtres chers qu'elle avait perdus ; comme si elle se rappelait mieux les morts que les vivants. Elle tira sur une de ses bagues, découvrant le tatouage qu'elle dissimulait. *Nicky*, était-il écrit en tout petit. Elle en avait un autre plus grand sur sa clavicule gauche, qui disait en plus grosses lettres : « *Don't carry the world upon your shoulder*[1] ».

Tout à coup, l'image quitta le visage de Victor Patterson et bascula sur une caméra située à l'extérieur du taxi, qui semblait le suivre dans une rue animée du centre-ville.

« Jack, dit calmement le Hacker, tu te souviens que j'ai dit plus tôt qu'à chacune de tes actions, il y aurait une réaction de ma part ? Bon. Quand je te demande de ne pas faire quelque chose, comme toucher à une de mes caméras, tu ferais mieux de m'écouter. »

Sans avertissement, le véhicule de Victor Patterson explosa en une énorme boule de feu, tandis que d'épaisses traînées de fumée noire et de grandes flammes orange vif s'élevèrent très haut dans le ciel matinal.

---

1 « Ne porte pas tout le poids du monde sur tes épaules », vers tiré de la chanson *Hey Jude* des Beatles.

17

AF ActualitéFinancière.com

Les voitures sans chauffeur auront un impact énorme sur le marché de l'emploi britannique lorsqu'elles deviendront obligatoires.

Un nouveau rapport révèle que 320 000 nouveaux emplois seront créés dans le secteur des véhicules autonomes dans les dix prochaines années.
Cependant, 270 000 postes devraient être supprimés dans les transports, les bus scolaires, les garages, les services de voiturier, les parkings et les taxis.

SOFIA BRADBURY

« Je suis très impressionnée par leurs effets spéciaux, murmura Sofia à son chien Oscar. On dirait qu'on a investi beaucoup d'argent dans cette série. »

Elle vit avec intérêt sur son moniteur la voiture de Victor Patterson « exploser ». Elle fut soulagée de voir qu'un de ses concurrents, dans cette émission de téléréalité dans laquelle elle croyait jouer, avait été éliminé si rapidement. Elle leva les yeux au ciel tandis que les autres candidats réagissaient à grand renfort de cris et de grossièretés. « Ils en font un peu trop, non ? » Son chien roula sur le côté, se mit sur le dos et lui donna des coups de patte, jusqu'à ce qu'elle lui gratte le ventre. « Je me demande s'il va toucher un cachet entier, même après avoir été éliminé au bout d'une demi-heure. S'ils ne le payaient pas, ça serait injuste. »

Oscar émit une odeur nauséabonde, qui fit froncer le nez de Sofia. « Tu es parfois un dégoûtant petit animal », marmonna-t-elle avant d'appuyer sur le bouton pour descendre la vitre. Rien ne se passa. Elle leva à nouveau les yeux au ciel, se rappelant que les producteurs de *Célébrités au pied du mur* prenaient désormais tout en charge. « Ça doit être pour plus de réalisme… nous donner l'impression qu'on est pris au piège doit ajouter à la tension. » Elle plongea la main dans son sac, en sortit un flacon presque vide de Chanel N°5 et en vaporisa l'habitacle.

« Qu'est-ce qu'ils attendent de moi, maintenant ? Suis-je censée hurler, moi aussi, ou est-ce que je dois sourire à la caméra comme le chat d'Alice au pays des merveilles jusqu'à ce que la voiture arrive au studio ? »

À une époque où les programmes télévisés appartenaient au passé et où les téléspectateurs regardaient ce qu'ils voulaient quand ils le voulaient et comme ils le voulaient, *Célébrités au pied du mur* était un phénomène unique. Elle aplatissait la concurrence, en mettant à l'épreuve des vedettes dans des situations telles que piloter une Formule 1 ou assister un chirurgien lors d'une authentique opération. Rien n'était simulé. Et la plupart des participants ressortaient de l'émission avec une réputation intacte et une cote de popularité qui montait en flèche. Sofia était ravie d'y participer.

Elle allait devoir faire un gros effort pour s'habituer à être filmée vingt-quatre heures sur vingt-quatre pendant une semaine. Quelques minutes à peine après le début de l'émission, elle avait failli l'oublier. Au lieu de son air naturel habituel, elle afficha donc un large sourire. Elle se demanda de quoi elle avait l'air à l'écran, car elle ne se voyait plus dans le moniteur de son tableau de bord. Les seules personnes à qui la télévision ultra HD 8K profitait étaient les téléspectateurs et les chirurgiens esthétiques, assurément pas les actrices d'un certain âge comme elle.

Elle s'intéressa de nouveau à la concurrence, aux autres célébrités qui participaient à l'émission. Elle eut beau essayer, elle fut incapable de mettre un nom sur leur visage. Elle supposa qu'ils avaient joué soit dans des soap-opéras qu'elle n'avait jamais vus, soit dans d'autres émissions de téléréalité, un genre dont la bulle refusait d'éclater, même sous l'épingle la plus pointue.

Sofia écouta attentivement les autres supplier qu'on les libère et hocha la tête. Elle doutait qu'ils aient fait leurs classes comme elle, et même qu'ils fassent la différence entre Pinter et Pirandello. « Ils sont épouvantablement mauvais, chuchota-t-elle à Oscar. Je ne sais pas où ils ont appris à jouer, mais ils devraient exiger de se faire rembourser les frais de leur école de théâtre. »

Elle jeta un coup d'œil dehors, tandis que son véhicule s'engageait sur une voie rapide, incapable de tenir la comparaison avec un train à grande vitesse qui passait sur la voie longeant l'autoroute. Elle repensa à la dernière fois qu'elle-même avait pris le train. Ce devait être dans les années soixante-dix, lorsqu'elle et sa sœur Peggy avaient été à Newcastle voir Richard Burton au théâtre. Sofia avait le béguin pour lui depuis son adolescence, et elle n'avait pas été déçue lorsqu'elle l'avait rencontré en coulisses après la pièce. Elle n'avait dit à personne ce qu'il s'était passé dans sa loge, pas même à Peggy. Encore aujourd'hui, ce souvenir lui fit esquisser un sourire coupable.

Sans ses lunettes, elle avait du mal à déchiffrer la destination affichée sur le GPS mais elle réussit juste à deviner qu'elle y arriverait dans environ deux heures. Elle se demanda où étaient situés les studios et se dit que tout était bien plus simple quand Londres était le centre de l'industrie télévisuelle britannique. Mais au nom de la diversité, les studios étaient désormais éparpillés dans tout le pays, parfois dans des lieux mal desservis. Elle espéra qu'Oscar parviendrait à tenir tout le trajet sans avoir besoin d'aller aux toilettes. Et elle aussi, d'ailleurs.

Sofia sentit que son expression naturelle avait repris le dessus. Elle attrapa un tube de rouge à lèvres dans son sac, en remit une couche, regarda la caméra et lui adressa un sourire professionnel. Du petit doigt, elle renfonça ses appareils auditifs dans chaque oreille en espérant que, si on lui donnait de nouvelles instructions, elle parviendrait à comprendre un peu mieux ce qui se disait.

Elle espérait aussi qu'à l'arrivée au studio, elle découvrirait que Rupert, son agent, lui avait fourni une nouvelle garde-robe. Il connaissait ses créateurs préférés, même si elle ne figurait plus parmi leurs mannequins préférés. Autrefois, ils se seraient battus pour l'habiller à l'occasion de grands événements. Mais tandis que les pages des journaux la délaissaient au profit de versions plus jeunes et plus minces d'elle-même, ils devenaient de plus en plus réticents à se séparer de leurs créations, puisqu'elle ne leur garantissait plus la couverture publicitaire voulue.

La dernière première à laquelle Sofia avait assistée, avec son mari Patrick, remontait à février. Le titre du film lui échappait à présent, mais elle se souvenait encore de la tête de Patrick. Elle supposa que Rupert avait dû lui annoncer où elle allait et lui dire qu'elle serait injoignable. Ou alors

Patrick était dans le secret depuis le début. Elle ne savait que trop bien combien il maîtrisait l'art de tenir un secret, et elle aussi, par conséquent. Il avait fait d'elle sa complice depuis quarante ans.

Elle allait au moins se libérer de lui durant le temps du tournage de l'émission. L'inconvénient, c'est que lui aussi serait libre de faire ce qu'il voulait, sans qu'elle soit là pour le surveiller. Elle pria pour qu'il reste prudent. Depuis tout ce temps, ses errements avaient coûté à Sofia énormément d'argent.

18

JUDE HARRISON

« Bon Dieu ! » s'exclama Jude en assistant à la mort de Victor Patterson.

La terreur des autres Passagers lui parvenait dans les haut-parleurs de sa voiture, tout comme le tumulte de la salle de la Commission. Son estomac se tordit et une vague de nausée le traversa. Mais n'ayant pas mangé depuis près de vingt-quatre heures, il n'y avait pas grand-chose en lui susceptible de remonter.

Jude était incapable d'arracher son regard de l'écran. Le véhicule non identifié qui suivait le taxi en flammes de Victor Patterson filmait toujours. Il freina et tenta d'éviter la boule de feu qui le précédait. Mais s'il avait été programmé pour échapper à de nombreux dangers possibles, une bombe dans une voiture n'en faisait pas partie. Il alla s'encastrer dans l'arrière du taxi, son capot se ratatina en soufflet comme un accordéon. Jude entendit d'autres cris, provenant cette fois de l'intérieur de la seconde voiture dont les portes s'ouvrirent, libérant ses Passagers qui coururent se mettre à l'abri. Quelques instants plus tard, une deuxième boule de feu enveloppa leur voiture et la vidéo s'éteignit brutalement.

Jude oublia momentanément Libby, son attention accaparée par les autres Passagers enfermés, comme lui, sans aucun moyen de s'échapper. Il s'inquiétait tout particulièrement pour Claire, visiblement paniquée. C'était elle qu'il avait entendue en premier dans sa voiture après que le Hacker se fut manifesté. Il la regardait, une main sur la bouche, l'autre cajolant son enfant à naître. Face à la mort, son instinct maternel la faisait protéger l'objet de son amour inconditionnel. Il admirait son altruisme. Au milieu des autres voix terrifiées, il devinait à peine la sienne. « Je vous en prie... Je vous en supplie, sanglotait-elle. Par pitié... »

Le besoin d'essayer de la consoler s'empara de Jude. On ne tarderait pas à venir à leur secours et il ne fallait pas perdre espoir. Il n'y avait pas grand-chose qu'il puisse dire pour la rassurer – ni elle, ni les autres Passagers retenus contre leur gré dans leurs véhicules, d'ailleurs. Mais il devait essayer.

« Claire, commença-t-il en tentant de se faire entendre par-dessus les autres voix. Claire. Ici Jude Harrison. » Il attendit qu'elle reporte son attention sur lui en lui faisant de grands signes. « Claire, ça va ? »

Elle ôta la main de sa bouche pour essuyer ses larmes. « Je ne peux pas mourir ! dit-elle, à peine audible parmi les autres voix. Je ne peux pas mourir maintenant ! Pas comme ça !

— Ne paniquez pas, je vous en supplie. Je sais que c'est plus facile à dire qu'à faire, mais il ne faut pas renoncer, OK? Mon instinct me trompe rarement et il me dit que vous êtes solide. Vous devez vous accrocher à ça. Faites-le pour vous deux. Vous m'entendez ? Ne vous laissez pas abattre. Personne ne doit renoncer. On va trouver un moyen de s'en sortir.

— Comment ? Ce... Hacker, il a dit qu'on allait tous mourir comme ce pauvre vieux. Comment éviter ça ?

— Je ne sais pas encore, et ça va être difficile, mais gardez la foi tant qu'on n'aura pas tout essayé. OK ? Vous me le promettez ? »

Claire renifla, une bonne partie du mucus qui lui coulait du nez remonta et elle essuya le reste d'un revers de main. Jude la vit répondre en hochant vivement la tête.

Il revint à l'écran, et à Libby en particulier. Il vit immédiatement que quelque chose n'allait pas.

19

LCN LeCourrierNumérique.co.uk

DERNIÈRES NOUVELLES : Attentat TERRORISTE sur les routes anglaises, un hacker fait exploser un HÉROS DES MALOUINES et déclenche la GUERRE contre le ROYAUME-UNI.

. Des millions de téléspectateurs abasourdis par la mort du retraité, DOUBLE AMPUTÉ, dans l'explosion de sa voiture.

. Le Hacker annonce qu'il y aura d'autres victimes et que toutes les voitures piratées vont entrer en COLLISION.

. La Commission TOP SECRÈTE a été dévoilée, les VISAGES de ses membres ont été DIFFUSÉS EN DIRECT dans le monde entier.

. Il est demandé aux membres de la famille royale et du gouvernement d'ÉVITER de voyager jusqu'à la fin de l'attaque terroriste.

La dernière crise d'angoisse de Libby remontait à près d'un an.

Elle en avait souffert durant toute sa jeunesse mais, la trentaine approchant, elles s'étaient raréfiées. Lorsqu'elles avaient resurgi, l'empêchant de bien faire son métier d'infirmière psychiatrique en hôpital, son ancien fiancé William avait insisté pour qu'elle en parle à son médecin du travail, qui l'avait mise en relation avec un conseiller psychologique. Le docteur Goodwin avait suggéré ce que Libby soupçonnait déjà : ces crises étaient le symptôme d'un trouble de stress post-traumatique. Le meurtre de Victor Patterson venait de ramener à la surface à la fois les souvenirs de Monroe Street et ceux de la mort de son frère Nicky.

Les séances de thérapie lui avaient appris la marche à suivre quand elle sentait une crise survenir. Aussi, dès que son cœur se mit à palpiter dans la salle de la Commission, elle repoussa sa chaise, ignorant toute l'agitation autour d'elle, et tenta de se ressaisir malgré la confusion. Puis vinrent les vertiges et les montées de sueur sous les bras et sur la poitrine. Elle se tourna vers un mur vide pour le fixer et se vider l'esprit.

Surmonte-la, se dit-elle. *Ne la fuis pas et fais-lui face. Elle ne te tuera pas.*

On avait dit à Libby qu'avoir quelqu'un auprès d'elle lors d'une crise pouvait l'aider à se rassurer. Mais elle n'avait confiance en personne dans cette salle. La seule personne en qui elle croyait n'était qu'une image sur un écran et affrontait des problèmes bien plus dangereux que les siens. Lentement, le regard de Libby s'écarta du mur vide pour revenir à Jude, jusqu'à ce que l'angoisse se retire petit à petit et que les battements de son cœur reprennent un rythme normal.

Les sept Passagers qui restaient semblaient terrorisés. Si le Hacker pouvait assassiner un retraité handicapé, héros de guerre, aussi tranquillement, il pouvait en faire autant à chacun d'eux.

Ils parlaient et criaient tous en même temps, si bien que Libby avait du mal à entendre des phrases complètes et ne distinguait que des mots et des bribes. Sam répétait en boucle à sa femme Heidi qu'il l'aimait et qu'ils allaient s'en sortir, mais ni l'un ni l'autre n'en paraissait convaincu. Bilquis, la femme au hijab coloré, ne désespérait pas de retrouver l'usage de son téléphone et continuait à appuyer sur des touches pour essayer de l'allumer. Shabana ne semblait pas comprendre grand-chose à ce qui se passait, hormis que ça se présentait mal. Seule Sofia ne se laissait pas décontenancer et continuait à sourire à la caméra.

Jude, quant à lui, se préoccupait plus du bien-être de quelqu'un d'autre que du sien. Libby l'observa tenter de rassurer Claire, visiblement paniquée. L'entendre essayer de la persuader de garder espoir prouvait que son instinct, le soir où ils s'étaient rencontrés, était juste. C'était un homme bon, tourné vers les autres. Et d'après l'expérience de Libby, les hommes comme ça étaient rares.

La voix du Hacker domina le brouhaha.

« Alors Jack, tu m'écoutes, maintenant ? »

Mais avant que Larsson réponde, Libby intervint. « Vous n'aviez pas à faire ça ! » commença-t-elle en se levant de sa chaise. Elle s'appuyait contre le bord de la table, les jambes encore flageolantes après sa crise d'angoisse. « M. Patterson ne méritait pas ça, il était innocent !

— Ah, on a enfin retrouvé la voix, n'est-ce pas, Libby ? répondit le Hacker. Cependant, je ne peux qu'être en désaccord. Il n'était pas innocent. Personne n'est innocent.

— Pourquoi l'avoir tué ? Il ne vous avait rien fait !

— Mademoiselle Dixon, taisez-vous, s'il vous plaît, coupa Larsson, lui jetant un regard noir. Vous ne faites qu'empirer les choses.

— Empirer ? Je viens de voir quelqu'un se faire réduire en miettes parce que vous n'avez pas fait ce que le Hacker vous demandait ! Comment les choses pourraient-elles empirer ?!?

— Laisse-la parler. Tu ne diriges plus ton petit tribunal clandestin, Jack, reprit le Hacker. Que voulais-tu dire, Libby ?

— Victor Patterson était un héros de guerre, et il avait un cancer irréversible. Ce que vous lui avez fait était absolument injuste.

— Je pense que les familles des hommes et des femmes qu'il a tués au combat ne seraient pas d'accord avec toi, ni sur le mot "innocent", ni sur le mot "injuste" de ton argumentation.

— Vous n'avez rien de mieux à dire pour vous défendre ?

— Je n'ai pas à me défendre, Libby. Je peux t'appeler Libby ? Maintenant que nous commençons à nous connaître, c'est moins formel que *mademoiselle Dixon*. Victor Patterson est mort exactement pour la raison que tu as évoquée : parce que Jack ne m'a pas écouté.

— Même s'il vous avait obéi, vous auriez trouvé une excuse pour tuer un des Passagers. Vous vouliez juste prouver quelque chose.

— Et que voulais-je prouver, selon toi ?

— Que c'est vous qui commandez.

— Et ai-je réussi à vous le faire comprendre de manière efficace et convenable ?

— Efficace, oui. Convenable ? Vous plaisantez !

— Vous voulez bien arrêter de le provoquer ! fit Larsson.

— Ah, c'est peut-être le moment opportun pour signaler que je connais bien d'autres petites choses à ton propos, Jack, poursuivit le Hacker. Comme ton dossier médical, ton adresse privée, tes numéros de carte bancaire, les call-girls que tu emploies, tes mots de passe, tes relevés de banque, tes emprunts non remboursés, les e-mails que tu as envoyés, les SMS que tu as reçus et même les endroits où tu investis l'argent que tu veux dissimuler aux services fiscaux de Sa Majesté. Si on gratte sous la surface, il est intéressant de voir où tu as fait certains investissements. Et tu sais ce qui est le plus agréable dans le fait d'être le dépositaire de toutes ces connaissances ? C'est que je vais pouvoir en faire part à des millions de gens. Si tu regardes attentivement l'écran central au mur, tu noteras que tout ce que je sais sur toi est désormais public. »

Comme à un signal, toutes les informations personnelles de Jack Larsson emplirent l'écran, accompagnées de liens pour les télécharger.

« Arrêtez-moi ça ! » hurla Larsson aux techniciens qui l'entouraient. Tous se penchèrent sur leur clavier, appuyant frénétiquement sur des touches, essayant d'entrer des commandes et des instructions. Libby remarqua que Larsson, les yeux écarquillés, fixait l'écran où les liens demeuraient affichés. Une demi-minute d'angoisse passa avant qu'il détourne le regard. Libby n'avait jamais vu personne aussi près d'exploser que lui.

« Alors ! gronda-t-il. Pourquoi les liens sont-ils encore là ?!?

— Nous n'arrivons pas à y accéder, répondit un de ses employés. Triangulation impossible.

— Alors faites-le faire par la police ou par la Brigade de lutte contre la cybercriminalité !

— Ils sont dans la boucle, et ils font tout ce qu'ils peuvent, mais la source reste introuvable.

— Bon Dieu de merde ! beugla Larsson. Il doit bien y avoir quelqu'un qui peut m'aider !

— Il a infiltré notre système, répliqua un technicien. Il va falloir des programmeurs spécialisés pour le trouver et pour tout recoder. Nous n'avons ni la formation, ni les autorisations d'accès.

— Vous êtes tous nuls ! » hurla Larsson, qui leur balança sa tablette. Elle toucha un des techniciens à l'épaule puis heurta le mur en tournoyant avant d'atterrir au sol où son écran se brisa.

« Alors comme ça, on est un peu colérique ? fit le Hacker, goguenard. N'oublie pas que des caméras espionnent tous tes mouvements. »

Jack Larsson se tourna vers les écrans et hésita, comme s'il balançait entre l'image que l'opinion pouvait avoir de lui et son besoin d'exprimer sa rage. À contrecœur, il opta pour la prudence.

« Mon système m'informe que mes liens ont déjà été téléchargés près de quinze mille fois, ajouta le Hacker. C'est assez incroyable, la portée qu'on peut avoir, de nos jours. Des gens sont en train d'acheter des produits avec tes cartes bancaires jusqu'en Australie et à Hong Kong. »

À l'écran apparut un compteur détaillant le nombre de partages sur les réseaux sociaux, qui enflait à chaque seconde.

« Il n'est pas trop tard pour tout arrêter, dit Larsson avec du désespoir dans la voix. Libérez les autres Passagers et retournez d'où vous venez. Si vous êtes si intelligent que ça, vous aurez effacé vos traces et personne ne vous retrouvera.

— Je suis désolé, mais nous sommes allés trop loin pour ça. De plus, n'y a-t-il pas une petite part de vous qui souhaite voir ce que j'ai préparé pour la suite ? Je suis sûr que Libby meurt d'envie de la connaître. »

L'attention soudain ramenée à elle la fit sursauter, et elle leva les yeux vers l'écran de Jude. « Non, pas du tout, répondit-elle.

— Je comprends. Mais hélas, si tu crois que c'était dur d'assister à la mort de Victor Patterson, j'ai peur que tu n'aimes pas ce que je vais te demander de faire. »

20

HEIDI & SAM COLE

Qu'est-ce que j'ai fait à ma femme, merde ?

Depuis quelques minutes, la voix de la conscience de Sam, chargée de culpabilité, dominait celles qui jaillissaient des haut-parleurs de sa voiture. Tout à coup, plus que tout au monde, il ressentit le besoin de l'entendre.

« Heidi, tu es là ? » cria-t-il. Il attendit, mais ne put entendre Heidi. « Heidi, s'il te plaît, réponds et dis-moi que ça va ! »

Sans prévenir, son véhicule ralentit et attira son attention. Alors qu'il avait roulé jusqu'ici à une vitesse constante de 91,2 kilomètres-heure, il approchait maintenant les 40 kilomètres-heure. Le cauchemar prenait-il fin ? Est-ce que celui ou celle qu'ils avaient fâché allait s'en tenir là ? Ce n'est qu'en repérant le feu tricolore devant lui qu'il comprit pourquoi sa voiture ralentissait. Il n'était pas encore au bout de son supplice.

Sam aurait vraiment voulu crier de toutes ses forces : « J'ai ce que vous voulez, maintenant, laissez-nous sortir ! » mais il s'en empêcha. Parce qu'il y avait dans cette histoire quelque chose qui les dépassait, lui et ses mensonges.

Lorsque la vidéo repassa de la voiture de Victor Patterson en feu à tous les autres Passagers, il la repéra.

« Heidi », mugit-il, résolu à se faire entendre par-dessus les autres. Il garda les yeux fixés sur elle jusqu'à ce qu'elle finisse par l'entendre. Il s'approcha d'un haut-parleur pour écouter attentivement et pouvoir distinguer sa réponse.

« Sam ! dit-elle. Pourquoi ça nous arrive à nous ? »

Il hésita. Il préférait tout essayer avant de devoir reconnaître que c'était peut-être lui qui les avait mis dans une situation pareille. « Je ne sais pas, mais il faut qu'on soit forts. Toi et moi, on est dans le même bateau.

— Mais ça n'a pas de sens ! Pourquoi menace-t-il de nous tuer tous ? »

Le désespoir de Heidi était à la mesure du sien. Sam ne se rappelait pas avoir vu sa femme aussi vulnérable, pas même après le décès de son père ou à la naissance de leurs deux enfants. C'était elle, la plus solide dans leur couple, la plus rationnelle, celle qui pensait clairement. Mais ce qui leur arrivait l'avait littéralement pétrifiée. Il était prêt à tout pour chasser sa terreur.

« Tu as vu ce qu'il a fait à la voiture de cet homme ? poursuivit Heidi. Il a tout bonnement… explosé.

— Il n'y a que le Hacker pour dire que c'est vrai. Les programmes informatiques et les effets spéciaux peuvent tout rendre réaliste.

— Ça m'a eu l'air plus que réaliste, merde !

— Tu ne vas pas mourir, je te le promets.

— Tu ne peux rien me promettre.

— C'est juste une très mauvaise plaisanterie, et une fois que tes collègues flics se mettront sur le coup et verront qu'une des leurs est impliquée dans l'histoire, ils nous libéreront.

— Bon Dieu, Sam, ne sois pas aussi naïf ! Que je sois de la police ou non, ça ne change rien. Regarde ce qui se passe !

On a piraté nos voitures et c'est quelqu'un d'autre qui les dirige. S'il s'est donné tout ce mal, il y a très peu de chances que se faire souffler dans les bronches par mon chef le fasse changer d'avis, si ? »

Sam se ratatina sur son siège et se frotta le crâne, comme s'il cherchait à stimuler son cerveau pour trouver une idée qui permette de les libérer. Les portes verrouillées éliminaient la possibilité de sauter en marche. Il avait vu la Passagère au hijab essayer sans succès de casser les vitres renforcées à coups de pied. Les batteries des voitures se remplissaient automatiquement dès lors qu'elles passaient sur des points de recharge et il y avait peu de chances qu'elles se vident avant d'arriver à destination. Et sans système d'exploitation pour obéir à ses ordres ou lui permettre de communiquer avec quelqu'un d'autre que les Passagers, il était coincé.

Il se répétait un seul mot en boucle : *Pourquoi ?* C'était la question qui le hantait depuis qu'un maître-chanteur avait fait irruption dans sa vie, six semaines auparavant. Dans un sens, il aurait été logique que la même personne soit derrière ce détournement de voitures – après tout, elle avait pris un plaisir sinistre à le tourmenter et à le torturer avant de lui révéler ce qu'elle voulait. Mais d'un autre côté, ça n'était pas rationnel. Vingt minutes avant d'entendre la voix du Hacker, il avait envoyé au maître-chanteur un e-mail annonçant qu'il avait ce qu'il voulait. Il avait attaché à l'e-mail une vidéo le prouvant. Et le maître-chanteur avait répondu en donnant des instructions pour déposer la chose en question dans un centre commercial de Milton Keynes. S'il tenait parole, Sam allait pouvoir reprendre le cours de sa vie.

Mais alors pourquoi, juste avant la remise, impliquer Heidi dans l'affaire ? Si elle apprenait ce qu'il avait fait, Sam ne serait plus tenu au silence. Et si le maître-chanteur voulait faire monter les enchères, il allait être déçu, parce qu'il n'avait plus rien du tout.

Plus il y pensait, plus il se disait que d'autres aspects de ce scénario n'avaient pas de sens. Comme l'implication d'autres Passagers, et le meurtre simulé ou non de l'un d'eux. Est-ce que tout ça faisait partie d'une escroquerie plus vaste, et étaient-ils de mèche ? Ou en étaient-ils, eux aussi, victimes ? Il pensait de plus en plus qu'Heidi et lui s'étaient retrouvés dans une affaire encore plus sérieuse, qui n'avait rien à voir avec une extorsion de fonds. Et ça le terrifiait bien plus qu'un chantage, où au moins il savait ce qu'on exigeait de lui.

Mais il y avait une chose dont il pouvait être certain. Il n'allait pas mourir dans une boule de feu comme Victor Patterson. Et s'il fallait choisir entre le mari et la femme, c'est elle qui mourrait la première.

Sinon ils ne mettraient jamais la main sur les cent mille livres en espèces qui attendaient dans le fourre-tout posé à côté de lui.

21

Libby ne savait pas combien de caméras le Hacker avait posées dans la salle pour espionner la Commission, mais l'une d'elles était dirigée droit sur elle et son visage emplissait à présent le plus grand des écrans.

C'était gênant et déconcertant, et si elle n'était pas particulièrement timide, la très haute définition de l'écran rendait visible tous ses défauts, tous ses pores, la moindre tache sur sa peau. Elle avait envie de creuser les joues, de relever la tête pour masquer son double menton et de changer de posture pour paraître moins voûtée. Sur les autres écrans, deux chaînes d'info relayaient la même image, avec son nom en grosses lettres en bas de l'écran et la mention « direct » incrustée dans le haut.

Inévitablement, son attention revint à Jude. Elle mourait d'envie de lui reparler mais de tous les dialogues qu'elle avait imaginés si jamais elle le retrouvait, aucun ne convenait aux circonstances. Elle ne savait pas non plus s'il fallait croire le Hacker quand il lui avait dit qu'ils auraient le temps de se parler plus tard. Et, elle s'en rendait compte seulement maintenant, il les avait appelés « les tourtereaux ». Comment le Hacker savait-il qu'il s'était passé quelque chose, quoique bref, entre eux ? Avait-il suivi ses efforts pour retrouver Jude ? Depuis combien de temps l'espionnait-il ?

Libby prit conscience que pendant qu'elle était perdue dans ses pensées, le silence s'était fait. Même le fanfaron Jack Larsson hésitait à parler, maintenant qu'il savait qu'il était filmé. En réalité, tous les membres de la Commission s'étaient faits discrets depuis qu'ils avaient été publiquement identifiés.

Libby se dit que tout le monde attendait les instructions du Hacker. Mais il ne se hâtait pas de leur faire part de ses intentions. Libby soupçonnait qu'il attendait qu'on le lui demande. Pour lui, c'était un jeu et il appréciait les échanges avec ses joueurs. Personne d'autre ne paraissant en avoir envie, elle prit l'initiative.

« Alors qu'est-ce que vous voulez que je fasse ?

— J'ai failli attendre ! répondit le Hacker. Mais d'abord, par politesse, un petit rappel. Un des nombreux avantages des moteurs électriques et des cartes électroniques qui font fonctionner les véhicules autonomes, c'est qu'ils ont libéré beaucoup de place, bien plus qu'il n'y en avait sur les voitures à moteur diesel ou essence. Les sièges sont plus larges, il y a plus d'espace pour les jambes, pour mettre les valises, les sacs de courses et plusieurs kilos d'explosifs. Donc, si jamais on interférait de quelque manière que ce soit avec un des sept véhicules qui restent sous mon contrôle, je n'hésiterais pas à en faire exploser d'autres. Si quiconque – citoyen lambda, membres des services d'urgences ou des forces armées –, essaye d'en arrêter un, je le ferai exploser. Si quelqu'un essaye de le détourner de l'itinéraire programmé, modifie les panneaux ou les feux de circulation, je le ferai exploser. Si quelqu'un essaye de libérer un des Passagers, je le ferai exploser. Si on essaie de le ralentir, je le ferai exploser. Et je n'ai pas fait tout ça pour me contenter de paroles en l'air. Me suis-je bien fait comprendre ?

— Oui, répondit Libby.

— Tu me pardonneras de dire ça, Libby, mais ta parole ne pèse pas beaucoup. C'est à toi que je m'adresse, Jack. Qu'est-ce que tu en dis ? Tu vas obéir à mes instructions ? »

Larsson hésita avant de répondre simplement : « Oui.

— Je suis heureux de l'entendre. Mais comme nous le savons tous, dire et faire sont deux choses bien différentes. J'ai besoin d'être sûr que ce n'est pas un oui de pure forme. Je vous ai expliqué plus tôt que tous les Passagers allaient mourir dans un accident d'ici la fin de la matinée. Pour vous prouver que je ne suis pas aussi cruel que vous le pensez, je suis prêt à laisser l'un d'entre eux se sortir de cette aventure sans toucher au moindre de ses cheveux. Les six autres voitures entreront en collision les unes avec les autres dans deux heures et cinq minutes, maintenant, mais un des Passagers s'en tirera indemne.

— Lequel ? » demanda Libby, les yeux rivés sur Jude.

Des éclats de voix, de l'autre côté de la porte de la salle, détournèrent un instant son attention.

« Chaque chose en son temps. Pour mieux apprécier ce que signifie sauver la vie de quelqu'un, vous devrez en sacrifier une. Vous allez décider, entre vous, quel Passager vous voulez sacrifier pour sauver la vie des autres.

— On ne peut pas ! s'exclama Libby. Vous ne pouvez pas nous demander d'assassiner quelqu'un ! »

De l'autre côté de la porte, le bruit s'intensifiait.

« Pas question d'envoyer quelqu'un à la mort, déclara péremptoirement Muriel Davidson en croisant les bras.

— Et si je vous disais que si vous ne tuez personne, je tuerai tout le monde ? J'ai devant moi un clavier et un code à quatre chiffres. Si je tape les quatre chiffres, toutes les voitures exploseront exactement en même temps. »

Ils entendirent le Hacker taper doucement sur une touche.

« Il bluffe », déclara Larsson.

Le Hacker entra un deuxième chiffre.

« Il pourrait taper n'importe quoi. On n'en sait rien. »

On entendit le son d'une troisième touche.

« Vous voulez vraiment prendre le risque ? » dit le Hacker. Personne ne répondit.

« Choisir quelqu'un, c'est… c'est impossible, dit Libby.

— Pas toujours, répliqua le Hacker. Je vais faire une comparaison, si tu veux bien. Admettons que dans deux des voitures, il y ait des Passagers presque identiques – deux hommes, du même âge, la même apparence, le même métier, le même nombre de personnes à charge –, lequel choisirais-tu de faire mourir ?

— Je ne pourrais pas choisir.

— Et si je te disais qu'un des deux hommes a agressé sexuellement des femmes ? Est-ce que ça ferait une différence ?

— Mais c'est de la théorie ; ce que vous nous demandez de faire est réel, dit Libby.

— Tu n'as pas répondu à ma question.

— L'agresseur sexuel, coupa Jack Larsson. C'est la réponse qu'il veut entendre, donne-la-lui.

— Je ne choisirais aucun des deux, dit Libby. Je ne prendrais pas la décision.

— Alors tu les enverrais tous les deux à la mort, dit le Hacker. Quel effet ça te ferait-il d'être responsable du meurtre d'un innocent ?

— Je ne serais pas responsable. C'est vous qui contrôlez les voitures. C'est vous qui les tueriez.

— Et pourtant je dormirais sur mes deux oreilles pendant que tu essaierais de te convaincre que t'être placée moralement au-dessus de ça était la chose à faire. Mais secrètement, tu saurais avoir fait le mauvais choix. »

Avant que Libby puisse répondre, le bruit de la dispute dans l'autre pièce devint impossible à ignorer. Les deux agents de sécurité se regardèrent puis s'avancèrent vers la porte, tirant des pistolets à impulsion électrique de leurs poches.

« Ça t'aiderait si je te disais que vous cinq ne serez pas les seuls à choisir, Libby ? reprit le Hacker. Parce que le reste du monde aura aussi son mot à dire. »

Tout à coup, la double porte s'ouvrit. Les agents de sécurité se mirent en position de défense. Mais à la porte se trouvaient six agents de police en uniforme, fusil semi-automatique sur la poitrine, encadrant deux hommes, deux femmes et deux chariots pleins de matériel électronique.

« Qui êtes-vous, bon sang ? demanda Larsson à l'agent qui portait le plus de galons à son uniforme.

— Le ministère de l'Intérieur et l'Office national du contre-terrorisme nous ont demandé d'escorter ces personnes dans cette salle et de les assister. » Il fourra une tablette entre les mains de Larsson. « Tout est là-dedans.

— Les assister à quoi faire ? »

22

Sondage.com **Suivre**

Sondage.com

@PirateHacker Quel Passager doit mourir en premier ?

- Claire
- Sofia
- Jude
- Shabana
- Heidi
- Sam
- Bilquis

947 098 votes

En début de journée, la salle de la Commission semblait vaste, écrasante et vide.

Trente minutes plus tard, c'était le capharnaüm le plus total. Les cinq jurés, le sténographe et le sous-fifre avaient vu débarquer des agents de sécurité, du personnel anonyme, des policiers, et un nouveau groupe aux visages inconnus.

Un homme qui semblait originaire d'Asie du Sud-Est, cheveux peroxydés, lunettes à monture épaisse et yeux d'un bleu cobalt surnaturel, attira l'attention de tous. Il s'avança au centre de la salle, souleva ses lunettes et évalua d'un coup d'œil l'espace disponible. « Mettez les tables ici », ordonna-t-il en désignant de l'index un emplacement sous les fenêtres. Son équipe s'activa vivement, revint de l'autre salle en faisant glisser des tables sur les dalles, avec des grincements perçants rappelant des ongles crissant sur un tableau noir.

« Est-ce qu'on va enfin me dire ce qui se passe ? » demanda Larsson à l'officier de police qui dirigeait la manœuvre, qu'un badge brodé au-dessus de sa poche de poitrine annonçait être le commandant Riley. Il portait un gilet pare-balles et, comme ses collègues, un fusil semi-automatique tenu à deux mains contre sa poitrine.

« Nous escortons une équipe spécialisée venue vous aider, répondit-il.

— Nous aider à quoi ? Et qui leur a demandé de venir ici ? Je n'ai fait venir personne.

— Le ministère de l'Intérieur leur a accordé une dérogation spéciale.

— Mais il faut une autorisation, il faut les passer au crible...

— N'ayez pas peur, nous avons l'habitude des situations de crise, coupa l'homme aux cheveux peroxydés. Et on peut dire que vous en avez une belle sur les bras. Nous avons travaillé avec presque tous les ministères de votre gouvernement, depuis quelques années.

— Alors pourquoi ne vous ai-je encore jamais vu ? »

Le peroxydé dévisagea Larsson de la tête aux pieds. « Je pourrais vous retourner la question. »

Jack Larsson se tourna vers le commandant Riley : « Faites-les sortir d'ici ! grogna-t-il.

— Vous ne dirigez plus cette salle, monsieur. C'est moi, et mes ordres sont clairs : ils doivent rester ici.

— Appelez-moi le ministère de l'Intérieur », ordonna Larsson à la cantonade.

Libby et les jurés regardèrent avec intérêt les nouveaux venus déballer le matériel électronique des chariots et installer téléphones, écrans, câbles, routeurs wi-fi, claviers et tablettes.

« Désolé monsieur, la ligne est occupée, dit un des assistants de Larsson, nerveux.

— Quoi, la ligne rouge ?

— Oui. Toutes les lignes.

— Bon Dieu ! mugit Larsson, impuissant, avant de s'obliger à se calmer. Bon, que tous ceux qui n'ont pas besoin d'être dans cette salle s'en aillent ! » Il regardait d'un œil noir les deux agents de sécurité et ses employés qui étaient entrés en même temps que le commandant Riley. À son grand agacement, ceux-ci se tournèrent vers Riley et attendirent son signal avant de battre en retraite et de sortir. Riley adressa un autre hochement de menton à ses collègues, qui sortirent également.

« Je serai dans la pièce d'à côté, si vous avez besoin de moi », dit Riley à l'homme aux cheveux peroxydés avant de refermer la porte derrière lui. Jack attendit le bip électronique de la porte qui se verrouillait avant de faire face aux nouveaux arrivants.

« Bon, maintenant, je veux une réponse claire : qui êtes-vous ?

— *Clair* n'est pas un concept qui me soit très familier », répondit le peroxydé en adressant à Larsson un clin d'œil qui fit sourire Libby, malgré les circonstances. Il ôta ses lunettes et les essuya à la manche de son pull. « Buzzman, dit-il sans regarder Larsson en face.

— Et c'est quoi, un Buzzman ? demanda Larsson, ébahi.

— Un Buzzman, c'est celui dont vous allez avoir besoin pendant toute la durée de cette affaire, et qui va vous traduire ce que le reste du monde en dit.

— Et pourquoi devrais-je me préoccuper de ce que le monde dit de cette affaire ?

— Parce qu'il est, collectivement, le sixième juré de la Commission.

— Vous vous foutez de ma gueule ? »

Buzzman s'avança vers les autres membres de la Commission. « Je n'aime pas me mettre en avant, mais si je ne le fais pas, personne ne le fera à ma place. Je suis le plus grand expert du pays en matière de réseaux sociaux. Si c'est sur le web et que je ne l'ai pas vu, c'est que ça ne mérite pas qu'on en parle. Mon équipe et moi sommes là pour interpréter ce dont discutent les gens hors de ces quatre murs sur Internet. Personne n'en sait plus sur la communication de masse que moi. Je sais tout de l'apprentissage automatique, des micro-moments, des taux de conversion, des pièges à clic, du *reach* organique, de l'omnicanalité, des *big data* et de l'informatique décisionnelle. Je connais les mots qui comptent et ceux qui ne comptent pas, je sais ce qui va devenir tendance parce que, bien souvent, c'est moi qui lance la tendance. J'ai créé des algorithmes qui vont collationner les *data* dont nous avons besoin en moins de temps qu'il n'en faut à Tim Berners-Lee[2] pour cligner des yeux. Je le sais parce que *c'est mon métier*. Vous m'avez demandé ce qu'était un Buzzman ? Vous en avez un en face de vous. Buzzman, c'est moi, et vous allez me laisser faire le boulot qu'on m'a envoyé faire ici. Les utilisateurs de réseaux sociaux vont voter comme vous, et je suis là pour décrypter

2 Le principal inventeur du world wide web (NdT).

les résultats, qui ils veulent laisser vivre et qui ils veulent faire mourir.

— Pourquoi le reste du monde s'intéresserait-il à ça ? » demanda Larsson.

Buzzman rit. « Ha ha, vous êtes un vrai comique, vous, non ? » Il se tourna vers les autres jurés. « Il plaisante, c'est ça ? »

Muriel Davidson fit non de la tête, et Buzzman reprit : « Jack, cinq minutes après que tout ça ne pète – pardon pour le jeu de mots, et que Patterson repose en paix –, tout le monde ne parlait que de ça. Tous les pays du monde ayant accès aux réseaux sociaux vous regardent, regardent les Passagers, et ils suivent tout en direct. Regardez ! » Il tourna sa tablette vers Larsson. « En moyenne, on envoie chaque jour six mille tweets par seconde. Aujourd'hui, le chiffre a doublé. Facebook n'a pas connu autant de trafic depuis son record de 2020, et l'événement lui rapporte des millions de livres par minute. Il réunit le monde entier. »

D'un doigt, Buzzman changea la page de sa tablette et la projeta sur un mur différent. On y voyait des chaînes d'info de toute la planète. Aux États-Unis, au Japon, en Russie, en Arabie Saoudite et en Nouvelle-Zélande, on retransmettait en direct ce qui se produisait sur les routes britanniques.

« Qui vous a envoyés ? demanda Larsson.

— Alors ça, je ne peux pas vous répondre. On nous a prévenus il y a quelques mois, via les canaux gouvernementaux habituels, et payés d'avance. On nous a dit qu'on nous informerait de notre tâche le jour venu. On a fait envoyer des taxis à notre hôtel ce matin et en chemin, j'ai reçu les profils de six des personnes enfermées dans ces voitures. Et puis on a reçu un coup de fil urgent du Centre opérationnel britannique de réponse aux agressions extérieures, autrement dit le COBRA, nous pressant d'intervenir. Ils ont été stupéfaits d'apprendre qu'on avait déjà été prévenus. Et puis le commandant Riley et ses hommes nous ont escortés ici et nous ont expliqué ce qu'on trouverait derrière cette porte. »

Si Buzzman fut intimidé par le regard perçant de Jack Larsson, il n'en montra rien. Il se tourna vers les écrans montrant les Passagers. « Bon, mettez-moi au courant. Lequel allez-vous tuer en premier ? »

23

Stream That Tune

Créez votre propre bande-son du détournement !

abonnés

Lecture aléatoire

4 566 écoutes

1. **AC/DC** – Highway to Hell ...
2. **TALKING HEADS** – Road to Nowhere ...
3. **CHRIS REA** – Road to Hell ...
4. **FOO FIGHTERS** – Long Road to Ruin ...
5. **ROXETTE** – Crash! Boom! Bang! ...
6. **CHARLES DE GOAL** – Ralentissement sur l'autoroute ...

Libby n'apprécia pas la désinvolture de Buzzman vis-à-vis des Passagers.

« Nous n'en avons pas encore discuté vraiment, dit-elle. Et je ne saurais pas par où commencer. C'est impossible. »

Buzzman haussa les épaules. « Ramener les morts à la vie, voyager à la vitesse de la lumière, faire la queue à la caisse du supermarché sans regarder ce que la personne devant vous a mis sur le tapis roulant, voilà des choses impossibles. Voter pour faire mourir quelqu'un qu'on n'a jamais rencontré, ça n'est pas si impossible que ça. Et l'opinion publique a déjà sauté sur l'occasion d'avoir son mot à dire.

— Mais il y a des personnes saines d'esprit capables d'envoyer quelqu'un à la mort ? »

Buzzman lut la tablette qu'il avait à la main. « Il y en a environ deux cent mille, jusqu'ici – et je ne me base que sur les tendances de Twitter.

— Je ne comprends pas. Deux cent mille personnes font quoi jusqu'ici ? » demanda Libby.

Buzzman se tourna vers ses acolytes. « Je vais vraiment devoir tout leur expliquer ? » Il soupira. « Sur le million de tweets qui parlent du détournement, il y en a au moins deux cent mille qui ont hashtagué le nom du Passager qu'ils préféreraient voir mourir.

— Comment peuvent-ils juger aussi vite ? demanda Muriel Davidson. Ils en savent autant sur les Passagers que nous. On ne peut pas prendre une décision en en sachant si peu.

— On a déclenché, mené et gagné des guerres avec moins que ça, répliqua Buzzman.

— Muriel a raison, intervint le Hacker, faisant taire toute la salle. Les gens ne votent qu'en fonction de ce qu'ils ont vu, et rien d'autre. Un peu comme les décisions que vous prenez dans votre Commission. » Libby fut la seule à ne pas prendre un air coupable. « Votre fonctionnement est biaisé et injuste, reprit le Hacker. J'aimerais que ma méthode soit plus équitable. »

Le silence se fit.

« Il est toujours aussi théâtral ? chuchota Buzzman.

— Il attend qu'on lui demande comment, fit Libby.

— Oh oh, des manœuvres psychologiques. Je suis client ! Et comment, monsieur le Hacker ?

— Essayons d'en apprendre un peu plus sur les Passagers, si vous voulez bien ? répondit le Hacker. Veuillez vous tourner vers le mur. »

Libby vit certains écrans s'éteindre, d'autres pivoter pour qu'il n'en reste que huit. Sept montraient des Passagers, le dernier des pompiers qui tentaient d'éteindre l'incendie du taxi de Victor Patterson, rappel sinistre de ce dont le Hacker était capable.

« Commençons avec la Passagère numéro un. Claire Arden est une assistante d'éducation de vingt-six ans, qui travaille dans une école pour enfants ayant des problèmes de scolarité. Elle est mariée à Benjamin, et enceinte de sept mois de leur premier enfant. »

Devant la femme aux yeux rougis qui étreignait son ventre tandis que les larmes coulaient sur ses joues, le cœur de Libby se serra. Et lorsque la mention #tuezclaire apparut dans un angle de l'écran, elle eut envie de vomir.

« Dans le véhicule numéro deux, nous avons Bilquis Hamila, quarante-six ans, arrivée dans ce pays il y a deux ans en provenance de Somalie, demandant l'asile politique. Elle est veuve et mère d'une fille restée en Somalie qu'elle espère pouvoir faire venir au Royaume-Uni. Sa demande de nationalité britannique a déjà été refusée par le ministère de l'Intérieur ; elle en est aujourd'hui à mi-chemin de la procédure d'appel. »

Dans sa carrière d'infirmière, Libby avait travaillé avec des réfugiés, des étrangers ou des demandeurs d'asile. Elle avait entendu raconter les horreurs de la guerre et de la torture qu'ils subissaient, et avait vu comment elles se manifestaient le plus souvent : psychoses, dépression, syndrome post-traumatique. Elle se demanda ce que Bilquis avait dû endurer pour fuir son pays et laisser sa fille derrière elle.

« Vous reconnaissez peut-être notre troisième Passagère. C'est l'actrice Sofia Bradbury, soixante-dix-huit ans, star de la scène et de l'écran depuis soixante-dix ans. Elle a un mari, Patrick. Ils n'ont pas d'enfants, et Sofia a consacré beaucoup de son temps libre à lever des millions de livres pour les organisations caritatives d'aide à l'enfance et les hôpitaux. »

À l'étonnement de tous, Sofia fit un signe de la main et sourit à la caméra.

Lorsque le visage du quatrième Passager emplit l'écran, le cœur de Libby se remit à bondir. « Jude Harrison a vingt-neuf ans, c'est un ancien programmeur informatique pour un constructeur automobile. Il est célibataire, sans personne à charge, et actuellement au chômage. Il est aussi présentement sans domicile et dort dans sa voiture. »

Libby inspira longuement – la description de son statut de sans-abri était totalement inattendue. Elle remarqua son regard qui fuyait la caméra, embarrassé. Que lui était-il donc arrivé dans l'intervalle pour qu'il en soit réduit à dormir dans sa voiture ? Libby repéra, derrière lui, des boîtes de pizza vides et des emballages de fast-food à côté d'un sac à dos, étalés sur les sièges arrière. Pour la première fois, elle décela en lui une tristesse qui n'était pas due qu'aux circonstances actuelles. Elle avait déjà vu la même dans le regard de son frère, Nicky.

« Les Passagers cinq et six, Heidi et Sam Cole, sont mari et femme. Ils ont tous deux quarante ans, poursuivit le Hacker. Ils ont deux enfants, Beccy et James, neuf et huit ans. Ils sont mariés depuis dix ans. Sam a une société de bâtiment, construction et rénovation. Heidi est agent de police dans le Bedfordshire. » Libby eut une pensée pour leurs enfants et espéra que quelqu'un les protégeait des images diffusées en direct. Mari et femme semblaient aussi paniqués l'un que l'autre. Libby ne savait pas si le fait d'avoir son conjoint piégé dans la même situation de vie ou de mort était rassurant ou au contraire encore plus angoissant.

« Et enfin, la Passagère numéro sept s'appelle Shabana Khartri, trente-huit ans, mère au foyer de cinq enfants. Elle est mariée à Vihaan, qui est accusé de trafic d'êtres humains. Elle est arrivée au Royaume-Uni à dix-huit ans quand elle s'est mariée, et y vit depuis. Elle n'a jamais travaillé, et ne parle pas anglais. »

Qu'est-ce qu'elle comprend de ce qui lui arrive ? se demanda Libby. À sa façon de se tordre les mains et de garder les yeux fermés, Libby devina que Shabana avait parfaitement compris qu'elle était embarquée dans une terrible histoire.

« Et maintenant, mesdames et messieurs les jurés, reprit le Hacker, sans en discuter avec vos collègues, et sur la base des seules informations que je viens de vous donner, il vous faut décider. L'un après l'autre, veuillez me dire quel Passager vous choisissez d'envoyer à la mort. »

24

Tendances Twitter

#LesAnglaisdabord – 251 098 tweets
#Fuck-les-8 – 167 918 tweets
#TuezLesTous – 104 221 tweets
#SauvezLesTous – 12 001 tweets
#OndesPositives – 2 566 tweets

Libby se tourna vers les autres jurés. À leur expression vide, elle comprit qu'eux non plus ne savaient pas comment répondre aux exigences du Hacker et donner le nom d'un Passager à sacrifier. Elle s'éclaircit la gorge pour prendre la parole.

« Vous ne nous avez donné qu'un vague profil de ces gens ; ils sont autre chose que ça, commença-t-elle. Vous n'avez pas le droit de nous demander de décider qui doit mourir en partant d'une simple esquisse.

— Tu verras que j'en ai le droit, et que je viens de le prendre, répliqua le Hacker. Qui veut parler en premier ? »

Libby fit signe de la main qu'elle renonçait. « Non. Je ne participerai pas à ça. Les Passagers sont peut-être sous votre contrôle, mais pas moi !

— Dois-je vraiment te rappeler ce qui va arriver si tu ne fais pas ce que je demande, Libby ? À cause de Jack, il y a des morceaux de Victor Patterson qui tombent encore du ciel. Je n'hésiterai pas à recommencer avec le concours de ton ami Jude. Je vous le redemande : qui voulez-vous éliminer en premier ?

— Le numéro deux, Bilquis », intervint Larsson, surprenant tout le monde. Il croisa les bras, d'un air de défi. « Il faut bien faire avancer cette comédie, ajouta-t-il en fixant Muriel Davidson des yeux, comme pour la persuader de se rallier à lui.

— C'est à regret que je désigne aussi Bilquis, dit-elle à voix basse.

— Bilquis, répéta Matthew Nelson.

— Bilquis », dit Fiona Prentice.

Libby vit à l'écran Bilquis se couvrir la bouche et se mettre à pleurer.

« Et toi, Libby ? » demanda le Hacker.

Libby regarda à tour de rôle chaque Passager, mais pas un ne méritait de vivre ou de mourir plus qu'un autre. Qui elle choisissait importait peu, car ni elle ni le vote du public ne feraient basculer la majorité. Bilquis avait déjà été condamnée, et Libby choisit celle à qui il restait le moins de temps à vivre.

« Sofia », dit-elle. Comme les autres, elle fut incapable de regarder en face la personne qu'elle avait désignée.

« Merci, dit le Hacker. Pas besoin d'être statisticien pour souligner que c'est une décision à la quasi unanimité, mais Buzzman, par curiosité, pourriez-vous nous donner les résultats des réseaux sociaux, s'il vous plaît ? »

Buzzman jeta un coup d'œil à un de ses assistants, qui mima à son intention le mot « envoyé ». Il examina sa tablette. « Mes algorithmes me disent que la Passagère que le public préférerait voir mourir est aussi celle qu'a choisie le jury, Bilquis. »

Libby et Matthew Nelson furent les seuls jurés à regarder le mur, où Bilquis occupait désormais l'écran principal. Petit à petit, le son monta, jusqu'à ce que sa détresse et ses appels à la pitié se fassent impossibles à ignorer. Muriel Davidson se boucha les oreilles.

« Je vous en prie, suppliait Bilquis dans un anglais approximatif. Je vous en prie, changez d'avis… Je suis une femme honnête, je veux retrouver ma fille ! Je vais vous dire ce que je fais pour aider les autres et vous changerez peut-être d'av- »

Avant qu'elle puisse finir sa phrase, sa voiture fut violemment secouée et un éclair de lumière et de flammes venu du coffre l'engloutit. En quelques secondes, Bilquis disparut dans le brasier. Libby resta pétrifiée, incapable de détourner la tête ou d'arracher son regard à ce qui se passait tandis que les vêtements de Bilquis prenaient feu. Elle se débattait en tous sens, avec des cris d'agonie que Libby n'avait jamais entendus chez un être humain. Puis une silhouette s'interposa entre elle et l'écran, pour l'empêcher de voir. Sans rien dire, Matthew Nelson mit les mains sur ses épaules.

« Regardez-moi, finit-il par dire. Regardez-moi ! »

Libby le regarda dans les yeux. « Continuez à me regarder jusqu'à ce que ce soit fini ! Je vous dirai quand vous pourrez arrêter. » D'autres hurlements suivirent, puis le crépitement des flammes, celui de la peau qui se craquelle, enfin une autre explosion, et l'image s'éteignit. Quand Matthew relâcha Libby, l'écran au mur était vide.

« Je ne peux pas rester là, cria Libby. Il faut que je sorte, dit-elle en se levant et en se précipitant, jambes tremblantes, vers la porte. J'ai besoin d'air, je dois rentrer ! » Elle cogna des deux poings sur la porte qui finit par s'ouvrir. Le commandant Riley et un de ses hommes bloquaient le seuil, l'empêchant de passer.

« Laissez-moi sortir, je vous en prie ! supplia Libby. Je ne peux pas rester ici et voir d'autres personnes mourir.

— Je suis désolé, madame, mais je ne peux laisser sortir personne avant que tout ne soit terminé, répliqua le commandant. J'ai des ordres.

— Je m'en fous ! » cria Libby, les joues inondées de larmes. Son souffle était haché et, à nouveau, elle eut l'impression qu'elle était proche de craquer. Une nouvelle crise d'angoisse, plus violente encore que la précédente, s'annonçait. Elle avait besoin d'air frais, de se sentir en sécurité.

Elle tendit la main pour prendre le bras de l'officier et l'écarter. Il ne bougea pas d'un pouce et, de rage, elle frappa, l'atteignit sur le côté de la tête en lui arrachant son oreillette qui tomba au sol. D'un mouvement rapide, les deux mains à chaque extrémité de son semi-automatique, il la repoussa violemment en arrière, lui faisant perdre l'équilibre. Elle retomba sur les fesses, glapissant de douleur lorsque son coccyx heurta le sol dallé.

« Les réseaux sociaux ne vont pas aimer ça, marmonna Buzzman.

— Ne la touchez pas, ordonna Matthew qui s'avança vers le commandant.

— Asseyez-vous s'il vous plaît, monsieur, ordonna celui-ci. Le bâtiment est totalement bouclé. Toutes les rues dans un rayon d'un kilomètre et demi ont été évacuées et on fouille aussi l'immeuble à la recherche d'engins explosifs. Jusqu'à ce qu'on retrouve la trace du Hacker ou qu'on arrive à immobiliser les voitures, personne ne sortira d'ici. »

Il indiqua une chaîne d'info qui avait resurgi sur un écran. Les jurés reconnurent l'hôtel de ville où des soldats en armes refoulaient des civils derrière une rubalise bleue. Voitures de police, ambulances, camions de pompiers et unités de déminage de l'armée étaient bien visibles. Au-dessus du bâtiment, une armée de drones se disputaient l'espace aérien.

« Il fallait tenir bon ! Il ne fallait pas obéir à ses ordres », dit Libby. Matthew tendit la main pour l'aider à se relever. Elle l'accepta, et la porte se referma derrière elle.

Une fois de plus, la voix du Hacker surgit de nulle part :

« Si vous aviez fait ça, j'aurais fait exploser tous les véhicules.

— Vous êtes taré, répliqua Libby. On ne fait pas exploser des gens pour attirer l'attention. Le monde ne marche pas comme ça.

— Tu as lu les journaux, depuis un siècle ? Tu n'as jamais entendu parler d'Oppenheimer, de l'IRA, d'Al-Qaeda, de l'ETA, du Hamas ou de Daech ?

— Vous savez très bien ce que veux dire. Les gens *normaux* ne font pas ça. Ils ne tuent pas pour le plaisir.

— Mais moi non plus. Je tue pour une bonne raison.

— Qui est… ? »

Le Hacker ne répondit pas.

« Vous saviez que Bilquis serait désignée en premier. Elle ou Shabana. Vous le saviez, hein ?

— Pourquoi crois-tu ça ?

— Parce que vous n'avez rien dit de positif sur elles dans votre résumé. Au lieu de ça, vous avez insisté sur le fait que Shabana ne travaillait pas, qu'elle ne parlait pas anglais, qu'elle avait cinq enfants et que son mari était soupçonné de trafic d'êtres humains. Et Bilquis s'était vu refuser l'asile politique et voulait faire venir quelqu'un de sa famille ici. Vous avez sélectionné des bribes d'informations pour nous pousser, nous et les réseaux sociaux, à voter d'une certaine façon.

— Ce qui est exactement le mode de fonctionnement de cette Commission. Vous prenez des décisions en partant du strict minimum factuel. Est-ce que tu crois que ça aurait fait une différence si j'avais dit que sa fille en Somalie est morte depuis deux ans et que ce sont ses cendres que Bilquis veut ramener en Angleterre ? Ou que, avant que Bilquis ne fuie la guerre civile dans son pays, on l'a obligée à regarder sa fille de cinq ans se faire violer par des combattants rebelles ? J'aurais dû vous dire qu'elle l'avait gardée dans ses bras jusqu'à ce qu'elle meure, vidée de son sang ? J'aurais peut-être dû ajouter que malgré tout ça, Bilquis avait quand même trouvé la force d'aider quinze orphelins et de payer leur passage pour pouvoir fuir la Somalie sur le même bateau qu'elle ? Si je vous avais fait part de ces faits, est-ce que vous l'auriez laissée brûler vive ? »

Libby se durcit. « Vous avez dit aux gens ce qu'ils voulaient entendre, pour orienter leur choix !

— Exactement comme votre Commission. Tout dire peut s'avérer gênant quand il y a une décision à prendre. Je me trompe, Jack ? »

25

Tendances Twitter

#ShantiSeAraamKaren – 401 301 tweets
#RIPBilquis – 345 988 tweets
#LesAnglaisdabord – 253 098 tweets
#SauvezLesTous – 177 918 tweets
#OndesPositives – 19 566 tweets

« Qu'est-ce qu'il veut dire ? demanda Libby à Larsson.

— À propos de quoi ?

— Quand il dit que la vérité peut être gênante. Pourquoi vous a-t-il dit ça à vous ?

— Je n'en sais rien. Vous devriez peut-être lui demander ? Vous semblez avoir développé de jolies petites relations, vous et lui. Mais je vais vous donner un conseil d'ami : vous feriez mieux de vous méfier, sinon les gens pourraient en tirer des conclusions... »

Son ton était loin d'être amical et Libby leva les sourcils. « Qu'est-ce qui vous fait penser ça ? »

Jack Larsson rectifia sa cravate, les coins de sa bouche se relevèrent, indiquant son plaisir de l'avoir vexée. « Tenir la vedette, ça vous plaît bien, mademoiselle Dixon. Quand vous êtes entrée dans cette salle, vous étiez une petite potiche timide et regardez-vous à présent : vous êtes comme ces plantes invasives, qui étalent leurs racines là où elles n'ont rien à y faire et qu'on ne peut pas empêcher de proliférer. On croirait presque que vous prenez plaisir à être sous les projecteurs. » Il regarda la caméra et sourit.

« Je croyais que derrière votre façade, il pouvait rester un minimum de décence. Mais il n'y a rien du tout, n'est-ce pas ? » fit Libby.

Larsson répondit avec un geste du bras, comme pour éloigner une mouche. « Je crains que les milliers d'électeurs que je sers avec un dévouement sans faille soient en désaccord avec vous. »

Muriel Davidson les interrompit, l'air inquiet. « Pourquoi le Hacker ne nous a-t-il pas dit où allait se produire la collision ? »

Matthew hocha la tête. « Il ne nous dit que ce qu'il veut qu'on sache.

— Il n'y a que moi, ou vous avez aussi l'horrible pressentiment qu'il prévoit de lancer les voitures contre ce bâtiment ?

— C'est impossible, on ne laissera pas entrer les véhicules dans le centre de Birmingham, ni dans aucun autre centre-ville, d'ailleurs, répondit Larsson. Si tous ces véhicules sont bourrés d'explosifs comme le prétend le Hacker, il y a peu de chances qu'ils arrivent à moins d'un kilomètre d'une zone interdite. »

Un nouvel angle de caméra apparut sur un écran. Une voiture qui roulait était filmée du dessus, très haut. Sur le pourtour de l'écran, il y avait des chiffres, des coordonnées et des graphiques.

« Hmm, commença Buzzman, en frottant sa barbe naissante, c'est intéressant. Apparemment, nous ne devrions pas avoir accès à ça.

— Ce n'est pas le drone d'une chaîne d'info ? demanda Libby.

— Pas si j'en crois Reddit. Les utilisateurs disent que ce sont des graphiques militaires. »

L'inquiétude s'empara de Libby. « Que disent les réseaux sociaux sur le but de ces drones ?

— Attendez une seconde… répondit Buzzman, tandis que son équipe et lui tapaient des mots et des phrases clés sur leurs appareils. OK… Alors, les images d'un des drones ont été enregistrées par un Passager régulier et postées sur Snapchat il y a sept minutes. On s'accorde à dire que c'est un drone de combat de l'armée… Et maintenant les utilisateurs de l'appli Knowhow disent que c'est un RP 7876V. Un drone apparemment "armé et avec une grande capacité de tir". »

Libby fit face à Larsson.

« Ils vont tirer sur les Passagers pour les arrêter ?

— Ça tombe sous le sens ! Qu'est-ce que vous croyez qu'ils vont faire ? Rester assis et les regarder exploser en pleine ville ? Faire le moins de victimes possible pour sauver le plus grand nombre. C'est une stratégie de guerre classique.

— Mais on n'est pas en guerre !

— Mais si, on *est* en guerre, espèce d'idiote ! » répondit Larsson, méprisant. Puis il prit un air grave et se tourna vers la caméra, comme s'il se souvenait qu'il avait un public. Il adapta le ton de sa voix. « Ce Hacker a déclaré la guerre à notre pays, à nos routes, à nos concitoyens, *à vous, à moi !* Vous pensez que le gouvernement va l'accepter sans rien dire ? Nous ne nous laisserons pas vaincre par la terreur, même si certains d'entre nous doivent en souffrir. Il en va du bien de tous. »

Quand Libby leva les yeux vers Jude, elle se recroquevilla. Elle avait cru que la menace ne venait que du Hacker, mais pas de son propre gouvernement.

« Quand vont-ils frapper ?

— Je doute fort qu'ils le fassent, interrompit le Hacker.

— Alors vous vous bercez d'illusions, répondit Larsson. La volonté d'un seul ne l'emportera jamais sur la sécurité du plus grand nombre.

— Sais-tu combien il y a d'écoles, de lycées et d'universités au Royaume-Uni, Jack ? » poursuivit le Hacker. Il attendit assez longtemps pour que Larsson finisse par faire non de la tête. « Près de vingt-six mille, qui accueillent neuf millions deux cent mille enfants et étudiants.

— Pourquoi me dites-vous ça ?

— Tu ne crois pas que j'ai prévu toutes les éventualités ? Il y a dans dix de ces vingt-six mille établissements des engins explosifs que je peux déclencher à tout instant. Ces explosifs peuvent être n'importe où : salles de classe, réserves, salles de sport, vestiaires, casiers. Si on donne l'ordre d'éliminer un seul des Passagers, je n'hésiterai pas à faire exploser ces dix écoles d'un seul coup.

— Il faut qu'ils évacuent immédiatement… marmonna Larsson qui sortit son téléphone de sa poche.

— Tenter de déplacer plus de neuf millions d'enfants en quatre-vingts minutes est impossible. Contacter tous les parents, puis leur faire quitter leur travail pour venir chercher leurs enfants sèmerait le chaos dans tout le pays, et créerait des embouteillages encore jamais vus. Et si notre pays est bloqué et que mes véhicules n'arrivent pas à destination, ils sautent, et les écoles avec. Tu voudrais avoir ça sur la conscience ?

— Vos menaces n'empêcheront pas des parents paniqués de s'assurer que leurs enfants sont sains et saufs, dit Libby.

— Je devrais peut-être ajouter que des véhicules contenant des bombes artisanales sont garés tout près des entrées et des sorties de chacune de ces écoles. Les enfants, les enseignants et les parents pris dans l'explosion qui ne mourraient pas instantanément resteraient très certainement infirmes à vie. »

L'accablement s'empara de Libby. Même Larsson sembla hésiter sur la conduite à tenir ; le téléphone encore à la main, il ne s'en servait pas. Les chaînes d'info réapparurent. Toutes diffusaient les images de la Commission en direct. Un bandeau courait en bas des écrans : *Dernière minute – des bombes dans nos écoles.* Libby ne put qu'imaginer l'angoisse des parents dans tout le pays.

Elle nota que Jude était le seul Passager à regarder calmement son moniteur, comme s'il s'était résigné à son sort. Une fois encore, elle reconnut la tristesse dans son regard, qui allait au-delà de la situation actuelle. Était-ce pour cela qu'il vivait maintenant dans sa voiture ?

« Revenons à des choses plus légères et voyons ce que disent nos amis des réseaux sociaux de la tournure des événements, vous voulez bien, Buzzman ? reprit le Hacker.

— Les parents d'élèves paniquent en masse, comme on pouvait s'y attendre, commença Buzzman. Et ils sont nombreux à ne pas écouter votre avertissement et à vouloir retirer immédiatement leurs enfants de l'école. » Il ôta ses lunettes, sourit. « Vous savez, c'est ce que j'aime chez les utilisateurs des réseaux sociaux. Malgré les menaces qui pèsent sur leurs enfants, ils préfèrent commencer par partager leur inquiétude avec le monde entier, et se précipiter à la rescousse de leurs chers petits ensuite. Partager d'abord, réagir après. J'adore.

— Est-ce qu'on dit quelque chose sur nous ? » demanda Muriel Davidson. Elle tritura nerveusement sa montre tandis que Buzzman et ses sbires scannaient les fils d'actualité.

« Je généralise, bien sûr, mais il semblerait qu'on n'apprécie pas la couleur de la veste de Fiona ; le nom de Matthew monte en tendance, avec le hashtag #sexydoc ; ils sont plusieurs milliers à demander à ce qu'on destitue Jack. On trouve la voix de Muriel “agaçante” et “pleurnicharde”. Et Libby est un “cœur d'artichaut prétentieux qui a très mauvais goût en matière de chaussures”.

— Sans blague ? » s'exclama Libby, qui croisa les bras. Elle ne savait pas quelle critique lui faisait le plus mal. « Des bombes ont tué deux personnes, la vie de milliers d'enfants est en jeu et ils twittent sur mes chaussures ?

— Mais ils n'ont pas tort, répondit Buzzman. On vous les a offertes, non ?

— Non, pas du tout. »

Buzzman parut surpris. « Vous devriez penser aux réseaux sociaux comme à une rivière. Elle naît à un endroit mais plus elle va loin, plus elle méandre dans des directions différentes. Certains bras d'eau nouveaux s'arrêtent très vite, d'autres suivent des chemins qui leur sont propres. Tout le monde a une opinion. Vous pourriez aller vous-même dans toutes ces écoles, désactiver seule tous les engins explosifs et sauver tous les Passagers sans l'aide de personne : il resterait quand même un troll dans un logement social de Hackney, avec des cheveux fourchus et des tatouages mal orthographiés, pour se plaindre que vous avez fait reculer les droits des femmes de dix ans parce que vous avez fait tout ça en jupe. »

Libby était exaspérée. Elle n'avait qu'une envie, sortir de cette salle, rentrer chez elle, se rouler en boule sous la couette et ne plus jamais penser à une voiture sans chauffeur. « Par pitié, dit-elle au Hacker. Arrêtez tout ça ! Vous nous avez prouvé que les voitures autonomes n'étaient pas infaillibles comme on nous l'avait fait croire. Vous n'avez plus rien à prouver.

— Je n'ai jamais dit que j'avais quelque chose à prouver, Libby.

— Alors à quoi bon tout ça ?

— Chaque jour, nous laissons l'Intelligence Artificielle contrôler un peu plus nos vies. C'est bien ce que tu crois, Libby ? Tu penses que nous avons si peu de considération pour notre propre existence que nous nous en sommes remis volontairement à l'IA, une chose inventée par l'homme mais incapable d'empathie, de compassion ou de jugement moral. Tu crois que nous avons ôté à l'humanité son côté humain.

— Je ne veux pas que des gadgets pensent à ma place.

— Mais tu es aussi esclave de l'IA que tout le monde. Comment suis-je au courant que tu as participé à une manifestation à Londres contre la Révolution routière, il y a deux ans ?

— Je… Je ne sais pas.

— Parce que l'IA, et la technologie qui va avec, m'ont dit tout ce que je voulais savoir sur toi et sur ce en quoi tu crois. Les données de transaction de ta carte bancaire stockées dans ta montre m'ont dit où et quand tu avais acheté ton billet de train aller-retour, et quel train tu avais pris. Elles m'ont aussi renseigné sur le restaurant qui t'a été conseillé par ton assistant virtuel pour aller déjeuner quand tu le lui as demandé, et le nom du bar où tu as été prendre un verre ensuite. Ton traqueur d'activité m'a appris combien de temps tu as passé debout à manifester, combien de pas et de kilomètres tu as parcourus, ton niveau d'adrénaline et de combien ton pouls s'est accéléré quand tu es arrivée à destination devant Downing Street. Ton téléphone m'a donné les noms et les numéros de tes amis figurant dans ton carnet d'adresses avec qui tu es allée manifester, quelle musique tu as écoutée en rentrant chez toi et comment tu as dormi cette nuit-là. À l'instant même, je sais que ton taux de cholestérol est stable à trois virgule huit, et que tu vas à nouveau ovuler dans trois jours. Dans le cours de cette conversation, ton cœur est monté à cent trente-trois battements par minute, et ton niveau de stress est actuellement de huit sur dix. Tu as à peine mangé ce matin donc ton taux de salinité est bas et tu devrais te mettre du collyre dans les yeux. »

Libby regarda d'un œil noir la bague d'argent à son doigt où se logeait son traqueur d'activité, comme si le diable en personne l'avait forgée. Le Hacker devait avoir accès aux données qu'elle recueillait. Libby la fit tourner pour s'en libérer, grimaça quand elle dut forcer pour la faire passer sur une phalange et la jeta à travers la pièce.

« Tu vas aussi jeter ton téléphone, tes tablettes, ta montre connectée et tes cartes bancaires ? » demanda le Hacker.

Libby rougit.

« Tu te méfies de la technologie et de l'IA pour de mauvaises raisons. Tu veux que je montre aux autres ce qui s'est passé pour que tu les méprises comme ça ? »

Libby vacilla. Elle savait parfaitement ce qui allait arriver, mais ne pouvait rien faire pour l'empêcher.

26

WNO WolverhamptonNewsOnline.co.uk

Le lieu de la collision déterminé par des experts

Le site d'une ancienne usine pourrait être l'endroit où les six Passagers restants vont entrer en collision, selon des experts en planification d'itinéraires.

En analysant les différentes directions prises par les voitures et l'heure d'arrivée prévue, la fin de leur parcours pourrait bien être l'ancienne usine Kelly & Davis, dans la zone industrielle de Roman Park, près de Coleshill. L'usine a été démolie et c'est aujourd'hui une friche industrielle.

Libby se raidit et se prépara à l'inévitable. Sur le plus grand des écrans, une rue de Birmingham, Monroe Street, apparut, telle que dans son souvenir.

Larsson pressentit aussi ce qui allait arriver. « Comment a-t-il mis la main là-dessus ? Le matériel sensible est censé être supprimé du domaine public et effacé.

— Plus rien ne disparaît, fit Buzzman en haussant les épaules. Tout est là, quelque part. Et tout ce qui est privé finit par devenir public. »

D'une caméra fixe positionnée au-dessus de la marquise d'une boutique, Libby se revit marcher, deux ans plus tôt, en direction de l'objectif. Elle se souvenait que la journée avait commencé comme une journée d'été ordinaire. Le soleil brillait haut dans un ciel sans nuage, assez vif pour lui faire porter des lunettes de soleil. Un vent léger faisait onduler sa robe à fleurs.

Devant elle, la rue s'incurvait et Libby passait de boutique en boutique, s'arrêtait pour jeter un coup d'œil à celles qui l'intéressaient, ignorant les autres. Une demi-douzaine de bougies parfumées achetées en soldes lestaient le sac à provisions accroché à son épaule. Elle s'arrêta devant la vitrine d'un fleuriste. Elle pouvait encore sentir l'odeur – semblable à celle de fines herbes – des chrysanthèmes orange plongés dans des seaux à l'extérieur. Plus elle approchait de la caméra, plus elle devenait reconnaissable pour les autres jurés.

« C'est vous ? » demanda Fiona Prentice, remontant ses lunettes sur son nez pour mieux y voir. Et comme Libby ne répondait pas : « C'est bien vous, non ?

— Oui, c'est elle, c'est sûr », renchérit Muriel Davidson.

Libby se vit plonger la main dans son sac, en extraire le téléphone dont elle se servait encore aujourd'hui et se mettre à parler. Elle se rappelait que c'était sa mère qui lui téléphonait. Elle voulait savoir si elle rentrerait à Northampton le week-end suivant, pour la Fête des pères. Sa mère projetait de faire un rôti pour eux trois. Libby lui avait annoncé qu'elle était d'astreinte ce week-end-là. En s'entendant mentir sans hésiter, Libby s'en était voulue. Mais passer une seule seconde dans la maison familiale lui donnait envie de s'enfuir à toutes jambes.

Après avoir raccroché, elle avait posé le regard sur deux femmes avec une poussette. C'étaient leurs rires qui avaient attiré son attention. Libby s'était prise à regretter de ne plus avoir ce genre de relations avec sa mère. La dernière fois qu'elles avaient ri ensemble remontait à très loin.

Les femmes avaient obliqué soudainement et, masquées par un véhicule garé le long du trottoir, avaient commencé à traverser la rue sans voir la voiture qui avançait vers elles, à une dizaine de mètres. Libby crut que la voiture allait se déporter et s'arrêter – il y avait assez de temps et de place pour ça, même au risque de heurter une autre automobile en stationnement. Mais le véhicule, s'il freina durement, ne dévia pas de sa trajectoire. Libby ouvrit la bouche pour crier mais le temps qu'un son jaillisse de sa gorge, il était trop tard. Avant que la voiture s'arrête avec force soubresauts, elle avait fauché les deux femmes comme des quilles de bowling, les projetant dans les airs.

La plus jeune des deux subit le choc de plein fouet. L'avant du véhicule la souleva, la projeta sur le pare-brise où elle rebondit, passa haut au-dessus de la voiture et retomba sur la chaussée derrière la voiture. La plus vieille fut aspirée, traînée sous le capot. Dans le même temps, le bébé fut éjecté de la poussette qui recula violemment sur la chaussée sur plusieurs dizaines de mètres. Son corps minuscule se mit à glisser sur le goudron.

Dans la salle de la Commission, Libby était en larmes, tandis que la vidéo d'une autre caméra démarrait. Celle-ci était fixée au tableau de bord du véhicule impliqué dans la collision. Libby revécut le moment où elle avait laissé tomber son sac et entendu les pots de verre contenant les bougies se briser, pour se précipiter vers les blessées. Son premier réflexe fut d'aller au secours du bébé, une petite fille, mais une femme avec plus de connaissances médicales qu'elle lui dégageait déjà les voies respiratoires pour lui faire du bouche-à-bouche. La petite devait être encore vivante.

Libby s'était tournée vers la femme prise sous la voiture et s'était accroupie près d'elle. Ses cheveux gris, courts, étaient mêlés de sang, elle avait des plaies au front et sur le crâne. Elle avait les yeux grands ouverts, mais ils étaient vitreux et sans vie.

Libby s'était tournée vers la portière de la voiture qui s'ouvrait. Un Passager en était descendu lentement, bouche ouverte, pâle comme un linge. Il avait à peu près le même âge que Libby, et elle avait pu voir que des jeux vidéo étaient projetés sur son pare-brise. Il devait jouer quand l'accident s'était produit, avait-elle pensé. Il avait bafouillé : « La voiture… elle conduit toute seule… C'est pas ma faute… »

Alertés par le choc, les passants commençaient à s'agglutiner autour des victimes et criaient, hurlaient ou appelaient les secours. Un nouvel angle de vue, d'une caméra intégrée à des lunettes, montra Libby qui se précipitait vers la troisième personne renversée. Plusieurs passants s'étaient assemblés autour d'elle, ne sachant pas très bien comment la secourir. Libby se fraya un chemin et nota immédiatement que les membres de la victime étaient tordus, déformés, ses yeux noyés de larmes et sa bouche pleine de sang. De petites bulles rosâtres dégouttaient de ses lèvres à chacune de ses faibles respirations. Libby se servit de sa formation de secouriste pour chercher son pouls, puis glissa sa bague avec traqueur d'activité à un doigt de la femme et en lut les résultats sur son téléphone portable. Son pouls était à peine perceptible, sont cœur presque à l'arrêt et son niveau de stress au maximum. Il fallait un miracle pour qu'elle échappe à la mort.

« Ma fille », hoqueta-t-elle en crachant une fine bruine de sang. Libby lui prit la main, qui ne semblait pas fracturée. Elle était glacée. « Ma petite fille… » répéta-t-elle.

Libby approcha la main de la femme de sa joue, comme pour la réchauffer. « Elle va bien, mentit-elle. » Le moment n'était pas à l'honnêteté, et la femme parut momentanément se pacifier.

« Et Janice ?

— Elle va s'en tirer. Elle n'a que des contusions, répondit Libby. Comment vous appelez-vous ? »

La femme toussa et du sang, plus épais cette fois, apparut aux coins de sa bouche. « Je dois… les voir mais je ne peux pas bouger… dit-elle avec angoisse.

— Vous devez avoir quelques fractures, répondit Libby, même s'il était clair que son état était bien plus sérieux. Je vais attendre avec vous que l'ambulance arrive, et une fois à l'hôpital, vous pourrez retrouver votre famille. Qu'en dites-vous ?

— Vous me le promettez ? »

Libby se força à sourire, s'exhortant en silence à ne pas pleurer et à lui cacher la vérité.

Tandis que les sirènes annonçaient l'arrivée imminente de plusieurs véhicules de secours, Libby vit impuissante toute énergie quitter petit à petit la femme. Sa main devint inerte.

« Restez avec moi, supplia Libby. Comment vous appelez-vous ? Dites-moi comment vous vous appelez ! »

Pour toute réponse, la femme inspira une dernière fois puis sa tête bascula sur le côté.

Libby se souvenait très clairement de chaque seconde. Dans les jours qui suivirent, elle appela une de ses anciennes collègues qui travaillait aux soins intensifs, pour savoir ce qui était arrivé au bébé. La petite avait été très grièvement blessée dans l'accident et avait eu besoin d'une greffe du foie. Mais elle avait perdu le combat contre la mort avant qu'on puisse trouver un donneur.

Libby avait préféré ne pas aller au tribunal mais avait déposé son témoignage par vidéo. Plusieurs mois après, apprenant que le véhicule avait été totalement mis hors de cause, elle était entrée dans une rage folle. Elle était sûre de ce qu'elle avait vu. La voiture aurait pu éviter les deux femmes et la poussette, mais avait choisi de privilégier son Passager.

Ses coups de fil, lettres et e-mails aux tribunaux étaient restés sans réponse ; chaque fois qu'elle en parlait sur les réseaux sociaux ou sur les forums, ses posts étaient effacés immédiatement. Elle n'avait eu d'autre choix que d'abandonner. Et quand on avait annoncé que les voitures autonomes de niveau 5 allaient devenir obligatoires sur les routes britanniques, elle signa toutes les pétitions, assista à toutes les marches et manifestations de protestation. Mais en vain. Voir ces images pour la première fois ne raviva aucun souvenir chez Libby – car elle n'avait rien oublié.

Matthew pêcha dans sa mallette un paquet de mouchoirs qu'il lui tendit. Elle le remercia d'un hochement de tête et se tamponna les yeux. Elle sentit à travers son chemisier la chaleur de sa main, qui s'était posée un instant sur son épaule.

« Je me rappelle de cette affaire, dit Muriel Davidson. Affreusement, affreusement triste. Trois personnes de la même famille fauchées, comme ça.

— Et tout ça parce qu'elles étaient trop occupées à papoter pour regarder où elles allaient, dit Larsson.

— Cette voiture avait le temps de les éviter, répliqua fermement Libby.

— Ce n'est pas ce que suggèrent les éléments recueillis, riposta Larsson.

— J'y étais, pas vous !

— Eh bien, je pense que ça explique votre mépris pour notre Commission, mademoiselle Dixon. Avec de tels préjugés, on n'aurait jamais dû vous admettre dans ce jury. S'il ne tenait qu'à moi, vous ne seriez pas ici ! »

Le Hacker se mit à parler. « Je crains que quelqu'un ne soit pas d'accord avec toi sur ce point, Jack !

— Qui ça ?

— Jude Harrison. Parce que dans l'heure qui suit, sa vie va dépendre de la participation de Libby à cette Commission. »

27

SHABANA KHARTRI

Shabana tendait le cou pour regarder par la fenêtre de la voiture et essayer de se repérer. Mais les rues lui étaient aussi peu familières en cet instant que le jour où elle avait débarqué dans ce pays.

Durant près de la moitié de sa vie, le monde s'était limité aux endroits qu'elle pouvait rejoindre à pied. Même l'hôpital où elle avait accouché de son dernier enfant était accessible à pied de chez elle. Elle le savait parce que quand elle était sortie de la maternité, son mari Vihaan avait ramené le bébé chez eux en voiture et lui avait ordonné de rentrer à pied.

À présent, tout ce que Shabana savait, c'était que quel que fût l'endroit où l'emportait son taxi, elle n'y allait pas seule. Mais plus le voyage s'allongeait, plus les autres semblaient apeurés. Quelques instants plus tôt, un grand bruit dans la voiture l'avait alertée. Ça ressemblait à un grand bang! suivi de hurlements. Elle avait tourné la tête en tous sens avant de comprendre que ça se passait à la télévision. L'écran où elle avait vu la femme avec un hijab montrait à présent un objet en flammes et d'autres personnes pleuraient dans leur voiture. Elles la rendaient anxieuse.

La dernière fois que Shabana avait fait un saut dans l'inconnu, c'est quand son avion avait décollé de l'aéroport international Chhatrapati-Shivaji de Bombay pour atterrir à Londres Heathrow, une semaine seulement après son mariage. Ç'avait été le jour des premières. La première fois qu'elle quittait son village, la première fois qu'elle quittait sa famille, la première fois qu'elle prenait l'avion. Et la première fois que son tout récent mari la frappait.

Sa première impression de la Grande-Bretagne fut que tout était gris. Tout était terne et fait de béton, des ponts qui enjambaient les autoroutes aux dalles de l'allée qui menait à la maison de Vihaan. Tout était aussi bien plus ordonné qu'en Inde. Les maisons du quartier avaient toutes la même taille, avec les mêmes jardins qui présentaient la même palette de fleurs ternes. Si tout était moins entassé, plus propre, plus frais que chez elle, ça manquait de caractère. À peine arrivée, le désordre et la couleur lui manquaient déjà. Et quand elle avait fait part à son mari de son mal du pays, il avait répondu avec ses poings.

C'est lors du troisième jour de son luxueux mariage à l'indienne avec Vihaan que Shaban avait commencé à se douter qu'il n'était pas tout à fait comme le lui avait décrit sa famille. Elle avait su ce que c'était qu'aimer et être aimée. Et ça n'était pas la même chose. Un an plus tôt, elle était tombée amoureuse d'Arjun, serveur dans un hôtel-restaurant de Kailashahar, sa ville natale. Sa famille le méprisait – son seul péché étant d'appartenir à une autre caste, et donc indigne de ce qu'attendaient les parents de Shabana. Il était hors de question qu'elle l'épouse, son père l'avait prévenue. Mais comme elle était restée sourde à ses menaces, ses frères avaient tabassé presque à mort le jeune homme et elle ne l'avait jamais revu. Encore maintenant, son amour lui manquait.

L'année suivante, on l'avait présentée à Vihaan. Il avait dix ans de plus qu'elle et avait pris l'avion d'Angleterre pour venir la voir. Au premier des trois rendez-vous organisés en présence d'un chaperon précédant la cérémonie, Shabana s'était persuadée que peut-être, avec le temps, elle pourrait se forcer à l'aimer. Mais alors que le dernier jour de la cérémonie de mariage s'achevait et que toute l'attention que leur accordaient familles et amis commençait à retomber, son intérêt à lui aussi était retombé, et il ne la voyait plus que comme un objet à portée de main qu'il pouvait pénétrer à sa guise.

Durant des années, Vihaan s'était allongé sur elle, puant la cigarette, la bière et la sueur, sans se soucier de la douleur qu'il lui causait. Son seul moyen de s'échapper était de laisser ses pensées dériver et revenir à Arjun. Elle se rappelait les moments où elle séchait les cours pour le rejoindre, monter sur son cyclomoteur et aller passer des après-midi paresseux dans la campagne. Là, loin des regards indiscrets, ils s'allongeaient à l'ombre des grands arbres, près d'un lac, et regardaient au loin les fermiers récolter leur moisson dorée, sous un ciel bleu et pur. Elle ne s'était jamais sentie aussi en paix qu'en ces instants-là.

Et aujourd'hui, on avait rendu sa liberté à Shabana, quoique très brièvement. Mais tout en cherchant vainement à comprendre dans quoi elle était embarquée, elle ferma les yeux et repensa à Arjun. Elle se jura que, si elle parvenait à échapper à ce véhicule, elle trouverait l'argent pour ramener ses enfants dans son village, afin qu'ils puissent y retrouver la beauté paisible qu'elle avait autrefois admirée.

Shabana regarda une fois de plus le téléphone dans sa main, en espérant qu'il se mette à sonner. Elle aurait bien aimé savoir s'en servir, mais son mari ne le lui avait jamais permis. Et puis, qui aurait-elle appelé ? Elle avait très peu d'amies, et elle ne connaissait le numéro de téléphone d'aucune. Tout ce qu'elle voulait, c'était appuyer sur le bouton vert, comme son fils Reyansh lui en avait donné l'instruction, et lui parler. Alors, elle pourrait lui dire qu'il se passait quelque chose qui n'était pas normal et qu'elle avait peur.

Tout à coup, Shabana se souvint d'un numéro que Reyansh avait appelé quand sa petite sœur Aditya avait commencé à s'étouffer sur un grain de raisin. Elle avait eu beau essayer, Shabana n'avait pas pu fourrer ses doigts assez loin dans la gorge de la petite pour l'atteindre. Reyansh avait tapé trois fois le 9 sur le clavier et quelques minutes plus tard, un homme dans une voiture vert et jaune était arrivé et avait sauvé sa fille. Vihaan l'avait battue deux fois ce week-end-là. Une pour avoir mis en danger la vie de sa fille, l'autre pour avoir, en pleurs, serré dans ses bras le secouriste qui avait sauvé l'enfant.

Peut-être que ceux qui répondaient à ce numéro connaissaient son fils ? Elle composa nerveusement les trois chiffres, appuya sur le bouton vert et porta le téléphone à son oreille. Pas de réponse, hormis une tonalité continue. Elle essaya deux fois encore, avec toujours le même résultat.

Les paroles de Reyansh un peu plus tôt dans la matinée lui revinrent : *Le monde est beau derrière ces murs, si tu veux bien lui donner une chance.*

Elle devait continuer à avoir confiance en son fils. C'était un bon garçon, et elle savait que, malgré ce qui se passait sur cet écran de télévision, il ne mettrait jamais sa mère en danger.

28

Parisenligne.com

Accueil | Dernière Minute | Paris du Jour | Services | Connexion

Dernière Minute

Inscription

Quel Passager va survivre, les dernières cotes

Claire Arden	1/10
Sofia Bradbury	2,5/1
Heidi Cole	10/1
Sam Cole	25/1
Jude Harrison	75/1
Shabana Khartri	100/1

Recevoir

Libby avait la gorge sèche. Elle alla prendre au réfrigérateur, dans l'angle de la pièce à côté de la machine à café et à thé, une bouteille d'eau gazeuse. Elle en dévissa le bouchon avec un grand pschitt ! et but une longue goulée. Elle sentait tous les regards peser sur elle. Elle savait ce qu'on attendait d'elle mais elle renâclait à le faire. Le Hacker avait une fois de plus laissé un silence menaçant s'installer, attendant qu'elle lui demande ce qu'il voulait dire par « la vie de Jude dépendant de sa participation à la Commission ».

Libby n'arrivait toujours pas à faire reconnaître au Hacker que ses méthodes étaient détestables, ce qui l'agaçait au plus haut point. Elle était également troublée par tout ce qu'il savait d'elle hors de cette salle et se demandait pourquoi il avait eu besoin de montrer aux jurés et au monde entier ce qui s'était passé ce jour-là dans Monroe Street. À l'époque, assister à la mort de cette famille avait ravivé la période la plus noire de sa propre famille, ce qui s'était traduit par le retour des crises d'angoisse et avait abouti à son diagnostic de trouble post-traumatique.

Infirmière en psychiatrie, elle souffrait presque autant que certains de ses patients. La plupart du temps, elle parvenait à se diviser en deux. Une Libby pleine de compréhension et de compassion avec une grande conscience professionnelle, et une femme sensible et parfois fragile, trop souvent hantée par ses échecs passés. Si ses traumatismes personnels lui permettaient de mieux comprendre les souffrances de ses patients, elle craignait que ses employeurs ne finissent par lui dire qu'elle n'était pas assez solide pour le métier et ne la mettent sur une voie de garage, avec un job administratif ou auxiliaire. Et lui faire voir et revivre cette journée de Monroe Street en public n'allait pas améliorer la façon dont on la percevait. Son dégoût devant la cruauté du Hacker se faisait toujours plus intense.

« J'en ai assez de jouer son jeu, dit-elle. Que quelqu'un d'autre lui demande ce qu'il veut dire.

— Mais c'est à vous qu'il répond le mieux, pressa Fiona Prentice.

— Oui, ajouta Larsson. Peut-être parce que vous aimez flirter.

— Taisez-vous, Larsson ! Fermez-la ! »

Il se contenta d'un sourire ironique.

Libby but une nouvelle gorgée puis laissa la bouteille sur le frigo. Elle revint enfin au centre de la pièce et leva les yeux sur les douze écrans. Son visage s'affichait sur le plus large d'entre eux ; cinq autres plus petits retransmettaient aussi son visage via les chaînes BBC, CNN, Sky News, MSNBC et la chaîne japonaise NHK-World. Le reste montrait les Passagers. Le poids de découvrir ce que le Hacker avait prévu ensuite ne reposait plus que sur ses épaules.

« Je ne sais pas si ça change quelque chose, mais sa cote de popularité est remontée en flèche, dit Buzzman, rompant le malaise qui s'était installé. Depuis cette balade dans l'allée du souvenir, ou plutôt dans Monroe Street, comme il dit, les réseaux sociaux sont tombés raides dingues de Miss Machin, là.

— Que disent-ils ? demanda Matthew.

— Voyons voir... @cyberragga14 dit : "#Libby trop courageuse ! #girlpower". @ciel_et_paradis écrit : "C la seule à tenir tête au Hacker. #pussypower". Et liquidlove69 dit : "Ça fend le cœur. J'ai les yeux qui sortent de la tête. Sois forte Libby". Le hashtag #Libbyrespect monte en puissance sur toutes les plateformes. La petite cartonne partout.

— La minute d'avant ils détestent mes godasses et maintenant, je suis une héroïne, fit Libby en restant de marbre.

— Oh, les chaussures sont toujours aussi peu appréciées », corrigea Buzzman.

Libby inspira longuement et regarda le plafond.

« C'est bon, vous avez gagné. Pourquoi est-ce que Jude va avoir besoin de moi dans l'heure qui vient ?

— Je vous ai montré ce que ça faisait d'envoyer quelqu'un à la mort. Maintenant je vais vous montrer ce que ça fait de permettre à quelqu'un d'échapper à son destin. Parce que dans l'heure qui suit, vous allez chacun choisir quel Passager parmi les six restants vous voulez sauver. Celui qui aura le plus de voix parmi vous, en comptant celle du public, sera épargné quand le carambolage se produira.

— Donc pour sauver une vie, nous devons envoyer cinq personnes dans la tombe ? dit Libby.

— Pour chaque action, une réaction.

— C'est un autre choix impossible.

— Tu as déjà dit la dernière fois que c'était impossible, et pourtant je ne vois plus Bilquis dans sa voiture… Toi si ? On peut tout réaliser, avec suffisamment de détermination, de volonté, d'envie. Si tu ne me crois pas, demande à Jack. »

Il devenait de plus en plus visible que, quand le Hacker faisait allusion à quelque chose que seuls Jack Larsson et lui comprenaient, Larsson se murait dans le silence.

— Je ne veux pas faire ça, dit Libby.

— Laissez-en un vivre ou tuez-les tous, à vous de choisir.

— Mais ça n'est pas un vrai choix, si ? » Libby retourna s'asseoir et se prit la tête dans les mains.

« En vous cachant derrière votre position à la Commission, vous décidez tous de qui est le responsable d'un accident, sans jamais savoir qui sont vraiment les victimes. Pour vous, ce ne sont que des cas numérotés. Mais les Passagers assis sous vos yeux sont plus que ça. Je vais vous faciliter un peu le choix. Je vais donner à chaque membre de la Commission la possibilité d'accorder son soutien à un des Passagers. Vous leur poserez des questions, afin de donner aux autres membres de la Commission et au public des raisons de les épargner. Vous pourrez leur demander ce que vous voulez, ce sera à eux de répondre honnêtement s'ils le veulent. Mais je suggère à chaque Passager, dans son propre intérêt, d'être aussi transparent que possible. Et, une fois que tout le monde aura eu la possibilité de démontrer ses mérites, vous et le public déciderez de l'unique survivant. Libby, on commence avec toi ? Qui voudrais-tu soutenir ?

— Jude », répondit-elle presque sans hésiter. Elle ne pouvait laisser passer l'occasion de lui parler directement – peut-être pour la dernière fois. Elle lui adressa un sourire forcé qu'il lui rendit. Je ferai tout ce que je peux pour toi, pensa-t-elle et l'espace d'un instant, il eut l'air de comprendre et son regard sembla lui dire : Je sais.

« À ton tour, Jack, dit le Hacker.

— Madame Arden. Elle n'a pas demandé à faire détourner sa voiture.

— Parce que les autres, oui ? objecta Matthew.

— Mais son enfant à naître non plus. Nous sommes tous d'accord qu'elle et son bébé devraient être épargnés, je pense.

— Muriel, de quel côté penches-tu ? demanda le Hacker.

— Shabana Khartri.

— Bien sûr, marmonna Larsson. Votre dévouement pour nos amis de couleur est bien connu.

— Elle a cinq enfants à charge.

— Vous devriez peut-être vous demander pourquoi quelqu'un arrivé dans notre pays il y a près de vingt ans n'a pas encore pris la peine d'apprendre notre langue. Ce qui ne l'aiderait pas à vous comprendre, d'ailleurs. »

Muriel Davidson leva les yeux au ciel. « Vous ne connaissez rien de sa situation.

— Nous ne connaissons la situation de personne. Mais le peu que j'en sais me dit qu'elle n'est pas très reconnaissante envers notre pays, envers nous, malgré les opportunités que nous lui avons offertes. Elle n'a pas cherché à entrer dans les bonnes grâces de notre société. »

Libby remarqua que son ton enflait au fur et à mesure qu'il parlait et qu'il se tournait davantage vers la caméra qui le suivait. Il joue pour les téléspectateurs, pensa-t-elle. Il joue au député !

« Donc vous dites que nous devrions la condamner à mort parce qu'elle ne parle pas anglais ? demanda Libby. Et sa famille ? Vous n'êtes qu'un vieux raciste, monsieur Larsson.

— Ne jouez pas à ça avec moi, ricana Larsson. Je dirais exactement la même chose si elle était européenne et blanche. Quant à sa famille, elle a plus de deux fois plus d'enfants que la moyenne nationale. Quel âge ont-ils ?

— On ne sait pas.

— Donc ils sont peut-être tous adultes ?

— Elle a trente-huit ans, donc non.

— Il y a de grandes chances que sa famille dépende d'elle financièrement, ajouta Muriel Davidson.

— Vous voulez dire, qu'elle dépende financièrement de nous, les contribuables.

— Quand avez-vous payé des impôts pour la dernière fois ? demanda Matthew à Larsson. Je parie que votre argent est au chaud sur des comptes off-shore. En tout cas il l'était jusqu'à ce que le Hacker en fasse part au monde entier. »

Larsson l'ignora et reprit sa dispute avec Muriel Davidson. « Vous choisiriez vraiment Mme Khartri si nous n'étions pas face aux caméras ?

— Bien sûr.

— Eh bien j'en doute fort ! Si vous êtes vraiment honnête avec ceux qui nous regardent, vous reconnaîtrez que vous ne l'avez choisie que parce que vous voyez venir la volée de bois vert que vous allez recevoir de la part de la communauté asiatique, que vous représentez également, si vous ne la défendez pas. Vous avez déjà déçu nos téléspectateurs africains en approuvant la mort de Bilquis. Si on vous voyait laisser mourir Mme Khartri, une autre personne de couleur, sans combattre, votre organisation inepte et déjà très fragilisée s'effondrerait – ce qui ne serait pas un mal, je me permets de l'ajouter. À mon avis, la personne raciste ici, c'est vous, pas moi !

— Vous n'êtes pas seulement raciste, vous êtes un gros crétin ! répliqua Muriel Davidson, narines dilatées, mâchoires serrées.

— Matthew ? demanda le Hacker.

— Je choisis Heidi, pour la même raison que Muriel a choisi Shabana. Je ne veux pas être celui qui fera deux orphelins. J'aimerais mieux ne pas avoir ça sur la conscience.

— Oh, alors maintenant, monsieur a une conscience ? fit Larsson. Durant tout votre temps à la Commission, vous avez suivi la ligne et fait ce qu'on vous disait de faire, mais une fois qu'il faut faire face à la caméra et en répondre devant le monde entier, vous décidez tout à coup d'avoir une conscience ? Vous me faites tous rire !

— Et toi, Fiona ? demanda le Hacker.

— Sofia Bradbury.

— Quoi ?!? » Larsson redoubla de rire. « Vous choisissez de sauver une actrice ?

— Je n'ai pas à me justifier devant vous !

— Qu'est-ce qui arrive à la voiture de Shabana ? » coupa Libby.

Tous reportèrent leur attention sur l'écran et virent la voiture de Shabana ralentir, puis s'arrêter. L'inquiétude dans ses yeux était visible. Son regard allait du pare-brise à la vitre arrière, devant lesquels des ombres passaient et repassaient.

« Elle a peur de quelque chose », reprit Libby.

Tout à coup, l'image fut remplacée par un direct tourné de l'extérieur de la voiture. Shabana était visible derrière le pare-brise. Des gens se pressaient autour de son véhicule comme des guêpes autour d'un nid. Le son fut rétabli et la Commission entendit qu'on scandait son nom, qu'on cognait du poing contre les vitres. Des gens tiraient sur les poignées des portières, essayant de les forcer. L'écran passa à un Snapchat live : la circulation était bloquée et des badauds abandonnaient leurs véhicules pour prendre des selfies avec la femme enfermée dans sa voiture. Des parents tenaient leurs enfants au-dessus de leurs têtes pour qu'ils puissent mieux voir Shabana, et l'Histoire en train de se faire. Bientôt, la foule se pressa sur plus de quinze rangs.

La figure de Shabana se tordait de peur, mais ses cris se perdaient parmi les chants, les hourras et l'excitation de tous les nouveaux arrivants.

« Ils croient qu'ils l'aident, dit Fiona Prentice. Ils croient qu'ils peuvent la libérer.

— Mais pourquoi la police ne les arrête pas ? demanda Libby, paniquée.

— Certains utilisateurs qui surveillent les fréquences de communication de la police disent qu'on a envoyé des équipes pour les disperser, dit Buzzman. Elles devraient arriver d'un instant à l'autre. »

Libby retint son souffle jusqu'à ce que trois fourgons marqués POLICE apparurent, sirènes hurlantes, gyrophares étincelants. Des agents masqués en tenue anti-émeute jaillirent des portes latérales, se frayèrent un chemin parmi la foule à coups de bouclier et de matraque. Instantanément, on résista à leur méthode musclée. Et alors qu'ils approchaient de leur objectif, la foule se tourna contre eux. Les coups de poing commencèrent à pleuvoir, pierres et débris de toute sorte se mirent à voler.

Un nuage de gaz jaune surgit d'on ne sait où, brouillant les images retransmises par les caméras, mais les jurés entendirent des cris d'adultes et d'enfants qui couraient aveuglément en tous sens.

« J'ai un très mauvais pressentiment, dit Matthew. Vous vous souvenez de ce qu'a dit le Hacker si jamais on tentait d'interférer avec le moindre de ses… »

Il n'eut pas l'occasion d'achever sa phrase. La voiture de Shabana explosa en une boule de feu, l'emportant elle ainsi que des dizaines de passants et de policiers.

29

JUDE HARRISON

« Non ! » hurla Jude en voyant la voiture de Shabana s'embraser.

Il se donna plusieurs claques sur les joues, comme pour chasser les images qu'il venait de voir ou pour se réveiller d'un cauchemar.

Sur son siège, les yeux plissés, il n'arrivait pas à détacher son regard du carnage causé par l'explosion. Le nuage de gaz jaune se dissipa, remplacé par un brouillard plus épais et plus sombre, tandis que la voiture brûlait. Les points de vue changeaient, selon la caméra qui retransmettait les images les plus claires et les plus explicites. Dans les minutes qui suivirent, Jude vit détresse et confusion s'installer, tandis qu'on emportait les blessés. Il vit des survivants hébétés enjamber des cadavres, dont certains n'avaient plus rien d'humain ; d'autres, les vêtements en lambeaux, avaient perdu un bras ou une jambe.

Puis on vit des images prises depuis l'hélicoptère d'une chaîne d'informations, qui donnaient une idée de l'ampleur de l'explosion. Il vit des voitures toutes proches de celle de Shabana en flammes, il vit des gens se précipiter pour éteindre les vêtements d'un enfant qui avaient pris feu.

Il n'en supporta pas plus. Il appuya sur un bouton pour faire pivoter son siège à cent quatre-vingts degrés, fit face au siège arrière et s'empara d'un vieil emballage en carton de fast-food pour y vomir. Il eut plusieurs haut-le-cœur, mais rien ne remonta de son estomac vide.

La sueur perlait à son front et coulait jusqu'à ses sourcils. Il l'essuya. Il faisait trop chaud dans cette voiture et sa nervosité ne faisait qu'accroître son inquiétude. Sans climatisation et sans pouvoir ouvrir les fenêtres, impossible de se calmer.

Un peu plus tôt, voir Libby se dresser contre le Hacker l'avait empli de fierté. C'était la seule de toute la salle à avoir le courage de lui faire face, à essayer de lui faire comprendre qu'il n'avait pas besoin de tuer des gens pour se faire entendre. Elle lui plaisait encore plus en cet instant que la première fois, quand il l'avait vue chanter au karaoké de ce pub bondé.

Le soir où ils s'étaient rencontrés, Jude n'avait pas ressenti quelque chose d'aussi intense pour quelqu'un depuis Stephenie. Il se revit à l'âge de quinze ans. Il était dans la même classe qu'elle depuis le CM2, mais ne l'avait remarquée vraiment qu'en seconde – avec non plus les yeux d'un enfant mais ceux d'un jeune homme. Et quand il avait fini par trouver le courage de lui demander si elle voulait aller au cinéma avec lui, il avait failli se mettre à pleurer en l'entendant dire oui. Elle lui avait donné son premier baiser et en fermant les yeux, il se rappelait très bien le goût de son rouge à lèvres à la fraise. Il n'avait jamais vraiment tourné la page de ce premier amour et n'avait jamais pardonné ni à son frère, ni à Stephenie, d'être tombés amoureux l'un de l'autre.

Et puis Libby avait surgi. Du moment où elle lui avait rendu son sourire, il s'était senti vaciller – ce simple geste l'avait pris totalement au dépourvu. C'est comme si le monde autour d'eux s'était arrêté de tourner. Depuis très longtemps, le répertoire des émotions de Jude s'était limité à la tristesse et à la rancœur, ou presque. Il ne pensait plus avoir de place en lui pour l'amour.

Même en cet instant, penser à Libby l'excitait et il sentit son désir monter. Il se tortilla sur son siège pour se rajuster, espérant que les spectateurs ne remarquent rien. Son regard revint à la voiture de Shabana et son excitation retomba aussitôt.

Il se repassa sa première conversation avec Libby et se dit que l'important était plus dans ce qu'ils ne se disaient pas que dans leurs paroles. Les regards furtifs, la chaleur qu'il avait sentie monter à ses joues quand il avait rougi, la confiance en lui qu'elle avait suscitée, l'espoir, le désir et la possibilité que tout ça se mêle en une seule émotion intense que seule Stephenie avait éveillée en lui jusqu'alors. Il ne s'attendait pas à tomber fou amoureux de quelqu'un qu'il venait à peine de rencontrer. Mais c'est bien ce qui s'était produit.

Pourtant, même à ce moment-là, Jude savait que c'était une très mauvaise idée. Il ne devait pas tomber amoureux de Libby car ça n'entrait pas dans ses plans. Et quand Libby avait dû accompagner son amie à l'hôpital, ç'avait été un soulagement. Il était parti quelques instants après elle, pour ne pas lui briser le cœur au cas où elle revienne. Et c'est ce qui se serait passé si leur rencontre avait duré plus d'un soir. Mais avant de partir, il avait pris soin d'emporter un souvenir d'elle.

Jude chercha dans son sac à dos ses produits de toilette, se rinça la gorge avec un bain de bouche qu'il recracha dans une bouteille vide. Tout à coup, par la fenêtre, il vit un panneau indiquant Bistford, qui lui rappela l'époque où il travaillait pour l'entreprise automobile de son père.

Une fois construite, Bistford avait été surnommée « la première ville intelligente du pays ». On y trouvait des rues tracées tout exprès pour les voitures, les camionnettes et les camions autonomes. Elles étaient plus étroites que la moyenne, puisque la technologie anti changement de file de l'IA permettait de réduire la marge d'erreur par rapports aux rues traditionnelles.

Le centre-ville comptait moins de places de parking – elles n'étaient plus nécessaires, puisque de nombreux Passagers, après s'être rendus au travail, renvoyaient leurs voitures chez eux et ne les rappelaient qu'en fin de journée. Ce qui avait libéré de la place pour les espaces verts et les parcs miniatures. Bistford ouvrait la voie à tous les autres villages, villes et métropoles, et les préparait à un pays où les voitures ne seraient plus contrôlées par les humains.

Jude s'y était rendu souvent, pour tester le logiciel que l'entreprise familiale concevait et programmait. En cet instant, en repensant à la part qu'il avait prise à la création de villes comme Bistford, il comprenait enfin sa responsabilité dans le détournement d'aujourd'hui. On se servait des véhicules qu'il avait contribué à développer pour les masses contre la population tout entière.

Il sentit l'amorce d'un mal de tête remonter sur sa nuque et à l'arrière de son crâne. Dans le vide-poches de la portière, il trouva une boîte de paracétamol. Il en fit sauter deux du blister et les avala, sans eau. « Jusqu'à sept heures sans douleur », promettaient les mots sur l'emballage. Le Hacker avait dit qu'un seul d'entre eux survivrait à cette matinée. Tout à coup, sept heures lui parurent un temps ridiculement court.

30

UKT UKToday.co.uk

VIDEO

Scènes de chaos dans les écoles tandis que les parents se précipitent pour mettre leurs enfants à l'abri des menaces du Hacker.
Le gouvernement ordonne aux enseignants de fermer les portes et d'empêcher toute intrusion, ce qui donne lieu à des scènes de violence.

Le Premier ministre, Charles Walker-Johnson, lance un appel au calme.

Lire l'article complet >

CLAIRE ARDEN

Claire prit tout à coup conscience qu'elle serrait très fort son ventre et le relâcha, craignant de faire mal au bébé.

Le chemin que suivait sa voiture passait plus par des grandes routes que par des petites rues, elle ne risquait donc pas d'être immobilisée par une foule trop zélée. Elle ne voulait pas que quelqu'un soit blessé à cause d'elle. Une ombre au-dessus d'elle attira son regard. Elle plissa les yeux en regardant par le toit panoramique en verre et vit un objet dans le ciel. C'était un objet sombre, qui planait loin au-dessus d'elle. Elle pensa à un de ces drones à propos desquels le jury s'était disputé. Claire espéra qu'il reste à distance, pour que personne d'autre ne le remarque et se rende compte qu'il suivait la voiture d'un des otages. Avec ses fenêtres opacifiées, personne ne pouvait savoir qui était à l'intérieur. Ça avait été un handicap mais au moins, pour l'instant, ça l'empêchait peut-être de connaître le même sort que Shabana.

Quand on avait demandé au jury de voter, un peu plus tôt, elle s'était mise à prier pour recueillir leur compassion. Elle savait que ce n'était probablement pas elle qu'ils soutenaient, que c'était la vie qu'elle portait qui les ferait pencher de son côté. Ça n'avait aucune importance, tant que le bébé était sauvé.

Il faut leur donner envie de te sauver, se répéta Claire. *Fais tout pour garder ton bébé en vie.*

La grossesse avançant, il ne se passait pas deux heures sans qu'elle ait besoin d'aller aux toilettes. Et plus le trajet durait, plus Claire savait qu'elle ne pourrait pas se retenir. Elle regarda autour d'elle dans l'habitacle mais il n'y avait aucun récipient susceptible de faire l'affaire. De plus, le monde entier l'observait, et l'humiliation de devoir faire ça aux yeux de tous serait trop grande. Elle n'avait d'autre choix que de s'uriner dessus. Ce qu'elle fit après s'être déplacée sur l'autre siège avant. Ce fut son seul bref moment de soulagement de la matinée.

Il lui restait potentiellement soixante-dix minutes avant que le Hacker ne la tue. Sentant le bébé bouger brutalement, elle eut peur de communiquer son stress à Tate et se força à penser à quelque chose de positif.

Claire eut envie d'entendre la voix de Ben. Elle prit son téléphone dans sa poche et y ouvrit un dossier contenant des vidéos où ils s'étaient filmés l'un l'autre. Elle en choisit une datant d'un peu plus tôt dans l'année. Elle revécut le moment où, debout dans la cuisine, elle l'avait filmé tandis qu'il franchissait la porte d'entrée puis qu'il avait jeté son sac sur le canapé. Il avait pris un air interloqué, se demandant pourquoi elle pointait son téléphone vers lui. « Tu filmes ? » L'image avait un peu trembloté quand Claire avait répondu d'un hochement de tête. « Pourquoi ? Et pourquoi il y a un verre de champagne et un sac sur la table ? Merde, j'ai oublié notre anniversaire de mariage ? Attends, non, c'est en novembre. Qu'est-ce que tu mijotes ?

— Ouvre ! » avait répondu Claire en gloussant.

Ben, le front plissé, avait tiré sur les ficelles pour ouvrir le petit sac bleu. Il en avait extrait un petit ours en peluche bleu clair, avec un écran de cinq centimètres carrés incrusté dans le ventre.

« Serre-lui la patte », avait dit Claire. Ben s'était exécuté, mais rien ne s'était passé. « L'autre. Et regarde l'écran ! »

La caméra de Claire s'était approchée du visage de Ben et l'ours avait ouvert la bouche, reproduisant le son d'un cœur qui bat. Une image en 3D était apparue sur l'écran, comme si elle était dans le ventre du joujou. Celle d'un fœtus qui bougeait. « Je suis enceinte, avait chuchoté Claire. Tu vas être papa ! »

Ben l'avait regardée, les yeux écarquillés, puis avait fixé l'ours à nouveau. « Vraiment ? Pour de vrai ? » Il l'avait prise par la taille, l'avait soulevée et serrée très fort.

Dans sa voiture, Claire se mit à pleurer en voyant son mari la reposer doucement à terre et s'appuyer contre la table. C'était l'enfant qu'ils avaient tant voulu avoir, et tous deux commençaient à perdre espoir de jamais le voir un jour.

« Tu es heureux ? s'entendit-elle demander dans la vidéo.

— D'après toi ? » avait répliqué Ben. L'image s'était brouillée quand il l'avait reprise dans ses bras. Claire ferma les yeux et retrouva la sensation qu'il la serrait contre lui, le nez contre sa nuque, inspirant son bonheur.

Claire avait toujours pensé qu'en se serrant les coudes, Ben et elle pouvaient surmonter tous les obstacles. Elle avait appris ce matin qu'elle se trompait.

Elle revint brutalement au présent quand, sans prévenir, elle sentit des vibrations la parcourir, suivies d'un grondement au dehors. En se tournant, elle vit apparaître un convoi de quatre motos de la police et de plusieurs véhicules militaires lourdement blindés qui flanquaient sa voiture de chaque côté. Au-dessus, un hélicoptère avait remplacé le drone.

« Mon Dieu, non ! » fit Claire, paniquée à l'idée de l'attention supplémentaire qu'ils allaient attirer sur sa voiture. Mais en voyant les motos se placer devant elle et accélérer, elle comprit qu'ils lui ouvraient la voie. Les véhicules blindés se positionnèrent de chaque côté de sa voiture, et les voitures de police derrière, pour empêcher tout autre conducteur de les dépasser.

Il lui apparut soudain que toute sa vie, on l'avait protégée. Durant leur enfance cabossée, de foyers en familles d'accueil, c'est son frère Andy qui lui avait donné la sécurité dont elle avait besoin. Mais quand lui avait choisi une vie de délinquant, elle avait opté pour les études et rencontré Ben. Il avait relevé le défi de la faire se sentir en sûreté. Et c'était désormais au tour de Tate. Elle se jura que, s'ils devaient survivre à cette épreuve, elle ne demanderait plus jamais à son fils de protéger sa mère.

De ce qu'elle avait entendu, Jack Larsson était le moins sympathique des jurés. Mais pour l'avoir vu dominer ses adversaires politiques dans des débats télévisés, elle savait aussi que c'était le plus opiniâtre et qu'il possédait à merveille l'art de convaincre. S'il avait choisi de la représenter, elle, c'est qu'il avait de bonnes chances de la garder en vie. Et il ne se laisserait pas faire sans se battre.

Elle non plus. Elle résolut immédiatement de s'endurcir et de reprendre un semblant de maîtrise de sa vie. À nouveau consciente de la présence de la caméra, elle se remit à masser son ventre et à lui parler, à rappeler à Tate qu'elle l'aimait et qu'elle priait pour qu'ils survivent. Elle parla à voix assez haute pour que les micros captent ses paroles. S'il fallait susciter la pitié du monde entier pour obtenir son vote et survivre, ça n'était pas un grand prix à payer. Il fallait qu'elle rappelle aux jurés qu'ils n'enverraient pas qu'une personne à la mort.

Mais en elle-même, Claire savait pertinemment que si elle pouvait sortir de cette voiture, il lui faudrait disparaître – et disparaître rapidement. Personne ne devait découvrir ce qu'elle avait fait avant d'être prise en otage, pas avant qu'elle ait le temps de se cacher quelque part.

31

SOFIA BRADBURY

Sofia hocha vigoureusement la tête.

« Ah non, non et non ! dit-elle. Je n'aime pas ça. Pas du tout. Regarde, Oscar, quel mauvais goût, n'est-ce pas ? » Le chien garda les yeux fermés. « Comment peut-on croire que simuler l'explosion d'une voiture avec autant de détails explicites puisse passer pour du divertissement ? Parce que je te le dis, ça n'en est absolument pas ! »

Elle leva la voix et fixa la caméra. « Pouvez-vous arrêter la voiture et me laisser descendre ? Je dois en parler à mon agent et d'ici là, je ne ferai plus rien pour vous. »

Sofia se versa un autre cognac et avala son cinquième antalgique de la matinée. L'efficacité du précédent commençait déjà à s'effacer. Elle se remit à fixer l'écran, attendant qu'on accède à sa demande. Mais pour toute réponse, elle entendit à nouveau des cris et des hurlements dans les haut-parleurs. Elle leva les yeux au ciel et parla plus fort : « Vous m'avez comprise ? Sofia Bradbury ne joue plus. Elle n'a pas signé pour ça. » Le véhicule garda la même vitesse, ne donnant aucun signe qu'il se préparait à ralentir.

Elle se tourna à nouveau vers Oscar. « Écoute-moi ces gens qui gémissent comme des fantômes. Ils se battent tous pour être celui qui fera le plus de bruit et occupera l'écran le plus longtemps. C'est pathétique. Ça n'est pas pour ça que j'ai bossé comme une dingue, pas pour finir dans quelque chose qui glorifie la violence. Je crois que Rupert a fait une grave erreur en me faisant tourner là-dedans. »

C'est l'explosion de la voiture de la femme indienne – une actrice de Bollywood, avait supposé Sofia, car elle ne l'avait pas reconnue – qui l'avait fait basculer. Les explosions des deux premières voitures étaient clairement des tours de passe-passe visuels destinés à obtenir des réactions réalistes de la part des téléspectateurs et des autres Passagers. Mais la troisième avait semblé bien plus fouillée que les autres. Les figurants avaient dû passer des heures au maquillage et à la coiffure pour avoir des blessures aussi crédibles. Et puis il y avait eu les fumigènes, les gens qui couraient en tous sens, leurs membres arrachés qui retombaient un peu partout et les cascadeurs, hommes et femmes, en feu. Elle savait bien que le public aujourd'hui exigeait plus des émissions qu'à son époque mais quand même, quelle personne saine d'esprit pouvait prendre plaisir à voir un enfant brûler vif?

« J'ai beaucoup joué de théâtre de boulevard dans les années soixante-dix alors ne venez pas me dire que je suis prude », expliqua-t-elle à ses auditeurs potentiels. « Mais je n'aime pas l'idée de devoir montrer toujours plus de sang en prime time pour exciter le public. Et donc je ne peux, en toute honnêteté, rester dans cette émission tant que je n'aurai pas discuté avec mon agent ou qu'un producteur ne m'aura pas garanti que la qualité de cette série est plus élevée que ce que j'ai pu en voir jusqu'ici. »

Sofia hésita, se demandant si c'était le moment de faire un esclandre. S'en tenir à ses principes pouvait jouer pour ou contre elle. Le retour de bâton était possible, et elle pouvait passer pour une vieille schnoque aux yeux du public jeune qu'elle cherchait à conquérir. Mais en restant fidèle à elle-même, elle pouvait aussi trouver du soutien chez les spectateurs les plus âgés. Elle était prête à prendre le risque.

Elle attendait qu'une coupure publicitaire interrompe l'émission pour changer discrètement la pile de ses appareils auditifs. Le son se faisait plus étouffé et elle avait à peine entendu la femme avec la jupe écossaise qui lui allait si mal assurer Sofia de son soutien dans un domaine quelconque. Apparemment, son statut de trésor national lui donnait une forme d'importance.

Si elle devait durer dans l'émission, Sofia pensait que son adversaire la plus coriace serait la femme enceinte, qui profitait au maximum de son état. *Vous ne voudriez pas lâcher votre ventre cinq minutes ? Tous ces massages et ces tripotages… ce n'est pas de la pâte à modeler !* se disait-elle.

Secrètement, Sofia enviait et jalousait la jeune femme. Elle s'était souvent demandé par le passé si elle avait fait le bon choix en n'ayant pas d'enfants à elle. Qu'avait-elle perdu à ne pas sentir la vie grandir en elle ? À aimer quelqu'un d'autre d'un amour inconditionnel, qui puisse être réciproque ? Elle ne le saurait jamais. Mais à chaque fois qu'elle doutait d'elle-même, elle pensait à Patrick, son mari, et cela lui rappelait qu'elle avait pris la meilleure décision. Il n'aurait pas fait un bon père.

En caressant d'une main la tête de son chien endormi, elle fit tourner dans l'autre le cognac dans son verre et se demanda ce que Patrick pouvait projeter, maintenant qu'elle était prise dans le tourbillon de *Célébrités au pied du mur*. Elle espérait que Rupert avait annulé le taxi qui devait le conduire à l'hôpital où ils étaient censés se retrouver avant qu'elle ne paraisse en public. Sinon, elle avait là un nouveau motif d'inquiétude.

Au moins, son programme de tournage lui permettrait de se changer les idées durant sept nuits, se dit-elle, pourvu qu'elle survive assez longtemps dans l'émission. Si la qualité des rôles pour la télévision et le cinéma qu'on lui proposait avait baissé, on la réclamait toujours au théâtre et elle voyageait souvent pour travailler, dormant à l'hôtel loin de chez elle des semaines durant. Sans que Patrick le sache, elle avait des gens pour le surveiller constamment et lui faire des rapports. Sa cuisinière, la femme de ménage et le jardinier étaient des sources d'informations fiables, tout comme le détective privé qu'elle gardait sous contrat. Il y avait aussi son comptable, plus un spécialiste de la cybercriminalité qui suivait tous les mouvements de Patrick sur Internet, capable d'entrer et sortir de son ordinateur sans se faire remarquer.

« Allô, répéta-t-elle. Est-ce que quelqu'un m'écoute ? »

Tout à coup, la voix d'un homme enfermé dans une des autres voitures jaillit. « Vous n'avez rien compris, hein ? » aboya-t-il.

Sofia s'approcha de l'écran pour voir qui lui répondait. C'était celui qui était marié à une autre concurrente. Il lui rappelait un présentateur de télévision qui lui avait fait, une fois, une proposition indécente, dans une loge. Elle avait fermement refusé.

« Parlez plus fort, je vous entends à peine.

— J'ai dit, vous n'avez rien compris, hein !

— Qu'est-ce que je n'ai pas compris ? répliqua Sofia. Je pense que je suis dans ce métier depuis plus longtemps que vous, mon cher, et je sais ce qui fait la bonne télévision. Mais ça, c'est de la violence gratuite. Ça n'est absolument pas du divertissement.

— Mais évidemment que c'est pas du divertissement ! glapit Sam. Ça vous arrive à vous, à nous, en vrai ! Réveillez-vous, bon Dieu ! Vous êtes prise en otage, et ils en ont déjà tué trois ce matin. Vous êtes bouchée ou quoi ? »

Sofia réalisa que les cris et les pleurs s'étaient tus et en regardant de plus près les autres écrans, vit que les autres participants les écoutaient et les observaient, tous les deux.

« C'est une émission de téléréalité, répliqua-t-elle, doutant tout à coup d'elle-même. Nous passons à *Célébrités au pied du mur*. Personne ne vous a rien dit ?

— Mais non, pas du tout ! Le seul programme où on passe, c'est le journal télévisé. Je ne suis pas une célébrité, ma femme non plus, ni aucune des autres personnes coincées dans ces bagnoles, à part vous. Nous sommes tous détenus contre notre gré et quelqu'un est en train de nous assassiner, un par un ! »

Sofia ouvrit la bouche mais aucun son n'en sortit. « Ça alors, finit-elle par dire, en entourant son chien du bras. Mais je… Je ne comprends pas… Pourquoi moi ?

— Pourquoi pas vous ? rétorqua Sam. Parce que vous êtes célèbre, vous pensez que vous devriez être à l'abri ?

— Eh bien… oui.

— Alors vous pensez mal. Nous sommes tous dans le même bateau. Vous ne valez pas mieux que nous. »

Sofia n'avait pas besoin que Sam le lui rappelle. Elle savait mieux que d'autres que ses fans seraient horrifiés par certains choix qu'elle avait faits pour protéger sa carrière et son image. Sa poitrine se serra à l'idée qu'elle avait été choisie précisément à cause de ça, et que ses secrets les plus noirs allaient être révélés au grand jour.

32

UKT BedfordAgendaOnline.co.uk

Par Emma Barnett-Vincent, reporter. 9 h 58.

La police du Bedfordshire affirme tout mettre en œuvre pour libérer le sergent Heidi Cole, issue de ses rangs, prise en otage dans une voiture. L'inspecteur principal Richard Molloy a déclaré à notre micro : « Le sergent Cole est une policière de Luton très appréciée et très consciencieuse. Nous espérons la retrouver saine et sauve. »

SAM & HEIDI COLE

Si seulement Sam avait pu éteindre son moniteur pour ne pas avoir à entendre ni à voir Sofia !

La stupidité de cette femme ne faisait qu'accroître sa rage de s'être fait prendre en otage. Il n'en pouvait plus d'entendre cette actrice se bercer d'illusions, continuer à ne rien comprendre sans que personne juge bon de lui mettre les points sur les i. Finalement, il ne put tenir sa langue. Mais après lui avoir assené la vérité et vu sa mine déconfite, il commença à douter de lui-même. En ces circonstances pénibles, il valait peut-être mieux être naïf qu'affronter la réalité en face.

Pendant ce temps, dans sa voiture à elle, Heidi tentait de faire taire son mari. « Sam, je t'en prie, arrête ! dit-elle en serrant les dents. C'est une femme âgée et tu la brutalises.

— On nous dit qu'on va mourir et elle demande à parler à son putain d'agent! rétorqua-t-il. Je te préviens, si elle arrive à s'en sortir rien que parce qu'elle est célèbre, je lui rentre dedans avec ma voiture.

— Sam…

— Non! Arrête d'essayer de me faire taire. Un des jurés la soutient, seulement parce qu'elle passe à la télé. Tu trouves ça juste? Elle a bien vécu. Nous on a des enfants qui ont besoin de nous et qu'est-ce que j'ai? Rien! S'il n'avait pas tué l'Indienne, qu'est-ce qui me serait arrivé?

— Je ne sais pas.

— Si, tu le sais. On le sait très bien, tous les deux. Tu serais en train de me voir mourir brûlé dans cette voiture.

— Ne dis pas ça.

— Et pourtant c'est la vérité! Est-ce qu'un des jurés s'est mouillé et a choisi de me défendre?»

Heidi ne répondit rien.

«Voilà!» dit Sam en se croisant les bras.

«Si les enfants regardent ça, ils n'ont pas besoin qu'on leur rappelle ce qui nous menace, d'accord?» ajouta Heidi. Sam hocha la tête.

En une demi-heure, l'état d'esprit de Sam et Heidi avait changé. Heidi commençait à mettre à profit sa formation de policière et s'obligeait à rester calme. Et apprendre qu'un des jurés la soutenait lui laissait croire qu'avec un peu plus de temps, elle pouvait peut-être s'en gagner d'autres. Pour survivre à ça, pour le bien des enfants, elle devait redresser la tête. Elle ne pouvait compter que sur elle-même. C'était une leçon qu'elle avait apprise de force, il y a quelques semaines.

Alors que leur dixième anniversaire de mariage approchait, Heidi savait que c'était le dernier. À l'insu de son mari, elle avait vu deux fois un avocat pour discuter de la manière de divorcer et des conséquences qui en découleraient. Elle était déterminée à garder la maison et lui proposerait la garde alternée, bien qu'il ne fût pas digne de ses enfants. Mais malgré son envie de lui faire mal, elle ne voulait pas se servir de James et de Beccy pour ça.

Depuis des années, la famille vivait en grande partie sur son salaire, tandis que Sam montait et développait son entreprise de construction et de rénovation. Elle avait payé pour presque tout, des vacances en famille aux nouveaux meubles. Et durant tout ce temps, elle avait aussi servi de mère et de père à leurs enfants pendant que Sam travaillait loin de chez eux plusieurs jours par semaine.

Aujourd'hui devait être le jour où tout allait changer, où tout ce qui allait mal dans leur mariage allait apparaître au grand jour. Mais le Hacker avait détruit tout ça. Maintenant, elle avait besoin de Sam.

Pendant ce temps, Sam s'était convaincu que la situation pénible dans laquelle ils étaient embarqués n'était pas de sa faute. Rien ne prouvait que ses mensonges étaient responsables de leurs malheurs. Le meurtre de Shabana, bien que tragique, était un bref répit, un sursis à l'exécution des deux époux. Cela signifiait qu'un membre du jury pouvait désormais le soutenir, qu'il l'apprécie ou non. En secret, il espérait que Shabana ne serait pas la dernière à mourir avant la collision prévue.

Mais ça avait aussi libéré en lui quelque chose d'inattendu. Une forme d'amertume à l'encontre de Heidi. Pourquoi la préférait-on à lui ?

« On ne sait pas encore si on va mourir, reprit Heidi. En ce moment même, on ne sait rien.

— Tu n'as pas entendu ce qu'a dit le Hacker ? répliqua Sam. Et si nos enfants étaient dans une des écoles où il y a une bombe ?

— Sam, respire un bon coup et réfléchis. Les probabilités que ça arrive sont faibles. Je suis sûre que ça va aller pour les enfants. »

Plus Sam s'imaginait leur tête quand ils découvriraient ce qui arrivait à leurs parents, plus il transpirait. « Qu'est-ce qu'ils vont penser quand ils nous verront à la télé ? Ils vont être terrifiés !

— Ils ne le savent peut-être pas encore.

— Tu viens de dire qu'ils le savaient probablement déjà ! Tous les gamins de leur âge sont sur les réseaux sociaux. S'ils n'ont rien vu, leurs copains leur auront déjà raconté. Parfois, j'ai l'impression que tu ne veux pas voir ce qui se passe autour de toi. »

Heidi se raidit et ouvrit la bouche pour répliquer, mais se ressaisit. Elle savait qu'en quelques mots, elle pouvait le remettre à sa place. *Pas maintenant*, se dit-elle. *Attends d'avoir vraiment besoin de le dégommer*. Puis une pensée plus sombre lui vint. *Ou tu devrais peut-être le laisser déblatérer et attendre qu'il s'enfonce tout seul ?* Elle secoua la tête. *Reprends-toi*.

Le surnom d'Elsa, la reine des Neiges, dont ses collègues l'avaient affublée ne gênait pas Heidi. Elle ne connaissait pas beaucoup de policiers à qui on n'avait pas donné un sobriquet, ou dont le nom n'avait pas été raccourci, allongé ou agrémenté d'un y final. Avant de rejoindre les rangs de la police, elle était, sur son temps libre, agent contractuel volontaire et arpentait les rues abandonnées de la cité où elle avait grandi. Imperméable aux menaces des gangs et des dealers, ses bonnes statistiques de taux d'arrestation et son approche sans crainte du métier avaient attiré l'attention de ses supérieurs, qui l'avaient poussée à demander un poste à plein temps dans la police. Elle avait opté pour le département des enquêtes criminelles, où là aussi on avait apprécié sa faculté à rester calme même dans les enquêtes les plus difficiles. Et ses longs cheveux blonds et ses traits délicats lui avaient valu le surnom d'Elsa, inspiré du dessin animé de Walt Disney, *La Reine des Neiges*.

Si ses collègues la regardaient en ce moment, ils avaient peut-être du mal à reconnaître la femme qui leur faisait face. Cette Elsa-là était morte de trouille. Être sous la menace d'une explosion ou d'un accident de voiture foutrait la trouille à n'importe qui, se dit-elle. Et pour la première fois depuis bien, bien longtemps, elle aurait voulu que Sam puisse la réconforter.

Ça ne te ressemble pas. Quoi qu'il arrive, tu ne dois pas réagir comme ça. Calme-toi – et tu n'as pas besoin de Sam pour ça.

Mais il y avait un choix à faire. Elle préférait que Sam en arrive seul à cette conclusion plutôt que de soulever elle-même la question devant les téléspectateurs, au risque de paraître calculatrice. Mais le temps pressait et elle ne pouvait plus attendre pour aborder le sujet.

« Sam, il faut qu'on parle, dit-elle prudemment. Une seule personne va survivre à cette histoire. Et comme la Commission et le public ne peuvent pas voter pour nous en tant que couple, les enfants ne nous reverront plus tous les deux. Donc on doit commencer à réfléchir à la manière dont on va s'y prendre.

— Qu'est-ce que tu veux dire ?

— Je veux dire que l'un de nous deux doit s'éliminer de la course pour donner à l'autre une chance de s'en sortir.

— Tu veux dire, sacrifier sa vie ?

— Si ça allait jusque-là, oui. Si des gens votaient pour chacun de nous, ça risquerait de s'annuler. »

Sam prit le temps de digérer cette suggestion. *Espèce de salope sans cœur*, pensa-t-il. Elle supposait qu'il y avait peu de chances qu'on le soutienne, lui, et elle l'avait déjà éliminé. Il passa la main dans ses cheveux, puis appuya sur sa jambe pour l'empêcher de trépigner d'angoisse. Heidi avait raison. Ils ne survivraient pas tous les deux à cette matinée. Mais il y avait une chose à laquelle elle n'avait pas pensé : il n'avait aucune envie de mourir.

Parce qu'il n'y avait pas que Heidi et les enfants dans la vie de Sam. Et dans cette autre partie de lui-même, elle n'avait aucune place. Et plus il considérait sa proposition, plus il était sûr de ce qu'il fallait faire. Il fallait convaincre le jury et le public que c'était Heidi qui devait mourir, pas lui.

33

Jazeera World Online
ALERTE INFO

Le Hacker fait exploser une voiture au milieu de la foule. On redoute des dizaines de victimes.

Luton (G.-B.) : un deuxième engin explosif a fait au moins dix morts et des dizaines de blessés, dans une rue très fréquentée du centre-ville. Une foule trop zélée a assailli le véhicule où se trouvait une Passagère, Shabana Khartri, lorsque l'explosion s'est produite. La police locale a déjà averti que le bilan en vies humaines pourrait considérablement s'alourdir au cours de la matinée.

La salle demeura silencieuse. Tous étaient hypnotisés par la violence des images du meurtre de Shabana.

Les chaînes de télé se battaient à coups d'images prises par des téléphones portables, des drones et des hélicoptères, les plus choquantes et les plus crues possibles, pour écraser leurs concurrents.

« Comment osent-ils montrer ça ? fit Libby.

— Les directs des réseaux sociaux ont complètement changé la façon de faire de la télévision, répondit Buzzman. La seule chance pour les médias de rester dans la course et de ne pas être dépassés, c'est de ne plus rien censurer. Au contraire, ils doivent tout montrer et assumer de choquer.

— Au moins, ils ne s'occupent plus de nous », dit Fiona Prentice.

Muriel Davidson, la première à avoir apporté son soutien à Shabana, détourna le regard de l'écran et fit face à la table. Elle retourna le crucifix de bois accroché à son cou, comme pour cacher à Jésus les horreurs du monde qu'il avait laissé derrière lui. « Pourquoi le Hacker fait-il ça ? marmonna-t-elle, incrédule.

— Les gens s'entretuent depuis Caïn et Abel, vous êtes bien placée pour le savoir, murmura Jack Larsson. Et je suis désolé de vous l'apprendre, ça va durer encore des générations, jusqu'à ce qu'il ne reste plus personne pour tuer ou être tué.

— Oh, Jack, dit le Hacker, à entendre tes paroles larmoyantes, on pourrait en conclure qu'il reste quelque part en toi un cœur qui bat. Qu'est-ce qui te rend si malheureux ? C'est parce que tu as mis ces véhicules sur nos routes et que maintenant, ils tuent des gens ? Ou est-ce parce qu'après aujourd'hui, ton rêve de voir des routes totalement autonomes se sera écroulé ?

— Vous tuez des gens, mais pas mes rêves, répliqua Larsson.

— Et ces gens meurent parce qu'ils n'ont pas suivi les règles que j'avais pourtant clairement énoncées quand tout a commencé. Une interférence avec mes voitures et vous en subirez les conséquences. Voilà ce qui arrive quand on ne suit pas les règles : désordre et bain de sang.

— Vous allez tous les tuer, hein ? demanda Libby, les yeux posés sur Jude. Tous les Passagers…

— Non. Je vous donne ma parole qu'un Passager survivra à tout ça. »

Libby rit. « Votre parole ? Qu'est-ce qu'elle vaut ?

— Vous l'avez, et vous devrez vous en contenter. Ce que vous n'avez pas en revanche, c'est du temps. Alors commençons ces interviews, d'accord ? Jack, j'aimerais que tu commences. Tu as dix minutes pour garder Claire Arden et son bébé en vie. »

34

CLAIRE ARDEN

Avant de monter en voiture ce matin-là, Claire s'était promis que, quoi qu'il arrive, elle ne céderait à ses émotions qu'à la fin de la journée. Qu'elle ne s'autoriserait à pleurer sur ce que Ben avait fait que quand le plan aurait été totalement mis à exécution et achevé.

Sa promesse avait duré environ dix minutes, jusqu'à ce que la voix du Hacker surgisse et l'informe du détournement. Elle n'avait pratiquement pas cessé de pleurer depuis une heure et demie. À présent, alors qu'elle croyait ne plus avoir de larmes à pleurer, il fallait en puiser de nouvelles pour se gagner les faveurs de la salle. Pour sa survie et celle de Tate, elle devait absolument jouer encore plus fort sur leur corde sensible.

Outre sa grossesse, il y avait de bonnes chances pour que son physique joue en sa faveur. Si elle en croyait la dispute qui avait opposé les membres de la Commission sur la race et la mort de Bilquis, le fait qu'elle était blanche, jeune et jolie pouvait jouer en sa faveur. Elle avait honte que le racisme, qu'elle avait passé une bonne partie de sa vie d'adulte à combattre, puisse en réalité lui profiter. Elle se demanda comment la Commission et le public réagiraient s'ils apprenaient que son mari était d'origine afro-caribéenne et que l'enfant qu'elle portait était métis.

Faire appel à leur pitié était contre les valeurs de Claire. Elle avait suffisamment cherché à tout faire pour être aimée durant une enfance passée exposée en vitrine lors des journées portes ouvertes des services sociaux. Son frère et elle, dans leurs plus beaux habits, se tenaient du mieux possible pour attirer l'attention et la sympathie de potentiels parents adoptifs. Ben l'avait aidée à comprendre qu'elle n'avait pas besoin de faire bonne impression sur d'autres pour se sentir quelqu'un. Mais l'histoire bégayait à présent et elle redevenait la fillette dont l'avenir dépendait de la compassion des autres.

Elle sursauta quand une sirène résonna et qu'une horloge numérique apparut sur son écran. Des chiffres blancs affichèrent une durée de dix minutes. Elle se redressa et le compte à rebours démarra.

« Bonjour, madame Arden. Ici Jack Larsson, membre du Parlement, commença Larsson, raide.

— Bonjour. Appelez-moi Claire, je vous en prie » répondit-elle. Elle regarda droit dans la caméra et cligna des yeux, pour aider les larmes qui commençaient à s'y accumuler à entamer leur descente.

Larsson sembla pris au dépourvu.

« Ne pleurez pas, je vous en prie. Comment vous sentez-vous ?

— Ça a été mieux.

— Comment va le bébé ? Vous avez besoin de soins médicaux ?

— Non, je ne crois pas. »

Larsson hésita et jeta un coup d'œil autour de lui, tirant nerveusement sur son col et se raclant la gorge. C'était la première fois depuis que Libby était obligée de le fréquenter qu'elle le voyait gêné, embarrassé.

« Pouvez-vous nous en dire un peu plus sur vous, Claire ? »

Elle choisit soigneusement ses mots. « Je ne sais pas très bien quoi dire. Je suis mariée à Ben depuis trois ans et demi et je suis assistante scolaire à Bellview, une école de Peterborough – pour les enfants avec des difficultés d'apprentissage. Ben et moi… » Elle fit une pause, pour ajouter à l'effet dramatique. « Ben et moi attendons notre premier enfant. C'est pour dans deux mois et nous sommes très impatients. Ce sera un garçon. Nous l'avons surnommé Tate. Et il est notre petit miracle. Avant de tomber enceinte, j'ai fait huit fausses couches et une grossesse extra-utérine. On nous avait dit qu'il y avait très peu de chances que je puisse à nouveau concevoir, ou que si je tombais enceinte, je ne pourrais pas mener ma grossesse à terme. » Elle berça son ventre et sourit tristement. « Ce petit bout est tout, pour nous.

— Je comprends, vraiment… Je ne doute pas que ce qui s'est passé vous fasse très peur. Mais il faut essayer de rester positifs. Quel genre de mère serez-vous, selon vous ?

— J'espère être une bonne mère. Je n'en ai pas vraiment eu. Mon frère et moi avons grandi en foyer pour l'essentiel, et je veux être pour Tate la mère que la mienne n'a pas été pour moi. Après tout ce que Ben et moi avons traversé pour concevoir, le bébé est déjà tellement choyé. Chaque jour de la semaine, je vois les enfants de ma classe, qui ont besoin de plus d'attention, d'efforts, à cause de leurs différences. Je les aime énormément, et ce ne sont même pas les miens. Nous avons décidé de ne pas faire le test de dépistage prénatal de la trisomie, parce que ça ne fera aucune différence pour nous si Tate n'est pas comme tout le monde. Nous l'aimerons tout autant. Pour moi, il sera toujours parfait. »

Larsson se pinça le haut du nez et parla avec une franchise qui surprit tout le monde, comme si personne d'autre ne les écoutait.

« Je comprends très bien votre situation, Claire. Ma première femme et moi avons enduré près d'une dizaine de fausses couches avant de renoncer. En tant qu'homme, je me sentais totalement impuissant car je ne pouvais rien faire, rien dire pour l'aider... » Jack Larsson se tut, comme s'il revivait sa douleur.

« Je suis désolée de l'apprendre, répondit Claire.

— Je suis vraiment heureux pour vous et votre mari, sincèrement. Mais je suis désolé que ce qui devrait être une période merveilleuse pour vous deux se soit transformée en un tel enfer. Mais si vous pouvez garder espoir encore un tout petit peu, je suis sûr que mes collègues de la Commission et le public feront le bon choix et voteront pour vous mettre, vous et votre bébé, à l'abri. »

Claire arqua ses lèvres tremblantes en un sourire.

Libby écoutait avec attention et prenait mentalement des notes sur la manière dont Larsson manœuvrait avec ses questions pour tirer le meilleur parti de son sujet. Il orienta ensuite Claire vers ses projets d'avenir pour Tate, avant de lui demander de parler plus en détail de son enfance en foyer et de ce que la vie de famille signifiait désormais pour elle. Libby – à contrecœur – dut bien le reconnaître : Claire avait de la chance d'avoir Larsson de son côté.

« Il reste deux minutes, interrompit le Hacker.

— Pouvez-vous dire à tout le monde pourquoi vous voulez vivre, Claire ? » poursuivit Larsson.

Elle répondit en baissant les yeux sur son ventre, puis regarda à nouveau la caméra. « Pour mon bébé. Tout ce que je veux, c'est qu'il naisse ; je veux le voir grandir, heureux et en bonne santé.

— Je suis sûr que votre mari est très inquiet pour vous deux… »

Claire sentit son estomac se soulever – mais ça n'avait rien à voir avec le bébé. « Oui, répondit-elle à voix basse.

— Parlez-nous de lui », fit Larsson, encourageant.

Claire hésita à nouveau, choisit très soigneusement ses mots avant de parler. « Mon Ben est un homme très doux, très gentil, qui ferait tout pour moi. On s'est rencontrés au bar de l'association des étudiants, pendant notre premier semestre à l'université de Portsmouth. Quelques minutes après l'avoir vu, je savais qu'il était fait pour moi. »

Claire se remémora comment, quelques années avant leur rencontre, des généticiens avaient découvert que tous les êtres humains portaient un gène qu'ils ne partageaient qu'avec une seule autre personne au monde. Cette personne était apparemment génétiquement faite pour vous. C'était celle dont vous étiez destiné à tomber amoureux. Elle pouvait être de tout âge, sexe ou religion, et se trouver n'importe où dans le monde. La scientifique à l'origine de cette découverte avait créé une multinationale, *Mariez Vos ADN*[3]. Il suffisait d'envoyer un échantillon de salive et de payer pour savoir si on avait un Binôme, une âme sœur, et qui elle était. Mais on avait commencé à douter de la véracité des résultats après la découverte d'une faille catastrophique dans les systèmes de sécurité de l'entreprise.

Malgré ça, la séparation chaotique des parents de Claire avait pesé dans son esprit et elle avait voulu s'assurer que Ben était bien celui qu'il lui fallait. Ils avaient passé le test, juste pour en être certains. Et comme attendu, il avait été positif.

« Ben m'a demandé de l'épouser le jour de notre remise de diplômes, et j'ai dit oui tout de suite, poursuivit Claire.

---

3 Cf. *Âmes sœurs*, du même auteur.

Ses parents ont essayé de nous convaincre qu'on était trop jeunes, puisqu'on était tout juste diplômés. Mais on s'en fichait. On a fui à Londres, on s'est mariés, on a trouvé du travail, puis on s'est installés dans le Cambridgeshire et on a acheté notre première maison l'année dernière. On est en train de la rénover pour l'arrivée de Tate. »

Un bref instant, elle sentit une chaleur envahir sa poitrine et son visage en repensant à ces jours heureux.

« Vous aimez votre mari ? demanda Larsson.

— Bien sûr, répondit Claire. Il est tout pour moi.

— Le temps est écoulé, Claire », interrompit le Hacker.

Les poings que Claire gardait serrés le long de son corps, hors du champ de la caméra, se relâchèrent lentement. Elle était satisfaite de s'être montrée à Larsson sous son meilleur jour. Maintenant, son avenir était dans les mains du jury et du public.

« J'espère que je vous ai bien vendue, si vous me passez l'expression, acheva Larsson en lui souriant chaleureusement. Je suis sûr que si mes collègues de la Commission et le public lui en donnent l'occasion, votre bébé aura de la chance d'avoir une maman aussi merveilleuse.

— Merci, Jack, dit le Hacker. Avant de passer au juré et au Passager suivant, puis-je poser à mon tour une question, Claire ?

— OK, fit-elle, nerveuse.

— Je suis curieux de savoir… Si vous aimez votre mari aussi fort que vous le dites, pourquoi cachez-vous son cadavre dans le coffre de votre voiture ? »

La caméra quitta le visage horrifié de Claire pour montrer le coffre de son véhicule, où une ampoule illumina le corps recroquevillé d'un homme, reposant sur le côté, les genoux relevés contre la poitrine, totalement inanimé.

35

Chat With Pix

- **BBC News**
  Le coffre de Claire – Un corps y était caché. Les jurés sous le choc.
- **The Washington Globe**
  C'EST FINI ! Le président des USA demande l'arrêt des essais des voitures autonomes.
- **Daily Star**
  SEXY SOFIA ! – Cliquez ici pour voir ses meilleures scènes nues au cinéma.

« Qu'est-ce qui s'est passé ? hoqueta Libby, qui avait du mal à comprendre et n'était pas sûre d'avoir bien entendu.

— Je… Je… Je ne sais pas », bégaya Larsson. Il était aussi pétrifié que les autres.

« Je ne sais plus où j'en suis, dit Muriel Davidson. Le Hacker dit qu'il a tué le mari de Claire ?

— Je ne crois pas, dit Fiona Prentice, qui observait attentivement l'écran. Regardez-la. Ce n'est pas la tête de quelqu'un qui vient d'apprendre qu'elle se balade avec le cadavre de son mari dans son coffre. Elle savait qu'il y était.

— Alors c'est *elle* qui l'a tué ?

— Je ne sais pas.

— Mais il est vraiment mort ?

— S'il n'est pas mort, c'est un acteur hors pair », dit Matthew.

Fiona Prentice hocha la tête, incrédule. « Je suis avocate depuis vingt ans et je croyais avoir tout vu… Je me trompais. »

Jusqu'au moment où le corps de Ben était apparu à l'écran, Larsson et Claire avaient été plus que convaincants. Même Buzzman et son équipe étaient stupéfaits et regardaient l'écran bouche bée au lieu de s'activer à interpréter des données.

Libby fut frappée par les yeux de Claire, deux trous sombres emplis de peur qui fixaient la caméra. « Laissez-moi vous expliquer, par pitié… » commença celle-ci avant qu'on coupe son micro. L'image télévisée se divisa en deux, chaque moitié montrant le mari et la femme. Pendant ce temps, les chaînes d'info se délectaient du dernier tournant pris par leur sujet du jour.

« Mesdames et messieurs, dit le Hacker, je vous présente Benjamin Dwayne Arden, le troisième Passager de la voiture de Claire. L'homme même qui, selon les paroles de sa femme quelques instants plus tôt, est "tout pour elle". »

Claire cherchait désespérément à se faire entendre. Elle tapait des poings sur le tableau de bord et le moniteur, l'air agité, mais le son était coupé. La première pensée de Libby fut pour le bien-être du bébé.

« Elle a besoin d'aide », dit Libby. Mais personne ne l'écoutait. Elle éleva la voix. « Regardez-la, elle est hystérique. Quoi qu'elle ait fait à son mari, elle porte toujours un bébé.

— Alors vous vous inquiétez plus de sa santé qu'elle, dit Fiona Prentice. Si elle s'en souciait autant, aurait-elle vraiment tué le père de son enfant ?

— Vous êtes bien placés pour savoir qu'une histoire a toujours deux facettes. Et on ne sait pas ce qui s'est passé parce que le Hacker a coupé le son.

— Libby, j'ai défendu assez de clients pour savoir rien qu'à leur air s'ils en savent plus qu'ils ne veulent en dire. Et elle pourrait bien dire ce qu'elle veut, ça ne changerait rien au fait que le cadavre de son mari est dans son coffre. Elle a joué la comédie durant toute cette interview avec Jack. Elle a joué les victimes alors qu'elle est tout sauf ça. Même Jack s'y est laissé prendre. »

Libby se tourna vers Larsson qui était revenu à sa place, le visage rouge et défait.

« Oui ! interrompit Buzzman, débordant de joie. On a réussi ! » Tous se tournèrent vers lui tandis qu'il tapait dans les mains et congratulait les membres de son équipe. « On a battu le record. Nous sommes vraiment entrés dans l'Histoire ! Ceci est officiellement l'événement le plus hashtagué au monde depuis la naissance des réseaux sociaux. Et nous sommes en plein dans l'œil du cyclone ! » Il dévisagea chaque juré, cherchant quelqu'un avec qui partager son enthousiasme. Ils restèrent de marbre. « Vous êtes durs ! » fit-il en haussant les épaules.

Devant son indifférence à ce qui se passait dans la salle, Libby explosa. « Vous êtes vraiment comme ça ou vous faites semblant ? Parce que je ne comprends pas comment une personne avec la moindre once de compassion ne serait pas consternée par ce qui arrive ! Il y a des dizaines de morts, hommes, femmes, enfants, sur les routes et tout ce qui vous importe, c'est combien de gens en parlent ?!?

— Eh, ne tuez pas le messager parce que vous n'aimez pas les nouvelles qu'il vous apporte, mademoiselle rabat-joie, répliqua Buzzman. Qu'est-ce que vous voulez ? Que je fasse semblant de m'intéresser vraiment à des gens que je ne connais même pas ? Ça ne risque pas d'arriver. Mon équipe et moi sommes là pour dire la vérité et représenter le peuple, pas pour vous tenir la main et vous dire que tout va bien se passer alors que, visiblement, c'est foutu. Mon boulot, c'est de vous dire ce qui figure en une des infos, pas de décider si ça doit y apparaître. Et en ce moment même, c'est la femme fatale enceinte qui vient d'exploser l'Internet. » Il balaya sa tablette pour en projeter le contenu sur un autre mur. « Avouez, vous mourez d'envie de savoir ce qu'ils disent, pas vrai ? »

Avant que Libby ait le temps de nier, captures d'écran et posts emplirent le moindre espace vide. Elle ne put s'empêcher d'en lire quelques-uns.

Elle et son bébé sont niqués. #votezSofia #LeHackeraraison.

Faites-la exploser maintenant et arrêtez de perdre du temps sinon j'éteins. #votezHeidi.

Vive les légendes. #votezSofia.

Il reste une heure. Pourquoi s'arrêter là ? C'est aussi bien qu'un soap-opéra. Bien joué, Hacker ! #votezSofia.

« Vous voyez ce que je veux dire, maintenant ? reprit Buzzman. Que ça vous plaise ou non, le Hacker tient le monde par les couilles. Un peu d'anarchie ne peut pas faire de mal. »

Libby ferma les yeux et secoua la tête, face à Buzzman et à ce qu'il représentait. S'en prendre à lui et au monde virtuel était un combat probablement perdu d'avance. Si les réseaux sociaux reflétaient vraiment la société, elle ne voulait pas faire partie de ce monde, un monde où le Hacker pouvait être tenu en estime, sous quelque forme que ce fût.

« Un petit mot de vous à moi, entre amis », dit Matthew en se levant et en s'avançant vers Buzzman. Son ton n'avait rien d'amical.

« Allez-y, dit Buzzman avec un peu d'appréhension.

— Premièrement, je ne vous demande pas la permission. Deuxièmement, je vous suggère de garder vos opinions pour vous. » Il s'arrêta à cinq centimètres à peine du visage de Buzzman. « Les gens que vous prétendez représenter manquent autant de dignité que vous. Si vous étiez là-bas avec mes collègues des services d'urgence à récupérer des morceaux de chair sur la route, à tenter d'éteindre les flammes sur des enfants en train de brûler vifs, vous auriez peut-être le droit de donner votre avis. Mais vous n'y êtes pas. Vous êtes un statisticien qui ne comprend pas la valeur de la vie humaine parce que vous vivez dans une réalité virtuelle, entouré d'avatars tout aussi dénués d'empathie que vous. Vous êtes pire que l'intelligence artificielle parce qu'au moins, on peut programmer l'IA pour se soucier des gens. Donc, jusqu'à ce que vous ayez appris l'humilité et la compassion, à partir de maintenant, vous ne parlez que quand on vous le demande et le reste du temps, vous fermez votre gueule ! Me suis-je bien fait comprendre ? »

La figure pâle de Buzzman rougit, il acquiesça sans un mot et se réfugia prestement au milieu de son équipe.

Libby sourit à Matthew et lui adressa un signe de tête en retournant s'asseoir. Puis elle releva les yeux vers les haut-parleurs. « Vous êtes encore là ? demanda-t-elle.

— Je suis toujours là.

— Pourquoi avez-vous laissé Claire dire tout ça sur son mari si vous saviez depuis le début qu'il était mort ?

— L'honnêteté, Libby. Je n'arrête pas de répéter ce que j'exige de vous, mais on dirait que personne ne m'écoute. J'ai donné à Claire la possibilité de reconnaître d'elle-même la vérité, mais elle a choisi de ne pas la dire. Au lieu de ça, elle a décidé de donner une certaine image d'elle-même, pour obtenir la faveur des autres en espérant qu'on l'épargnerait, elle, plutôt qu'un autre Passager peut-être plus méritant.

— Mais vous n'êtes pas honnête non plus, si ? Vous ne nous avez pas encore raconté toute son histoire, et vous n'avez toujours pas dit pourquoi vous faites ça. Vous êtes un hypocrite. »

Libby regarda à nouveau Claire sur l'écran. Elle était assise face à la caméra, les yeux rivés à l'objectif comme des aimants, et écoutait avec ferveur son intervention.

« Dans les dix minutes allouées, elle a espéré qu'omettre un fait capital vous pousserait à prendre une décision mal informée en sa faveur. Si le résultat final déplaît à Claire, elle ne peut s'en prendre qu'à elle-même. Je veux bien passer toute la journée à discuter avec toi, Libby, mais si je peux attirer ton attention sur la pendule, tu verras que chaque minute passée à te chamailler avec moi te rapproche de la collision. Et si on ne passe pas bientôt au Passager suivant, tu auras la mort de tous sur la conscience.

— Pour une fois, contentez-vous de l'écouter et de vous taire, dit Larsson d'un ton las. Ou si vous voulez tous les faire tuer, faites-vous plaisir et essayez de raisonner ce psychopathe. »

Larsson donnait l'impression d'un homme brisé. Le monde avait pillé ses comptes en banque, la Commission qu'il dirigeait partait en quenouille et la Révolution routière qu'il avait lancée grâce à des milliards de livres d'investissement était en charpie, tout comme sa réputation. Et en plus, il soutenait la mauvaise Passagère. Mais plutôt que de se disputer avec lui, ne fût-ce que pour le principe, Libby céda. Le Hacker avait raison. Le temps filait. Elle pressentait de plus grandes batailles à venir.

« Buzzman, dit le Hacker, pourriez-vous nous dire, s'il vous plaît, qui occupe l'intérêt des réseaux sociaux à l'heure actuelle ?

— Sofia Bradbury, avec une avance confortable, répondit-il, d'un ton plus hésitant que son précédent empressement. Le public adore sa naïveté, on retrouve des mèmes de Sofia partout, et ses scènes classiques sont en tête des téléchargements.

— Bien, il est donc logique qu'on apprenne à la connaître, n'est-ce pas ? Tu es prête, Fiona ? »

36

SOFIA BRADBURY

« Saloperie ! »

Agacée, Sofia renonça à attendre la bonne occasion de pouvoir enlever son appareil auditif à l'abri des regards. Elle l'ôta donc prestement et fouilla dans son sac à main pour l'insérer dans le chargeur de batterie.

Une carrière passée sur des scènes et des plateaux face à un public bruyant et enthousiaste avait amoindri son audition. Elle détestait porter son appareil et le considérait comme un aveu de faiblesse, même si sa fonction de traduction des langues étrangères l'avait une fois aidée à comprendre le réalisateur d'une publicité télévisée japonaise pour du cognac.

Si elle avait bien compris, elle n'était pas du tout dans une émission de téléréalité et elle était véritablement en danger de mort. Et si, comme les images sur son écran le suggéraient, tout était retransmis dans le monde entier, tout ça avait une portée bien plus large, universelle, que tout ce qu'elle aurait pu imaginer. Sa vie d'actrice comptait plus pour elle que sa vie hors de la scène et aujourd'hui, elle avait la planète tout entière pour public.

Elle remit en place son appareil rechargé, juste à temps pour entendre quelqu'un révéler qu'un cadavre était caché dans le coffre de la voiture de la femme enceinte. Un retournement de situation incroyable. Sofia avait joué dans beaucoup de pièces appréciées pour leurs rebondissements imprévus, mais tout producteur digne de ce nom se serait damné pour un tel coup de théâtre.

Sofia étudia le visage et le langage corporel de Claire. *Absolument coupable*, se dit-elle. Elle connaissait les filles comme elle. Avec le temps, elle avait croisé beaucoup de Claire dans le showbiz. Elles étaient habiles, manipulatrices et ne reculaient devant rien pour obtenir le rôle qu'elles convoitaient.

Elle se mordit l'intérieur, doux et charnu, des joues pour s'empêcher de sourire et de montrer son plaisir de voir Claire percée à jour. Ça signifiait, bien sûr, que Sofia était en bonne position d'être sauvée. Mais pour en être sûre, elle allait devoir produire une performance digne des Oscars. Il n'y avait pas de cadavre dans le coffre de Sofia, mais elle avait beaucoup de squelettes dans son placard.

« Bonjour Sofia. »

Une voix de femme la fit sursauter. Elle contempla ses écrans et finit par réaliser que c'était la voix de la femme de la Commission qui avait d'horribles cheveux et une jupe écossaise tout aussi affreuse. Elle aurait préféré être interrogée par un homme. Elle avait de meilleures relations avec le sexe opposé.

Sofia vit une horloge apparaître dans la partie droite de l'écran. Le compte à rebours commença aussitôt. Elle s'imagina faire son entrée à l'Old Vic sous un tonnerre d'applaudissements. Elle s'éclaircit la gorge et offrit à ses spectateurs son plus beau sourire. « Bonjour à vous. À qui ai-je l'honneur ? demanda Sofia.

— Fiona Prentice.

— Bonjour, Fiona. Vous êtes la bonne âme chargée de me sauver la vie, c'est ça ? »

Elle vit Fiona lui faire un sourire que ses yeux démentaient. Elle semblait assurée mais ses pupilles étaient dilatées, comme si elle avait peur.

« Bon, je vais vous mettre à l'aise, Fiona. Je n'en voudrai ni à vous, ni à ceux qui choisiront de ne pas voter pour moi. J'ai eu une vie bien remplie, magnifique, au-delà de ce que j'aurais pu imaginer. Et si mon destin est de vivre mes dernières heures face à ce délicieux public, je mourrai comme j'aurai vécu. Je ne vois pas de meilleure façon de partir. » Elle fit une pause, pour laisser s'éteindre des applaudissements imaginaires. « À propos, je vous présente Oscar », reprit-elle en tenant son chien stupéfait et en agitant sa patte face à la caméra. Elle le laissa lui lécher la figure, espérant se gagner la faveur des amis des animaux.

« Pour éclairer ceux qui ne sauraient pas qui vous êtes, pourriez-vous nous en dire un peu plus sur vous ? » suggéra Fiona.

Sofia inspira profondément et reposa le chien à côté d'elle. « Bien sûr. Bon, où commencer ? Je suis actrice depuis que j'ai commencé à fouler les planches, petite fille, dans le West End, et c'est grâce à mon public que j'ai pu avoir une carrière aussi longue. Je ne vais pas vous assommer en vous dévidant tous les films dans lesquels vous avez dû me voir ou tous les prix que j'ai reçus, disons simplement, pour faire bref, que j'ai eu beaucoup de chance.

— Cela vous inquiète-t-il d'être… la plus… *senior*… des Passagers restants ? »

Les allusions à son âge laissaient souvent à Sofia un goût amer dans la bouche, mais pas cette fois. « Il ne me reste peut-être pas autant de temps que les autres personnes enfermées dans ces horribles voitures, mais cela veut-il dire que je dois être privée de la chance de vivre le reste de ma vie ? J'espère bien que non. J'estime que j'ai encore beaucoup, beaucoup de choses à donner.

— Pouvez-vous nous en citer un exemple ? Je sais que vous avez beaucoup œuvré, et depuis longtemps, pour des associations caritatives. »

C'est gentil, ça, ma fille ! pensa Sofia. *Ça m'évite d'avoir à glisser le sujet dans la conversation.*

« Oh, c'est très gentil à vous de le rappeler », reprit Sofia pleine de fausse modestie, avant de passer les trois minutes suivantes du temps qui lui était imparti à rappeler les organismes de charité et les hôpitaux qu'elle avait soutenus. « Mais oui, finit-elle par dire. Je dirais que mes œuvres caritatives sont une des choses dont je suis le plus fière, et c'est ce qui me donne le plus de plaisir. J'adore divertir les gens et être – comment le prince Harry m'a-t-il appelée une fois, déjà… ah, oui –, un trésor national, mais c'est lever des fonds pour de bonnes causes qui me tient le plus à cœur.

— Vous avez financé des équipements médicaux qui ont sauvé la vie de ma fille », ajouta Fiona.

Sofia s'approcha un peu plus de l'écran. Tout se déroulait encore mieux qu'elle l'espérait. « Oh, vraiment ? Dites m'en plus, ma chère Fiona.

— Il y a neuf ans, Kitty a été opérée du cerveau pour se faire enlever une tumeur bénigne, par des médecins que votre argent a contribué à former, dans un hôpital que vous avez aidé à financer. J'aimerais donc profiter de l'occasion pour vous remercier, en notre nom à toutes les deux.

— Mais je vous en prie. Dès qu'il s'agit de dons, les gens balancent des chiffres… Vingt-cinq, trente millions de livres, mais ce ne sont que des chiffres, et qu'est-ce qui compte vraiment ? Je suis si heureuse que votre petite fille, parmi des centaines d'autres, ait pu profiter de mon implication sans faille. »

Sofia se rendit compte que le compte à rebours entamait la dernière minute.

« Certains des Passagers ont des enfants, continua Fiona. Puisque vous vous intéressez si visiblement à l'aide à l'enfance, puis-je vous demander pourquoi vous avez choisi de ne pas en avoir ? »

Sofia baissa la tête puis la releva, et l'inclina légèrement. Elle n'avait pas oublié que ce même mouvement de tête avait donné tant de poids aux paroles de la princesse Diana lors de son interview-vérité à la BBC, des dizaines d'années auparavant. Sofia prit un ton plus doux, presque mélancolique : « Pendant très longtemps, j'ai fait passer ma carrière et mon œuvre avant l'idée de fonder une famille. Et pour être honnête avec vous, Fiona, c'est l'un de mes plus grands regrets.

— Vous ne m'avez pas parlé de votre mari. Depuis combien de temps êtes-vous mariés ? »

Sofia se recroquevilla les orteils. « Patrick, mon chéri, et moi sommes mariés depuis près de quarante ans.

— Et c'est votre cinquième mari, si je me souviens bien ?

— Oui. » La réponse fut sèche, mais Sofia se reprit immédiatement. « Mes vingt et mes trente ans ont été agités, gloussa-t-elle. Mais vous savez ce qu'on dit, "la cinquième fois, c'est toujours la bonne", ou quelque chose comme ça. Mais comme je vous le disais, j'ai eu une belle vie bien remplie. Je ne peux qu'espérer que votre fille vivra autant de joies que moi, tout comme les autres enfants et leurs familles que j'ai aidés depuis tout ce temps.

— Je sais qu'il ne nous reste pas beaucoup de temps, je vais donc devoir conclure en vous demandant pourquoi mes pairs, les jurés, et le public devraient voter pour vous ?

— Je n'irai pas jusqu'à dire qu'ils *devraient* voter pour moi, mais je serais bien sûr ravie qu'ils le fassent. Si on me laisse vivre, je profiterai de chaque seconde et je continuerai à faire passer l'intérêt des autres avant le mien. Un prêtre de mes connaissances m'a dit un jour : "Une chandelle ne perd rien à allumer une autre chandelle". C'est comme ça que j'ai mené ma vie. »

L'horloge du compte à rebours atteignit le zéro et Sofia se détendit sur son siège, caressant Oscar, en s'imaginant une ovation debout du public. Elle reconnut la voix qui parla ensuite – c'était celle du Hacker.

« Merci Sofia, dit-il. On ne peut pas nier que vous ayez eu une vie passionnante.

— Ce sont mes fans qui ont fait de moi ce que je suis, et je suis là pour les servir.

— Puis-je vous poser une autre question, en leur nom ? » Sofia fit oui de la tête, toute heureuse de rester un peu plus longtemps sous les feux de la rampe. « Avez-vous jamais pensé à avoir des enfants ?

— Bien sûr que si, comme toutes les femmes, je pense. »

Tout à coup, Sofia eut l'impression que le Hacker avait gardé des cartes dans sa manche. Il fallait qu'elle trouve quelque chose, une diversion, et vite.

« Si vous voulez vraiment tout savoir, je n'ai pas eu d'enfants parce que je ne pouvais pas en avoir. » Elle fit une pause théâtrale, tira de son sac un mouchoir pour tamponner des larmes qui n'existaient pas. Au silence qu'elle entendait, elle savait qu'elle captivait tout le monde. « Quand j'ai rencontré Patrick, j'étais prête à fonder une famille, mais hélas mon corps ne l'était pas. On m'a détecté un fibrome utérin, qui s'est avéré très douloureux. Et j'ai dû subir une hystérectomie. Comme vous pouvez l'imaginer, j'étais effondrée. J'ai passé mon quarantième anniversaire dans une chambre d'hôpital à pleurer sur quelque chose que je voulais vraiment, je venais seulement de le découvrir. À l'époque, on ne pouvait pas mettre ses ovules dans une banque comme on le fait maintenant, et les mères porteuses n'étaient pas ce qu'elles sont aujourd'hui. J'avais perdu mon unique chance de devenir mère. J'imagine que c'est un peu pour ça que je lève tant de fonds pour l'aide à l'enfance. Je pense à tous ces petits que j'ai aidés comme à une famille élargie.

— Je ne comprends pas très bien…

— Comment cela ?

— Je croyais que vous n'aviez pas eu d'enfants par choix. Selon les dossiers médicaux que j'ai là, en ma possession, vous n'y avez pas été forcée. C'était un choix. »

Sofia retint sa respiration. *Il sait !* se dit-elle. *Il sait tout.* Elle porta une main à sa gorge et attendit qu'il poursuive. Il se fit un silence écrasant, qu'elle finit par rompre. « C'était une période difficile.

— Je n'en ai pas vraiment l'impression. Vous n'avez pas subi d'hystérectomie, vous avez choisi de vous faire stériliser. Pourquoi en arriver à de telles extrémités si vous prétendiez vouloir des enfants ? »

Sofia regarda la caméra d'un œil noir. Le masque était tombé, elle avait fini de jouer son rôle mais le public restait assis.

« Si vous ne voulez pas expliquer ça aux fans que vous dites vouloir servir, voulez-vous que je le fasse ? » Sofia accueillit la suggestion d'un silence glacial. « Je vais prendre ce silence pour un oui. Si vous avez choisi de vous faire stériliser, c'est parce que…

— Je me retire de cette compétition! dit soudainement Sofia. Éliminez-moi de la liste. Je veux que ce soit quelqu'un d'autre que moi qui survive. »

Elle entendit rire le Hacker pour la première fois. « Vous préféreriez vraiment mourir plutôt que de dévoiler la vérité ?

— Je ne veux plus faire partie de ce truc, poursuivit Sofia. C'est répugnant, vous nous menacez, vous agitez des sujets privés qui n'ont pas à être rendus publics.

— Donc vous ne voulez que le public connaisse la vérité que si c'est vous qui en décidez ?

— Ma vie privée ne regarde que moi.

— Il est un peu tard pour prétendre préserver votre pudeur, Sofia. La vérité, c'est que vous vous êtes fait stériliser pour ne pas tomber enceinte de votre mari. »

Le silence de Sofia était un aveu.

« Et pourquoi ne vouliez-vous pas porter son enfant ? »

Sofia sentit sa gorge se serrer. Elle était incapable de se défendre.

« Parce que votre mari était, et est toujours, un pédophile notoire, n'est-ce pas ? Et vous vous êtes rendue complice de ses crimes en usant de votre fortune et de votre influence pour dissimuler le fait qu'il a agressé sexuellement des dizaines d'enfants depuis quarante ans. »

Sofia secoua violemment la tête. « Vous ne savez pas ce que…

— J'ai les noms des victimes, les montants de ce que vous avez payé aux familles en échange de leur silence, et les dates des paiements. J'ai même des photos qu'il a prises et envoyées à des magazines et à des sites Internet. »

Sofia se raidit sur son siège, les bras figés. Son esprit, pris dans un tourbillon, cherchait désespérément un moyen d'échapper à ces accusations sans perdre sa réputation. Mais avant de pouvoir se défendre, Sofia réalisa que personne n'aurait l'occasion d'entendre ses dénégations. On avait coupé son micro. Le spectacle était fini, et sa carrière aussi.

37

Libby lâcha un long soupir – elle ne s'était même pas rendu compte qu'elle retenait son souffle –, puis se tourna vers un Matthew tout aussi stupéfait.

Elle regarda enfin l'écran de Jude, pour connaître sa réaction. Il était aussi pétrifié que les autres.

« Eh bien, j'ai l'impression que le Conseil National de la Protection de l'Enfance va bientôt cesser d'envoyer des cartes de vœux à Sofia, dit Buzzman.

— Vous faites des plaisanteries sur la pédophilie ? » demanda Libby.

Buzzman jeta un coup d'œil à Matthew et baissa aussitôt les yeux. « Pardon... »

Les secrets de Claire et de Sofia désormais dévoilés, il devenait visible que les Passagers avaient été soigneusement choisis pour ce qu'ils avaient à cacher.

Libby ne détestait rien plus que les secrets. Une alarme commençait à sonner dans son esprit. Le jour où il était sorti de l'hôpital, son frère Nicky n'avait rien dit à sa famille de ses envies de suicide. Et William lui avait dissimulé sa liaison au travail avec sa stagiaire. Que lui cachait Jude ? « Est-il possible que les accusations du Hacker soient fausses ? demanda-t-elle en s'adressant à Larsson. Ou que ce ne soit qu'une partie de la vérité ? » Larsson ne lui rendit pas son regard et continua à fixer les écrans, mais Libby poursuivit. « Il se sert de nous pour piéger les Passagers. Une fois qu'ils se sont présentés sous leur meilleur jour, il les démolit avec une nouvelle accusation. Mais comment savoir si c'est la vérité puisqu'il ne leur permet pas de réfuter ce qu'il avance ?

— De réfuter ?!? grogna vivement Larsson. Vous ne comprenez vraiment rien à ce qui se passe, mademoiselle Dixon. Ça fait longtemps qu'on ne suit plus de règle du jeu, ni même un quelconque code d'honneur. Le Hacker ne fait que ce qu'il veut.

— Je ne suis pas idiote, j'avais compris ça, répliqua Libby. Ce qu'il fait reflète ce qui se passe dans vos Commissions. Vous ne donnez jamais tous les détails, hein ? Vous ne nous dites que ce que vous voulez qu'on sache avant de nous obliger à décider qui a tort : la victime ou la voiture. Et comme presque tous les éléments sont classés secrets, c'est quasiment toujours la victime qui est condamnée. Donc ce qu'il fait n'est pas vraiment différent de ce que vous faites.

— Vous êtes à côté de la plaque, mademoiselle Dixon. Tout ce que nous pouvons faire, c'est laisser les Passagers nous dire pourquoi ils devraient survivre, en espérant qu'ils soient honnêtes, pour leur propre bien. S'ils mentent, tant pis pour eux. »

Libby le regarda droit dans les yeux. Le regard perçant et menaçant qui lui avait fait si peur avait disparu. Larsson avait perdu la bataille.

« Pourquoi avez-vous renoncé si facilement ? lui demanda-t-elle.

— Parce que je ne peux rien faire qui puisse aider madame Arden.

— Mais je ne parle pas seulement de Claire. Je parle de tout ce qui se passe ici. On n'arrive pas là où vous êtes arrivé dans votre carrière sans se battre bec et ongles. Pourquoi n'êtes-vous plus collé à votre téléphone comme au début, quand tout ça a commencé ? Pourquoi est-ce que vous n'êtes pas en train d'engueuler vos services ou d'exiger de parler à nouveau au PC de communication du gouvernement ?

— Un de vos nombreux problèmes, à vous et à votre génération, c'est que vous passez trop de temps à réfléchir, à interpréter à tort et à travers des situations où on ne vous demande pas votre avis. Si j'étais vous, je m'occuperais de ce que votre ami Jude cache derrière son air absent. »

Libby ne mordit pas à l'hameçon. « Le Hacker vous tient, c'est ça, hein ?

— Ne soyez pas ridicule ! » Larsson jeta un très bref coup d'œil à son image à l'écran. Mais Libby s'attendait à ce qu'il nie plus farouchement. Elle lui fit résolument face. Larsson ne bougea pas, comme s'il avait peur, en reculant, de trahir quelque chose.

« J'ai raison, n'est-ce pas ? poursuivit-elle. Il a fait plusieurs fois allusion à quelque chose qu'il sait sur vous ou sur le fonctionnement de la Commission. Et vous ne savez pas ce qu'il sait, alors vous jouez la sécurité en faisant profil bas. S'il en sait autant sur les Passagers, il doit en savoir beaucoup sur vous aussi.

— Vous avez une imagination très fertile, mademoiselle Dixon.

— Vous attendez simplement votre heure et vous espérez sortir d'ici sans trop d'égratignures, c'est tout. »

Jack Larsson finit par se tourner vers elle, mais son silence en disait long. Libby reporta son attention sur le mur d'écrans. Le visage de Sofia était sans expression, comme si l'image s'était figée. Elle avait les bras croisés et regardait, au-delà de la caméra, par le pare-brise.

« Faut-il que je demande comment réagissent les réseaux sociaux à ces révélations sur notre "trésor national" ? demanda le Hacker.

— La tendance est conforme à ce qu'on pourrait attendre, répondit Buzzman. Je pense qu'on peut dire sans se tromper qu'elle est à l'heure actuelle la femme la plus détestée de la planète.

— Comme il ne nous reste que quarante-cinq minutes avant la collision, je propose de poursuivre ? suggéra le Hacker. Continuons avec une moitié du seul couple marié de nos candidats. »

38

SAM COLE

Un goût amer de bile envahit la gorge de Sam, lui emplit la bouche et le brûla quand il la ravala. Il était littéralement malade de trouille mais il n'en laissa rien paraître à la caméra.

Quelques instants auparavant, Sam avait caché sa joie en voyant Claire puis Sofia perdre toute crédibilité aux yeux du monde. Mais dans le même temps, il ne le savait que trop bien, quand ce serait son tour d'être au centre de l'attention, il y avait de bonnes chances qu'il lui arrive la même chose. Il avait au moins autant de secrets susceptibles de ruiner ses chances de survie.

Réfléchissant à toute allure, il vit que son choix se réduisait à deux options : dire toute la vérité ou mentir. S'il prenait le Hacker de vitesse et qu'il avouait, le public et les jurés lui pardonneraient peut-être. *Alors autant te passer d'intermédiaire et te condamner à mort toi-même*, se dit-il. Il hocha la tête et écarta rapidement cette possibilité. Personne ne pouvait comprendre ses décisions à moins d'être à sa place.

S'il mentait par omission, il pouvait profiter des dix minutes qui lui étaient imparties pour persuader les spectateurs qu'il était plus digne d'être sauvé que sa femme. Et quand il en aurait terminé et que le Hacker aurait dévoilé son secret, certains soutiens lui resteraient peut-être acquis. Il demeurait encore une petite chance que le Hacker ne sache pas ce que cachait Sam. Mais il était sûr que si le Hacker ne le démasquait pas, les réseaux sociaux s'en chargeraient. Trop de gens le connaissaient dans des circonstances très différentes pour que ça ne tombe pas dans le domaine public.

De temps à autre, il regardait Heidi à l'écran, pour essayer de deviner à sa mine et à son attitude comment elle tenait le coup. C'était difficile à dire. Cela faisait douze ans qu'ils étaient ensemble, presque dix qu'ils étaient mariés, mais depuis qu'elle travaillait dans la police, son vernis d'impassibilité se montrait de plus en plus difficile à pénétrer. Elle avait trop vu de la cruauté du monde pour ne pas s'endurcir.

La Heidi d'avant ne lui aurait pas demandé s'il était prêt à sacrifier sa vie pour elle. Avait-elle pensé un seul instant qu'il avait autant qu'elle à offrir aux enfants ? Il en doutait. Heidi voulait continuer à vivre, pourquoi ne se disait-elle pas que Sam voulait vivre lui aussi ?

Tu pourrais vraiment essayer de lui piquer des voix pour sauver ta peau ? se demanda-t-il. Il la regarda de nouveau. Quand elle lui avait annoncé que ses collègues la surnommaient Elsa, il avait su pourquoi sans qu'elle eût besoin de le lui expliquer. Comme en cet instant précis, par exemple. Elle aurait été couverte de givre qu'elle n'aurait pas eu l'air plus froide. C'est cette capacité de détachement qui lui avait fait décider que la vie de Sam valait moins que la sienne.

De ce qu'il pouvait voir, le seul avantage qu'elle avait sur lui, c'était sa relation avec les enfants. Les longues semaines qu'il passait à travailler à Halifax avaient fait que Beccy et James étaient beaucoup plus proches de leur mère que de lui. Parfois, quand il rentrait, il sentait qu'il n'y avait pas de place pour lui dans leur petit cercle fermé. Mais il n'avait pas le choix et son temps n'était pas extensible. Intentionnellement ou non, Heidi le faisait se sentir comme un invité extérieur à sa propre famille. Et en cet instant, plus que jamais, il lui en voulait pour ça.

Le seul son de la voix du Hacker suffit à ce que ses jambes se mettent à danser la gigue. « Muriel, tu veux commencer ? » demanda le Hacker, et le compte à rebours débuta. Sam regarda à nouveau Muriel Davidson. Il ne l'aurait pas choisie en premier pour l'aider à se sauver, mais il devait bien se contenter de ce qu'il avait.

« Bonjour, Sam », commença Muriel Davidson d'un ton de condoléances. Il se retint de lui dire qu'il n'était pas encore mort. « Comment vous sentez-vous ?

— Plutôt en colère, pour être honnête, répondit Sam qui croisa les bras pour appuyer son propos.

— Oui, c'est bien compréhensible…

— Vous ne seriez pas en colère, à ma place ? coupa-t-il. Soit je meurs, soit ma femme meurt, soit nous mourons tous les deux ! C'est injuste, non ? Je ne veux pas vivre sans elle, elle ne veut pas vivre sans moi ; et comment nos enfants pourront-ils vivre normalement s'ils ont vu leurs parents exploser en mille morceaux devant des millions de téléspectateurs ? Ils vont être traumatisés à vie ! »

À son air, Muriel Davidson parut surprise d'entendre Sam si furieux et si emporté. Ça remettait en question tout ce qu'elle pensait lui demander.

« Mmm, vous avez, euh… deux enfants, c'est bien ça ?

— Oui. Ils ont huit et neuf ans, et il n'y a pas meilleurs qu'eux. James est capitaine des moins de dix ans dans l'équipe de rugby de son école, et Beccy est une chanteuse pleine de talent. Penser à eux, c'est la seule chose qui m'aide à tenir. » Sam leva son téléphone vers la caméra pour montrer une photo soigneusement choisie où il apparaissait avec un enfant sous chaque bras – sans Heidi.

« Ils sont très beaux, dit Muriel Davidson. Comme vous le savez, le but de notre conversation est d'apprendre à vous connaître un peu mieux. Je peux vous demander depuis combien de temps vous êtes mariés ?

— Ça va bientôt faire dix ans.

— Vous êtes croyant ?

— Église anglicane.

— Vous vous adressez souvent à Dieu ?

— Jamais, j'en ai peur. Je travaille loin de chez moi donc je n'ai pas beaucoup de temps libre, pour rien. Enfin, je croyais en Dieu jusqu'à ce que je me retrouve enfermé dans cette bagnole à me battre pour survivre.

— C'est quand on est le plus vulnérable que la foi peut nous sauver.

— Je vais être franc avec vous : j'ai l'impression qu'Il m'a abandonné.

— Il est toujours à nos côtés.

— Je ne Le vois pas. Il m'a mis en concurrence avec ma femme, la personne que j'aime le plus au monde, hormis mes enfants. Il doit savoir je ne vais pas essayer de me battre contre elle, donc mon sort est scellé. Et puis Heidi sera toujours plus soutenue par le public que moi, non ? Le monde est comme ça. Une maman aura toujours plus de valeur qu'un papa.

— Eh bien, oui et non », répondit Muriel Davidson, qui ne savait pas très bien quelle était la bonne réponse. Sam la vit se tourner vers les autres jurés et lever les sourcils comme pour demander leur aide. « En cette époque d'égalité, il n'y a pas de raison que les gens ne choisissent pas de vous soutenir, vous, si ? »

Sam rit. « Je crois que vous et moi connaissons la réponse à cette question, Muriel. Et quand on y pense, c'est extrêmement discriminatoire. Même si une femme porte un enfant neuf mois et lui donne naissance, ça ne veut pas dire qu'elle est automatiquement le meilleur parent. Ça ne veut pas dire qu'en tant qu'homme, je ne peux pas donner à un enfant ce dont il a besoin. Comprenez-moi bien, je ne dis pas que je pourrais faire mieux que Heidi ; les enfants ne pourraient pas avoir de meilleure mère qu'elle. Je souligne simplement qu'à une époque où les femmes n'ont jamais autant été les égales des hommes, il y a bien plus de chances qu'elle survive à tout ça que moi. »

Sam vit Fiona Prentice noter quelque chose sur sa tablette et le faire lire à une Muriel Davidson de plus en plus troublée. Le compte à rebours sur son écran arrivait à la moitié. Il posa les deux mains sur sa cuisse pour empêcher sa jambe de s'agiter.

« Voudriez-vous saisir l'occasion de nous en dire plus sur vous-même ? demanda Muriel Davidson avec espoir.

— Désolé si je vous ai mise mal à l'aise, répondit Sam. Ça n'était pas mon intention.

— Non, non, pas du tout, mentit-elle en lui offrant un pâle sourire.

— Mais je suis dévasté parce qu'il y a peu de chances que je puisse revoir mes gosses ou les embrasser. Ils sont tout pour moi. Et je comprends bien que c'est Heidi qui passe la plupart du temps avec eux. Mais si j'en avais ne serait-ce que la moitié d'une occasion, j'échangerais ma place avec elle tout de suite. Comme des millions et des millions de pères qui nous regardent et qui m'écoutent en ce moment, je donne à mes enfants autre chose que ce que leur donne leur mère, et les deux sont tout aussi importants. Et maintenant, on dirait que je vais mourir à cause de ça. Pourquoi votre Dieu m'a-t-il mis dans une position où je ne peux pas me défendre ?

— Hum, peut-être parce que même si vous avez créé cette vie ensemble, une femme est physiologiquement apte à nourrir son enfant. C'est pourquoi certains la considèrent comme plus importante…

— Donc maintenant, je suis pénalisé parce que mon corps ne peut pas nourrir un enfant ? C'est ça ?

— Ce n'est pas ce que je…

— Donc non seulement la société est contre moi, mais ma biologie, celle que Dieu m'a donnée, aussi ? Je l'ai vraiment dans l'os, hein ? »

Muriel Davidson essaya d'autres types de questions, du métier de Sam à ses centres d'intérêt et à ce qui le motivait. Mais à chaque fois, il ramena le sujet aux préjugés contre les hommes. Il avait fait tout ce qu'il avait pu. Désormais, son seul espoir était que ses arguments aient porté chez les autres hommes. Il prit tout à coup conscience du temps. Il ne lui restait que quatre-vingt-dix secondes pour achever sa défense.

« Je peux poser une question à votre spécialiste des réseaux sociaux ? Avant le début de mes dix minutes, quelle était ma popularité ? » ajouta-t-il sans en attendre la permission.

Surpris qu'on s'adresse à lui, Buzzman, décontenancé, se reprit très vite et s'empara de sa tablette. « Donnez-moi juste une minute, le temps de récolter toutes les données, marmonna-t-il.

— Hélas, une minute, c'est tout ce qui me reste.

— Eh bien, en termes de popularité, en premier, nous avions Heidi, vous en deuxième, Sofia était à la troisième place – même si elle est en train de dégringoler comme un chaton dans un puits –, puis Jude, et enfin Claire.

— Et maintenant ?

— Si le hashtag #tuezSofia et ses différentes versions sont en tête des tendances, vous avez le plus grand nombre de nouveaux supporteurs et de commentaires positifs sur les Passagers. La majorité de vos soutiens vient du Royaume-Uni, des États-Unis, du Danemark, de France et de Suède, là où le taux de pères célibataires est le plus important. »

Sam avait envie de lever un poing victorieux mais il se contint. En moins de dix minutes, il avait réussi à atteindre son objectif. Mais c'était au détriment de Heidi. Il voulait éviter de croiser son regard pour jauger de sa réaction, mais ne put s'en empêcher. Son expression n'était plus seulement froide, elle était glaciale. Ses sourcils étaient tendus, plissés, ses lèvres pincées. Elle respirait très vite, comme si elle essayait de faire refluer sa rage. Une partie de Sam voulut mimer le mot « désolé » à son intention, mais il n'y parvint pas. Parce qu'il n'était pas désolé.

Il avait plus de raisons de vivre qu'elle.

« Et nous voici à la fin », fit la voix du Hacker. Sam vit une vague de soulagement balayer la figure de Muriel Davidson, dont le rôle était terminé. Il se prépara au pire, car si les minutes à venir suivaient le même schéma que ce qui était arrivé à Claire et à Sofia, le Hacker préparait sa flèche du Parthe. Et il espérait qu'une fois celle-ci décochée, il avait été assez convaincant pour qu'une partie de ses soutiens lui restent acquis.

« Vous avez bien retourné l'opinion publique, Sam, reprit le Hacker. C'était très bien joué.

— Je voudrais ajouter que je n'ai jamais eu l'intention de priver Heidi de ses soutiens, ajouta Sam en tentant de paraître le plus sincère possible. Je suis prêt à mourir pour ma femme.

— Un bien noble sentiment, je n'en doute pas – s'il était réel. Mais c'est faux, n'est-ce pas ? Parce que vous avez eu l'occasion de le prouver et que vous avez choisi de vivre. Je me demande si vous ne pourriez pas choisir de mourir plutôt pour quelqu'un d'autre ? Peut-être pour Josie, la femme que vous avez épousée un an après vous être marié avec Heidi ? Ou peut-être pour le fils et la fille que vous et Josie avez eus ensemble ? Est-ce que cette famille jusqu'ici secrète compte plus pour vous que la première ? »

39

HEIDI COLE

Heidi était consciente des millions d'yeux qui se posaient maintenant sur elle. Le public et les jurés étaient au supplice, attendant de voir sa réaction.

Elle commença lentement, en faisant non de la tête. « Non, vous mentez, dit-elle au Hacker. Je ne vous crois pas.

— Je n'ai aucune raison de vous mentir, Heidi, répondit-il, la voix pleine de fausse compassion. Sur les dix années, ou presque, pendant lesquelles vous avez été mariée à Sam, il en a passé neuf marié aussi à une autre femme. Et durant ce temps, ils ont eu deux enfants ensemble.

— Et je suis censée vous croire sur parole ? rétorqua-t-elle. Vous avez accusé tout le monde sans jamais donner aucune preuve. Je ne crois pas ce qu'on me dit avant d'en avoir la preuve.

— Vous parlez en véritable agent de police, sergent Cole. »

L'horloge du compte à rebours apparut dans l'angle de son écran, ainsi qu'une vidéo. On y voyait Sam jouer avec deux enfants, à peu près du même âge que les siens, dans un parc à thème. Il était sur un chariot en forme de rondin, avec un petit garçon blond et une fillette rousse. Le rondin descendit brusquement une pente raide, et les aspergea copieusement au bas de la pente. Ils quittèrent le manège en gloussant et en tordant leurs vêtements pour les essorer. “Papa, tu es trempé”, dit la fillette à Sam qui essuyait ses cheveux mouillés. La personne qui tenait la caméra la dirigea sur elle-même : c’était une femme aux cheveux courts, bruns, au teint pâle. “Oh, oh, papa va regretter d’avoir les fesses mouillées sur le trajet du retour !” dit-elle en riant avant que l’écran ne vire au noir.

La vidéo suivante était filmée dans un restaurant, avec les mêmes enfants et un groupe d’hommes et de femmes que Heidi ne reconnut pas. La femme du clip précédent s’avança vers Sam avec un gâteau et deux bougies numérotées “4” et “0”, et tout le monde entonna *Happy Birthday*. Heidi se souvint qu’elle lui avait proposé d’organiser une fête d’anniversaire, et qu’il avait refusé. Maintenant, elle savait pourquoi. Accédant à la demande générale, Sam se leva pour faire un discours. “J’aimerais vous remercier tous d’être venus, commença-t-il, et remercier ma merveilleuse femme et mes enfants de m’avoir fait la surprise de cette fête. Je ne savais pas du tout qu’elle pouvait être aussi secrète.”

« Coupez-moi ça », cracha Heidi. Le Hacker obéit. Le visage de Heidi resta de marbre en regardant Sam sur l’écran. Il avait beau avoir baissé la tête, la culpabilité se lisait sur sa figure.

« Qui est-ce ? demanda Heidi.

— Ça n’a pas d’importance, dit le Hacker. Tout ce qui compte, c’est qu’ils existent.

— Si vous me dites que mon mariage repose sur des mensonges, ça a de l’importance pour moi. Qui sont-ils ?

— Son fils s’appelle James et sa fille Beccy.

— C’est le prénom de *nos* enfants.

— Il a choisi les mêmes prénoms.

— Et elle ?

— Sa femme s'appelle Josie.

— Ne dites pas que c'est sa femme, coupa Heidi. S'il m'a épousée d'abord, c'est moi qui suis sa femme, légalement. Pas elle. »

Une caméra se posa sur Matthew. Il en conclut que c'était à son tour de parler à Heidi.

« Je suis désolé, Heidi, commença-t-il. Je n'avais pas envisagé un tel début à notre conversation. » Comme Heidi ne répondait pas, Matthew meubla le silence qu'elle laissait. « Je ne sais pas ce qui est pire, un conjoint qui a fondé un foyer dans le dos de sa première famille ou quelqu'un qui a des liaisons durant tout son mariage. Et je parle d'expérience. »

À ces mots, Heidi se dégela un tout petit peu. « Ah bon ? » demanda-t-elle.

Matthew hocha la tête. « Un SMS qu'elle avait négligemment oublié d'effacer. Quand je vous dis que vous avez toute ma sympathie, ce ne sont pas que des mots. »

Heidi lui adressa un demi-sourire reconnaissant et reporta son attention sur son mari. « Je n'ai même pas besoin de te demander si c'est vrai, hein, Sam ? Regarde-toi ! » Elle vit sa jambe qui tressautait tandis qu'il se tortillait, gêné, sur son siège. « Comment as-tu pu faire ça ? » dit-elle en s'enhardissant. Comment peut-on se marier avec quelqu'un d'autre quand on a déjà une femme ? Ça t'avait échappé ? Tu avais oublié ? Elle sait que j'existe, que nos enfants existent ? »

Sam ouvrit la bouche, mais son micro était coupé, et il ne pouvait pas lui donner les réponses qu'elle mourait d'envie d'entendre. « Remettez-lui le son, ordonna Heidi, sans effet. Vous m'avez entendue ?!? J'ai le droit de savoir ! Si je dois mourir dans cette voiture, dites-moi au moins d'abord la vérité !

— Je ne crois pas qu'il vous dira la vérité, Heidi, dit Matthew calmement. Le Hacker ne cherche pas à vous donner des réponses. Il prend bien plus de plaisir à jouer avec vous… à jouer avec nous tous. Donc parlez-nous plutôt de vous. Dites aux gens qui vous êtes, en dehors de Sam. Pour que ce qu'il vous a fait ne serve pas à vous définir aux yeux du public.

— Mais je lui faisais confiance. Comment a-t-il pu me faire ça ?

— Comment vous décririez-vous en tant que mère ? fit Matthew, insistant.

— Contrairement à mon mari, je suis bien présente pour mes enfants. Pendant son interview, Sam a bien souligné que c'était injuste de penser que seules les femmes étaient nourricières. Eh bien, Sam, c'est parce que je n'ai pas eu d'autre choix que d'assumer ce rôle toute seule. Tu as oublié de dire que tu n'arrêtais pas de signer des contrats qui t'éloignaient de nous quatre jours par semaine, et je comprends seulement maintenant que c'est parce que ça te permettait de passer du temps avec ton autre famille. Moi aussi, je travaille à plein temps, mais c'est moi qui joue le rôle de maman et de papa pour nos enfants, qui emmène Beccy à ses cours de chant, et qui trimballe James partout dans la région pour ses tournois de rugby. Et même quand tu es avec nous, c'est comme si tu n'étais pas là. Tu es toujours trop fatigué pour participer. Mais j'imagine que tu es trop pris parce que tu t'occupes de tes autres enfants.

— Pourquoi pensez-vous que vous devriez survivre à cette épreuve ? » continua Matthew.

Heidi hocha la tête. « Vous savez quoi ? Je ne veux pas être grossière mais j'en ai marre de ce petit jeu. J'ai consacré les dix dernières années de ma vie à élever mes enfants, à réussir dans mon métier et à réussir mon mariage. Et voilà ma récompense pour essayer d'être quelqu'un de bien. Alors allez tous vous faire foutre ! Je ne répondrai plus à aucune question. »

Heidi se frotta les paupières du bout des doigts puis regarda par la fenêtre. Sur la route, dans le sens opposé, la circulation était totalement arrêtée. Une foule de Passagers et de conducteurs s'alignaient pour regarder sa voiture passer. Certains pointaient des appareils photo vers elle, d'autres faisaient des grands signes, beaucoup applaudissaient. Elle inspira vivement, anxieuse de subir le même sort que Shabana si quelqu'un sortait de la foule pour essayer d'arrêter sa voiture. Mais tous restaient à distance respectueuse.

Le Hacker prit la parole.

« Ça va, Heidi ? demanda-t-il.

— Si ça comptait pour vous, nous ne serions pas enfermés dans ces voitures, observés comme des animaux dans un zoo. Je serais chez moi avec mes enfants, pas humiliée publiquement, simplement pour vous divertir.

— Il vous reste quand même trois minutes.

— Gardez-les, donnez-les à quelqu'un d'autre, fourrez-les-vous dans le cul, je m'en fous ! Si je peux encore apprendre une leçon à mes enfants, c'est de ne pas céder aux intimidations. De rester sur leurs positions et de ne pas laisser des gens comme vous ou leur père profiter d'eux ! »

Le Hacker laissa un moment la caméra s'attarder sur Heidi qui se rebellait avant de reprendre la parole.

« Buzzman, vous voulez bien nous tenir au courant de la réaction du public et de ses hashtags devant la situation de Sam et Heidi ?

— Heidi a déjà doublé Sam, et il est même tombé en dessous de Claire au classement. Apparemment, mener une double vie avec deux femmes et deux familles, c'est pire que de se promener avec son mari mort dans le coffre.

— Le public me fascinera toujours, mais nos Passagers aussi, dit le Hacker. Je vous trouve vraiment fascinante, Heidi. Ne pas utiliser vos dix minutes était un coup très risqué.

— Ce n'est pas un coup, parce que je ne joue pas.

— C'est faux, n'est-ce pas ? »

Le cœur de Heidi se serra. Un instant, elle avait cru s'en sortir. Tant qu'on la couvrait de compassion parce qu'elle était la femme trompée, les soutiens de Sam revenaient vers elle, et elle pouvait lui montrer ce que ça faisait de voir sa vie basculer tout à coup. Mais le Hacker savait parfaitement ce qu'elle faisait. Et maintenant tout le monde allait l'apprendre.

« Ça fait un moment que vous êtes au courant que votre mari a une seconde famille, n'est-ce pas ? Et pour vous venger, depuis, vous le faites chanter. »

40

JUDE HARRISON

Pour la seconde fois en dix minutes, Libby dévisagea Heidi pour voir sa réaction. Mais elle restait impassible.

Libby dirigea son regard vers Sam. Sa jambe ne bougeait plus. Heidi réprimait ses émotions, mais Sam était à l'opposé. La colère avait déformé peu à peu son visage avant que s'installe la frustration devant son impuissance à pouvoir communiquer avec elle.

Sam paraissait sincèrement choqué, mais Libby se méfiait maintenant de ses premières impressions. Elle avait cru sur parole les quatre Passagers et ils s'étaient tous montrés malhonnêtes. Imaginer ce que Jude lui cachait peut-être la rendait malade d'inquiétude. Contrairement aux autres jurés, Libby avait un lien affectif avec celui qu'elle devait représenter.

Même si elle voulait à tout prix que Jude soit différent des autres, en vérité, que savait-elle de lui ? Ils se connaissaient à peine. Elle ne jugeait l'homme qu'il était que d'après les quatre heures qu'ils avaient passées ensemble. Et le seul lien qui reliait les Passagers restants, c'est qu'ils avaient tous quelque chose à cacher. Logiquement, Jude aussi, sinon pourquoi l'avoir enfermé dans une voiture bourrée d'explosifs ? Une autre question frappa Libby : et si le Hacker gardait le pire pour la fin ? Sa nausée se fit plus forte que jamais.

« Aucun Passager ne s'en tire à son avantage, dit Muriel Davidson.

— Vous non plus, les gars ! ajouta Buzzman.

— Comment ça ?

— Pour des membres d'une Commission chargée de prendre des décisions importantes, les réseaux sociaux trouvent votre jugement très discutable. Chaque Passager que vous avez choisi de défendre a assassiné son conjoint, protégé un pédophile, été adultère ou maître-chanteur. »

Libby n'eut pas le temps de douter plus avant de Jude. Son visage occupa l'écran principal et l'horloge du compte à rebours s'afficha. Libby s'avança au centre de la salle avec une assurance qu'elle ne possédait pas vraiment. La vie de l'homme qu'elle avait face à elle était entre ses mains.

« Libby, si tu veux bien commencer, dit le Hacker.

— Salut, fit Libby, se sentant tout à coup très vulnérable.

— Salut », répondit Jude. Il lui souriait comme il lui avait souri la première fois, dans le pub. Et comme alors, Libby ressentit des picotements. Elle ne pouvait s'empêcher de se rappeler son goût merveilleux quand ils s'étaient embrassés. Si seulement ce baiser n'avait pas été écourté…

« Ça va, tu tiens ? » demanda Libby. Mais elle se reprit avant qu'il puisse répondre. « Pardon, je m'étais juré de ne pas poser de questions idiotes.

— Ne t'en fais pas pour ça. Maintenant que le premier choc est passé, ça ne va pas trop mal. Mais je ne peux pas dire que j'avais imaginé que quand on se retrouverait, ce serait dans des circonstances pareilles.

Quand, se répéta Libby. Il a dit *quand on se retrouverait.* Ça voulait dire qu'il n'avait pas renoncé à elle. Il s'était dit qu'il y avait encore de l'espoir.

« Je crois que personne n'aurait pu imaginer ça. Comment fais-tu pour rester aussi calme ? Je ne suis pas enfermée dans une voiture détournée, et pourtant je suis terrifiée.

— Je mentirais si je disais que ça ne me fait pas flipper. Mais j'ai appris que dans la vie, parfois, il faut accepter le destin.

— Quand je t'ai vu ce matin et que j'ai réalisé qui tu étais, je n'étais pas sûre que tu te souviendrais de moi.

— On ne t'oublie pas facilement ! » Libby cilla. « Je veux que tu saches que ce que j'ai dit plus tôt est vrai. J'ai épluché les réseaux sociaux pour essayer de te retrouver. Un ami d'un ami à moi travaille à la brasserie qui possède le pub, et il a enfreint quelques lois sur la protection des données pour m'aider en me donnant des images de vidéosurveillance de toi. » Jude prit son téléphone sur le tableau de bord et le leva vers la caméra pour montrer les images qu'il avait sauvegardées.

« Maintenant que je te les montre, je me rends compte que ça peut paraître bizarre et louche.

— Si c'était quelqu'un d'autre, ça le serait peut-être, répondit Libby. Mais pas venant de toi. » Elle retenait le sourire qui ne demandait qu'à lui manger le visage.

« Je peux te poser une question, Libby ?

— Ça ne devrait pas être l'inverse ?

— Si, mais si j'ai le choix entre passer dix minutes à essayer de me défendre ou dix minutes à te connaître un peu plus, tu l'emportes haut la main. » Cette fois, Libby ne put retenir son sourire. « Qu'est-ce qui se serait passé si tu avais pu rester dans ce bar ? »

Libby prit le temps de réfléchir avant de répondre. « Je pense que mes copines seraient allées ailleurs, mais que toi et moi, on serait restés dans le jardin jusqu'à la fermeture. Et puis on se serait trouvé un food-truck un peu minable, on aurait acheté de la viande douteuse servie dans une boîte en polystyrène, on aurait mangé en revenant à mon hôtel, tu m'aurais demandé mon numéro de téléphone, je te l'aurais donné et on se serait embrassés encore. Et puis peut-être que les jours suivants, on se serait bombardés de SMS et que le week-end suivant, on se serait retrouvés pour dîner et on serait repartis de là.

— Tu y as beaucoup pensé, non ? » dit Jude, moqueur.

Le rire de Libby était presque un grognement, et elle rougit. « J'espère que ça se serait passé comme ça aussi. Mais au lieu de ça, tu as disparu dans la nuit comme Cendrillon, mais sans ta pantoufle de vair. Et maintenant, je suis enfermé dans une voiture qui va exploser à moins que tu n'arrives à convaincre tout le monde que je mérite d'être sauvé. Un beau conte de fées romantique moderne, hein ? »

Libby sentit qu'on lui tapotait le bras. Matthew lui indiqua le compte à rebours. Il restait six minutes. Son estomac se noua.

« Je sais ce que tu as dit plus tôt, reprit-elle, mais si je ne te posais pas quelques questions qui pourraient contribuer à te sauver la vie, je ne me le pardonnerais jamais. »

Jude soupira. « Bon, vas-y. Mais tu ne veux pas parler d'abord du gros problème que tout le monde cherche à éviter ?

— C'est-à-dire ?

— Pourquoi je fais partie des Passagers. Quel est le grand secret que je vous cache à tous ? »

Libby tenta de ravaler son angoisse, sans succès.

« Je ne suis pas sûre de vouloir le connaître, dit-elle faiblement.

— On pourrait passer ces dernières minutes à parler de ce qui nous a réunis ici aujourd'hui ou de ce qui aurait pu se passer si on avait eu plus de temps ce soir-là. Mais d'après ce qui est arrivé aux autres Passagers, le Hacker attend de te dire quelque chose qui te fera sûrement changer d'avis sur moi. Et je préfère que tu l'apprennes de ma bouche plutôt que de la sienne. »

Inconsciemment, Libby croisa les bras comme pour se protéger de ce qu'il allait dire. Jude joignit les mains et choisit ses mots avec soin.

« Tu m'as demandé comment je faisais pour tenir malgré tout ce qui arrive. J'imagine que c'est parce que j'ai une bonne raison de ne pas craindre la mort. Avant que tout… *ça* n'arrive, j'avais prévu une matinée bien différente.

— Comment ça ?

— Ça devait être ma dernière.

— Ta dernière quoi ?

— Ma dernière matinée. Je me préparais à mourir. »

41

Libby aspira une goulée d'air et recula d'un pas.

Elle fixait Jude, espérant qu'il lui faisait une blague de mauvais goût, mais son instinct lui soufflait que ce n'était pas son genre. Elle se tourna vers Matthew, Fiona Prentice et Muriel Davidson pour s'assurer qu'elle n'avait pas mal compris. Leur air tout aussi interloqué lui apprit que non.

« Je… je crois que je ne comprends pas, bégaya-t-elle. Ça veut dire quoi, tu te préparais à mourir ?

— J'ai bien peur que ce soit ce à quoi tu penses. J'avais entré sur mon GPS les coordonnées du pont du Forth, en Écosse. Tu y es déjà allée ? » Libby fit non de la tête. « Mon frère et moi, gamins, on allait passer l'été chez mon oncle, à South Queenferry. C'est un endroit magnifique, et ça me paraissait bien de dire adieu au monde à un endroit où j'avais de bons souvenirs. »

Libby avait la tête qui tournait. Jude répondait avec détachement, comme s'il s'agissait d'un projet de vacances et non de sa propre mort. Son premier réflexe fut d'essayer de l'en dissuader, puis sa formation d'infirmière lui revint. Elle devait avancer prudemment.

« Je sais que c'est intrusif de ma part, et j'espère que tu ne m'en voudras pas de te poser la question, mais qu'est-ce qui t'a fait en arriver à prendre cette décision ?

— Eh, Libby, tu n'as pas à prendre de gants avec moi, tu sais. Je ne suis pas un de tes patients. Je ne peux parler que pour moi, bien sûr, mais je suppose que la plupart des gens qui veulent mourir avant l'heure le font pour la même raison. C'est parce qu'il n'y a absolument rien qui me donne envie de vivre.

— Mais quand on s'est rencontrés, tu avais l'air heureux, plein de confiance… Si je me souviens de deux choses chez toi, c'est de ton sourire et de ton enthousiasme.

— Quand on a une dépression depuis aussi longtemps que moi, on apprend à être un bon acteur. La mienne me handicape, avec plus ou moins de force, depuis mon adolescence. Et depuis quelque temps, c'est devenu insupportable. Traitements, thérapies, électrochocs… tout ce que j'ai essayé en a à peine éraflé la carapace. Alors à Noël dernier, je me suis promis que le jour où ça devenait vraiment intenable, je prendrais les devants, au lieu de laisser la dépression me mener. Et après quelques mois particulièrement durs, j'ai décidé que ce matin, je reprendrais l'initiative. Et nous voilà.

— Mais, et ta famille ?

— Il ne me reste plus que mon frère, mais on s'est beaucoup éloignés. On ne se connaît plus vraiment.

— Je suis sûre que tu lui manquerais quand même.

— Oui, c'est possible. Mais ne pas vouloir lui faire du mal, ça ne suffira pas à me retenir. Rien ne peut suffire. »

Et moi alors ? voulut dire Libby, mais elle se contint. « Tu as tant de raisons de vivre… » commença-t-elle, mais elle s'arrêta au milieu de sa phrase. Elle se rappela que dire à quelqu'un de dépressif les raisons qu'il peut avoir de vivre ne change rien à son état d'esprit. « Pardon, reprit-elle. Ce n'est pas ce que tu veux entendre.

— Pas vraiment, non. » Jude lui sourit sincèrement. « Merci quand même.

— Pourquoi ça a été si dur, ces derniers mois ?

— Beaucoup de choses ont changé depuis qu'on s'est vus. J'ai perdu mon boulot. Je n'arrive pas à en trouver un autre. On m'a expulsé de mon appartement parce que je ne pouvais pas payer le loyer, et je vis dans ma voiture. Je me lave aux toilettes des supermarchés, je prends des douches dans les piscines municipales quand je peux me payer l'entrée et la plupart du temps, ce que je mange vient des banques alimentaires ou des poubelles des supermarchés. J'ai perdu mon amour-propre, ma confiance en moi et, par-dessus tout, j'ai perdu le combat. »

Libby chassa une larme solitaire qui avait coulé sur sa joue et s'était logée au coin de sa bouche. « Je suis désolée !

— Ne sois pas désolée. Tu n'y es pour rien. Je n'arrive pas à me sortir de ce que je ressens. Et même si par miracle, j'y arrivais, ça ne suffirait pas. Rien ni personne ne pourrait plus suffire.

— Mais, et si je n'avais pas dû quitter le pub ce soir-là ? Les choses auraient pu être différentes.

— C'était une illusion, non ? Ceci, maintenant – toi, là, et moi, ici –, c'est ça notre réalité. J'ai presque eu envie de mourir le lendemain matin ; au moins j'aurais fini sur une belle note.

— Alors pourquoi tu ne l'as pas fait ?

— Parce que l'envie de te revoir me donnait de l'espoir.

— J'ai déjà vécu ça, dit tout à coup Libby. Mon frère, Nicky. Il avait aussi des problèmes mentaux. Il pensait comme toi, qu'il ne manquerait à personne s'il mourait. Mais il nous a manqué, et il nous manque encore, tous les jours.

— Je suis désolé, dit Jude. Je ne savais pas. Qu'est-ce qui s'est passé, si je peux te poser la question ?

— Il s'est blessé à la tête en jouant au rugby à l'école, à quinze ans. Il est mal retombé et ça a déclenché une hémorragie cérébrale. Il est resté dans le coma presque un mois et quand il a fini par en sortir et qu'il a commencé à se rétablir, il est vite apparu que ce n'était plus le frère avec qui j'avais grandi. Comme toi, il n'avait plus confiance en lui, il était soit étouffé par l'angoisse, soit noyé dans la dépression. Il n'arrêtait pas de nous dire qu'il aurait préféré mourir sur le terrain de rugby. Au bout de plusieurs années, et après sa cinquième tentative de suicide, il a disparu si loin au fond de lui-même qu'on ne pouvait plus l'atteindre. On a été forcés de le placer dans un service sécurisé, pour son propre bien. Et le jour où il a pu en sortir, on l'a ramené à la maison, pour le retrouver quelques heures plus tard pendu dans sa chambre. C'est moi qui ai trouvé son corps. C'est à cause de Nicky que je suis infirmière en psychiatrie. Je suis arrivée trop tard et je n'étais pas armée pour sauver mon frère, mais je peux en aider d'autres.

— Tu ne sauveras pas Nicky à travers moi, Libby. Ce serait injuste de nous faire porter ce poids, et à toi, et à moi.

— Je ne dis pas ça. Mais je te dis que je ne te laisserai pas tomber.

— Tu mérites quelqu'un comme toi, Libby. Quelqu'un qui te traitera aussi bien que tu le traites. Dieu sait que j'adorerais être celui-là, mais ce n'est pas moi. Tu aurais un patient au lieu d'avoir un conjoint.

— Ç'aurait été à moi d'en décider, pas à toi. »

Jude lui adressa un de ses sourires apaisants qu'elle adorait. « Celui que tu finiras par inviter à partager ta vie aura beaucoup, beaucoup de chance, Libby. » Les lèvres de Jude continuèrent à bouger comme s'il disait autre chose, mais le son était coupé. Ce n'est qu'à cet instant que Libby vit que le compte à rebours était terminé. Elle avait fait de son mieux pour sauver la vie d'un homme qui ne voulait pas être secouru.

42

Tendances Twitter

#SauvezClaire/#SauvezSofia/#SauvezHeidi/ #SauvezSam/#SauvezJude – 92,3 millions de tweets
#QuiSauveriezVous – 86,5 millions de tweets
#QuiEstLeHacker – 2,3 millions de tweets
#TuezLesTous – 2,2 millions de tweets
#DesChaussuresNeuvesPourLibby – 558 000 tweets

Le Hacker fut le premier à rompre le silence dans la salle.

« Bien. Membres du jury et représentant des réseaux sociaux, chaque Passager vous a présenté une image de lui-même, et certains ont affirmé des choses que j'ai contredites avec mes vérités à moi. C'est désormais à votre tour de faire un choix. Un Passager survivra, et les autres vont entrer en collision frontale dans environ quarante minutes. Vous devez maintenant décider qui vous allez sauver, avant que le vote du public soit pris en compte et qu'on découvre le nom de l'unique survivant. »

Libby s'attendait à un *post-scriptum*. À une révélation sur Jude, une chose qu'il aurait tue. Mais rien ne vint. Le Hacker avait demandé de la sincérité et Jude était le seul Passager à avoir été honnête, même si cela pouvait lui faire perdre un soutien.

« Libby, nous devrions commencer », dit doucement Matthew, l'interrompant dans ses pensées. En se tournant, elle vit que, derrière elle, Muriel et Fiona avaient déplacé leurs sièges pour qu'ils soient tous à la même table. Et qu'ils avaient laissé une place pour Libby. Elle les regarda tour à tour, puis leva les yeux sur le mur d'écrans et regarda les cinq derniers Passagers. Avec un dernier demi-tour, elle adressa un signe de tête à Matthew et approcha son siège. Jack Larsson était assis à quelques mètres d'eux, à proximité de la porte.

« Comment allons-nous procéder ? demanda Fiona. À moins que quelqu'un ait une meilleure idée, je pense que nous devrions en discuter, un nom à la fois, et voir sur qui se portent nos soutiens. Je suis sûre que certains cas seront plus faciles que d'autres. »

À l'exception de Larsson, tous approuvèrent. « Nous commençons par Claire ? poursuivit Fiona. Qui propose de lui donner sa voix ?

— Je suis partagée, avoua Muriel. Si mes réserves sont évidentes, je crois quand même que je devrais soutenir le droit de son enfant à naître et à avoir une chance de vivre. » Libby remarqua qu'elle frottait entre le pouce et l'index le crucifix qu'elle portait au cou, comme s'il pouvait la guider.

« Votre opinion serait peut-être un peu moins biaisée si votre partenaire lesbienne n'attendait pas son enfant, intervint Larsson.

— C'est mon épouse, pas ma partenaire. Et c'est *notre* enfant, pas *son* enfant.

— À moins que la technologie ait évolué au point de vous aider à fournir vous-même le sperme nécessaire à la conception de cet enfant, on peut affirmer sans se tromper que c'est *son* enfant. »

Muriel leva les yeux au ciel. « Bien que ça ne vous regarde pas, Jack, sachez que c'est mon ovule fertilisé qu'on a implanté dans son utérus ! Maintenant, pourrions-nous revenir au sujet ? On ne sait pas pourquoi le cadavre de son mari est dans la voiture de Claire, ni si c'est bien elle qui l'a tué.

— Qui d'autre pourrait être coupable ? demanda Larsson.

— Elle ne savait peut-être pas qu'il était dans son coffre ? riposta Muriel.

— Allons, allons ! Comment aurait-elle fait pour ne pas le savoir ?

— Vous vérifiez votre coffre chaque fois que vous montez en voiture ?

— Non, mais j'aime à croire que s'il y avait un cadavre dedans, je le saurais.

— Jack, vous tournez bien vite le dos à quelqu'un que vous souteniez au début, dit Matthew.

— Je soutiens les gagnants, et Claire Arden a moins de chance de remporter cette compétition que moi de ressusciter les trois Passagers morts.

— Ou votre carrière, ajouta Libby.

— Alors, vous lui donnez votre voix, Muriel ? demanda Fiona. Malheureusement, ne soutenir que son bébé est impossible.

— Il le faut, oui.

— S'il y a quelqu'un d'autre pour Claire, levez la main, s'il vous plaît. » Fiona se tourna vers chaque juré ; chacun fit non de la tête, y compris Jack Larsson.

— Bon. Ça fait une voix pour Claire Arden. » Fiona nota le nom dans sa tablette.

« Vous croyez qu'une fois qu'on aura pris notre décision, le Hacker nous dira la vérité sur ce qui est arrivé à son mari ? demanda Muriel.

— Je n'y compterais pas trop, répondit Fiona. Je pense que nous n'apprendrons la vérité sur aucun d'eux. »

43

QuizEnLigne

Infos | Divertissement | Société | Vidéos | En savoir plus

QUEL PASSAGER ÊTES-VOUS ?

Par John Russell

Quel Passager seriez-vous si vous étiez enfermé dans une des voitures du Hacker ?

Répondez à ces questions à choix multiples et nous vous dirons si vous êtes une star du cinéma déchue avec un mari pédophile ou une femme enceinte hystérique avec un cadavre dans votre coffre.

Faire le quiz

CLAIRE ARDEN

Les yeux de Claire étaient douloureux et gonflés, comme si on les avait arrosés de sable et frottés avec. Elle voulut pleurer en espérant que ça la soulagerait un peu. Mais elle était vidée ; elle n'avait plus une larme à pleurer.

Elle demeurait prise au piège, impuissante dans sa voiture détournée, à écouter un groupe d'étrangers débattre de ce que valait sa vie. En leur cachant la vérité sur Ben, elle avait privé son bébé d'un avenir. Sa seule tâche de mère était de protéger Tate et elle avait échoué.

Claire avait compris dès l'instant où le monde entier avait vu les images du cadavre de son mari que ses chances de survivre à l'épreuve étaient nulles. Si elle-même avait été dans le jury ou chez elle, scotchée devant son écran de télévision à regarder quelqu'un d'autre essayer de se dépêtrer de sa situation, elle aurait tiré les mêmes conclusions. Mais la vérité était autre. La vérité était totalement, absolument, autre. Si elle avait eu seulement une minute de plus pour expliquer la présence du cadavre de Ben dans le coffre de sa voiture, elle et Tate auraient eu une chance. Mais le Hacker en avait décidé autrement. Il voulait les envoyer à la mort. Claire allait à la mort et elle ne pouvait rien faire pour s'arrêter.

Au-dehors, les véhicules militaires blindés et les voitures de police encadraient sa voiture, empêchant toute interférence avec les centaines de spectateurs qui attendaient patiemment sur le trottoir d'apercevoir Claire, comme une condamnée que l'on conduirait à l'échafaud.

Elle se détourna de la fenêtre et regarda son ventre avec mélancolie. « Je suis tellement désolée, tellement désolée, murmura-t-elle, faisant doucement tourner ses mains sur son abdomen comme un potier sur son tour. Ça ne devait pas se passer comme ça. Ton père et moi avions tout prévu. Nous devions vivre tous les trois une vie passionnante, pleine d'aventures extraordinaires. Et puis tu aurais quitté la maison et fait des découvertes magnifiques par toi-même, pendant que ton père et moi vieillissions ensemble. Et puis il a tout gâché. Et en plus de le perdre, je vais te perdre aussi. »

Claire se revit six mois plus tôt, le jour où le monde avait basculé sur son axe. Elle se rappelait précisément avoir refermé doucement la porte d'entrée de la maison et laissé tomber son sac à terre. Dedans, les petites bouteilles de plastique avaient tinté. Elle avait regardé Ben monter l'escalier en s'aidant des deux mains aux rampes de chaque côté, jusqu'à ce qu'il tourne le coin du couloir et disparaisse dans leur chambre. Et puis elle avait mis les mains sur sa bouche et pleuré en silence. Elle avait eu besoin d'être seule un moment pour libérer ses émotions avant de s'occuper de son mari.

Elle s'était flatté l'estomac, alors une simple petite bosse qui commençait à apparaître. Elle avait voulu rassurer son bébé, lui dire que quand il naîtrait, tout serait réglé. Elle n'avait pas voulu mentir à son bébé, mais elle y avait été obligée. Il fallait désormais qu'elle le protège à tout prix.

En montant dans leur chambre, elle s'était arrêtée sur le seuil pour contempler Ben. Il était assis sur le bord du matelas, la tête entre les mains. Ce n'était plus l'homme fort et résistant dont elle était tombée amoureuse. Elle ne voyait plus l'athlète large d'épaules d'un mètre quatre-vingt-douze qui excellait dans tous les sports et qu'elle encourageait depuis le bord des routes dans ses compétitions de triathlon. Elle avait devant elle un petit garçon vulnérable, effrayé, piégé dans le corps brisé d'un homme, qui avait désespérément besoin d'être rassuré. Mais elle ne pouvait pas le réconforter.

Elle s'était assise à côté de lui et avait passé le bras sur son épaule. Il s'était emparé de son autre main pour l'embrasser. Les lèvres et les doigts de Ben étaient glacés, et elle avait tenté de les réchauffer dans les siens.

D'où elle s'était assise, Claire voyait la chambre d'amis qui allait devenir celle du bébé. Mais ni l'un ni l'autre n'avaient eu le courage de seulement penser à la vider de leurs vieux livres, CD et matériel de sport – sans parler de la redécorer. Ils avaient déjà fait cette erreur. Un jour après avoir monté un berceau en kit, Claire s'était mise à saigner et leur rêve s'était évanoui. Là, sans vouloir se l'avouer, ils s'attendaient à ce que le bébé leur soit enlevé comme les autres. Et chaque jour qu'il passait dans son ventre semblait un miracle.

« On va s'en sortir, avait dit Claire pour l'apaiser avant d'incliner la tête pour poser sa tempe contre celle de Ben. Toi et moi, on va surmonter ça ensemble.

— Mais tu dis ça sans pouvoir en être sûre, hein ?

— Rien n'est jamais sûr. On le sait mieux que les autres. Mais malgré tout ce qu'on a traversé, on ne s'est jamais perdus l'un l'autre, n'est-ce pas. Qu'est-ce qui te fait croire que ça pourrait changer ? Tu es mon Binôme, tu t'en souviens ? On est faits l'un pour l'autre.

— J'aimerais pouvoir te croire, mais tu as entendu le diagnostic. C'est inévitable.

— Ton chirurgien a dit que ça pourrait arriver dans un an ou dans vingt. Ou plus tard même, avec de la chance.

— Ça pourrait aussi être la semaine prochaine. Ou demain. Ou même ce soir. Et pourquoi pas dans quelques minutes ?

— Ben…

— Ça ne pouvait pas attendre que j'aie quatre-vingts ans pour apparaître ? Que ma vie soit derrière moi et que j'aie vu mon fils grandir ? Là, ça n'aurait pas d'importance. Pourquoi ça m'arrive à moi *maintenant* ?

— Ça n'arrive pas qu'à *toi*, ça nous arrive à *nous*.

— Pardon, mais ça n'est pas toi qui as un anévrisme intracrânien. »

Comme s'il en avait voulu à Claire d'être en bonne santé.

« Ce n'est pas juste.

— Oui, je sais… Pardon ! »

Trois heures s'étaient écoulées depuis que le spécialiste de l'hôpital John Radcliffe, à Oxford, leur avait annoncé le diagnostic. Il avait été précédé d'une batterie de tests,

IRM, scanners et angiographies. Finalement, on lui avait injecté un colorant dans les artères, et la coloration avait révélé ce que soupçonnait le chirurgien : un anévrisme au centre du cerveau de Ben. Gros de sept millimètres, il était plutôt au-dessus de la moyenne et situé à un endroit où le risque de lésion cérébrale ou d'attaque était trop grand pour qu'on l'opère.

Rentrés chez eux, ils étaient restés sur le lit, main dans la main, tandis que Claire s'en voulait de ne pas avoir décelé les changements récents qui s'étaient produits chez Ben. Il avait commencé à oublier des choses importantes, comme l'anniversaire de sa sœur ou un rendez-vous avec un client dans un hôtel voisin. Un matin, elle l'avait trouvé assis à la table du petit-déjeuner, devant un bol de céréales à moitié terminé. Elle avait dû lui rappeler que c'était samedi et qu'il ne travaillait pas le week-end.

Claire avait mis tous ces trous de mémoire sur le compte du stress au travail et de l'inquiétude que le bébé arrive à terme. Ce n'est que lorsqu'elle avait découvert des boîtes de Nurofen vides dans la boîte à gants de sa voiture qu'il avait avoué qu'il avait de plus en plus fréquemment mal à la tête.

« J'ai besoin d'un break, avait dit Ben en se levant.

— Tu vas où ?

— Dans le parc.

— Tu veux que je vienne avec toi ?

— C'est gentil, mais je préfère être seul. »

Claire s'était sentie seule les trois mois suivants. Tandis que mari et femme poursuivaient leur routine quotidienne, un gouffre s'était ouvert entre eux, qu'elle ne pouvait refermer seule. Elle bouchait les failles quand et là où elles apparaissaient, essayait de remonter le moral de Ben, même après qu'il se fut totalement désintéressé de son rôle de mari et de futur père. La maison en mauvais état qu'ils avaient achetée l'année précédente nécessitait encore beaucoup de travaux, et elle avait pris en main le projet de rénovation, en espérant son achèvement avant l'arrivée du bébé.

Et elle avait fini par ne plus pouvoir se taire.

« Tu sais où j'étais tout l'après-midi ? avait-elle craché en déboulant brusquement dans leur chambre un jour. Non bien sûr, tu ne sais pas, parce que tu es trop occupé à rester allongé ici dans le noir à t'apitoyer sur ton sort. J'étais à l'hôpital, morte de trouille d'avoir perdu le bébé ! »

Ben s'était redressé. « Qu'est-ce qui s'est passé ?

— Ah, maintenant, ça t'intéresse ! J'ai eu des contractions au bureau et j'ai commencé à perdre du sang, donc je suis allée aux urgences. Tu l'aurais su si tu avais pris la peine de répondre au téléphone.

— Désolé, il devait être en mode silencieux.

— Non, il n'était pas en silencieux ! Il était éteint comme d'habitude, parce que tu ne veux pas affronter la réalité. Mais pendant que tu appuies sur la touche pause de ta vie, le monde continue de tourner. Le pédiatre a dit que c'était une fausse alerte, que le bébé va bien.

— Dieu merci ! » Ben s'était rallongé sur le lit, soulagé. Mais Claire n'en avait pas terminé.

« J'en ai assez, Ben ! Ça devrait être la plus belle période de notre vie, mais tu gâches tout. Et je ne veux pas passer le reste de ma grossesse à côté d'un mort-vivant. Il est temps que tu te réveilles et que tu redeviennes mon mari au lieu de te morfondre en attendant qu'une artère éclate dans ton cerveau. Si tu ne veux plus faire partie de nos vies, tu fais tes valises et tu t'en vas maintenant, parce que je n'ai plus assez de force pour nous trois ! »

Les paroles dures de Claire avaient semblé rallumer une lumière dans la tête de Ben. Il avait commencé par s'excuser sincèrement, puis avait travaillé les jours suivants à redevenir le mari qu'elle aimait. Il consacra son temps et son énergie à ressouder leur couple jusqu'à ce qu'ils finissent par à nouveau se permettre de s'imaginer parents.

« J'ai quelque chose à te dire », avait annoncé Ben un soir. Il avait reposé la planche de bois et le pistolet à clous sur la pelouse et l'avait invitée à le rejoindre sur la terrasse à demi-terminée. « J'ai pas mal réfléchi à ça et si jamais, un jour, je sens que l'inévitable va se produire, alors je veux que tu fasses quelque chose. N'appelle pas d'ambulance. Je veux que tu m'amènes au bureau. »

Claire avait levé un sourcil, comme si elle avait mal compris. « Tu veux dire à l'hôpital ?

— Non, ça ne servirait à rien de m'amener à l'hôpital. Quand l'anévrisme se rompt, c'est fini. *Game over !* Ils ne peuvent rien faire. Mais si tu m'amènes au bureau et que tu me laisses là, mon assurance te couvrira.

— De quoi tu parles ?

— On a une assurance-vie, non ? Mais comme j'ai un dossier médical à risque, elle est plafonnée à cent dix mille livres. Alors qu'au bureau, tout le personnel est couvert jusqu'à trois cent quarante mille livres en cas de décès sur le lieu de travail, ce qui inclut le jardin, les bureaux et le parking. J'ai revérifié le contrat pour être sûr. Cet argent, ce sera ton avenir et celui de Tate. »

Claire avait hoché la tête. « Je ne vais pas t'amener mourant au bureau et te larguer là-bas, c'est ridicule, comme idée !

— Mais non, c'est une idée raisonnable. Ça ne changera absolument rien pour moi, Claire ! Je serai inconscient, mourant ou déjà mort, de toute façon. Et comme ça, je sais que vous deux serez protégés. Tu ne pourras pas payer le crédit de la maison toute seule, surtout quand ton salaire baissera à cause de ton congé de maternité. Je t'en prie, réfléchis-y. »

Claire avait compris qu'il avait raison, mais l'idée la gênait. Ben avait dû le sentir parce qu'il n'en avait plus reparlé. Et quatre semaines plus tard, il était mort.

Le matin de la prise d'otages, comme il n'éteignait pas le réveil, elle lui avait donné un petit coup dans les côtes pour le réveiller. Il n'avait pas bougé. Il n'avait pas répondu lorsqu'elle lui avait parlé, qu'elle l'avait poussé, secoué, fait rouler sur le côté, supplié de se réveiller. Elle l'avait palpé plusieurs fois pour chercher son pouls, sentir battre son cœur, mais il n'avait pas bougé. Quand elle avait pris son menton dans les mains, caressé ses joues, il était froid et sa peau commençait à se figer. Il était trop tard. Elle s'était agrippée à son ventre gonflé, en partie pour se consoler, en partie par peur que son bébé ne disparaisse aussi soudainement que son mari.

Quand la première lueur du matin avait filtré par les volets de la chambre, Claire avait saisi son téléphone et composé deux 9. Elle avait hésité avant d'appuyer une troisième fois sur la touche, repensant aux instructions données par Ben si la situation se présentait. Puis elle s'était effondrée en pleurant dans un fauteuil, dans un coin de la chambre, rongée de culpabilité d'y avoir seulement songé.

Derrière le brouillard épais de son chagrin, elle savait que Ben avait raison. Le montant supplémentaire de l'assurance-vie suffirait à payer les travaux de la maison et le crédit, et la pression pour qu'elle reprenne immédiatement le travail après la naissance de Tate serait moins forte. Tout ce qu'elle avait à faire, c'était d'emmener Ben au parking de son entreprise et d'attendre qu'on découvre son corps.

Se ressaisissant, elle s'était habillée et avait choisi pour Ben des vêtements adaptés à une journée de travail. Ses larmes éclaboussaient la poitrine de Ben tandis qu'elle lui ôtait son T-shirt, son caleçon et lui passait un pantalon chino kaki et une chemise blanche impeccable. Elle s'était arrêtée pour le contempler une dernière fois, et n'avait pu s'empêcher de lui en vouloir. « Tu m'as menti, avait-elle chuchoté. Tu m'avais dit que tu serais plus fort que ce truc dans ta tête. »

Ben était massif, et l'emporter jusqu'à la voiture avait été un vrai défi. En le tirant par les bras, elle l'avait fait descendre du lit, traverser la chambre et le palier, descendre l'escalier, lentement, en s'arrêtant régulièrement pour ne pas faire de trop gros efforts et mettre en danger le bébé. Elle avait envoyé un SMS à la voiture pour qu'elle entre en marche arrière dans le garage, puis appuyé sur le bouton du hayon pour qu'il descende au niveau du sol. Avec un dernier effort, elle avait poussé Ben sur le hayon, qui s'était ensuite relevé, et le coffre s'était refermé sur le corps de Ben. Elle se serait occupée plus tard de la manière dont elle allait le déplacer jusqu'au siège avant.

Épuisée, à bout de nerfs, Claire s'était ensuite demandé quoi faire. Elle avait dicté des notes à son téléphone pour ne rien oublier : programmer la voiture de Ben pour aller à son bureau, réserver un Uber avec un compte invité, aller travailler, commencer à envoyer des SMS à Ben en milieu de matinée. Et quand elle aurait annoncé à ses employeurs qu'elle s'inquiétait de ne pas avoir de nouvelles de lui alors que son application confirmait que sa voiture était bien au parking de son entreprise, ils se seraient mis à chercher et auraient découvert Ben.

Claire avait fait semblant quelques minutes encore que c'était un jour ordinaire, pour ne pas éveiller les soupçons.

Elle avait fermé la porte d'entrée, branché l'alarme, fait signe à son voisin Sundraj et était montée dans la voiture, qui avait démarré.

Mais le Hacker avait prévu autre chose pour Claire. Et d'ici la fin de la matinée, il y avait très peu de chances que le corps de Ben soit le seul cadavre enfermé dans cette voiture.

Au moins, quand ça arrivera, nous serons tous ensemble, pensa Claire en se caressant à nouveau le ventre.

Tout à coup, elle eut la sensation que quelque chose cédait en elle, comme un bouchon qui saute. Puis un petit filet liquide se mit à couler le long de sa jambe. Claire se dit que le bébé appuyait sur sa vessie. Mais elle n'avait pas envie d'uriner. Et puis, horrifiée, elle comprit ce qui se passait. Elle venait de perdre les eaux, avec deux mois d'avance.

Le bébé arrivait.

44

Matthew revint du frigo, dans l'angle de la salle, avec cinq bouteilles d'eau posées sur un plateau de bois. Il en disposa une devant chaque juré, en commençant par Libby. Elle le remercia d'un sourire.

« Je boirais bien quelque chose de plus fort, dit Muriel en ouvrant une bouteille et se versant un grand verre d'eau.

— Je croyais que vous ne buviez pas d'alcool, dit Fiona.

— Pourquoi ? Parce que je suis croyante ?

— Eh bien… oui.

— Si le pape devait envoyer quatre personnes à la mort, même lui se mettrait à boire. »

Fiona réconforta sa collègue d'une tape sur le bras.

Pendant ce temps, Libby avait reporté son attention sur l'horloge au mur, avec la conscience aiguë que le temps passait plus vite, maintenant qu'ils étaient sous le couperet d'une heure limite. Elle se concentra sur le mouvement des secondes, juste pour s'assurer que le Hacker n'avait pas modifié la vitesse de défilement du temps, histoire de les mettre un peu plus sous pression. Sous l'horloge, Buzzman et son équipe s'activaient sur leurs flux ininterrompus de données, mais dans un silence respectueux, tandis que les jurés débattaient de chaque Passager.

Libby fut un instant distraite par un rayon de soleil qui filtrait à travers les hautes fenêtres en ogive. Elle réalisa que c'était la première fois de la matinée qu'elle pensait à ce qui arriverait une fois tout ceci terminé. Elle était sûre que la Libby qui émergerait de la salle serait très différente de celle qui y était entrée. Les visages des huit Passagers allaient rejoindre son frère Nicky dans la galerie des fantômes qui la hantaient.

Fiona s'éclaircit la gorge avec ostentation pour attirer l'attention de tous et prit sa tablette. « Nous passons à Sofia Bradbury ? » Quelques secondes plus tard, l'écran principal montra une silhouette sombre et floue. « Où est-elle ?

— Je crois qu'elle a mis quelque chose devant sa caméra, dit Matthew, surpris. Elle se cache.

— C'est ironique, non ? dit Fiona. Elle a passé sa vie à rechercher l'attention des gens et maintenant qu'elle a la plus vaste audience de sa carrière, elle ne le supporte pas.

— Vous croyez qu'elle peut nous entendre ? demanda Muriel.

— Je suis sûr que le Hacker ne lui a pas laissé le choix, répondit Matthew.

— Honnêtement, je ne sais que dire d'elle, reprit Fiona. Les mots ne me manquent pas souvent, mais là, je suis vraiment désemparée.

— Si ce que dit le Hacker est vrai – mais nous n'avons que sa parole –, comment a-t-elle pu couvrir ce qu'a fait son mari ? dit Muriel.

— À moins qu'elle n'y ait participé activement ? fit Fiona. Ils ont peut-être fait ça ensemble, comme si c'était une sorte de loisir commun. Il m'est déjà arrivé de défendre des couples accusés de crimes semblables.

— Comment fait-on pour défendre des gens comme ça quand on a soi-même une petite fille ?

— Ils sont innocents tant qu'on ne prouve pas qu'ils sont coupables. »

Larsson se mit à rire. « Mais seulement quand ça vous arrange. Il y a dix minutes, vous étiez prête à jeter Mme Arden aux chiens.

— Même si Sofia n'était que vaguement au courant de ce qu'il faisait, elle n'avait pas besoin de faire physiquement du mal à un enfant pour être complice, ajouta Fiona. Le couvrir et acheter le silence de ses victimes la rend aussi coupable que lui, aux yeux de la loi comme à ceux de l'opinion.

— Pourquoi a-t-elle choisi de se faire stériliser ? demanda Muriel.

— Le Hacker a laissé entendre que c'est parce qu'elle ne voulait pas avoir d'enfant de lui, intervint Matthew. Elle avait peut-être peur de ce qu'il aurait été capable de leur faire.

— Ce qui indiquerait qu'elle n'est pas entièrement mauvaise. Qu'elle a peut-être une forme d'instinct maternel.

— Mais seulement s'il s'agit de ses propres enfants. Et les gosses des autres ? Ne pas dénoncer son mari, ne pas l'arrêter dans ce qu'il faisait, ça prouve qu'elle n'en avait rien à faire.

— Mais alors pourquoi passait-elle autant de temps à lever des fonds pour les associations d'aide à l'enfance ? demanda Matthew.

— Elle se cachait au grand jour, reprit Fiona. Vous vous souvenez de ce qu'on a appris sur Jimmy Savile après sa mort, il y a quelques années ? Il a fait exactement la même chose. Il a passé sa vie devant les médias à lever des millions pour les associations, et pendant tout ce temps, il abusait d'enfants sous nos yeux. Je ne dis pas que Sofia est comme lui, mais il y a des similitudes. »

Muriel soupira. « L'opinion publique peut pardonner beaucoup d'écarts aux gens célèbres, mais pas la pédophilie. Je n'aime pas dire ça, mais il vaut peut-être mieux que Sofia meure. »

Chaque juré se tourna vers la silhouette de Sofia.

« Faut-il vraiment voter là-dessus ? »

Les autres hochèrent négativement la tête et se détournèrent de l'écran.

« Passons donc au Passager suivant. »

45

SOFIA BRADBURY

Sofia jeta sa télécommande contre le tableau de bord en voyant qu'elle ne pouvait pas couper le son. Ignorant les douleurs aiguës qui lui transperçaient le dos, elle se pencha, appuyant au hasard sur différents boutons, essayant désespérément de reprendre le contrôle de la machine. Elle avait passé sa carrière à vouloir être au centre des conversations, de l'attention. Mais plus maintenant. Son seul désir était de se cacher et de passer ses derniers instants seule avec son chien.

Entendre des inconnus méditer longuement sur les secrets qu'elle avait gardés pendant quarante ans, c'était son pire cauchemar. Maintenant, tout était dévoilé et elle ne se remettrait jamais de ce que les gens savaient d'elle. Elle préférait exploser avec sa voiture en un million de minuscules morceaux que de revoir un autre être humain. Elle ôta ses appareils auditifs et les jeta au sol.

Sofia dénoua le foulard Hermès aux couleurs vives qu'elle portait au cou ; elle l'avait acheté parce qu'il lui rappelait les couleurs d'un coucher de soleil qu'elle avait admiré lors d'un tournage au Maroc. Elle posa son sac à main sur le tableau de bord et coinça dessous un angle de son foulard, qu'elle laissa pendre devant l'objectif de la caméra. Tout à coup, elle réalisa qu'elle ne reverrait plus jamais de coucher de soleil ni de tournage.

« Si seulement les gens étaient comme toi », chuchota-t-elle à Oscar en le grattant derrière l'oreille. Oscar inclina la tête, pour que ses doigts s'enfoncent plus profond dans sa toison. « J'aurais aimé trouver quelqu'un qui me soit aussi fidèle que toi. Et tout aurait peut-être été différent. J'aurais peut-être fait de meilleurs choix. Et toi et moi ne serions peut-être pas assis là, maintenant. »

Sofia se versa un autre cognac et en but d'un trait la moitié, accompagné de deux antalgiques. Elle ne buvait pas d'alcool avant de rencontrer Patrick. Elle l'accusait de l'avoir poussée à boire.

Ne pas avoir d'enfant avait été une des rares bonnes décisions de Sofia, parmi beaucoup de mauvaises. Elle n'avait pas vraiment eu envie de fonder une famille jusqu'à ce que sa sœur Peggy tombe enceinte de Robbie, et deux ans plus tard de Paige. Elle avait vu d'autres actrices de sa catégorie renoncer à des rôles majeurs pour avoir des enfants. La plupart d'entre elles n'avaient pas réussi à retrouver leur aura, une fois prêtes à recommencer à travailler. Sofia avait sans aucune gêne absorbé leurs rôles, comme une éponge. Ce qui lui avait valu louanges et prix, et fait d'elle l'actrice britannique la mieux payée des années soixante-dix.

Mais ses priorités avaient vite changé quand on lui avait présenté Patrick Swanson, homme d'affaires plein de charisme. Sa démarche lui rappelait les stars d'Hollywood devant lesquelles elle se pâmait, adolescente. Il avait l'élégance et l'urbanité de Cary Grant, l'humour de James Stewart et la masculinité de Clark Gable, le tout enveloppé dans un bel emballage.

À trente-huit ans, quatre fois divorcée, trouver un cinquième mari était bien la dernière préoccupation de Sofia. Mais elle n'avait pas pu résister à la lueur qui pétillait dans les yeux bleu foncé de Patrick quand il l'avait invitée à dîner. Et après une idylle foudroyante, elle avait jeté toute prudence aux orties et répondu oui à sa demande en mariage, deux mois seulement après l'avoir rencontré. Hors de la scène, elle n'avait jamais été aussi heureuse.

Les précédents mariages ratés de Sofia étaient le sujet de nombreuses plaisanteries, des tabloïds aux humoristes. En apparence, elle en riait, mais au fond, être un objet de moquerie la blessait. Elle n'en devint que plus résolue à réussir celui-ci, coûte que coûte. Elle avait écouté les critiques de ses anciens conjoints et fait un effort conscient pour ne pas émasculer Patrick. Leur mariage devait être égalitaire. Sofia fit ajouter le nom de Patrick aux titres de propriété des maisons qu'elle possédait à Richmond et dans le Buckinghamshire ; ses comptes en banque et ses investissements devinrent des comptes joints.

L'assurance amoureuse qu'il lui offrait la rendit suffisamment confiante pour envisager de devenir mère. Elle n'avait pas encore senti le besoin de jouer ce rôle-là, encore moins avec ses quatre maris précédents. Mais Patrick était différent. Chaque fois que Paige et Robbie venaient dormir chez eux, il les couvrait d'attentions, comme s'ils étaient ses propres enfants. Et en les voyant jouer ensemble pendant des heures, elle avait fini par se sentir coupable de ne pas lui donner la chance d'avoir des enfants à lui. Alors, un jour que Patrick était venu la voir sur le tournage d'une mini-série américaine, elle avait abordé le sujet lors d'une promenade sur la plage de Santa Monica, en rentrant à leur hôtel.

« D'où ça sort, ça ? avait-il demandé, quelque peu interloqué. Tu m'avais dit clairement quand notre histoire a commencé que tu ne voulais pas d'enfants. Qu'est-ce qui a changé ? »

Sofia avait plongé les yeux dans les siens, senti la chaleur qui en émanait. Elle n'avait jamais été aussi amoureuse de lui qu'en cet instant. « Changer d'avis est la prérogative des femmes, tu le sais bien.

— Non, sérieusement, raconte-moi.

— J'ai trente-huit ans et ni toi ni moi ne rajeunissons. Si j'attends plus longtemps, la nature finira par décider à ma place. Toi, moi, nous… je réalise maintenant que j'attends ça depuis que je suis adulte. Qu'en dis-tu ? »

Patrick s'était arrêté, avait pris Sofia par la taille et l'avait embrassée. « J'en dis : quand est-ce qu'on commence à essayer ? »

Elle avait glissé deux doigts à sa ceinture et l'avait entraîné jusqu'à leur chambre en traversant la réception de l'hôtel.

Quatre mois plus tard, le hasard d'un reflet dans la fenêtre d'une orangerie détruisait tout ce dont Sofia avait commencé à rêver. Ce fut tellement fugace que ça ne dura pas plus d'une seconde, mais elle ne devait jamais l'oublier.

Ils avaient passé une bonne partie du week-end avec sa nièce et son neveu dans la piscine de la maison de Sofia, à Richmond.

« Patrick, tu veux bien sécher les enfants, je vais demander à la cuisinière de préparer le déjeuner.

— OK, avait-il répondu. »

Son mari était sorti de la piscine et avait attrapé une serviette. Robbie et Paige, chacun sur un matelas gonflable, faisaient la course en pagayant avec les mains. « Allez, on se dépêche », avait dit Patrick tandis que Paige s'avançait vers lui. Il l'avait soulevée et installée sur une chaise longue.

Sofia, en route vers la cuisine, s'était rendu compte qu'elle avait oublié de leur demander ce qu'ils voulaient boire. En faisant demi-tour, elle avait aperçu dans le reflet Patrick, à genoux, qui frictionnait Paige avec la serviette. Une main lui séchait le dos, mais l'autre était solidement agrippée à un endroit où elle n'avait rien à faire. Sofia s'était figée et son mari avait prestement ôté sa main en réalisant qu'elle était revenue.

Ses talents d'actrice avaient masqué le flottement dans sa voix. « Qu'est-ce que vous voulez boire ?

— Du Coca, s'il te plaît, avaient gazouillé les deux enfants. » Elle avait hésité, les dévisageant, cherchant un indice de ce à quoi elle avait cru assister. Mais tous trois lui rendirent un sourire innocent. Elle avait fait demi-tour et les avait laissés à nouveau seuls avec Patrick.

Les semaines qui suivirent, Sofia se repassa l'instant, encore et encore. Ses yeux lui avaient-ils joué des tours ? Avait-elle donné à une main mal placée une importance démesurée ? Patrick était celui qu'elle aimait plus que tous les autres, le seul avec qui elle voulait avoir des enfants. Il ne pouvait pas être un autre que celui qu'elle connaissait, ça n'était pas possible ! Mais elle avait eu beau essayer, elle n'avait pas réussi à chasser ce doute qui la tracassait.

Puis, quelques mois plus tard, en rentrant chez elle après un tournage dans le sud de la France, elle avait trouvé Patrick seul avec Paige et Robbie. Elle s'était instantanément tendue. Elle ne s'attendait pas à les voir tous les trois et le souvenir de la main mal placée avait ressurgi. Retenant son souffle, elle avait attendu dans l'ombre les signes d'un comportement inapproprié. Mais ils jouaient tous trois innocemment sur une balançoire que Patrick avait improvisée en faisant passer une corde épaisse sur une grosse branche d'arbre.

« Qu'est-ce que les enfants font ici ? avait demandé Sofia en essayant de dissimuler son malaise.

— Ta sœur a demandé si je pouvais les garder ce week-end pendant qu'elle emmenait Kenny à Rome.

— Tu ne m'en as pas parlé, hier soir au téléphone.

— Leur baby-sitter a annulé à la dernière minute. Ça ne te dérange pas, j'espère ?

— Bien sûr que non. Il n'y a pas de raison. »

Elle lui avait souri sans joie. Patrick avait posé son appareil photo sur une chaise longue et embrassé Sofia sur la joue. « Tu imagines quand ce sera notre petite Paige à nous qui gambadera partout dans la maison ?

— Pourquoi une Paige, et pas un petit Robbie ?

— Je ne sais pas… Je suppose que j'imaginais qu'on aurait une petite fille. Une mini-Sofia. Quelqu'un qui suivrait tes traces sur scène. La petite chérie de son papa. »

À ces mots, Sofia avait blêmi. Tout à coup, elle n'avait plus du tout envie d'avoir un enfant de lui. Sa voix intérieure, celle qu'elle écoutait pour mener sa carrière, se fit entendre : *Tu ne peux pas lui faire confiance !*

Après une nuit blanche, elle avait attendu que Patrick parte jouer au golf pour approcher Paige, qui s'était assise dans la petite pièce à regarder des dessins animés.

« Tu t'es bien amusée avec oncle Patrick, hier ? » Paige avait hoché la tête. « Qu'est-ce que vous avez fait ?

— On a joué dans le bois.

— Avec Robbie ?

— Non, il faisait du vélo.

— Il n'y avait que vous deux ? » Paige avait hoché à nouveau la tête. Le cœur de Sofia s'était mis à battre plus vite. « Et à quoi vous avez joué ?

— J'ai pas le droit de le dire. » Paige avait posé un doigt sur ses lèvres, comme pour se taire. « C'est un secret.

— Tu peux me le dire, à moi. Je ne le répéterai à personne.

— Mais j'ai promis.

— On n'est pas toujours obligé de tenir une promesse. Tu me fais confiance, ou pas ?

— Oui, avait répondu Paige. Il m'a prise en photo. Il a dit que maman lui avait demandé, pour qu'elle voit comment je grandissais. »

Sofia s'était raidie. « Quel genre de photos ?

— Des photos où je cours, et des photos où je m'appuie aux arbres. Avec l'appareil où il faut secouer la photo et où l'image apparaît comme par magie. »

Elle parlait du Polaroid que Sofia avait offert à Patrick pour leurs vacances à Sainte-Lucie. Sofia s'était souvenue qu'il l'avait avec lui la veille, dans le jardin, quand elle était rentrée. Elle avait foncé à l'annexe que Patrick utilisait comme bureau. Sous le coup de l'adrénaline et du malaise, elle n'avait pas su où chercher. Elle avait commencé par les dossiers dans son meuble à classeurs, puis feuilleté les livres sur les étagères et fouillé les tiroirs pleins de paperasse. Il n'y avait rien d'accusateur. Mais son soulagement se teintait de frustration. Sa voix intérieure ne se trompait jamais. Elle savait bien ce qu'elle avait vu ce jour-là à la piscine.

Le coin d'un carton qui dépassait d'un tas de vieux manteaux avait attiré son regard. En hésitant, elle avait soulevé le couvercle et avait jeté un œil à l'intérieur. Il contenait une pile d'enveloppes kraft au format A4, chacune adressée à une boîte postale, mais sans nom de destinataire, avec un cachet de la poste néerlandais sur le devant. Elle avait examiné le contenu d'une des enveloppes. À l'intérieur, un magazine de papier glacé en couleurs, avec sur toutes les pages des photos indécentes de petites filles. Sofia avait laissé tomber le magazine au sol, reculé d'un pas et s'était mise en hyperventilation.

Elle avait fini par trouver la force de continuer et découvert dans les autres enveloppes d'autres numéros du même magazine. Et tout au fond du carton, une enveloppe blanche, portant une adresse aux Pays-Bas écrite de la main de Patrick, et contenant des Polaroids en vrac. Sofia avait fermé à demi les yeux en en sortant une poignée. Ses pires craintes se réalisaient. C'étaient des photos, habillées et déshabillées, de Paige. Patrick ne les avait pas seulement prises pour son plaisir personnel, mais pour les partager et exciter d'autres personnes comme lui.

Elle s'était appuyée à un mur, craignant que ses jambes ne se dérobent. Et malgré la tête qui lui tournait, elle avait pris les photos, les avait fourrées dans sa poche, elle avait remis le carton en place et avait couru jusqu'à sa chambre. Une fois la porte de la salle de bain attenante verrouillée, elle avait vomi dans le lavabo. Elle n'avait jamais ressenti pareille douleur. L'homme qu'elle aimait avait volé l'innocence d'une enfant, et sous son propre toit.

Avant que sa nièce rentre chez elle, Sofia lui avait fait promettre de ne pas parler des photos à sa mère, et avait promis en échange d'organiser une vraie séance de photos dans un studio de Londres pour Paige et ses amies. Paige avait glapi de plaisir et juré de se taire.

Puis Sofia était restée enfermée dans sa chambre pendant des jours, prétextant un virus pour ne pas assister aux répétitions d'une pièce de théâtre du West End qu'elle devait jouer plus tard dans l'été. Patrick venait la voir régulièrement et, de sous ses draps, elle l'assurait avec un sourire amer que tout ce dont elle avait besoin, c'était de repos.

Ce fut la décision la plus difficile à prendre de sa vie. Sofia était déchirée. Il fallait stopper Patrick, protéger Paige et les autres enfants des hommes monstrueux tels que lui. Contacter son avocat pour prendre rendez-vous avec la police, voilà ce qu'elle devait faire. Par deux fois, elle avait rassemblé le courage d'appeler et par deux fois, elle avait raccroché avant qu'on réponde. Paige servait de prétexte à son inertie : Sofia ne voulait pas que Paige subisse une telle inquisition. De plus, ses parents allaient être dévastés à l'idée d'avoir confié leur enfant à un homme qu'ils croyaient de leur famille, mais qui avait exploité leur petite fille.

La voix intérieure de Sofia l'avait interpellée. *Tu peux mentir aux autres mais pas à toi-même. Tu te tais parce que si tu en parles à quiconque, c'est la fin de tout ce pour quoi tu as travaillé si dur.*

Même dans son état de confusion, Sofia savait bien que dénoncer Patrick, c'était la fin de sa carrière tant aimée. Sa réputation, sa cote au box-office, son œuvre... rien de tout cela ne compterait plus si son nom devenait lié à celui d'un mari qui s'intéressait de cette façon aux petites filles. Aucun metteur en scène, aucun producteur, aucun acteur ne prendrait le risque de travailler avec quelqu'un comme elle.

Pourtant, malgré le dégoût que lui inspiraient ses penchants tordus, elle ne pouvait étouffer les sentiments qu'elle avait pour lui. Il avait été tout ce qu'elle avait toujours demandé à un mari et à un ami. Ils avaient eu envie de découvrir le monde ensemble, d'investir ensemble, et de fonder cette famille. L'idée de rejeter tout cela et de recommencer sa vie, seule, l'avait terrifiée. Elle n'aurait pas la force de perdre Patrick et son public. Elle avait donc choisi de garder les deux.

Plus tard, debout devant la porte du bureau de Patrick, elle l'avait regardé fouiller la pièce à la recherche de ses Polaroids disparus. Défait, il était sur le point de sortir quand il avait découvert sa femme, le visage couleur de cendre, les yeux rouges et gonflés de tristesse. Rien qu'en la voyant, il avait compris qu'elle savait qui elle avait réellement épousé. Il avait ouvert la bouche, mais aucun mot n'était venu.

Sofia lui avait fourré une carte de visite dans la main. Celle d'un certain Dr Peter Hewitt, psychiatre. « Je t'ai pris rendez-vous pour jeudi. Il est discret. »

Patrick n'avait pas protesté.

Les mois suivants, Sofia avait inventé une excuse à chaque fois que sa sœur avait voulu venir avec les enfants. Elle avait tout prétexté, du travail à la maladie, jusqu'à ce que Peggy, déconcertée, cesse de lui demander. Sofia était chagrinée de toujours repousser sa sœur, mais elle ne pouvait pas prendre le risque de laisser Paige seule avec son oncle.

Durant tout ce temps, quand Patrick se rendait à ses séances bihebdomadaires, Sofia profitait souvent de l'occasion pour fouiller son bureau à la recherche de nouvelles preuves de ses pulsions. Mais elle n'avait rien trouvé d'autre.

Et puis, après un an à vivre séparément et à faire chambre à part, Patrick l'avait suppliée de le reprendre.

« Je sais que ce que j'ai fait était mal, avait-il dit humblement. Le Dr Hewitt m'a aidé à comprendre pourquoi j'ai fait ce que j'ai fait… comment j'ai fait à d'autres ce qu'on m'a fait quand j'étais enfant et reproduit le cycle. Je jure sur ma vie que je ne suis plus le même. »

En l'entendant expliquer combien il avait changé et promettre qu'il avait désormais tous les outils en main pour maîtriser ses pulsions éventuelles, Sofia avait eu désespérément envie de le croire. Se réveiller avec son odeur, sentir ses doigts courir légèrement sur sa peau et entendre son rire résonner dans les couloirs de la maison lui manquait terriblement. Une année sans rires lui avait paru durer toute une vie.

Sofia avait ignoré sa voix intérieure et écouté son cœur. Elle avait arrêté toute contraception, se persuadant, tandis que son quarantième anniversaire approchait, qu'avoir un bébé à eux pouvait aider à guérir l'homme qu'elle aimait. Et dans les semaines qui avaient suivi, leur relation s'était renforcée de plus en plus. Elle n'avait jamais été aussi amoureuse.

Ce n'est que par hasard, en ouvrant la porte du pavillon d'été du jardin pour l'aérer, qu'elle avait découvert que Patrick cachait les derniers numéros de son magazine sous une ottomane poussiéreuse. Elle en fut estomaquée. Mais au lieu de s'effondrer, Sofia avait refermé le couvercle et s'était éloignée. Elle trouva même un moyen de justifier son comportement. S'il prenait son plaisir sexuel à regarder des photos dans un magazine, au moins il n'abusait pas d'un enfant de chair et d'os. C'était un moindre mal.

Mais continuer à vivre avec ce qu'elle savait demandait un grand sacrifice. Pour préserver sa carrière et son mariage, elle ne pouvait pas laisser s'installer la tentation que représentait un enfant à eux. Sans en parler à Patrick, Sofia avait pris rendez-vous dans une clinique privée pour se faire stériliser.

Les années quatre-vingt-dix avaient fait place au nouveau millénaire, et vingt ans encore avaient passé. Sofia adoucissait la douleur de sa décision à coups de tranquillisants et d'alcool. Ce n'est que dans ses moments de sobriété qu'elle s'avouait parfois qu'elle avait fait une terrible erreur en mettant sa réputation au-dessus de tout. Elle en était venue à haïr Patrick de l'avoir acculée à ça, et leur mariage avait fini par n'être plus que de pure forme. Mari et femme passaient plus de temps ensemble devant les caméras et sur les tapis rouges qu'à la maison. Les œuvres caritatives devinrent la pénitence de Sofia pour faire semblant de ne pas voir les crimes de Patrick. Et quand il était également invité à l'accompagner à l'inauguration ou à la visite d'un service infantile – il ne refusait jamais –, Sofia ne le lâchait pas d'un œil.

Un matin, après un coup de fil, elle avait foncé dans son bureau en ouvrant violemment la porte. Patrick était dans son canapé, le visage caché derrière son journal déplié.

« Mon comptable m'a appelé parce qu'il manque trente mille livres sur un de nos comptes ! avait dit Sofia.

— Et ?

— Et où est l'argent ?

— Je m'en suis servi pour régler quelque chose.

— C'est quoi, ce "quelque chose" ?

— Quelque chose qui ne te regarde pas. Je croyais que nous avions un marché. Tu vis ta vie et je vis la mienne. Pas de questions.

— Patrick, qu'est-ce que tu as fait ? »

Il avait abaissé son journal et soupiré. « Il y a eu une… indiscrétion. J'ai eu besoin de cet argent pour résoudre un malentendu. »

Sofia avait senti son pouls battre dans sa gorge. « Tu t'es fait prendre, c'est ça ? Tu as dû acheter quelqu'un !

— Je viens de te le dire, tu vis ta vis et je…

— C'est ma vie que tu fous aussi en l'air ! Qui était-ce ? Qu'est-ce que tu as fait ?!?

— La maman d'une petite fille qui a mal compris une situation, et je me suis servi de l'argent pour être sûr que personne d'autre ne comprenne de travers.

— Alors, tu l'as, quoi, achetée ? Il y a des parents qui te laissent t'en tirer comme ça ?

— Tu critiques quelqu'un qui fait semblant de ne pas voir ? C'est l'hôpital qui se moque de la charité, ma chère !

— Et si elle revient demander plus d'argent ? Ou qu'elle menace de tout balancer aux journaux ou à la police ?

— Ça n'arrivera pas. Elle a signé un accord de non-divulgation. Elle m'a presque arraché l'argent de la main.

—Où as-tu trouvé un formulaire de non-divulgation ?

— Un avocat de mes connaissances l'a rédigé. C'est assez courant.

— Oh mon Dieu, avait dit Sofia qui se sentait mal. Et combien de fois as-tu fait ça ? »

Patrick l'avait regardée par-dessus ses lunettes. « Tu veux vraiment le savoir ? »

Sofia voulait en même temps savoir et ne pas savoir. « Il faut que ça cesse ! Tu dois te rendre à la police, c'est la seule issue.

— Non. Je ne ferai jamais ça. En prison, on me dévorerait vivant.

— Alors va à l'hôpital et fais-toi soigner comme il faut.

— Il n'y a pas de traitement pour les gens comme moi ! Tu dois bien le savoir, non ? Mes… *pulsions*… font partie du fonctionnement de mon cerveau. Les mécanismes d'adaptation, ça ne marche pas.

— Alors quoi ? Tu vas juste passer le restant de tes jours à agresser sexuellement des enfants et à acheter le silence de leurs parents ? »

Patrick avait hoché la tête. « Je n'aime pas employer cette expression.

— Agresser sexuellement ? Mais c'est ce que tu es ! Un prédateur sexuel, un pédophile. Je suis mariée à un pédophile.

— Et tu le sais depuis des années, alors n'essaie pas de me faire croire que c'est nouveau. »

Sofia s'était mordu la lèvre en détournant le regard. « Je t'en prie, Patrick. On ne peut pas continuer comme ça. Ton comportement me tue. Il faut que j'en parle à quelqu'un. »

Les larmes s'étaient mises à couler, laissant des traînées sombres de fard à cils. Patrick avait posé son journal sur les coussins et s'était levé. Doucement, il avait posé les mains sur les épaules de Sofia, comme s'il voulait lui tenir un discours d'encouragement. « Je suis désolé, Sofia, je suis vraiment désolé. Mais continuer comme ça *est* la seule solution. Si ça se sait publiquement que tu étais au courant mais que nous sommes restés ensemble, ou que je me suis servi de *notre* argent pour acheter le silence des parents, ta vie sera finie aussi vite que la mienne. Et je te le promets, si je tombe, je ne tomberai pas tout seul. Même si ça me peine de faire ça, je dirai à qui veut l'entendre le rôle que tu as joué là-dedans. »

Sofia avait vu rouge, avait levé le bras et l'avait giflé durement. D'une bourrade, Patrick l'avait repoussée, elle s'était cognée au mur et avait perdu l'équilibre, s'effondrant comme un tas de chiffons. Patrick s'était frotté la joue, qui le cuisait, avant de se servir calmement un verre de cognac.

« Tu en veux un ? avait-il demandé tranquillement. D'habitude, ça t'aide à détourner le regard.

— Pourquoi me démolir comme ça ? Qu'est-ce que je t'ai fait ?

— Tu m'as privé de la chance d'être père. Je sais que tu t'es fait stériliser. Le médecin avait appelé pour savoir comment tu récupérais. Il ne savait pas que je n'étais pas au courant et que tu m'avais dupé.

— Comment aurais-je pu avoir envie de porter ton enfant en sachant de quoi tu es capable ?

— Ça aurait pu changer quelque chose en moi. Mais on ne le saura jamais, n'est-ce pas ? »

Sofia avait regardé, impuissante, Patrick hausser les épaules et sortir l'air de rien de son bureau, sirotant son verre tout en marchant.

Tout à coup, un grand bang! la ramena au présent. Un objet avait heurté la vitre arrière de sa voiture, la faisant sursauter. Sofia tourna la tête dans la direction du bruit lorsqu'un deuxième objet cogna la portière.

« Mon Dieu ! » gémit-elle, tandis qu'Oscar se mettait à aboyer.

Elle regarda dehors avec précaution et remarqua, pour la première fois, les rues pleines de gens qui regardaient sa voiture passer au ralenti. Sans appareils auditifs, elle n'entendait pas ce qu'ils criaient mais elle lut dans leurs gestes menaçants et leurs visages déformés la puissance de la haine qu'elle éveillait chez eux. D'autres se mirent à lancer des projectiles sur sa voiture, des pierres, des cailloux et des mottes de terre. Elle se couvrit les yeux lorsque, devant elle, un homme sur un pont leva un parpaing au-dessus de sa tête, et le lâcha avec une grande précision sur la voiture. Sofia hurla quand le parpaing rebondit sur le pare-brise puis sur le capot, laissant sur le verre blindé des fissures circulaires semblables à une toile d'araignée.

« Arrêtez, je vous en prie, supplia Sofia, la voix tremblante. Par pitié ! Je suis désolée ! Je vous en supplie, dites-leur de me laisser tranquille. Je sais que j'ai mal agi, je veux seulement mourir en paix. »

Elle lâcha un autre cri, perçant, tandis que des bouteilles contenant des chiffons et du liquide enflammés éclatèrent sur son pare-brise et ses portières. Enfin, la voiture accéléra et s'éloigna de la foule, telle une comète ardente.

46

Les images atroces de la voiture en feu de Sofia avançant d'elle-même dans les rues, laissant derrière elle un sillage de fumée noire et grise, emplissaient les écrans de la Commission.

En l'air, des drones se bousculaient, se battaient pour s'approcher le plus possible de la voiture, et saisir son expression d'horreur derrière les vitres. Un des drones finit par capturer une image de la star déchue, révélant une femme terrifiée qui tentait de se protéger des flammes qui entouraient son véhicule et recouvrait son chien d'un manteau. Le Hacker avait coupé le son de la retransmission, donnant à ces cris silencieux encore plus de gravité.

« Ce qu'ils lui font est barbare, dit Libby, horrifiée par le comportement de la foule. Ils ne valent pas mieux que le Hacker. Quel que soit ce dont on l'accuse, elle reste une femme de soixante-dix-huit ans.

— J'ai bien peur que l'âge n'y fasse rien, dit Matthew. Elle est à la merci de la psychologie des foules.

— Mais quel plaisir peuvent-ils en tirer ?

— Je ne sais pas si c'est du plaisir ou s'ils sont seulement pris dans l'instant. Quand les gens deviennent partie d'une foule, ils cessent d'être des individus, leurs inhibitions disparaissent, ils ne suivent plus leurs règles morales habituelles.

Est-ce que l'un d'eux, seul, aurait lancé une brique ou jeté un cocktail Molotov sur la voiture de Sofia ? J'en doute. Mais entourés de gens dans le même état d'esprit, ils ne se voient plus comme des individus violents ; c'est le groupe qui est responsable de la violence, pas eux personnellement.

— Merci pour cet aperçu intéressant, Docteur ! soupira Larsson. Mais peut-être qu'elle l'a cherché. Qu'elle récolte ce qu'elle a semé.

— Ne l'écoutez pas, pressa Libby.

— Je ne fais qu'exprimer l'opinion publique.

— C'est la même chose sur les réseaux sociaux ? » demanda Libby.

Matthew acquiesça. « Les humains sont des animaux grégaires, et nous tendons à nous associer avec ceux qui nous ressemblent. Aujourd'hui, le moyen le plus facile de les trouver est l'Internet. Dans des circonstances ordinaires, la plupart des gens n'exigent pas sur Twitter la mort d'un retraité. Mais la psychologie des foules et l'anonymat qu'on peut avoir derrière son clavier font que les gens s'enhardissent quand ils sont en groupe. »

Un camion de pompiers prit la place d'un véhicule blindé devant la voiture de Sofia. Des soldats du feu penchés aux fenêtres, d'autres suspendus à des harnais, dirigeaient leurs jets d'eau vers la voiture. Les flammes baissèrent d'intensité, jusqu'à s'éteindre complètement. Ce qui n'eut que peu d'effet sur le nœud qui serrait l'estomac de Libby.

« Je me répète, mais le temps joue contre nous, prévint Fiona. Nous devrions vraiment passer au Passager suivant, Sam Cole.

— Ah ! Le bigame… Comparé à une meurtrière et à la complice d'un pédophile, ce n'est pas le criminel du siècle, si ? dit Larsson.

— Allez dire ça à sa femme, répondit Fiona. Je suis incapable d'imaginer le niveau de fourberie qu'il faut pour mentir à quelqu'un aussi longtemps. Avoir une double vie sans qu'aucune des deux femmes ne soit au courant… J'espère que le plaisir qu'il en tirait a été gâché par le fait qu'il ne pouvait jamais se détendre, de peur de commettre un faux pas.

— Je dis qu'on devrait l'applaudir pour avoir passé autant de temps sans se faire prendre, dit Larsson. Hormis sa moralité douteuse, ce qu'il a fait mérite-t-il qu'on l'envoie à la mort ?

— Ce n'est pas parce que nous ne choisissons pas de voter pour lui que nous l'envoyons à la mort, corrigea Muriel. Ça veut seulement dire qu'il y a d'autres Passagers que je préférerais soutenir.

— C'est vous qui l'avez interviewé, et maintenant vous ne voulez plus le soutenir. Votre peu de constance en dit long sur votre manque de caractère.

— Je suis aussi loyale que vous avec Claire ! » rétorqua Muriel. Larsson répondit par un reniflement moqueur.

« Je ne vote pas pour lui parce qu'il a très visiblement essayé de nous manipuler, dit Libby. Il a joué les pauvres pères brimés aux dépens de sa femme. C'est un personnage répugnant.

— Ses infidélités toucheraient-elles un point sensible chez vous, mademoiselle Dixon ? demanda Larsson. Matthew et vous avez beaucoup de choses en commun. Vous devriez peut-être échanger vos numéros de téléphone à la fin de cette séance, car je doute que vous ayez l'occasion de mettre les voiles avec M. Harrison. »

Libby se retint de lui jeter sa bouteille d'eau à la tête.

« Parfois, la gravité de l'instant appelle des mesures graves, reprit Larsson. On ne peut pas condamner Sam Cole parce qu'il a envie de survivre. Qui sait comment chacun de nous réagirait à sa place ? Et à mes yeux, il n'a rien dit qui soit factuellement inexact. Les hommes sont beaucoup moins bien traités que les femmes quand il est question des relations avec leur progéniture.

— Oh, Jack, ne dites pas n'importe quoi ! s'énerva Fiona.

— Vous semblez facilement oublier le fait que sa femme ment tout aussi éhontément que lui. Et en tant qu'officier de police, elle est censée être d'une honnêteté à toute épreuve. Si elle est incapable de tenir son ménage et qu'elle l'a fait chanter, je me demande combien d'autres fois elle a contourné la loi pour son propre profit.

— On ne sait pas jusqu'à quel point elle était au courant, dit Matthew.

— Peut-être, mais je donne quand même mon vote à Sam, dit Larsson d'un air de défi. Quelqu'un d'autre me suit ? Matthew ? Fiona ?

— Non, » répondit Fiona. Matthew et Libby firent également non de la tête. « Donc le décompte, jusqu'ici, est d'une voix pour Claire et une voix pour Sam. » Fiona ajouta le nom de Sam sur sa tablette. « Il reste quatre voix, et deux Passagers. À qui le tour ? »

47

SAM COLE

C'était elle. Depuis le début. C'était Heidi. C'est ta femme – la femme que tu aimes – qui a fait de ta vie un enfer.

L'esprit de Sam partait en tous sens, comme si on avait allumé un tas de feux d'artifice dans son cerveau. Il avait passé beaucoup de nuits blanches, ces dernières semaines, à s'interroger sur toutes les personnes qu'il connaissait pour savoir qui pouvait bien être son maître-chanteur. Mais il n'avait pu se décider sur un nom, ni sur un mobile. Jamais il n'aurait soupçonné une de ses deux femmes.

Il cessa d'écouter le jury débattre pour savoir s'il fallait lui sauver la vie, et n'entendit pas qu'il avait reçu une voix. Chercher le moment exact où Heidi avait découvert sa double vie l'absorbait trop. Quand s'était-il trahi ? Qu'avait-elle appris ? Est-ce que tout avait commencé par un prénom ?

Il se souvint que Heidi lui avait demandé un soir : « C'est qui, cette Josie ? » À l'autre bout du fil, Sam avait blêmi.

« Je ne sais pas. Pourquoi ?

— Parce que tu viens juste de m'appeler Josie.

— Mais non.

— Mais si. Tu as dit : "Je rentrerai autour de huit heures, Josie."

— C'est la ligne qui est mauvaise. J'ai dit “autour de huit heures, ma jolie”.

— *Ma jolie* ? Depuis quand tu m'appelles comme ça ? »

Il ne l'appelait pas comme ça. En tout cas, pas Heidi. Il disait parfois “ma jolie” à son autre femme.

« Je faisais un essai, avait-il bluffé. Tu m'appelles “chéri”, donc je tente “ma jolie”.

— Essai refusé. Hors-jeu. Et pourquoi tu parles doucement ?

— Je suis encore sur le chantier, il y a un vieil escalier qu'on n'arrive pas à démonter. On est tous en heures supplémentaires.

— OK, bon, mais ne rentre pas trop tard demain soir. J'aimerais bien que tu puisses rester éveillé plus de dix minutes après ton retour… *mon joli.* » Heidi avait raccroché en gloussant.

Sam avait remis son téléphone dans la poche de son jean, enfilé un gant de cuisine et cogné trois fois contre le mur. « Merde ». Comment avait-il pu faire une erreur aussi grossière ?

« Pourquoi tu es en colère contre le mur, papa ? » Sam s'était tourné en direction de la voix et avait vu son fils, James, sur le seuil de la cuisine.

« Je ne suis pas en colère, mon gars, avait-il répondu avec un sourire contrit.

— Alors pourquoi tu le tapes ?

— Parfois, ça fait du bien de libérer son trop-plein d'énergie.

— Qu'est-ce qui se passe, ici ? avait demandé Josie en arrivant et en se dirigeant vers le frigo.

— Papa fait des trucs bizarres. » James avait pris sa mini console de jeux sur la table et était reparti en traînant des pieds.

— Comment ça, tu fais des trucs bizarres ?

— Les enfants pensent que tous ceux qui ont plus de huit ans sont bizarres. »

Josie s'était glissée derrière lui, avait passé les bras autour de sa taille et reposé le front sur sa nuque. « À quelle heure tu dois partir demain matin ?

— J'ai mis le réveil à cinq heures et demie. La voiture est chargée, et il ne devrait pas y avoir trop de monde sur les routes.

— Tu penses toujours que tu pourras prendre deux jours de congé pour notre anniversaire de mariage ?

— Oui, il n'y a pas de raison. J'ai des rendez-vous à Londres en début de semaine mais après, ça devrait aller. »

Une des nombreuses choses que Sam avait omis de mentionner à sa deuxième épouse, c'est que pendant son séjour à la capitale, il fêterait son dixième anniversaire de mariage avec sa première femme. Depuis près d'une décennie, il avait appris que la clé pour avoir en même temps deux familles ignorant tout l'une de l'autre, c'était la simplicité, pas les mensonges compliqués. C'est pourquoi, quand Josie avait accouché d'une fille, comme Heidi un an plus tôt, il avait insisté pour lui donner le nom de feue sa sœur. Sa sœur n'était pas morte, et ne s'appelait pas Beccy. Mais la fille qu'il avait avec Heidi s'appelait Beccy.

Et quand, coïncidence, le deuxième enfant qu'il avait eu avec Josie avait été un garçon, comme celui qu'il avait avec Heidi, le bébé avait hérité du prénom de son demi-frère, James. Sam savait que plus ses deux familles se ressembleraient, moins il risquait de faire de bourdes. Ce qui n'avait pas empêché quelques lapsus de passer à travers les mailles du filet, comme d'appeler sa première femme du prénom de la seconde.

Deux jours après leur retour de lune de miel, les résultats du test *Mariez vos ADN* étaient arrivés par e-mail. Sam l'avait passé bien avant de rencontrer Heidi et d'en tomber amoureux, à la manière traditionnelle. Et bien avant le piratage qui avait failli ruiner la réputation de la société. Quand il avait reçu la notification signalant que Heidi et lui n'étaient génétiquement pas faits l'un pour l'autre, ils étaient déjà mariés.

Mais, s'il était heureux avec sa jeune épouse, Sam n'avait pu se défaire d'un doute qui le tiraillait. Qui était ce plus grand amour qui l'attendait ailleurs ? Après de nombreuses hésitations, il avait fini par se dire que ça ne pouvait pas faire de mal de se renseigner et avait demandé à en savoir plus sur son Binôme.

Quelques minutes après l'avoir rencontrée près de chez elle à Sheffield, à plus de trois cents kilomètres de là où il habitait, à Luton, Sam avait su que Josie était faite pour lui. Ce ne fut pas seulement un coup de foudre ; l'intensité de tous ses sentiments pour elle était démultipliée. Il avait comparé ça à un millier de détonations, petites mais très agréables, qui se seraient produites au même instant dans son corps. Et il avait su que les ennuis commençaient.

Physiquement, Josie ressemblait trait pour trait à Heidi. Mais leurs personnalités étaient totalement différentes. Josie était simple, d'un naturel paisible et aux petits soins pour lui. Tandis que Heidi était sûre d'elle, ambitieuse, et c'était elle qui portait la culotte dans leur couple. Josie et Heidi ensemble auraient formé la femme parfaite.

Josie avait supposé que, comme elle, Sam était célibataire, et il n'avait pu se résoudre à la détromper, au risque de la perdre. Pourtant, même s'il avait vraiment très envie d'aller au bout de leur relation potentielle, il était marié. Heidi et lui venaient de familles désunies et savaient la dévastation que pouvait causer un divorce. Il n'avait pas la force d'en passer par là, d'autant qu'il aimait toujours profondément Heidi. Il avait donc décidé de rester avec les deux.

« On m'a proposé un nouveau contrat, avait-il annoncé à Heidi, un soir qu'ils dînaient au pub du coin. Un gros.

— Gros comment ?

— Vraiment gros.

— Oh chéri, mais c'est super ! » Heidi, rayonnante, avait tendu la main pour prendre la sienne. « Pour faire quoi ?

— Le campus d'une nouvelle université. J'ai répondu à un appel d'offres pour la rénovation d'une résidence étudiante proche de la fac. C'est le plus gros contrat qu'on ait jamais signé.

— Mais pourquoi tu ne m'as rien dit avant ?

— Parce qu'il y a un inconvénient. C'est là-haut, à Sheffield. Ils veulent que j'ouvre une agence sur place, ce qui veut dire que je devrai travailler à l'extérieur trois ou quatre jours par semaine.

— Oh, avait répondu Heidi, dont l'enthousiasme retombait. Il faut combien de temps pour aller là-bas ?

— Trois heures, à peu près. Je sais bien que ce n'est pas l'idéal, mais ça veut dire qu'on pourra s'offrir tout ce dont on vient de parler, donc je pense que ça vaut la peine d'essayer ? » Sam avait posé sa main libre sur celles de Heidi. « On va pouvoir quitter l'appartement et acheter une maison, et penser à la remplir de gosses bien plus tôt que prévu. Mais, écoute, si tu ne veux vraiment pas que je me lance, je leur dis non. »

En lui-même, il avait escompté que l'envie de Heidi d'avoir des enfants serait plus forte que l'agacement de le savoir absent la moitié du temps. Elle avait fini par accepter.

« J'ai une bonne nouvelle, avait-il dit à Josie, un peu plus tard dans la semaine, à Sheffield. Je viens de signer un contrat pour la rénovation d'une résidence étudiante, mais c'est dans le Sud, à Dunstable. Ce qui veut dire que je ne pourrai remonter ici que trois ou quatre jours par semaine. »

Pendant que Sam lui expliquait l'appel d'offres imaginaire, il avait compris que l'enthousiasme de Josie était gâché par la distance qui les séparerait. Sans réfléchir, les mots étaient sortis de sa bouche. « Veux-tu m'épouser ? » avait-il demandé. Dix mois après avoir conduit Heidi à l'autel, il menait Josie à un autre autel.

Entretenir deux mariages et deux familles devint une technique. Il vivait constamment sur le fil du rasoir, se demandant s'il avait dit ce qu'il fallait à la femme qu'il fallait. Les rares fois où il dormait d'une seule traite, il se réveillait le matin avec la peur d'avoir parlé durant son sommeil et d'avoir inconsciemment laissé échapper quelque chose. Certaines nuits, elle l'empêchait même de dormir, et il s'inquiétait du présent et de l'avenir. Qu'arriverait-il à l'heure de prendre sa retraite ? Avec quelle femme choisirait-il de vieillir ? Et s'il mourait subitement ? S'il mourait ailleurs que dans un de ses deux chez-lui, qui les autorités préviendraient-elles d'abord ? En découvrant qu'ils avaient un demi-frère et une demi-sœur, ses enfants lui pardonneraient-ils ? Josie ou Heidi pouvaient-elles comprendre ce que c'était que d'aimer deux personnes en même temps ?

Les deux familles s'agrandirent et Sam partageait son temps entre ses deux domiciles. Il passait trois jours avec Heidi une semaine, quatre jours la semaine suivante. Mais il y avait beaucoup de sacrifices à consentir. Il avait toujours refusé de partir en vacances à l'étranger avec l'une de ses deux familles, source de trop nombreuses complications potentielles, comme un besoin de se contacter d'urgence ou un bronzage inexplicable. Dans son téléphone, il cachait deux calendriers dans deux applications différentes, pour savoir où il dormait chaque nuit et n'oublier ni anniversaires ni rendez-vous. Sam avait redécoré et rénové presque à l'identique deux maisons elles aussi presque identiques. Il y avait le même matériel dans ses boîtes à outils, les mêmes modèles de tondeuse, taille-haies et coupe-bordures dans les deux abris de jardin. Tout ce qui pouvait être dupliqué l'avait été.

Il avait fallu être plus souple quand les enfants attrapaient virus ou rhumes, et il avait perdu le compte des fois où il avait transmis un germe d'une famille à l'autre. Noël était la période la plus compliquée à négocier. Il passait le réveillon de Noël avec Heidi et le 25 décembre avec Josie, et inversait l'année suivante. Pour expliquer son absence, il disait à ses deux familles qu'il allait rendre visite à sa mère qui vivait désormais seule en Espagne. Toute sa vie était un numéro de funambule.

Autre conséquence de sa double vie, entretenir deux familles lui coûtait deux fois plus cher. Pour pouvoir payer ses factures, il travaillait souvent quinze heures par jour ; en conséquence, ses deux épouses se plaignaient du peu de temps qu'il passait avec elles.

Contre toute attente, Sam avait préservé cette double vie jusqu'au coup de fil qu'il avait reçu, deux mois auparavant. Il était assis dans le public avec Josie et James en attendant d'applaudir Beccy qui jouait dans *Guys & Dolls* avec la troupe de son école, quand le téléphone avait sonné. Croyant que c'était un coup de fil professionnel, il avait mis ses écouteurs et s'était éloigné dans un couloir désert.

« Allô, Sam ? avait fait une voix d'homme qu'il ne reconnut pas.

— Oui. Que puis-je pour vous ?

— C'est Don.

— Don ?

— Oui, de l'appli Mec-à-Mec. Tu te souviens ? Tu m'as donné ton numéro et tu m'as demandé de te rappeler ce soir, pour qu'on s'amuse au téléphone.

— Désolé, tu as dû faire un mauvais numéro, mon gars.

— Non, je l'ai chargé de ton profil directement dans mon téléphone.

— Je ne sais pas ce que c'est, Mec-à-Mec. Je crois qu'on t'a fait une blague.

— Connard ! » avait marmonné Don avant de raccrocher.

Un SMS était arrivé au moment où il rempochait son téléphone. “Pics sexy. On échange ?” Trois photos de ce qui semblait être le même pénis en érection prises sous différents angles avaient suivi. Puis deux autres SMS du même tonneau étaient arrivés et il avait éteint son portable, troublé.

Sam avait attendu que, une fois rentrés à la maison, Josie et les enfants soient montés se coucher avant de le rallumer. Des dizaines et des dizaines de messages et d'e-mails similaires avaient inondé ses boîtes de réception. Un lien l'avait conduit sur un site de rencontres gays pour les hommes désireux de tromper leur conjoint, et une page affichait son nom et son numéro de téléphone, mais les photos et les parties intimes exposées étaient celles d'un autre. “Sam Cole, 40 ans, Halifax, Sheffield, Dunstable et Luton, cherche relations sans contraintes, téléphone, webcam ou plan réel, pour s'éclater. Ne peut recevoir. Groupes bienvenus. Aucun tabou.”

« C'est quoi, ça ? » s'était-il exclamé à voix haute. Il avait suivi un autre lien pour essayer de supprimer le profil. Mais sans mot de passe, il n'avait aucune chance. Tout à coup, son cœur s'était mis à bondir. C'était plus qu'une sale blague.

Halifax, Sheffield, Dunstable et Luton.

Il avait dit aux amis que lui et Heidi avaient à Luton qu'il travaillait à Sheffield. Ceux qui le connaissaient avec Josie à Sheffield pensaient que sa société était basée à Dunstable. Si quelqu'un connaissait et Halifax, et Luton, c'est que ce quelqu'un était au courant de sa double vie.

Les semaines suivantes, il avait reçu d'autres SMS et d'autres appels, d'hommes et de femmes, tous affirmant le contacter via des sites spécialisés de rencontres extraconjugales. Sam les visita tous, cherchant à comprendre. Certains étaient des sites de rencontres hétéros, d'autres gays ou bisexuels, d'autres encore se spécialisaient dans des fétichismes extrêmes très surprenants. Il avait fini par ne plus répondre aux coups de fil provenant de numéros inconnus et ceux-ci avaient cessé. Mais il s'inquiétait toujours de savoir qui était au courant.

À cet instant seulement, il se rappela que Heidi, à peu près à la même époque, avait commencé à le pressurer financièrement.

« Qu'est-ce que tu penses de ça ? » avait-elle demandé, lui glissant une brochure sous le nez pendant qu'il prenait son petit déjeuner. C'étaient des modèles de cuisines, plutôt haut de gamme à en juger par le choix de matériaux proposé.

« Pas mal. Pourquoi ?

— À ton avis ? Il nous faut une nouvelle cuisine.

— Celle-là ne convient plus ?

— Elle a plus de vingt ans. Il y a deux portes de placards qui perdent leurs gonds, un des feux de la cuisinière ne marche plus et elle est mal agencée. Il serait temps de commencer à profiter de cet argent que tu passes tant de temps à gagner.

— Je vais y réfléchir », avait-il répondu. Il mourait d'envie de changer de sujet. Si son salaire n'avait été consacré qu'à un ménage, il aurait facilement pu se payer une cuisine de luxe. Mais chaque sou était compté et partagé équitablement entre les besoins des deux foyers. Cependant, Heidi n'était pas prête à lâcher le morceau.

« *Tu* vas y réfléchir, c'est ça ? Et depuis quand est-ce toi le maître de maison ?

— Ce n'est pas ce que je voulais dire...

— Sam, tu es à peine là alors que les enfants et moi passons tout notre temps ici. Et en plus d'une nouvelle cuisine, il va falloir penser à la salle de bain parce que la douche recommence à fuir, aux encadrements de fenêtres parce qu'ils pourrissent et au jardin d'hiver parce qu'il a besoin d'être remplacé. La maison tombe en ruines et tu ne t'en aperçois même pas. Ce week-end, je vais commencer à éplucher tous nos comptes en banque pour voir si on peut récupérer un peu d'argent. »

Sam avait paniqué. « Non, non », avait-il répondu, un peu trop vivement. Il ne voulait pas que sa femme fouille dans ses comptes secrets ; elle découvrirait vite le compte joint, le crédit en cours et les deux autres cartes bancaires qu'il avait pris en son nom et en celui de Josie. Mais se lancer dans tous les travaux dont elle faisait la liste allait le ruiner. « D'accord, mais une chose à la fois », avait-il concédé en se replongeant à contrecœur dans la brochure des cuisines.

Puis une semaine avait passé, et un e-mail était arrivé, avec pour sujet : *Tes Femmes*. Sam aurait voulu disparaître sous terre tandis qu'il se hâtait de l'ouvrir. Il contenait deux photos, l'une de Heidi et de leurs enfants en week-end à Blackpool, l'autre de Josie et de ses autres enfants qui jouaient avec des pistolets à eau dans le jardin. Tout ce que Sam avait si ardemment essayé de dissimuler ne tenait plus qu'à un fil.

"*Qui êtes-vous ? Que voulez-vous ?*" avait-il tapé à la hâte, le cœur serré.

Une semaine plus tard, un deuxième e-mail était arrivé. "*Je peux effacer tout ça.*" Il avait aussitôt répondu : "*Comment ?*"

Sept jours encore avaient passé avant la réponse. "*Ça va te coûter 100 000 livres.*"

L'attente entre chaque e-mail était horrible, mais il n'avait rien pu faire pour accélérer les échanges.

"*Je ne possède pas une somme pareille.*

— *Tu as une société de bâtiment.*

— *Mais je ne peux pas en sortir l'argent comme ça. Ce serait illégal.*

— *La bigamie est illégale aussi.*"

Sam s'était imaginé la réaction de ses deux épouses si elles avaient découvert la vérité. Heidi détestait les menteurs – une si grande partie de son métier consistait à séparer les faits de la fiction qu'elle n'avait plus de temps pour ça en sortant du travail. Sam avait imaginé Heidi exploser de rage, puis le faire arrêter pour avoir épousé deux femmes en connaissance de cause. Tandis que si Josie l'avait appris, elle aurait été dévastée, puis se serait effondrée. Ses deux enfants et sa mère atteinte de démence sénile pesaient déjà assez lourd sur elle. Lui causer plus de tort aurait démoli Sam.

Il était pris entre le marteau et l'enclume. S'il dénonçait le maître-chanteur à la police, Heidi découvrirait l'existence de Josie et ses mariages n'y survivraient pas. Et il avait été trop longtemps, enfant, un pion dans le mariage dysfonctionnel de ses parents pour faire subir le même sort à ses propres enfants. Mais s'il payait, sa société risquait de couler.

"*Si j'arrive à réunir l'argent, comment pourrai-je être sûr que vous n'en exigerez pas plus ensuite ?*

— Tu ne peux pas en être sûr. Tu dois me faire confiance", avait-il lu après une nouvelle attente de sept jours.

"*OK.*

— Je veux l'argent en espèces, dans une semaine. Mardi prochain, tu recevras mes instructions, je te dirai où le déposer."

La veille du paiement, Sam avait à peine fermé l'œil. Josie dormait profondément et il s'était collé à son dos, avait passé le bras sur son ventre et respiré son odeur, comme si c'était la dernière fois. Il ne restait plus un centime sur son compte professionnel. Son seul espoir, c'était que les demandes de découvert et de facilités de paiement qu'il venait de déposer soient acceptées, pour que son entreprise reste solvable. Il allait mettre des années à rembourser. Il se serait bien passé de ce stress supplémentaire mais il fallait absolument protéger le *statu quo.*

Avant de partir ce matin-là, il avait croisé Heidi sur le seuil et avait saisi l'occasion pour lui prendre le menton et l'embrasser.

« Tu as fait quelque chose, c'est ça ? avait-elle demandé en le détaillant de la tête aux pieds. Tu ne m'embrasses comme ça que quand tu as fait quelque chose que tu n'aurais pas dû faire.

— Tu as l'esprit mal tourné, sergent Cole. » Puis il avait glissé la pochette contenant l'argent derrière son siège Passager. « À vendredi ! »

Toutes les pièces se mettaient en place, tout prenait sens, maintenant. De noirs nuages de culpabilité obscurcirent le ciel devant lui lorsqu'il repensa à la haine que Heidi avait dû nourrir pour lui pour en arriver à de telles extrémités. La douleur de l'infidélité de son mari avait dû la dévorer, son besoin de vengeance avait été féroce. Et aujourd'hui, il avait versé du sel sur les plaies de Heidi en essayant de lui prendre ses voix, et sa vie, dans leur lutte pour la survie.

Il espéra qu'elle comprendrait qu'il n'avait agi ainsi que parce qu'il avait quatre enfants à charge, pas seulement deux.

Mais Sam ne s'était jamais senti aussi misérable qu'aujourd'hui.

48

« Ce qui nous amène à notre avant-dernier Passager », commença Fiona. L'image de Heidi envahit l'écran central.

Hormis ses yeux brillant de larmes, elle ne laissait transparaître aucune émotion. Fiona la jaugea d'un coup d'œil et s'exclama : « Je ne sais vraiment pas quoi dire sur elle. Si j'étais son avocate, je ne la ferais pas comparaître parce que j'aurais du mal à persuader un jury d'avoir de la compassion pour elle.

— Je la trouve au moins aussi malhonnête que son mari, à dire vrai, dit Muriel.

— C'est possible, mais pouvez-vous seulement imaginer ce que ça a dû être, une découverte pareille ? dit Matthew. Une aventure extraconjugale, c'est une chose, mais épouser une autre femme dans le dos de la première, c'est encore un autre niveau d'infidélité. Dieu sait ce qu'il lui a fait endurer.

— Oh Seigneur, renifla Jack Larsson, assis plus loin. Peut-on remettre les choses en perspective, s'il vous plaît ? Cet idiot est tombé amoureux de deux femmes en même temps, tant pis pour lui. Ça arrive. Au fait, n'est-ce pas déjà arrivé dans votre précieuse Bible, Muriel ? Lamech, si mes souvenirs sont exacts. Il était marié à deux femmes.

— C'était aussi un meurtrier et il a été abandonné par ses deux femmes avant d'être mis au ban de la société, répondit Muriel. Si vous devez utiliser la Bible pour plaider votre cause, au moins, citez-la correctement. Et j'aimerais qu'on m'explique ce que le Hacker voulait dire par “Heidi faisait chanter son mari”.

— N'y comptez pas trop, dit Libby. C'est une accusation vague de plus, et c'est à nous de remplir les blancs.

— Mais que savons-nous exactement de Heidi ? demanda Fiona. Je ne la comprends pas et je ne vois pas pourquoi je devrais lui donner ma voix.

— Ça devient répétitif, dit Larsson en bâillant et en changeant de position sur son siège. Il reste deux Passagers. Soit vous donnez votre voix à Mme Cole, soit vous la donnez à un clochard qui projetait de toute façon de se suicider. » Libby lui jeta un regard furieux. « J'ai dit quelque chose qui ne corresponde pas aux faits ?

— J'aurais aimé qu'elle y mette plus de passion ; qu'elle nous supplie de la sauver pour qu'elle puisse revoir ses enfants, dit Muriel.

— Vous avez l'air presque déçue, dit Larsson. Si on ne vous connaissait pas, on pourrait supposer que ça vous amuse de jouer à Dieu.

— Ce n'est pas ce que je veux dire, protesta-t-elle. Mais je ne peux juger que d'après les apparences, parce qu'elle ne nous a rien montré d'autre.

— L'un d'entre vous a-t-il réfléchi au genre d'épouse qu'elle est ? demanda Larsson. C'est peut-être elle qui a poussé son mari à avoir une liaison. » Il jeta un regard à Matthew. « Parfois, une seule personne ne suffit pas à satisfaire tous vos besoins.

— Alors ne vous mariez pas, dit Matthew. Vous vous êtes marié combien de fois, vous, Jack ? »

Larsson rit. « Vous voulez vraiment aborder le sujet, Matthew ? Au moins, je n'ai pas poussé mon épouse dans les bras d'un autre. »

Matthew prit un air sombre et repoussa son siège pour se lever. Libby lui saisit le bras avant qu'il achève son geste. « Laissez tomber, dit-elle doucement mais fermement. C'est exactement ce qu'il cherche. » Matthew resta où il était.

« Faites ce qu'elle vous dit. Voilà, c'est un bon chien, ça ! sourit Larsson, les paupières plissées. Maintenant, revenons à la vierge de glace. Si elle avait montré un peu plus de féminité, ça ne lui aurait pas fait de mal.

— Vous avez un problème avec toutes les femmes, ou seulement avec celles qui sont solides ? demanda Libby. Elle est mère de deux enfants, elle travaille à plein temps et quoi qu'elle ait fait d'illégal pour tourmenter son mari infidèle, je pense que beaucoup de gens peuvent s'identifier à elle et la soutenir.

— Vous y compris ? demanda Larsson. Votre conscience exige peut-être que vous donniez votre voix à quelqu'un comme Mme Cole plutôt qu'à M. Harrison ? Ou est-ce que vous allez écouter votre cœur et la condamner à une mort atroce en votant pour un mort en sursis ? Il n'est pas trop tard non plus pour changer d'avis sur M. Cole. Il manque peut-être de ce que vous appelleriez de l'intégrité, mais on ne peut nier que c'est un homme plein de passion et d'envie de vivre. M. Harrison n'a, selon ses propres dires, rien pour lui. Même l'intérêt que lui porte la petite fiancée de la Nation ne suffit pas à lui donner envie de rester dans son enveloppe charnelle. »

Libby sentit le feu de son visage, qui rougissait. À cet instant précis, elle n'avait jamais détesté personne autant que Jack Larsson.

« Vous savez quoi ? coupa Fiona. Vous venez de me convaincre, Jack. Je me fiche de ce que Heidi savait ou non, je vote pour elle. Et vous pouvez lever les yeux au ciel tant que vous voulez, je me fiche aussi de ce que vous pensez.

— Vous ne faites que diviser les voix entre mari et femme. Rangez-vous à mon vote et au moins, les enfants pourront revoir un de leurs parents.

— Pourquoi est-ce à moi de changer mon vote ? Pourquoi pas à vous ?

— Mme Cole a deux enfants, son mari, quatre.

— Si vous êtes si préoccupé par les enfants, pourquoi n'avez-vous pas soutenu Shabana, qui en avait cinq ? » demanda Libby.

Larsson soupira. « Nous y voilà. Une nouvelle diatribe de la sentimentale ultralibérale…

— Encore des conneries de la part du malade mental antilibéral…

— Ça suffit ! » tonna Fiona. Le ton de sa voix surprit Libby. « On n'est pas dans une cour de récréation ! N'oubliez pas que le monde nous regarde. Il ne nous reste que vingt minutes pour décider. Y a-t-il quelqu'un d'autre qui soutiendra Heidi avec moi ?

— Moi, dit tout à coup Matthew.

— Heidi est maintenant en tête avec deux voix. Sam en a une et Claire, une. »

À une seconde d'intervalle, le cœur de Libby se souleva puis se serra. Cela voulait dire qu'à moins que le public ne vote comme elle, Jack Larsson avait raison. Jude était un mort en sursis.

49

HEIDI COLE

Heidi n'avait plus la force de haïr son mari – elle avait épuisé ses réserves de haine lorsqu'elle avait découvert sa double vie. Et après le tourbillon d'émotions de ces deux dernières heures, toute pugnacité l'avait abandonnée. Elle n'avait même plus assez d'énergie pour libérer les larmes qui lui montaient aux yeux.

Seule dans sa voiture, c'était la première fois, depuis qu'elle avait découvert que Sam avait une double vie, qu'elle ressentait autre chose que le besoin de lui pourrir la vie autant qu'il avait gâché la sienne. Elle ressentait du chagrin. Elle commençait à pleurer la perte de l'homme qu'elle croyait connaître par cœur. Retenus dans leurs voitures contre leur gré, ils étaient tous égaux. Et elle comprenait maintenant clairement que ce qu'elle avait fait était absurde, irrationnel et totalement étranger à son caractère. Si elle pouvait revenir en arrière, elle aurait mis Sam face à son mensonge, l'aurait viré de la maison et l'aurait rayé de sa vie dès qu'elle aurait su. C'est le conseil qu'elle aurait donné à des amies dans la même situation qu'elle. Au lieu de ça, elle était passée à l'offensive avec un désir brûlant de lui faire mal. Et où cela l'avait-il amenée ? Ici, toute proche d'une mort très publique.

Avec deux votes pour elle, il lui restait une chance de survivre à cette épreuve. Mais alors, il lui faudrait affronter de tout autres problèmes, à commencer par son renvoi de la police. L'Inspection Générale de la Police Nationale découvrirait un officier de police corrompu essayant de gagner de l'argent par des moyens illégaux et qui avait utilisé les moyens de l'État à des fins personnelles. Et l'IGPN se moquerait bien qu'elle ait fait ça parce qu'elle souffrait.

Elle avait découvert la seconde famille de Sam tout à fait par hasard. La journée avait commencé comme beaucoup d'autres. Sam travaillait à trois cents kilomètres de là, Heidi avait pris ses congés annuels et s'occupait des enfants pendant que l'école était fermée pour une formation des enseignants. Elle avait fait monter James et Beccy dans la voiture et l'avait programmée pour les déposer à un parc naturel pour une journée d'activités. En attendant leur retour, elle s'était assise dans le jardin d'hiver à l'abandon, maudissant son toit qui fuyait et ses vitres fêlées. Avec sa tablette, elle s'était connectée à Facebook et sur un forum où on recommandait des artisans sérieux des environs. Mais un coup d'œil innocent aux posts de ses amis avait tout changé.

Une association caritative d'aide aux personnes atteintes de troubles mentaux avait créé le buzz avec des vidéos sur lesquelles les participants recevaient des seaux d'eau en pleine figure, suivis de paquets de farine, pour se transformer en "bonhommes de neige gluants" et contribuer ainsi à lever des fonds et à faire connaître l'association. « Jamais de ma vie je ne ferai ça ! » avait marmonné Heidi en voyant une de ses amies ôter des paquets gluants de ses cheveux. Tout à coup, elle vit qu'on avait tagué le nom "Samuel Cole" dans une vidéo, à la rubrique "Personnes que vous aimeriez peut-être suivre".

Heidi avait été troublée. Quelques mois après leur mariage, Sam avait claironné partout qu'il avait désactivé tous ses comptes sur les réseaux sociaux. « Ces sociétés en savent trop sur nous, grognait-il, ça me met mal à l'aise. Et puis je n'ai pas le temps de tout lire sur la vie des gens alors que j'ai à peine celui de vivre la mienne. » Heidi n'y avait rien trouvé à redire. Mais Sam n'avait peut-être pas compris que même si son profil Facebook n'était plus actif, d'autres utilisateurs pouvaient quand même le taguer.

Curieuse, Heidi avait cliqué sur son nom et quelques vignettes de vidéos étaient apparues. Toutes avaient été postées par une certaine Josie Cole, et le nom de Sam était tagué sur toutes. Heidi ne se souvenait d'aucune Josie Cole dans la famille de Sam – en tout cas, elle n'en avait rencontré aucune. Dans la première vidéo, elle avait vu son mari avec un garçon et une fille qu'elle ne reconnaissait pas. Ils riaient en lui lançant des verres d'eau à la figure et en le couvrant de farine. « Je suis un bonhomme de neige gluant, et je nomme Andrew Webber et Darren O'Sullivan, crachotait Sam.

— Tu veux une serviette, papa ? demandait la fillette.

— Oui, s'il te plaît », répondait Sam.

Heidi s'était figée. Elle avait dû mal comprendre. Elle était revenue en arrière et avait repassé la vidéo. *Papa*, avait répété la petite fille. Heidi avait recommencé. Et encore. Et encore. Jusqu'à ce que Heidi répète le mot en même temps que la fillette dans la vidéo. *Papa !*

À n'y rien comprendre. *L'homme sur cette vidéo ne peut pas être Sam*, avait pensé Heidi. Elle s'était repassée la vidéo au ralenti, étudiant chaque détail de son physique. Mais le visage, la carrure, le léger embonpoint, le dessin de ses poils sur la poitrine, ses manières, sa voix, tout désignait Sam. Comment était-ce possible ? S'il avait eu une famille avant de rencontrer Heidi, elle l'aurait appris, depuis le temps. Et puis la vidéo était récente parce qu'il avait l'apparence du Sam d'aujourd'hui. *Il aurait un frère jumeau sans le savoir? Non, c'est ridicule.* Mais croire que c'était son mari qu'elle voyait à l'écran était tout aussi ridicule.

L'angle de la caméra ne permettait pas de bien voir les noms de Beccy et James que son Sam portait tatoués au bras. Nerveuse, elle était passée aux autres vidéos où il était aussi tagué. Elle y avait vu les deux mêmes enfants, dans un jardin, accompagnés cette fois d'une femme. Et dans l'avant-dernier clip, la femme passait le bras à sa taille avant de l'embrasser sur les lèvres. Heidi avait été frappée par leur ressemblance : même coupe de cheveux, même sourire. Et puis dans le dernier clip, cette famille-là était en vacances dans un camping que Heidi avait reconnu tout de suite. C'était celui où elle avait rencontré Sam pour la première fois, à Aldeburgh.

Quand, dans la vidéo, il avait tendu le bras pour garder l'équilibre en se promenant sur une plage de galets, les pires craintes de Heidi étaient devenues réalité. Il portait le tatouage. Il ne pouvait y avoir qu'une seule explication : Sam avait une seconde famille.

La tablette de Heidi avait glissé au sol. Sa formation de policière lui avait appris à examiner tous les éléments d'une affaire avant d'en tirer des conclusions et à ne jamais laisser ses émotions prendre le dessus. Elle avait pris une grande inspiration : elle devait traiter Sam comme n'importe quel suspect.

Anxieuse, elle s'était repassé toutes les vidéos de Facebook en cherchant à en apprendre le plus possible sur Josie Cole. Elle avait comparé les dates de publication des vidéos au calendrier familial digital accroché au mur de la cuisine.

À chaque fois qu'un clip avait été posté, Sam travaillait à l'extérieur. Il passait trois ou quatre nuits par semaine dans un *bed & breakfast* bon marché de Halifax, non loin de son agence. En tout cas, c'est ce qu'il disait à Heidi, et elle n'avait eu jusqu'alors aucune raison d'en douter. Elle avait demandé à son assistant virtuel en ligne d'appeler tous les *B & B* répertoriés pour savoir s'il y était descendu. Il ne s'était enregistré dans aucun. Sam devait jouer à la famille épanouie avec Josie Cole.

Mais pourquoi portait-elle le patronyme de Sam ? Heidi avait consulté la page Facebook de Josie, mais le reste de son profil était privé. Pour étendre ses recherches, elle avait commandé un taxi.

« Je croyais que tu étais en congé avec les enfants, aujourd'hui ? avait dit le sergent Bev Saxon en la croisant au commissariat.

— Je veux prendre de l'avance sur la paperasse que j'ai à remplir », avait répondu tranquillement Heidi. Elle avait attendu que les bureaux se vident et avait épluché le fichier des cartes nationales d'identité et celui de la police nationale pour en apprendre plus sur Josie.

Elle avait découvert que Josie était mère à plein temps, qu'elle avait un an de moins qu'elle, qu'elle travaillait à temps partiel au secrétariat de l'église baptiste locale. Hésitante, elle avait cliqué sur l'icône du statut marital de Josie : Sam Cole avait épousé Josie Harmon dix mois après avoir passé la bague au doigt de Heidi. Son nom figurait aussi sur les certificats de naissance de leurs deux enfants. Il leur avait également donné les mêmes prénoms qu'à ceux qu'il avait avec Heidi.

Enfreignant un peu plus les lois sur l'usage des données policières à des fins personnelles, Heidi avait prétexté d'un protocole antiterroriste pour accéder aux comptes en banque professionnels de Sam. Là, elle avait découvert que ces comptes servaient à financer l'achat à crédit d'une maison souscrit à son nom et à celui de Josie. Ils avaient aussi deux comptes joints et des cartes bancaires à leurs deux noms. Un examen de sa société révéla qu'elle était basée à Sheffield, et non à Halifax comme il l'affirmait.

Heidi, penchée en avant sur son siège, avait essayé de digérer ce qu'elle venait d'apprendre. Soudain, de nombreux aspects de son mariage s'expliquaient. La méfiance de Sam envers les réseaux sociaux et sa réticence à prendre plus de quelques jours de vacances d'affilée, les visites à sa mère, en Algarve, qu'il allait toujours voir seul. Parfois, à son retour de Halifax, il portait des vêtements qu'elle ne lui connaissait pas. Presque tous les soirs, quand il était à la maison, il s'enfermait dans la chambre pour passer des coups de fil "professionnels". *Pendant tous ces moments, tu leur parlais. Sous mon propre toit, tu parlais à ton autre famille.*

Heidi avait alterné entre fureur et trouble. Mais elle était trop en colère pour pleurer une seule larme sur Sam. Les jours suivants, elle avait été plusieurs fois au bord de lui téléphoner et de lui cracher la vérité à la figure. Mais un homme capable de cacher une seconde famille à sa femme était passé maître dans l'art de la tromperie. Il ne serait jamais sincère avec elle et il ne méritait pas qu'elle le soit avec lui. Quand Sam était revenu de Halifax un peu plus tard dans la semaine, elle n'avait rien dit de sa découverte.

Essayer de masquer ce qu'elle ressentait, l'empêcher de transparaître dans ses paroles, son humeur ou son attitude était quasi impossible. Heidi n'eut plus qu'une envie, faire à son mari autant de mal qu'il lui en avait fait. Et de ce mépris, une idée avait jailli.

Entretenir deux foyers, deux épouses et quatre enfants ne devait pas être facile pour Sam. Elle allait voir ce qui arriverait si elle le pressurait un peu plus, de différentes manières.

Elle avait commencé graduellement, d'abord en l'inscrivant sur des applications et des sites de rencontres extraconjugales, avec de faux profils mais avec ses vraies coordonnées. Et quand les appels et les e-mails s'étaient mis à arriver en nombre, elle l'avait vu avec amusement être au supplice à chaque fois que son téléphone sonnait ou qu'un nouveau message arrivait. Il avait fini par éteindre son téléphone quand il était à la maison. Elle avait pris soin d'indiquer les quatre localités, Halifax, Sheffield, Dunstable et Luton, pour signifier que quelqu'un, quelque part, connaissait son secret.

Puis, sachant exactement combien d'argent il siphonnait sur ses comptes pour sa seconde famille, elle avait passé la vitesse supérieure en posant ses propres exigences. Elle lui avait demandé une nouvelle cuisine haut de gamme avec tous les équipements possibles, puis suggéré qu'il fallait refaire la salle de bain, et enfin demandé des devis pour un nouveau jardin d'hiver. Elle s'était délectée de la gêne de Sam, qui n'arrivait plus à inventer d'excuses pour justifier le fait qu'ils n'avaient pas les moyens de s'offrir ce qu'elle lui demandait.

Plus elle le sentait mal à l'aise, plus elle le pressurait. Mais si ses exigences avaient été un bon début, elles n'étaient pas à la hauteur de la peine qu'elle éprouvait. Heidi devait monter d'un cran et vraiment le frapper au portefeuille. Et elle voulait savoir jusqu'où il était prêt à aller pour garder son secret. Elle allait donc le faire chanter.

Elle s'était fixé un chiffre au hasard – une somme ridiculement élevée –, cent mille livres. Il était loin d'avoir cette somme à disposition mais elle allait tirer un grand plaisir à l'imaginer se torturer à chaque e-mail. Et elle avait laissé une semaine d'intervalle entre chaque demande pour maximiser son mal-être. Ce n'est qu'après qu'il eut accepté ce chiffre grotesque qu'elle s'était renfoncée dans son fauteuil en inspirant longuement. Il était vraiment prêt à tout pour qu'elle ne découvre pas son secret.

Mais dans les jours précédant la remise de l'argent, il lui restait encore une chose à accomplir avant de mettre un terme à son offensive. Elle voulait voir en vrai la femme de son mari.

La voiture de Heidi s'était garée le long du trottoir d'en face de la maison de Josie. La maison n'était pas sans rappeler la sienne. *Les mêmes noms pour les enfants, des épouses qui se ressemblent, des maisons semblables… au moins il est cohérent*, avait pensé Heidi. Elle était restée dans sa voiture, regardant de loin la seconde famille de Sam quitter peu à peu la maison. D'abord son fils, que des camarades étaient passés prendre. Puis sa fille, qui s'était éloignée en scooter. Ils ressemblaient vraiment à ses propres enfants. Et enfin Josie était apparue. Heidi avait opacifié ses vitres et observé attentivement sa rivale passer devant elle.

Mais soudain, il lui avait fallu plus qu'un simple coup d'œil. Sans réfléchir, elle avait entrepris de la suivre à pied. Au bout de vingt minutes, elles étaient arrivées à l'hôpital royal de Calderdale. Josie avait franchi les portes du service de mammographie, et Heidi, hésitante, avait attendu dehors. Son cerveau lui disait de mettre fin à cette mission stupide et de rentrer chez elle, son cœur lui intimait de rester. Elle avait écouté ce dernier jusqu'à ce que, une heure plus tard, Josie finisse par réapparaître.

Heidi avait immédiatement remarqué sa pâleur, ses yeux rougis et les auréoles de sueur sous ses aisselles. Josie se hâtait dans le couloir comme si on la chassait. Mais elle avait mal refermé son sac à main qui, dans sa hâte, avait glissé et répandu son contenu au sol. Josie s'était accroupie pour tout ramasser, et Heidi s'était précipitée pour l'aider.

« Merci, avait dit Josie avant de fondre en larmes.

— Ça ne va pas ? » avait demandé Heidi, hésitante. Josie avait fait non de la tête.

Derrière elle, Heidi avait repéré un café. « Allons nous asseoir », avait-elle dit en aidant Josie à se relever.

Mais qu'est-ce que tu fous ? s'était-elle demandé en revenant du comptoir avec deux tasses de thé. *Ça ne fait pas partie du plan !*

« Je suis désolée, avait dit Josie en se mouchant.

— Vous avez reçu une mauvaise nouvelle ? »

Josie avait acquiescé, et parlé doucement : « J'ai eu les résultats de mes analyses et… ils ne sont pas bons.

— Ça peut se soigner ?

— C'est au stade juste avant le cancer le plus sérieux. Le spécialiste dit qu'il faut voir si c'est une tumeur secondaire qui vient d'ailleurs avant de commencer le traitement. Je dois revenir faire d'autres scanners.

— Oh. Je suis désolée, avait répondu Heidi qui, à sa grande surprise, était sincère.

— C'est un choc tellement soudain, avait repris Josie. J'ai perdu ma sœur à cause de ça, et je ne peux pas m'empêcher d'imaginer le pire. » Elle avait enfoui sa tête dans ses mains et s'était remise à pleurer. Sans réfléchir, Heidi avait pris la main de Josie. Josie avait serré la sienne et les deux femmes étaient restées dans un silence contemplatif.

« Vous devez me croire folle, pour étaler mes problèmes devant une parfaite étrangère, avait fini par dire Josie.

— Pas du tout. Vous… Vous avez de la famille pour vous aider ?

— Oui. Un mari et deux enfants. »

Heidi s'était cabrée au mot "mari". « Il est au courant ?

— Non. Il travaille beaucoup à l'extérieur, et je préférerais le lui annoncer moi-même, mais je ne sais pas comment. Il a tellement de pression au boulot, ces temps-ci, il dort mal, il ne mange plus et je ne veux pas lui compliquer encore plus la vie. »

Heidi savait qu'elle était probablement la cause de l'anxiété de Sam et tout à coup, le goût de la revanche perdit de sa douceur. « C'est un bon mari ? avait-elle demandé.

— Il fait tout ce qu'il peut. On n'est pas riches, il travaille dur, et je sais qu'il nous aime. Et puis il y a ma mère. Elle en est aux premiers stades de démence sénile, et c'est moi qui m'occupe d'elle. Je ne sais pas comment je vais faire pour prendre soin d'elle et me battre contre ça en même temps.

— On se surprend parfois soi-même, on ne sait pas la force qu'on a réellement avant d'être dos au mur. »

Heidi avait eu affaire à assez de délinquants dans sa carrière pour reconnaître le bien et le mal chez les gens – sauf chez son mari. Son instinct lui disait que Josie était une femme bien, dont le seul tort avait été de tomber amoureuse d'un homme dont elle ne savait pas qu'il était déjà marié. Elle n'avait pas besoin d'apprendre la vérité, en tout cas pas maintenant.

Quand la voiture de Heidi s'était mise en route, le matin de la remise des cent mille livres, elle avait pris sa décision. Elle avait rencontré une femme qui avait plus qu'elle besoin de son mari. Se venger ne comptait plus. Pour Sam, voir Josie se battre avec son cancer serait un châtiment bien plus grand que tous ceux que pouvait lui infliger Heidi.

Lorsqu'elle le confronterait, à la consigne de Milton Keynes où il devait laisser la pochette contenant l'argent, elle lui dirait que c'était terminé, mais ne dirait pas qu'elle avait rencontré Josie ni que celle-ci était malade. C'était à son autre femme d'en décider.

En rentrant, cependant, elle dirait la vérité sur leur père à ses enfants. Elle ne voulait pas leur mentir. Ils méritaient d'avoir au moins un parent honnête.

Désormais, le projet de Heidi était à l'eau et aux yeux du monde, elle était aussi menteuse et manipulatrice que son mari. La réalisation fut brutale, et l'émotion la submergea. Pour la première fois depuis qu'elle avait découvert la vérité sur Sam, elle libéra ses larmes. La femme surnommée par ses collègues Elsa la reine de glace commençait à fondre.

50

« Ai-je besoin de demander à qui va votre voix ou puis-je en présumer ? » demanda Fiona à Libby.

Le regard de celle-ci voletait d'un écran à l'autre, en évitant Sofia qui restait cachée derrière son foulard masquant l'objectif. Elle regarda Claire et son bébé à naître. Sam, père de quatre enfants, mari de deux femmes. Son épouse Heidi, la femme bafouée. Puis elle se fixa sur Jude. L'homme dont elle s'était entichée mais qui ne voyait plus aucune raison de vivre.

En toute logique, son choix devrait privilégier quelqu'un qui voulait continuer de croquer la vie à pleines dents, et Jude n'était pas celui-là. Elle avait sous les yeux des candidats plus volontaires, mais tout aussi imparfaits que lui. Elle avait tout à fait conscience que son choix allait être lourd à porter. Mais elle avait beau essayer, elle ne pouvait se résoudre à le condamner à mort à cause d'une maladie contre laquelle il ne pouvait rien. Libby se demanda si, peut-être, il avait vu juste en disant qu'en essayant de le sauver lui, elle compensait le fait d'avoir échoué à sauver son frère. Impossible de savoir. Tout ce dont elle était certaine, c'est qu'elle était la seule à pouvoir lui accorder son vote, et elle ne pouvait pas le laisser tomber.

« Oui, je vote pour Jude », dit-elle enfin. Fiona ajouta Jude à son décompte.

« Perte de temps », grogna Larsson.

Sam ayant une voix, Claire une autre et Heidi deux, la mort de Jude n'était pas jouée d'avance. Tout dépendait maintenant du public. Mais le public voulait du sang. La foule avait précipité la mort de Shabana et tenté de transformer la voiture de Sofia en bûcher ambulant. L'ampleur de cette haine, sans même connaître toute l'histoire des Passagers, dégoûtait Libby. Il y avait peu de chance que le public prenne en sympathie un homme qui avait déjà planifié sa propre mort.

« Buzzman, dit tout à coup le Hacker, faisant sursauter le spécialiste des réseaux sociaux comme si une guêpe l'avait piqué, pouvez-vous nous dire de quel côté penche l'opinion publique mondiale ?

— Bien sûr ! » Son collègue lui passa une tablette et Buzzman leva un sourcil parfaitement épilé devant les données qui défilaient sur son écran. « Eh bien, voilà une lecture intéressante.

— Intéressante dans le bon ou dans le mauvais sens ?

— Tout dépend de la voiture dans laquelle vous êtes. »

Larsson leva les yeux au plafond comme s'il en appelait à la clémence du Hacker. « Pourriez-vous demander à votre singe d'arrêter de tourner autour du pot et de nous informer du choix du public ? C'est M. ou Mme Cole ?

— Allons, allons Jack, arrêtez de jouer les personnages importants, rétorqua Buzzman. Si on ne base la réponse que sur le hashtag "Sauvez", alors le tag le plus fréquent sur tous les réseaux sociaux est #SauvezHeidi. »

Libby s'y attendait mais elle eut quand même l'impression de perdre l'équilibre. Elle jeta un coup d'œil à Matthew et Fiona, qui avaient tous deux exprimé leur soutien à Heidi. Elle supposait qu'ils étaient tous deux satisfaits, mais que par respect pour les autres Passagers, ils refrénaient leur gratitude.

« Cependant... » ajouta Buzzman. Les jurés se tournèrent pour lui faire face tandis qu'il s'avançait vers le centre de la salle en ménageant une pause théâtrale. « ... si nous ajoutons le hashtag "Sauvez" à tous les autres hashtags indépendants générés et relayés par les utilisateurs des réseaux sociaux, nous obtenons alors un autre nom en tête de la liste. Deux noms, en réalité. Qui totalisent presque le double des votes obtenus par #SauvezHeidi.

— Et... ? demanda Larsson, de plus en plus impatient.

— Et... répéta Buzzman qui balaya sa tablette pour faire apparaître un hashtag sur le mur faisant face aux écrans, membres de la Commission, mesdames et messieurs les téléspectateurs qui nous suivez depuis chez vous, je vous présente #DonnezUneChanceàLibbyEtJude. »

Libby ouvrit des yeux grands comme des soucoupes. « Pardon ? demanda-t-elle, interloquée. Vous pouvez répéter ?

— #DonnezUneChanceàLibbyEtJude, répéta Buzzman. Le monde ne parle plus que de vos dix minutes de conversation avec Jude. Ils ne veulent pas que votre histoire s'arrête. Ils veulent absolument savoir ce qui va se passer ensuite. Regardez ! »

Le contenu de l'écran de Buzzman envahit le reste du mur. Des dizaines et des dizaines de messages, ainsi que des hashtags tels que #LibbyMJude, #J&LHeureuxPourLaVie et #SauvezLesAmoureuxMalheureux, des mèmes et des GIF.

« Ils sont tous devenus tarés ? fit Larsson, estomaqué.

— Les gens aiment bien les outsiders, répondit Buzzman avec un haussement d'épaules.

— Et les gens ont toujours tort.

— Je suis désolé, Jack, mais l'opinion publique s'identifie aux deux tourtereaux. Les gens ont même collé leurs deux noms pour que #Judy ait l'honneur d'être le hashtag le plus rapidement diffusé de tous les temps. Les réseaux sociaux sont très clairs, ils votent pour Jude. »

Libby leva les yeux vers Jude. Il avait l'air aussi incrédule qu'elle. Contre toute attente, il avait désormais une chance de survivre. « Je ne comprends pas, reprit Libby. Des gens qui ne nous connaissent pas s'intéressent vraiment à nous ?

— Ce n'est pas à vous qu'ils s'intéressent ! siffla Larsson. Pour eux, vous êtes aussi réelle que ce crétin de Père Noël. Les gens veulent croire en quelque chose, même des salades de pure invention, comme vous et M. Harrison. Ne faites pas l'erreur de croire que quelqu'un, dans cette salle ou en-dehors, s'intéressera à vous une fois que ces voitures se seront télescopées.

— Avec deux voix chacun, Heidi et Jude sont à égalité, dit Fiona en reposant sa tablette. Alors qu'est-ce qui se passe, maintenant ?

— L'un d'entre vous doit modifier son vote, dit le Hacker.

— Et sinon ?

— Sinon, vous les envoyez tous à la mort. Qui veut commencer ? »

51

Muriel fut la première jurée à se tourner vers Libby pour lui présenter des excuses.

« Je suis tout à fait désolée, vraiment, parce que je sais combien Jude compte pour vous, commença-t-elle. Mais mon cœur penche pour le bébé à naître de Claire. Quoi qu'elle ait pu faire à son mari, je ne peux pas punir ce pauvre petit pour ça. »

Elle prit la main de Libby et la serra, pour mieux manifester son remords. Libby acquiesça en silence, se sentant incapable de parler, avant de se tourner vers Matthew. Elle sut tout de suite quelle serait sa réponse en voyant qu'il fuyait son regard.

« J'y ai bien réfléchi, honnêtement, mais je ne peux pas priver les enfants de Heidi de leur mère. Toutes mes excuses.

— Je comprends. »

Ce fut au tour de Fiona. « Et je suis sûre que vous comprendrez aussi qu'en tant que mère, je peux sentir ce que doit endurer Heidi. J'essaie d'imaginer ce que ça doit faire de ne plus jamais revoir mes enfants… ça me brise le cœur. »

Tous, sauf Libby, reportèrent leur attention sur Larsson. Il n'avait aucune raison de les aider, ni elle ni Jude ; elle n'allait pas perdre de temps à le lui demander.

« Hmm, fit Larsson, tapotant théâtralement ses lèvres de l'index. Un véritable dilemme, n'est-ce pas, mademoiselle Dixon ? Il semble que ce soit moi qui, en dernier ressort, vais décider de votre avenir. Je dirige cette Commission peut-être plus que votre ami le Hacker ne le pense. Voyons, qui choisir, qui choisir… »

Il se tut et montra du doigt les écrans, désignant tour à tour les visages des cinq Passagers restants. « Quelle voiture vais-je faire exploser ? Am, stram, gram, pic et pic et colegram…

— Mais vous êtes dingue ! s'insurgea Matthew. On risque la vie des gens, là ! Ça n'a rien d'un jeu !

— Bien sûr que si, c'est un jeu ! Vous ne voyez pas que le Hacker se joue de nous depuis qu'il s'est fait connaître ? Alors pourquoi je n'aurais pas le droit, moi aussi, de jouer à mon propre jeu ? Et si vous croyez vraiment qu'il va laisser un de ces pauvres types échapper à l'accident, c'est que vous êtes encore plus bête que je ne le croyais !

— Il n'a aucune raison de ne pas tenir sa parole, réfuta Muriel.

— Pauvre petite écervelée, dit Larsson en riant. Levez le nez de votre Bible, votre Coran, votre Torah ou vos Védas ou de je ne sais quelle religion vous suivez cette semaine, et revenez à la réalité, si vous pouvez. Sofia n'avait pas tout à fait tort… Tout ceci… c'est l'émission de téléréalité ultime.

— Pour l'amour de Dieu, Jack, choisissez quelqu'un, c'est tout, dit Fiona. Il ne nous reste qu'un quart d'heure. »

Larsson se leva et se plaça au centre de la salle. Il se tourna ostensiblement vers chacun des Passagers, étendit les mains et fit craquer ses phalanges. Enfin, il tourna la tête et croisa le regard de Libby. Elle redevint instantanément la femme qui était entrée pour la première fois dans cette salle la veille, se sentit petite et insignifiante.

« Suppliez-moi ! dit lentement Larsson.

— Jack, ça suffit, répliqua Fiona. Un peu de dignité ! N'oubliez pas que le monde nous regarde. Vous ne laisserez pas une belle image de vous dans l'opinion publique. »

Jack l'ignora. « Suppliez-moi, répéta-t-il.

— Vous êtes fou, dit Matthew. Choisissez simplement un nom.

— Si mademoiselle Dixon veut que son petit ami survive à l'aventure, j'ai besoin de savoir à quel point elle tient à lui. Je veux qu'elle me supplie. »

Libby eut un mouvement de recul devant son sourire, entre moquerie et mépris. Elle se tourna vers l'écran de Jude et pour la première fois, celui-ci parut en colère. « Non », articula-t-il silencieusement en agitant les mains devant sa poitrine. « Non ! »

Libby hocha la tête et reporta son regard noir sur Larsson. Elle s'éclaircit la gorge. « Je vous supplie de choisir Jude », dit-elle d'une voix égale et mesurée.

Jack Larsson exhala un long soupir exagéré. « Voilà ! Ça n'était pas si difficile, vous voyez ? Et comme vous me l'avez demandé gentiment, je veux bien changer mon vote. Je suis désolé, monsieur Cole, mais à la dernière minute, je suis contraint de soutenir quelqu'un d'autre. »

Sam ferma les yeux et pencha la tête en avant.

« Et ? demanda Matthew ? Où va votre vote ?

— Qu'il ne soit pas dit que je n'écoute pas les gens et que je ne prends pas leur opinion en compte. Je soutiendrai la personne qui a reçu le plus de hashtags.

— Merci », dit Libby, submergée par une vague de soulagement. Jude était épargné.

« Oh, non, je pense que vous m'avez mal compris, mademoiselle Dixon, reprit Larsson. C'est Mme Cole qui a obtenu le plus grand nombre de hashtags "sauvez", pas M. Harrison. Votre plaidoirie ne vous a valu le vote du public qu'en modifiant son nom et le vôtre, ce qui, à mes yeux, est injuste. Je vote donc pour la véritable gagnante, Mme Cole, pas pour le Passager mentalement instable qui a vos faveurs. »

Crucifiée par le regard de Larsson, par son sourire tout en tromperie, Libby sentait Jude lui glisser lentement entre les doigts. Elle ouvrit la bouche pour le défendre, mais savait que c'était inutile. Son humiliation laissa vite place à la fureur, et elle fut à deux doigts de gifler violemment Larsson.

« Vous ne vous souciez même pas de Heidi ! dit-elle. Il y a quelques minutes à peine, vous disiez qu'elle avait poussé son mari dans les bras d'une autre femme. Vous ne faites ça que parce que c'est la seule parcelle de pouvoir qui vous reste.

— Vous êtes mauvaise perdante, mademoiselle Dixon, dit Larsson. Nos voix sont trop précieuses, je préfère ne pas gâcher la mienne pour une histoire d'amour mort-née.

— Pourquoi êtes-vous si opposé à laisser Jude vivre et à nous donner une chance à tous les deux ?

— Ne mordez pas à l'hameçon, Libby, avertit Matthew. Il n'a plus rien à perdre. Le monde l'a vu sous son vrai jour. Il n'a aucune chance d'être réélu un jour.

— Ça m'est égal, continua Libby. Allez, monsieur Larsson, dites ce que vous avez sur le cœur. »

Larsson tourna la tête vers Jude. « Vous vous êtes demandé ce que #J&LHeureuxPourLaVie voulait dire vraiment ? dit-il. Vous êtes infirmière en psychiatrie, mademoiselle Dixon. Pas Walt Disney. Vous avez forcément compris qu'il n'y a pas de "et ils vécurent heureux pour toujours" dans votre scénario. Pas de petits oiseaux ou de petits lapins pour vous guider au soleil couchant, vous et le Prince charmant, vers un finale de conte de fées. Si je choisis M. Harrison pour survivre à cette épreuve, que pensez-vous qu'il va se passer quand vous serez sortie de cette salle ? Bien sûr, vous pourrez peut-être entamer une relation de codépendance affective maladroite et vouée à l'échec qui durera quelques semaines, quelques mois si vous avez de la chance. Mais quand le monde cessera de s'intéresser à vous et qu'il ne restera que vous deux, M. Harrison reprendra le même combat contre les démons qu'il affrontait bien avant que vous ne tombiez dans les bras l'un de l'autre. De fait, ses blocages et ses angoisses seront très probablement exacerbés parce qu'il aura sur ses fragiles épaules le poids des attentes de tout le monde, y compris les vôtres, et il y a peu de chances qu'il supporte le défi. Il arrivera peut-être à vous convaincre, au début, que vous êtes sa raison de vivre et il aura même envie de le croire, sincèrement. Mais secrètement et sans même le formuler, il sera toujours sur la corde raide, partagé entre l'envie de vous faire plaisir et la paix qu'il avait trouvée aujourd'hui, en décidant de mourir. Et le jour où vous aurez un moment d'inattention, il tombera de cette corde, et n'y remontera plus. Et vous n'en serez même pas surprise, car au fond de vous-même, vous vous y attendrez. À chaque fois qu'il laissera passer plus de quelques sonneries avant de répondre à votre coup de téléphone, à chaque fois que la maison sera un peu trop silencieuse quand vous rentrerez du travail, la première chose qui vous traversera l'esprit, c'est la crainte qu'il ne se balance au bout d'un lustre comme votre frère Nicky. Et, comme pour votre frère, vous saurez que c'est de votre faute parce que vous l'aurez obligé à vivre une vie qu'il ne supporte pas. Alors au lieu de rester assise là comme une petite pimbêche frustrée parce qu'on lui désobéit, vous devriez me remercier. Parce que je vous épargne ce chagrin. En condamnant M. Harrison, je vous donne la possibilité de poursuivre votre existence ennuyeuse de piéton, sans devoir ajouter la rubrique frais d'enterrement à la liste de vos dépenses. »

Cette fois, Libby ne put contenir sa fureur. « Espèce de fumier ! » hurla-t-elle en se jetant sur Larsson, battant l'air des poings. Elle fut arrêtée à un cheveu de la figure de Larsson par Matthew qui s'interposa, la saisit à la taille et l'entraîna à l'autre bout de la pièce, tandis que Libby ruait dans les brancards pour se libérer.

« Beaucoup de gens meilleurs, plus grands et plus forts que vous s'en sont pris à moi et ils ont perdu, siffla Larsson. Vous n'êtes pas la première et vous ne serez pas la dernière. N'oubliez pas que les gens comme vous ne gagnent jamais contre les gens comme moi.

— La seule bonne chose dans tout ça, c'est que vos électeurs ont vu le connard hypocrite et moralisateur de merde que vous êtes vraiment », fulmina Libby.

Larsson balaya l'air d'un revers de main. « La bave du crapaud..., mademoiselle Dixon. La bave du crapaud. Rien ne changera parce que, que ça vous plaise ou non, on a besoin de moi. On me respecte. On m'écoute. Je suis un influenceur. Vous, vous n'êtes *rien* ! »

Avant que Libby puisse répliquer, un cri perçant jaillit des haut-parleurs et emplit la salle. Toutes les têtes se tournèrent vers le mur d'écrans, cherchant d'où ça venait, et s'arrêtèrent sur Claire.

Son micro avait été rouvert.

52

« Oh, mon Dieu ! dit Muriel. Regardez !

— Elle a…

— Oui, coupa Matthew. On dirait que le travail a commencé.

— Elle fait semblant, fit Larsson, dédaigneux.

— Mais regardez-la, espèce d'idiot ! dit Fiona. Ce n'est pas une femme qui feint d'avoir des contractions. »

Le visage de Claire se tordait de douleur. Elle mordait sa lèvre inférieure, essayant de retenir un nouveau cri. Elle frappa du plat de la main sur le tableau de bord et ferma les yeux en attendant que les contractions cessent momentanément.

« Un coup de dernière minute pour attirer la sympathie, dit Larsson. Je parierais qu'elle fait semblant pour les caméras.

— Il ne vous reste plus d'argent à parier, vous vous souvenez ? Le monde entier a vidé vos comptes en banque.

— Pourquoi on ne voit ça que maintenant ? demanda Muriel. Il y a une minute, elle ne souffrait pas comme ça, si ?

— Je dirais qu'il passe la vidéo en boucle, répondit Matthew. Il a dû nous montrer des images de Claire avant que les contractions ne commencent. Mais nous étions trop occupés à débattre pour savoir s'il fallait la sauver ou pas pour nous en apercevoir.

— Il faut la faire sortir de là, intima Muriel qui leva le regard vers le plafond. Vous m'entendez ? Vous devez aider cette femme et son bébé !

— Vous parlez à Dieu ou au Hacker ? ricana Larsson.

— Oh, la ferme ! » mugit Muriel avant que les haut-parleurs ne crachotent et que le Hacker prenne la parole.

« Si l'on évalue le moment de l'accouchement en fonction du temps moyen entre deux contractions, le bébé devrait arriver dans la demi-heure qui vient.

— Vous avez une idée de l'état de stress de Claire et du bébé ? continua Muriel. Vous devez la libérer immédiatement !

— J'aimerais pouvoir le faire, mais ça m'est impossible.

— Que voulez-vous dire ? C'est votre jeu, ce sont vos règles, vous pouvez faire ce que vous voulez.

— Mais à part vous, personne n'a souhaité sauver Claire. J'ai promis de libérer la personne que vous tous choisiriez de faire survivre. Si je libère Claire, je ne tiens pas ma parole. Et vous savez combien j'accorde d'importance à l'honnêteté. »

Libby savait ce qu'elle devait faire, mais le coup était terrible. Elle leva les yeux vers Jude qui hocha la tête, comme s'il lisait dans son esprit et lui donnait son consentement.

« Si vous ne pouvez modifier votre décision, pouvons-nous modifier la nôtre ? dit-elle. Si nous changeons d'avis, pouvons-nous sauver Claire et son bébé ?

— Oui, c'est possible. »

Muriel regarda ses collègues, sourcils levés, les suppliant du regard de soutenir Claire. Matthew fut le premier à réagir, et fit oui de la tête.

« Moi aussi », dit Fiona.

Libby luttait pour contenir son émotion. Elle regarda à nouveau Jude, qui lui adressa le sourire le plus beau, mais aussi le plus triste qu'elle eût jamais vu. « Je soutiens Claire, dit-elle.

— Je pense que je vais rester avec Mme Cole, dit Larsson.

— C'est votre dernier mot ? » demanda le Hacker. Tous les jurés acquiescèrent. « Alors la majorité l'emporte. Vous avez choisi de sauver Claire.

— Vous allez arrêter sa voiture et lui obtenir de l'aide ? demanda Libby.

— Je peux confirmer que sa voiture s'arrêtera le moment venu, avant qu'elle entre en collision avec les autres. »

Libby essuya ses larmes, s'écarta de Fiona et jeta un œil au compte à rebours. « Mais c'est dans dix minutes. Pourquoi pas maintenant ? Les caméras des drones montrent qu'il y a des ambulances derrière chaque Passager. On pourrait l'aider tout de suite.

— Les femmes accouchent depuis des milliers et des milliers d'années, Libby. Le siège intelligent de Claire enregistre toutes ses données pour moi. Et je t'assure qu'elle et son bébé survivront à ceci indemnes. »

Libby ne put retenir un rire incrédule. « Comment pouvez-vous m'assurer de quoi que ce soit ? Vous avez assassiné des gens, vous nous avez forcés à faire des choix impossibles, qui vont contre toutes nos convictions. Et dans quel but ? Parce que vous n'aimez pas les voitures sans chauffeur, ou l'Intelligence Artificielle ? Eh bien moi non plus, mais je ne fais pas exploser des innocents pour autant !

— Tu penses que c'est pour ça que je fais tout ça, Libby ?

— Ah bon, ce n'est pas pour ça ?

— Tu as mal compris mes motivations.

— Alors libérez Claire, et expliquez-les nous. »

Le Hacker hésita avant de poursuivre. « L'explication de ce qui se produit aujourd'hui sera peut-être plus claire si elle vient de Jack. Parce que tout ce qui s'est passé aujourd'hui est arrivé à cause de lui. »

53

BEO BirminghamExaminerOnline.co.uk

Par Rich Jenkins, 11h45

Une source policière confirme que la clôture métallique entourant l'ancienne usine Kelly & Davis est en cours de démontage par l'armée en vue de la collision prévue par le Hacker. Des anonymes, au mépris des conseils de la police leur intimant, pour leur propre sécurité, de rester à l'écart, commencent à s'y rassembler. Des milliers de personnes sont déjà dans les rues adjacentes, en attente du choc à venir.

Tous les regards se tournèrent vers le député. Il garda l'air imperturbable malgré l'accusation.

« Jack, reprit le Hacker. Tu veux bien expliquer à tout le monde comment, en cas d'accident, une voiture sans chauffeur choisit réellement qui survit et qui est sacrifié ? Parce que tout ce que tu as dit jusqu'ici est faux, n'est-ce pas ?

— Mais de quoi parle-t-il ? » dit Fiona.

Sur les écrans, les Passagers et les chaînes d'info furent remplacés par une seule image, celle de Jack Larsson, retransmise par les multiples caméras dispersées dans la pièce. Il n'y réagit pas, pas plus qu'à l'attention que lui portaient les autres occupants de la salle. Il demeurait immobile, l'air stoïque, le dos droit, les poings serrés, les jambes écartées à la largeur de ses épaules.

« Allez, Jack, insista le Hacker. Soit je leur dis, soit c'est toi. La manière dont ça sera présenté m'importe peu. »

L'horloge égrena trente secondes avant que Larsson bouge. Sans regarder personne, il redressa sa cravate puis s'avança vers la grande porte de bois de la sortie. Il resta là, dos tourné à ses collègues.

« J'ai bien peur que ce soit ton tour d'être un Passager, dit le Hacker. Tu ne veux vraiment pas dire ce que tu as sur le cœur ? Et n'oublie pas, la sincérité est la meilleure stratégie. »

Jack Larsson ne répondit pas, et le Hacker poursuivit. « Que caches-tu au public et à tes collègues jurés depuis le début de ces commissions d'enquête ? Dans un accident potentiellement mortel, comment une voiture sans chauffeur prend-elle *vraiment* ses décisions ? »

Matthew prit la parole. « Je croyais que nous avions adopté la méthode allemande, où le logiciel doit être programmé pour éviter morts et blessés à tout prix ? Que la voiture analysait tous les scénarios possibles avant de choisir celui faisait le moins de blessés ou de morts ?

— Oui, c'était bien le but au tout début de la technologie, répondit le Hacker. La principale inquiétude de l'opinion publique concernait la manière dont des robots pouvaient prendre des décisions éthiques et morales. Le pouvoir en place nous a assuré que les voitures sans chauffeur essayaient de sauver le plus de vies possibles. Ce qui a suffi à calmer la majorité d'entre nous, même ceux qui craignaient que les constructeurs automobiles ne fassent passer la sécurité de leurs Passagers avant celle des autres. Mais tout ça n'était qu'un mensonge, n'est-ce pas, Jack ? Parce que les voitures pour lesquelles tu militais, en réalité, nous évaluent, et protègent les personnes dont *tu* as décidé qu'elles avaient plus de valeur pour la société.

— Qu'est-ce qu'il veut dire ? chuchota Buzzman à un de ses acolytes. Pourquoi n'ai-je rien lu là-dessus en ligne ?

— Que veut-il dire par “plus de valeur pour la société” ? » fit Libby.

Larsson restait muré dans son silence et le Hacker répondit à sa place.

« Si un accident avec une voiture sans chauffeur est inévitable, la voiture n'analyse pas seulement son environnement proche pour décider de son action, elle vous analyse, *vous*. Tout ce qui est relié à votre carte nationale d'identité et toutes les informations récoltées sur vos objets connectés décident, en moins d'une nanoseconde, si vous méritez d'être sauvé ou si vous êtes sacrifié. »

Libby secoua la tête. « Mais les cartes d'identité ne contiennent que des données basiques comme numéro national d'assurance, groupe sanguin, reconnaissance oculaire, etc. Comment ce que vaut ma vie peut-il dépendre de la couleur de mes yeux ?

— Les cartes d'identité recueillent et contiennent en fait bien plus que ça : des quantités de données récoltées ailleurs, là où vous avez fourni des renseignements. Elles contiennent vos dossiers médicaux, vos historiques de recherche sur Internet, vos achats en ligne, votre niveau d'études, votre revenu moyen et futur, votre histoire amoureuse, votre niveau d'endettement, votre casier judiciaire, vos relations sur les réseaux sociaux… la liste est longue.

— Alors c'est comme une biographie exhaustive et mise à jour en permanence ?

— Exactement. C'est un CV actualisé en temps réel. Ajoutons-y les données fournies par nos téléphones et les objets connectés que nous portons, traqueurs d'activité ou d'état de santé, et l'ensemble donne une image complète de qui nous sommes, quel est notre rôle dans la société et dans l'avenir du pays. Et tout ça aide la voiture à nous évaluer avant qu'elle décide si nous allons vivre ou mourir.

— Alors à ses yeux, qui est plus important ? dit Fiona.

— Laissez-moi vous donner quelques exemples. S'il faut choisir entre un jeune au chômage et un élu haut placé, ça va mal tourner pour le jeune. Si c'est entre une femme enceinte et une personne âgée qui touche une retraite de l'État, cette dernière sera sacrifiée. Une personne obèse part avec un handicap face à un athlète. De même, quelqu'un avec un casier judiciaire sera désavantagé face à quelqu'un qui n'en a pas. Un policier vaut plus qu'une infirmière, mais un médecin vaut plus qu'un policier. Un fumeur de cigarettes passe avant un usager de drogues, et un malade du cancer avant une personne chez qui la démence sénile est héréditaire. Un parlementaire passe avant un fonctionnaire, mais un ministre prévaut sur un parlementaire. Le tout à l'avenant. La personne la plus utile à la société est toujours mieux protégée. Pour les voitures sans chauffeur, l'égalité n'existe pas. »

Tout à coup, les écrans affichèrent images, données, dossiers classés secrets de la Commission d'enquête, projets et photos, tous accompagnés de liens pour les télécharger. Parmi les dossiers, Libby reconnut les trois victimes de l'accident dont elle avait été témoin dans Monroe Street.

« Si c'est vrai, ça me laisse sans voix, dit Fiona. Vraiment sans voix.

— Comment a-t-on pu autoriser ça ? demanda Matthew. Quelqu'un a bien dû donner le feu vert ?

— Quelques fonctionnaires, bien à l'abri derrière les murs de Westminster, qui ont décidé d'utiliser nos données contre nous, pour s'assurer que ceux qui mouraient sur les routes n'étaient pas des gens "importants". Ces criminels, parmi lesquels figure notre ami Jack, chargés du développement et de la mise en œuvre de cette politique, y ont vu la chance de débarrasser la société de certains de ses membres qui ne lui étaient pas assez utiles à leurs yeux. »

Le silence se fit dans la salle pendant que tous digéraient les accusations du Hacker.

« C'est vrai, Jack ? finit par demander Muriel. Nous ne sommes rien de plus que des données, pour vous ? »

Larsson hocha la tête et tira sur ses manchettes pour bien les faire apparaître sous les manches de sa veste. Puis il se tourna vers les jurés. « La population britannique n'est qu'un ensemble de données depuis que Guillaume le Conquérant a ordonné le premier recensement pour son *Livre du Jugement dernier* en 1086, commença-t-il. Nous ne sommes, et nous n'avons toujours été, que des statistiques. Ne prétendons donc pas que ceci est un cataclysme qui risque de déchirer la fibre morale même de notre société. Comment croyez-vous qu'on vous accorde vos cartes bancaires et vos crédits ? Comment décide-t-on du montant de vos cotisations d'assurance ? Comment décidons-nous du nombre de migrants autorisés à entrer dans le pays ? Grâce au recueillement de données. Le seul événement ici, c'est que nous avons franchi un nouveau palier de notre histoire, où votre importance vis-à-vis de la nation est maintenant évaluée.

— Et c'est justifiable, selon vous ? dit Libby. Je ne pensais pas dire ça un jour, mais le véritable ennemi n'est pas l'Intelligence Artificielle, c'est vous !

— Dites-moi, mademoiselle Dixon, que devions-nous faire, selon vous ? rétorque Larsson. Vous pensiez vraiment que nous laisserions les voitures prendre *toutes* les décisions ? Nous ne sommes pas stupides ; bien sûr que nous allions garder les rênes solidement en main. Nous avions devant nous une occasion inouïe, unique, de protéger celles et ceux qui façonnent notre société, qui y contribuent, qui sauvent des vies, qui font que le monde est meilleur pour nous tous. C'est notre *devoir* de les faire passer en priorité. Vous pensez qu'il faut gâcher cette chance, au nom d'une égalité qui n'a de toute façon jamais existé dans notre société ? Tout ça n'est guère qu'une version plus moderne de notre système de classe. Si vous deviez subir une opération pour vous sauver la vie, vous préféreriez un médecin ou un magasinier de supermarché pour tenir le bistouri ? Et qui pour vous sauver de votre immeuble en flammes ? Un pompier bien entraîné ou quelqu'un qui a des difficultés d'apprentissage ?

— Vous choisissez aussi en fonction des handicaps ?!? » demanda Muriel.

Larsson rit. « Bien sûr que oui !

— Mais nous sommes tous enfants de Dieu…

— Gardez ça pour votre sermon dominical ! Est-ce que vous et votre épouse avez fait l'habituel test de dépistage prénatal de la vingtième semaine ?

— Oui.

— Pourquoi ?

— Pour être sûres que tout allait bien.

— Et si ça n'avait pas été le cas ?

— Eh bien, nous aurions dû prendre une décision en prenant en compte…

— C'est de l'hypocrisie ! Parce que si nous accordions autant de valeur aux personnes handicapées, nous ne ferions pas de dépistage d'anormalités du fœtus pendant la grossesse.

— Vous n'êtes pas meilleurs que les nazis, accusa Libby. Vous profitez des accidents pour supprimer tous ceux qui ne correspondent pas à votre profil idéal d'un membre de la société.

— Nous n'avons pas de soldats qui rassemblent les gens et les envoient dans des camps, si ? Tout ce que nous faisons, c'est faire passer le pays en priorité dans les très rares cas d'accidents de la route mortels. C'est la version moderne de la sélection naturelle. Mais bien sûr, je me doute que quelqu'un comme vous ne peut pas comprendre.

— Ce n'est pas la volonté du peuple, reprit Libby. Vous vous rappelez les résultats de cette étude d'une université américaine ? Des millions d'usagers du monde entier ont répondu à des questions d'éthique sur les priorités à établir lors d'un accident, et leurs réponses devaient servir de base aux politiques publiques élaborées par vous et vos collègues.

— Elle portait le nom de "*Moral Machine*"[4]. Il y a à prendre et à laisser dans les études internationales comme celle-là, répliqua Larsson. Mais ceux qui y répondaient maîtrisaient bien les nouvelles technologies, et ne représentaient pas tous les segments de la population. Et chaque scénario n'offrait que deux possibilités. Ces personnes-ci mouraient, ou ces personnes-là mouraient. Si nous devions tenir compte des résultats de l'étude, nous laisserions des cultures différentes, de pays différents, influencer nos lois. Vous préférez que les Chinois ou les Saoudiens nous dictent qui doit mourir et qui doit vivre sur les routes britanniques ? C'est ridicule !

— Mais à quoi servaient nos Commissions, alors ? demanda Fiona. Si la décision était déjà prise, alors ce que nous faisions était inutile. Est-ce que, dans tout ce que nous avons dit, quelque chose a jamais eu le moindre effet ?

— Quand les victimes n'avaient pas sur elles de carte d'identité ou de téléphone, et que nous en savions très peu sur elles, alors votre avis était utile.

---

4 Il existe un vrai site Internet : http://moralmachine.mit.edu/hl/fr (Ndt).

— Ces Commissions ne sont qu'un écran de fumée, hein ? Le gouvernement se retranche derrière elles, et cache ce que vous faites derrière un processus de pure forme qui n'a aucun effet. »

Larsson ferma les yeux, se pinça le haut du nez. « Ça devient fatigant. L'introduction des véhicules sans chauffeur a été la plus grande révolution dans les transports depuis l'automobile. Aucun des spectateurs de cette farce n'a idée des efforts qu'il a fallu fournir en coulisses pour la mettre en œuvre. Et vous nous critiquez parce qu'il a fallu prendre quelques décisions difficiles ? De quel droit ?!? Que vous le vouliez ou non, les statistiques parlent d'elles-mêmes, et le résultat est là : grâce à ce que j'ai contribué à créer, nos routes n'ont jamais été aussi sûres ! Le meilleur conducteur du monde ne peut avoir à chaque fois d'aussi bonnes réactions que nos voitures. »

Libby indiqua les écrans. « Allez dire ça aux familles de Victor, Bilquis, Shabana et aux dizaines ou aux centaines de personnes prises dans les explosions qui sont mortes ce matin. Et dites aussi aux Passagers toujours enfermés dans leur voiture et qui attendent de mourir que ce que vous faites est pour le bien commun !

— Vous êtes aussi ignare qu'idiote, mademoiselle Dixon.

— Pas plus que vous, monsieur Larsson. Pas plus que vous.

— L'heure ! coupa Matthew. Regardez l'heure ! »

Tous les jurés tournèrent les yeux vers le compte à rebours. Il ne restait que deux minutes avant la collision annoncée des Passagers.

54

24/7 Channel24/7News.co.uk

Par Rich Jenkins, 11h45

Les images qui vont suivre sont déconseillées aux spectateurs les plus jeunes et les plus sensibles. Contrôle parental souhaitable.

À mille neuf cents kilomètres de la surface de la Terre, le satellite Astra retransmettait en direct sur le mur d'écrans de la Commission les images d'une grande friche industrielle. Elle était entourée de points lumineux clignotants, bleus et rouges, que Libby supposa être les gyrophares des véhicules d'urgence.

Les zones industrielles des banlieues de Birmingham étaient parcourues d'autoroutes et de nationales à quatre voies intelligentes. Une de ces zones accueillait plusieurs usines, dont les anciens ateliers Kelly & Davis, aujourd'hui réduits à des tas de gravats et à un grand terrain vague.

L'image satellite se fit plus précise et Libby remarqua que les voies rapides étaient bloquées, les spectateurs ayant déserté leurs voitures dans leur hâte d'assister, à distance raisonnable, à la collision annoncée. Des policiers en contenaient certains, d'autres s'étaient juchés sur les capots ou les toits des voitures pour mieux voir. Visiblement, l'explosion de la voiture de Shabana et ses centaines de blessés et de morts ne leur faisait pas peur.

À côté de l'horloge du compte à rebours, de nouveaux chiffres apparurent, indiquant la distance entre chaque Passager et le point d'impact. Le compteur affichait *2 miles.* Libby déglutit.

Un plan apparut, accompagné d'images en 3D de véhicules se dirigeant vers un point indiqué avec précision. Sur les autres écrans, on pouvait voir les Passagers, soit à l'intérieur de leur voiture grâce aux caméras de leurs tableaux de bord, soit depuis l'extérieur, avec des images des drones et des hélicoptères lancés à leur poursuite.

Leur rôle terminé, Buzzman et son équipe se retirèrent en désordre au fond de la salle, tandis que les jurés se levaient et s'avançaient vers le centre, pour voir le Hacker mettre à exécution la dernière partie de son plan. Jack Larsson choisit de rester où il était, près de la sortie condamnée. Libby lui jeta un bref coup d'œil. Sa posture n'était plus aussi dominatrice, son expression plus aussi indomptable. Maintenant que la vérité avait éclaté, Libby supposa qu'il essayait de trouver une issue à son dilemme. Sa position de député et de membre du gouvernement n'était plus tenable, son argent s'était envolé et il allait sans doute devoir faire face à une enquête criminelle pour ce qu'il avait contribué à créer. Il avait mérité tout ce qu'il lui arrivait – et bien pis encore.

Mais elle ne voulait pas perdre de temps à penser à Jack Larsson. Elle ne voulait penser qu'à Jude. Libby souhaitait désespérément lui parler une dernière fois, mais elle n'aurait pas trouvé les mots pour rendre sa situation plus supportable. Et si dur que ce fût pour elle de regarder ces images, elle lui devait bien d'être présente quand sa voiture entrerait en collision avec les autres. Ils iraient jusqu'au bout ensemble.

Le compteur affichait *1,7 mile.*

Jude semblait calme, comme s'il s'était résigné à son sort. Elle se rappela pourquoi. Il avait déjà accepté l'idée d'une mort planifiée, un peu plus tôt dans la matinée. Le résultat de ce qui allait se produire, il l'avait désiré. *Si seulement j'avais entendu ton nom, la première fois, au pub*, pensa-t-elle. *Tout aurait pu être différent pour nous deux.*

On entendait à peine, parmi les murmures dans la salle, les voix assourdies de deux présentateurs de journaux télévisés qui commentaient en détail ce qui se passait à l'écran. « Vous pouvez monter le son ? » demanda Matthew. Le Hacker s'exécuta.

« *... Et alors qu'il reste à peine plus d'une minute, il semble certain que les cinq Passagers vont entrer en collision dans l'enceinte de l'ancienne usine Kelly & Davis, le dernier constructeur automobile britannique classique à avoir fermé ses portes, juste avant le début de la Révolution routière. La femme enceinte, Claire Arden, qui serait actuellement en train d'accoucher prématurément, avait été choisie par le jury pour être la survivante, mais, jusqu'à présent, son véhicule ne montre aucun signe de changement de direction ou de ralentissement. Les services d'urgences, qui sont déjà sur place, ont publié un communiqué affirmant que s'ils ne peuvent empêcher la collision ou intervenir lorsque celle-ci se produira, ils feront tout pour en minimiser les conséquences, avec des sapeurs-pompiers prêts à éteindre l'incendie et des secouristes prêts à aider les blessés.* »

1,3 mile.

Libby reporta son attention sur Claire, qui était maintenant pliée en deux, les lèvres retroussées, les yeux fermés, et serrait son ventre comme si elle attendait la fin d'une nouvelle contraction douloureuse. « Pourquoi ne pas l'avoir libérée ? demanda Libby au Hacker. Vous aviez dit que vous le feriez si nous votions pour elle. Nous avons obéi à tout ce que vous nous avez demandé de faire, il est temps de tenir votre parole. » Seul le silence lui répondit.

Puis Libby regarda Sam. Sa jambe tressautait et il avait les mains jointes, comme pour prier. Pendant ce temps, Heidi, téléphone à la main, y chuchotait quelque chose. Sans signal, Libby supposa qu'elle enregistrait un message pour ses enfants, en espérant que son téléphone survivrait à l'accident. Sofia restait la seule Passagère qu'elle ne pouvait pas voir, toujours masquée derrière son foulard.

Qu'est-ce qui leur passe par la tête ? se demanda-t-elle. Elle tenta, en vain, de se mettre à leur place. Elle se rappela que, durant ses études à l'université, elle allait travailler bénévolement, les week-ends, dans un établissement de soins palliatifs pour les malades en fin de vie. Elle y avait passé le plus clair de son temps à réconforter des gens proches de la mort. Ils lui avaient donné une idée de la façon propre à chacun d'accepter l'inévitable. Mais elle ne parvenait pas à saisir ce qu'on pouvait ressentir en étant Passager, en regardant l'horloge compter les secondes avant de se faire assassiner.

1 mile.

Libby revint à Jude. Il avait les yeux fermés à présent. Elle s'imagina poser la main sur sa poitrine, la sentir se soulever à chaque inspiration. Elle se demanda si, avant de partir ce matin, il avait écrit une lettre à ses amis ou à son frère perdu de vue pour expliquer sa décision d'en finir. Nicky, le frère de Libby, n'avait pas laissé de mot. Dans sa chambre, il avait fait un nœud coulant avec le câble électrique du lustre, pendant qu'au rez-de-chaussée, sa famille préparait le déjeuner pour célébrer son retour à la maison. Tandis que son père coupait le câble puis courait téléphoner aux secours, Libby avait porté l'oreille à ses lèvres et l'avait secoué, comme pour libérer les derniers mots restés coincés dans sa gorge. Mais il ne restait plus rien à dire.

0,8 mile.

La première des cinq voitures, suivie de son escorte armée, apparut en lisière du terrain vague, mais de cette hauteur et sous cet angle, Libby ne put déterminer de quel véhicule il s'agissait. Un second, venu d'une direction différente, apparut bientôt, suivi d'un troisième, puis d'un quatrième et d'un cinquième. Ils étaient tous à la même distance les uns des autres. *Nous y sommes*, se dit-elle. *C'est ici que tout s'achève.* Elle avait du mal à respirer.

Le contact l'arracha à ses pensées. Elle eut un mouvement instinctif de recul quand une main serra la sienne. Elle vit que c'était Muriel, qui tenait celle de Fiona de l'autre. Et celle-ci tenait la main de Matthew. Ils restaient en ligne, les yeux levés vers les écrans, comme s'ils attendaient que le Seigneur descende sur eux et les emporte. Quelles que fussent les opinions qu'ils avaient les uns des autres au début de cette journée, une solidarité les unissait désormais. Sans rien dire, Libby accepta la main de Muriel.

0,6 mile.

« *Les véhicules sont à moins de trente secondes les uns des autres*, annonça la présentatrice. *Et on se rend bien compte depuis cette caméra d'hélicoptère que les Passagers peuvent maintenant se voir.* »

Les caméras se rapprochèrent du véhicule cabossé et carbonisé de Sofia qui avait quitté la voie rapide et approchait du terrain vague. Puis Libby reconnut la voiture de Jude, venant d'une route différente, qui s'avançait vers le portail ouvert et la clôture qu'on avait abattue à la hâte. La voiture de Heidi suivit, puis celle de Sam, et la voiture de Claire surgit la dernière.

« *Chaque véhicule roule à une vitesse d'environ cent kilomètres-heure*, poursuivit la présentatrice. *Les voitures de niveau 5 contiennent plus d'équipements de sécurité que la moyenne des véhicules, mais comme il y a moins d'accidents, elles sont faites avec des matériaux plus légers et moins coûteux. À cette vitesse, et même avec les douze airbags que contient chaque voiture, il y a extrêmement peu de chances qu'un Passager survive. Et comme chaque voiture est remplie d'explosifs, il y aura inévitablement des morts.* »

0,4 mile.

Libby serra plus fort la main de Muriel.

« Le Hacker nous a menti en disant qu'un des Passagers survivrait, dit Muriel d'une voix tremblante, les larmes aux yeux. Notre vote n'a servi à rien. Il va tuer Claire aussi. »

Libby n'écoutait pas. Toute son attention était tournée vers Jude. *J'aurais pu te sauver ! Je sais que j'aurais pu, si le Hacker m'avait donné une chance. Et après, tu aurais pu me sauver, moi*, pensa-t-elle.

0,2 mile.

Les drones et les hélicoptères commencèrent à s'écarter, pour leur propre sécurité, et les cinq voitures entrèrent sur le terrain vague depuis cinq directions différentes, parfaitement rectilignes. Leurs pneus soulevaient des nuages gris et blancs de poussière de béton. Jude avait ouvert les yeux, mais il ne regardait pas ce qui allait se produire. Il regardait droit dans l'objectif de la caméra. *C'est moi qu'il regarde. Il veut que le dernier visage qu'il verra soit le mien*, se dit Libby.

Les yeux noyés de larmes, elle se força à sourire. Elle porta sa main libre à sa poitrine, juste au-dessus du cœur. Jude fit de même.

0,009 mile.

« *Il reste trois secondes*, dit la présentatrice avec gravité. *Que Dieu les garde !* »

Libby s'arc-bouta quand, sans prévenir, chaque voiture, en une manœuvre parfaitement chorégraphiée, vira brutalement avant de freiner et de s'arrêter en un dérapage spectaculaire.

55

Libby lâcha la main de Muriel et agrippa son col de chemisier.

« Que se passe-t-il ? » demanda Fiona. Elle repoussa ses lunettes sur son nez et s'approcha des écrans, essayant de comprendre ce qu'elle voyait.

« Je… Je crois qu'il ne s'est rien passé, dit Muriel. Je crois que la collision n'a pas eu lieu. Il n'y a ni explosion, ni incendie, il n'y a… rien. »

Les images de l'intérieur de chaque véhicule avaient disparu, ne laissant que celles des caméras extérieures. Mais les nuages de poussière soulevés masquaient la vision des drones, des hélicoptères et du satellite sous une épaisse couche grise et blanche.

Tout le monde se tourna vers les caméras au sol des équipes de télévision qui s'approchaient, avides de saisir l'instant où l'air chargé de débris et de poussière finirait par s'éclaircir. Libby regarda avec angoisse les véhicules d'urgence et les camions militaires approcher des voitures des Passagers, hésitant à s'avancer trop près, trop vite, de crainte d'une explosion tardive. Bientôt, il ne resta plus que cinq écrans, chacun montrant les images d'une caméra d'intervention fixée sur les casques de cinq démineurs de l'armée. Ils portaient d'épaisses armures anti-explosion et avançaient à pas prudents. Le temps sembla s'arrêter jusqu'à ce qu'ils rejoignent les voitures qui obsédaient le monde entier depuis deux heures et demie.

Le démineur en chef leva une main gantée et les autres s'immobilisèrent instantanément. Il indiqua chaque voiture de l'index et les démineurs s'avancèrent chacun vers un des véhicules. Le seul son émanant des haut-parleurs était celui de leur respiration sourde et voilée derrière leur masque à oxygène. Puis sans prévenir, toutes les voitures émirent un son identique.

Un simple déclic.

« Qu'est-ce que c'était que ça ? chuchota Muriel.

— Je crois que les portes se sont déverrouillées, dit Matthew. »

La poussière se dissipait peu à peu, et les jurés tendirent l'oreille tandis que le premier Passager ouvrait grand sa porte.

« Qui est-ce ? demanda Libby, tandis qu'une silhouette émergeait de la voiture dans le nuage de poussière, tel un fantôme.

— C'est difficile à dire... je crois que c'est Sam Cole », répondit Matthew. La caméra d'un des démineurs, tournée vers son visage, confirma l'identité de Sam. Une fois descendu, il regarda autour de lui, comme s'il cherchait la voiture de Heidi, mais avant de pouvoir la repérer, il fut emmené pour être mis à l'abri.

« Où est Jude ? demanda Libby, les mots sortant avec peine de sa gorge.

— Je ne sais pas, mais je crois que c'est Heidi, là », dit Muriel en désignant un second véhicule. Sa sortie fut plus hésitante. Elle gardait les yeux fermés, comme si elle s'attendait encore à ce que la voiture explose à tout instant. Comme il ne se produisait rien, elle osa ouvrir un œil, et sursauta en voyant le démineur en armure l'attraper par le bras et l'éloigner à toute vitesse de la voiture.

Une autre caméra se posa sur Claire, qui luttait pour s'extraire de la voiture. Elle tendit les bras pour qu'on l'aide, et une fois à l'abri, d'autres silhouettes en tenue anti-explosions coururent à son aide et l'emportèrent sur un brancard jusqu'à l'une des ambulances qui attendaient.

Il restait deux véhicules. Le regard de Libby passait de l'un à l'autre, dans l'espoir de voir Jude. La tension était insupportable.

Une caméra se fixa sur la plus grosse voiture, que Libby reconnut comme celle de Sofia. Ses portes en aile de papillon restaient closes. Un démineur tendit le bras pour les ouvrir et quand les charnières coulissèrent, un petit chien paniqué s'échappa et s'éloigna en courant. Le démineur s'approcha de l'habitacle jusqu'à ce que la caméra montre Sofia. Son corps immobile était étalé sur le siège arrière. Elle fut rapidement extraite de la voiture et allongée au sol en attendant l'arrivée d'un brancard. « Est-ce que son cœur bat ? » entendit crier Libby. Mais la réponse, assourdie, était inintelligible. Les mains et les manches de sa veste étaient couvertes de sang.

Il restait un véhicule, et Libby était dans tous ses états. « Pourquoi Jude n'est-il pas déjà sorti ? pleurait-elle.

— Il est peut-être en état de choc, dit Matthew pour la rassurer. Les gens réagissent différemment en cas de stress extrême. Il a peut-être besoin d'un moment pour reprendre ses esprits.

— Mais le Hacker peut toujours faire exploser sa voiture ! » Libby leva la tête vers les haut-parleurs pour s'adresser à ce dernier. « Où est-il ? Pourquoi avez-vous coupé les caméras des tableaux de bord ? Je veux le voir ! »

Le Hacker restait totalement silencieux.

Quand Muriel tenta de reprendre sa main pour la réconforter, Libby la retira vivement. Elle sentait des épines brûlantes la piquer, s'étendre sur sa peau, sa respiration se faire de plus en plus brève. La crise d'angoisse semblait imminente, et cette fois elle se sentait incapable de pouvoir en minimiser l'impact. « Dites-moi ce qui se passe, par pitié ! » supplia-t-elle.

« Libby, regardez ! » dit Matthew. Son regard revint aussitôt à l'écran et à la voiture de Jude. Une autre silhouette en combinaison blindée tournait la poignée pour ouvrir la porte. Le cœur de Libby battait à tout rompre, tant elle craignait un dernier tour de passe-passe du Hacker. Puis la porte s'ouvrit lentement. *Sois vivant, je t'en prie !* se répétait-elle. Elle se mordit la lèvre inférieure si fort qu'elle sentit le goût du sang.

Le démineur avança lentement, se pencha à demi à l'intérieur. Mais la caméra était fixée de l'autre côté de sa poitrine et s'appuyait contre la carrosserie, qui bouchait l'objectif. « Avancez ! » mugit-elle.

Il s'avança un peu plus dans l'habitacle, jusqu'à ce que la caméra capte tout l'intérieur.

La voiture était vide.

56

Libby fixait l'habitacle désert, les yeux aussi grands ouverts que la bouche.

« Où… Où est-il ? » s'exclama-t-elle avant de se tourner vers les autres jurés.

Interloquée, Fiona lui rendit son regard, les sourcils levés, et hocha la tête. Libby regarda les autres personnes dans la salle, dans l'espoir que quelqu'un puisse lui fournir une explication. Mais ils étaient tous aussi sidérés qu'elle, même Jack Larsson. « Il nous a échappé à cause du nuage de poussière ? reprit Libby. Il est sorti en courant et on ne l'a pas vu ?

— Je suis sûr que quelqu'un l'aurait repéré, répondit Matthew.

— Alors où est-il ?

— Désolé, je n'en ai aucune idée. »

Fiona indiqua l'écran. « Regardez le siège arrière. Il n'y avait pas un sac à dos et des boîtes de fast-food vides, tout à l'heure ? Pourquoi n'y a-t-il plus rien ? »

Libby tendit le bras vers le rebord de la table et s'y agrippa pour ne pas tomber.

« Respirez à fond ! dit Matthew. Quelqu'un peut-il lui apporter de l'eau, s'il vous plaît ?

— Ça va aller, ça va aller, dit Libby avec insistance – mais tous voyaient qu'elle n'allait pas bien du tout. Un des assistants de Buzzman lui apporta de l'eau et Libby avala la moitié de la bouteille d'un trait.

« Vous êtes déshydratée, dit Matthew, et peut-être un peu en état de choc, aussi. »

Libby revint à l'écran et à la voiture vide de Jude. Elle se creusait la cervelle, en quête d'une explication. S'il ne s'était pas enfui, il ne pouvait y en avoir qu'une.

Jude n'avait jamais fait partie des Passagers.

« Qu'est-ce qui se passe, là-bas ? » demanda tout à coup Fiona en désignant le coin en haut à gauche de l'écran. Plus loin, un camion de pompier s'était écarté de la scène et percuta deux voitures en stationnement. Un second camion fit de même, semblant redémarrer tout seul. Puis plusieurs voitures commencèrent à se rentrer les unes dans les autres, en essayant de sortir de leurs étroites places de parking. D'autres parvinrent à faire plusieurs centaines de mètres avant d'entrer en collision avec d'autres voitures. Certaines accéléraient à fond avant de heurter des obstacles au hasard. D'autres encore parurent viser des groupes de spectateurs, les obligeant à se mettre à l'abri.

Les images revinrent tout à coup sur la ville vue depuis un hélicoptère. On y voyait de nouveaux accidents qui se produisaient à intervalles de quelques secondes à peine, jusqu'à ce que les caméras ne puissent plus suivre le rythme.

Soudain, la voix d'une présentatrice de journal revint dans les haut-parleurs. « *... et on nous rapporte, sans confirmation pour l'instant, une série de collisions sur les routes de tout le pays. Des témoins oculaires affirment voir des voitures, des camionnettes et même des bus, avec ou sans Passagers, heurter de plein fouet d'autres véhicules.* »

Dans la rue à l'extérieur du bâtiment de la Commission, un grand bang! retentit, suivi d'un bruit de verre brisé, puis de hurlements étouffés et de cris de panique.

Libby sentit son visage déjà pâle blêmir davantage. « C'était ça, le plan du Hacker, depuis le début, dit-elle d'une voix hésitante, luttant pour faire sortir les mots de sa gorge serrée. La collision prévue ne visait pas les Passagers – elle visait tous les autres. »

TROISIÈME PARTIE
SIX MOIS PLUS TARD

UK NEWS

UK News

Les deux minutes de silence commémorant l'attaque terroriste ayant fait 1 120 morts et plus de 4 000 blessés dans le pays, il y a six mois, débuteront à onze heures précises.

Article complet en suivant ce lien.

57

EXCLUSIVITÉ MONDIALE !

« J'aurais tant aimé que Ben connaisse son fils. »

Claire Arden, la Passagère, reçoit le reporter de Yes ! chez elle, dans sa maison rénovée, pour nous présenter son bébé, Tate.

Claire Arden a vécu six mois très agités depuis qu'elle a acquis la reconnaissance internationale en faisant partie des cinq derniers Passagers.

Devant une audience estimée à trois milliards de téléspectateurs, l'ancienne assistante scolaire de Peterborough a ressenti ses premières contractions dans sa voiture piratée, et accouché de son fils Tate deux mois avant la date prévue, quelques instants après avoir été secourue.

Et durant toute cette épreuve, le cadavre de son mari était resté dissimulé dans le coffre de sa voiture.

Dans la seconde partie de notre interview, Claire, 27 ans, raconte à Yes ! comment elle s'est habituée à la vie de mère célibataire et nous fait part de ses projets d'avenir.

Tate est devenu le bébé le plus célèbre du monde avant même sa naissance. Comment allez-vous lui expliquer les circonstances dramatiques de ce jour-là ?

Bien évidemment, j'attendrai qu'il soit assez grand pour comprendre, mais je ne lui cacherai rien. Nous avons traversé une épreuve unique ensemble, et je ne laisserai jamais oublier qu'il est mon petit miracle.

Comment avez-vous résisté à l'épreuve ?

C'est quelque chose que je prends au jour le jour. En dehors de Tate et de Ben, le piratage de ma voiture est la première chose qui me traverse l'esprit le matin, et la dernière à laquelle je pense en me couchant. J'ai entrepris récemment une thérapie pour essayer de mieux accepter et mieux digérer tout ce que j'ai vécu. Je pense que j'avance lentement dans le bon sens.

En reconnaissant avoir mis le corps de Ben dans votre coffre, vous avez enfreint la loi. Comment la police a-t-elle réagi ?

D'une manière très compréhensive. Quelques jours après mon accouchement sur un brancard dans une ambulance, on est venu m'interroger. J'ai reconnu les faits et ce qui m'avait fait agir ainsi – j'en parlerai plus en détail dans mon livre. Puis, quand l'enquête a confirmé que Ben était mort d'une rupture d'anévrisme, la police a accepté l'idée que je n'étais pas dans mon état normal, et je m'en suis tirée avec un rappel à la loi.

Rétrospectivement, pensez-vous que le plan de Ben aurait pu fonctionner ?

Je ne sais pas ce qui m'est passé par la tête. Tout ce que je sais, c'est que j'étais dans le deuil et que j'essayais de faire passer le bien de notre fils avant tout. En y réfléchissant, une fois arrivée au parking de sa société, il y avait peu de chances que j'arrive à le faire passer du coffre au siège avant. Il était grand et costaud. C'était un projet né du chagrin et du désespoir.

On a largement commenté le fait que vous avez dû quitter votre travail. Que s'est-il passé ?

Hélas, c'est vrai. J'adorais mon travail d'assistante d'éducation mais quand l'attention s'est faite trop forte, ma position est devenue intenable. Cela dit, je viens de terminer mon autobiographie et de tourner une série TV, « Retrouver son poids d'avant la grossesse », qui sera diffusée en streaming à partir du mois prochain. Et lundi, Tate et moi partons pour Los Angeles pour passer le reste de l'année à travailler sur ma propre série de téléréalité documentaire.

Comment pensez-vous que Ben aurait réagi à ce qui vous est arrivé depuis que vous avez été une Passagère ?

Je pense qu'il aurait été fier de moi, de la manière dont je m'en suis sortie. Tout ce qu'il voulait, c'était assurer l'avenir de son fils, même après sa mort. Et si ça ne s'est pas produit comme il l'espérait, je suis en train d'accomplir ce qu'il souhaitait.

Comment réagissez-vous aux critiques vous accusant d'exploiter votre position de Passagère pour faire de l'argent ?

Je ne l'ai pas caché, ma carrière actuelle dans les médias doit beaucoup à cette épreuve. Mais je renoncerais à tout ça dans l'instant si Ben pouvait revenir auprès de moi. Tate et moi méritons chaque centime de ce que nous avons gagné. Si vous n'avez pas perdu brusquement votre mari, été enfermée dans une voiture détournée qui vous emmène à la mort tandis que vous êtes sur le point d'accoucher, vous ne pouvez avoir aucune idée de l'enfer que j'ai vécu ! Je n'ai pas réussi à monter dans autre chose qu'une voiture de niveau 2 depuis, et encore, il faut que les portières soient déverrouillées et les fenêtres ouvertes. Je dors deux, parfois trois heures par nuit, avant de me réveiller avec des sueurs froides, et je m'inquiète constamment des effets que ce traumatisme pourrait avoir sur Tate plus tard. Alors si on m'offre de l'argent pour ça, oui, je vais l'accepter. Toute mère digne de ce nom ferait de même.

Avez-vous eu des contacts avec d'autres Passagers ?

J'ai rencontré Heidi Cole plusieurs fois et je l'ai assez souvent par e-mail et par SMS. Nous sommes vraiment devenues amies et je lui ai demandé d'être la marraine de Tate, quand je le ferai baptiser en direct dans mon émission de TV. Mais je n'ai pas rencontré son mari – je n'en ai pas envie, après ce qu'il lui a fait subir.

Une dernière question : que pensez-vous qu'il soit arrivé à Jude Harrison ?

Ah, c'est la question à un million de dollars, n'est-ce pas ? Honnêtement, je n'en sais rien. Enfin, je sais que ce n'était pas un vrai Passager et qu'il a sûrement joué un rôle important dans le détournement des voitures. Des échanges que j'ai eus avec lui pendant, tout ce que je peux dire, c'est qu'il a été très gentil et qu'il paraissait sincèrement s'inquiéter de ce qui m'arrivait. Mais on ne connaît jamais vraiment les gens, n'est-ce pas ?

58

Le couloir débordait de gens de tous âges, qui se regroupaient avant de disparaître dans les pièces adjacentes, ou qui faisaient la queue à la machine à café. Heidi Cole était assise sur un banc de bois massif, dans un coin, la tête appuyée contre le mur. Derrière ses lunettes de soleil, elle avait les yeux fermés mais restait en alerte, guettant le moindre signe qu'on la reconnaissait comme un des Passagers.

Souvent, quand elle croisait des groupes, les conversations s'arrêtaient ou alors elle entendait une main farfouiller dans une poche pour commencer à l'enregistrer avec un téléphone. Si elle avait ouvert les yeux, elle aurait vu ceux qui la croisaient l'identifier puis détourner le regard avant de lui lancer un second coup d'œil discret. Mais elle n'aurait pas tenté d'y changer quoi que ce soit. En six mois, elle s'était habituée à être au centre de l'attention. Et puis il y avait pire que voir sa figure partout sur les réseaux sociaux. Elle et deux autres Passagers le savaient mieux que quiconque. Même si elle avait cherché un peu d'intimité, ça n'aurait pas été pour aujourd'hui, de toute façon. C'était sa quatrième apparition au tribunal, et le jugement était imminent.

Sa mère, Penny, rompit le silence. « Ça va ? demanda-t-elle.

— Oui, pourquoi ?

— Parce que tu as à peine prononcé un mot de tout l'après-midi.

— Pour être franche, je pense que je n'ai plus rien à dire. J'ai plaidé coupable, et maintenant je n'ai qu'une envie, c'est que tout ça soit terminé.

— Il faut seulement que tu sois un peu plus patiente. Tu aurais dû laisser ton avocate faire son boulot et exposer tes… comment dit-on, déjà ?

— Circonstances atténuantes.

— Voilà, c'est ça. Mais avec un peu de chance, la juge sera compréhensive et ne cherchera pas à te punir pour l'exemple. Elle a l'air sympathique, non ? Je persiste à croire que tu aurais mieux fait de plaider non coupable.

— Et aller jusqu'au procès civil ? Ce serait trop dur pour les enfants, se faire passer au gril comme ça, après tout ce qu'ils ont déjà traversé. Et puis je serais obligée d'affirmer que je n'ai rien fait de mal, or leur père leur a assez menti comme ça. Ils ont besoin de savoir qu'au moins un de leurs parents ne se dérobe pas et sait reconnaître quand il a mal agi.

— Le Procureur de la Couronne n'avait pas le droit de te poursuivre. Comment ça peut-il être d'intérêt public ?

— Parce que je suis toujours au service de l'État. Si le procureur n'avait rien fait, on l'aurait accusé de favoritisme.

— Pourquoi les défends-tu toujours ? »

Heidi hocha la tête. « Je ne les défends pas, Maman. Mais j'ai fait ce que j'ai fait, et tout le monde sait que je l'ai fait. J'étais officier de police, j'ai fait chanter mon mari et j'ai utilisé des données ultrasensibles fournies par un ordinateur de la police à des fins personnelles.

— Je m'en fiche ! Ton enfoiré de mari mérite absolument tout ce que tu lui as fait subir. Il aurait dû aller en prison pour avoir épousé une autre femme. À mon avis, une simple tape sur la main et une peine de sursis, ça ne suffit pas.

— Laisse tomber, Maman ! Ce qui est fait est fait. Je suis passée à autre chose, et je ne suis plus du tout cette ex trompée que les journaux continuent à décrire. »

Tout à coup, une ombre les avertit de la présence de quelqu'un. Elles levèrent les yeux et, surprises, virent Sam qui se tenait devant elles.

« Heidi, je peux te parler un moment… commença-t-il.

— Quand on parle du loup… dit Penny, cassante, en se relevant. Fous le camp et laisse ma fille tranquille !

— C'est bon, Maman… dit Heidi.

— Non, ce n'est pas bon ! » Penny pointa l'index contre la poitrine de Sam. « Tu as détruit sa vie, sa carrière…

— Maman, tout le monde nous voit, reprit Heidi en se levant à son tour. Regarde ! »

Penny regarda autour d'elle. Dans le couloir, tout le monde s'était tu et dévisageait mari et femme, réunis pour la première fois depuis que leurs voitures avaient été détournées. Certains brandissaient leurs téléphones, d'autres enregistraient avec leurs lunettes connectées la scène à laquelle ils assistaient. « Allez, occupez-vous de vos affaires ! » gronda Penny en essayant de les écarter.

« Accorde-moi cinq minutes, et après je m'en vais », insista Sam.

Heidi indiqua une salle vide, un peu plus loin dans le couloir. « Par là. »

En refermant la porte derrière elle, elle ôta ses lunettes de soleil et détailla Sam. Il n'avait pas repris le poids perdu pendant qu'elle le faisait chanter. Ses tempes grisonnaient un peu plus, la calvitie au sommet de son crâne avait presque rejoint son front dégarni. Elle remarqua l'anneau d'argent tout simple à son annulaire gauche. Durant leur mariage, il avait toujours refusé de porter l'alliance, affirmant qu'il n'était pas un homme à bijoux. Elle supposa qu'il avait déclaré la même chose à Josie. Maintenant que Heidi et lui étaient séparés, il n'avait plus qu'une femme à qui rendre des comptes, et il pouvait la rassurer, supposa-t-elle. Lorsque Sam vit que Heidi regardait son alliance, il mit la main dans son dos.

Quand Heidi le regarda en face, elle ne vit plus l'homme dont elle avait été amoureuse, seulement celui qui l'avait blessée si profondément. Depuis qu'on les avait libérés de leurs voitures, ils n'avaient parlé que par avocats interposés. Elle savait qu'un jour, ils se retrouveraient face à face, mais elle n'en aurait pas pris l'initiative. Et maintenant qu'il était là, ça n'était pas aussi insupportable qu'elle l'avait imaginé. Elle ne ressentait plus rien pour lui.

« Je suis désolé de débarquer comme ça, mais tu ne réponds ni à mes coups de fil ni à mes e-mails, et je ne voulais pas te faire dire ça via un avocat. Mais il est important que tu saches que je suis vraiment désolé. Je n'ai jamais voulu que tout ça arrive.

— Tu sais quoi ? J'en suis arrivée à comprendre que moi non plus, je ne crois pas que tu l'aies voulu. Tu n'es pas mauvais, Sam, tu es seulement idiot, égoïste et lâche.

— C'est mérité, répondit Sam.

— Comment va Josie ?

— Ça va. Un peu faible, depuis quelques jours, mais elle réagit bien. La cicatrice guérit normalement et elle a fini sa dernière série de chimios lundi.

— Je suis contente pour elle. Et vous deux ? » C'était un peu étrange de demander à son mari des nouvelles de son couple, mais elle n'était pas si troublée que ça.

« On y travaille. On suit une thérapie de couple. »

Heidi rit. « Wow ! Tu es vraiment un homme neuf, hein ?

— Quand tout ça sera fini, elle voudrait te rencontrer, pour de vrai, cette fois.

— Je ne sais pas…

— Elle en a sincèrement envie. Je crois qu'elle veut seulement te redire qu'elle ne savait pas du tout que tu existais. Et je sais que tu ne me dois rien, mais j'aimerais vraiment que tu acceptes.

— Je vais y réfléchir.

— Merci. Tu as eu des nouvelles de ton boulot ?

— Non, pas encore. Ils vont attendre le jugement avant d'annoncer le début de la procédure disciplinaire. Mais c'est sûr que je vais me faire virer et qu'on va me retirer ma retraite de policière.

— Je suis désolé.

— J'assume toutes les conséquences de ce que j'ai fait.

— On a signé un nouveau contrat la semaine dernière, pour rénover des bâtiments municipaux à Halifax. Je ferai en sorte que tu ne sois pas à court. »

Heidi ne le remercia pas. Elle ne voulait pas de son argent, qu'il proposait par culpabilité, mais suspendue sans solde, elle dépendait financièrement de lui bien malgré elle, jusqu'à ce qu'elle trouve un autre travail.

« Les enfants ont l'air de bien s'entendre avec leurs récents demi-frère et demi-sœur, en tout cas c'est ce qu'ils disent, fit Heidi.

— C'est le cas. Mais on ne peut pas en dire autant de moi et des deux que j'ai avec Josie. Ils ne m'ont pas pardonné de n'avoir parlé que de *nos* Beccy et James quand j'étais bloqué dans la voiture.

— Laisse-leur un peu de temps. Ils ont besoin d'apprendre à te connaître vraiment – ils en ont tous besoin. Les enfants ont toujours du mal à accepter que leurs parents sont humains et faillibles. Et tous les quatre l'ont appris non pas à propos d'un seul mais de deux parents, le tout en même temps, et devant tous leurs amis, et devant le monde entier. Tu n'étais jamais vraiment là pour eux avant le détournement. Maintenant, tu n'as plus besoin de mentir et tu peux être le père qu'ils méritent. Ils finiront par te pardonner.

— Et toi ?

— Et moi, quoi ?

— Tu peux me pardonner ?

— C'est déjà fait. » Heidi regarda autour d'elle. « Regarde où ça m'a menée, la colère.

— Qu'est-ce que tu vas faire, après ?

— Je ne sais pas très bien. » Heidi haussa les épaules. « Dans le meilleur des cas, je suis condamnée à du sursis et à des travaux d'intérêt général. On m'a proposé d'être consultante pour des agences de détectives privés, de faire des conférences et même de préparer des documentaires TV. Je vais voir. Mais de toute façon, je vais être convoquée dans une minute, tu ferais mieux d'y aller.

— Ça m'a fait plaisir de te voir. »

Heidi ne répondit pas. Elle remit ses lunettes de soleil sur son nez avant de rouvrir la porte. « Une dernière chose, dit-elle. Occupe-toi bien de Josie, d'accord ? Elle mérite un meilleur mari que le mien. Tu as une deuxième chance, avec une femme bien. J'espère que tout ce qu'on a traversé t'a changé autant que ça m'a changé, moi. »

— Oui, j'ai changé », dit Sam avant de disparaître dans un couloir bondé.

59

OMN OnlineMailNews.co.uk

Le décès de l'actrice Sofia Bradbury est bien un suicide, selon le coroner.
L'actrice est morte d'une overdose de médicaments et des blessures qu'elle s'était infligées.

Tom Atkinson pour OnlineMailNews
14 : 09. Article mis à jour à 17 : 06

Démasquée, l'actrice Sofia Bradbury s'est suicidée quelques minutes avant que la voiture dans laquelle elle devait mourir ne s'arrête, juste avant la collision fatale, a conclu l'enquête.

L'actrice de 78 ans, lauréate de plusieurs Golden Globes, faisait partie des cinq derniers Passagers pris en otage en avril dernier. Elle a avalé des médicaments et s'est ouvert les veines à l'aide d'un verre à cocktail brisé pour mettre fin à ses jours.

Mme Bradbury, dont le mari Patrick est actuellement en attente de jugement après avoir reconnu onze cas d'agression sexuelle sur mineur, avait été accusée durant le détournement d'être la complice de son époux et d'avoir couvert ses crimes. Le parquet de Londres-ouest a suivi les conclusions de l'autopsie, qui a permis de découvrir 43 tranquillisants dans l'estomac de Mme Bradbury, ainsi que des lacérations aux bras et aux poignets. Ces médicaments étaient prescrits à Mme

Bradbury qui souffrait depuis longtemps de douleurs dorsales récurrentes.

Concluant au suicide, la coroner Bee Jones a déclaré : « S'il n'y a pas de preuve que le décès de Mme Bradbury est la conséquence directe des accusations portées contre elle par l'homme qu'on appelle communément le Hacker, on peut dire sans grand risque d'erreur qu'elles ont joué un rôle majeur dans sa décision de mettre fin à ses jours.

» Il n'a été retrouvé ni lettre, ni mot, mais d'après les images vidéo de ses derniers instants dans son véhicule, elle était visiblement très agitée, en proie à une vive émotion. Je pense que c'est ce qui a conduit à son geste.

» Je ne peux donc que conclure officiellement à son suicide. »

M. Swanson a fait de nombreuses allégations à l'encontre de sa femme depuis le début de son procès, laissant entendre que non seulement elle avait sciemment donné de l'argent aux familles des victimes pour qu'elles se taisent, mais qu'elle avait aussi contribué à lui fournir des victimes, et participé activement aux agressions sexuelles, accusations qui restent encore à étayer.

Les cinq hôpitaux que Mme Bradbury avait contribué à financer ont depuis pris leurs distances avec tout ce qui la concernait et hier soir, tous les opérateurs de streaming ont confirmé qu'ils ne diffuseraient plus d'œuvres où Mme Bradbury apparaît.

Elle laisse une fortune de 18,5 millions de livres, répartis par testament entre sa nièce et son neveu, aujourd'hui adultes, et son chien, Oscar.

7 900 partages – 14 569 commentaires

60

> **NUK** NewswireUK.co.uk
>
> **Moscou :** Le Premier ministre russe refuse d'envisager l'extradition de tout citoyen russe potentiellement impliqué dans le détournement des voitures sans chauffeur. Il écarte également toute menace de nouvelles expulsions de diplomates et de sanctions économiques.

« Merci de nous rejoindre », commença Katy Louise Beech avec son sourire professionnel. Ses yeux bleu clair fixaient la caméra avec une lumière rouge qui clignotait au-dessus de l'objectif. « Le Premier ministre Nicholas McDermott a publié ce matin un communiqué inhabituel attaquant la taupe ayant fait fuiter les conclusions préliminaires de l'enquête sur la manipulation de la programmation de l'Intelligence Artificielle utilisée dans les voitures sans chauffeur. » Elle leva une tablette posée sur le bureau derrière lequel elle était assise.

« Il a déclaré, je cite : "Je réfute catégoriquement toutes les allégations d'implication de membres du gouvernement actuel dans la modification des logiciels des véhicules de niveau 5. Nous démentons aussi fermement que notre parti ait pour ainsi dire serré les rangs afin de protéger les accusés qui attendent leur procès. Le nombre de fuites dommageables concernant cette enquête est également très préoccupant, et je demande à la police de faire le ménage au sein de sa hiérarchie. L'enquête étant toujours en cours, tout comme notre propre enquête interne, nous ne ferons plus aucune déclaration jusqu'à la fin de celles-ci." »

Katy Louise se tourna vers le premier de ses invités sur le plateau, un homme corpulent à l'air suffisant, avec une moustache et des sourcils épais. Il se renfonça sur son siège.

« David Glass, vous êtes chargé d'améliorer l'image du gouvernement ou, pour utiliser votre titre officiel, vous êtes son directeur de la communication. Que pourriez-vous faire de plus pour retrouver la confiance de l'opinion ?

— Nous faisons tout ce qui est en notre pouvoir, répondit-il avec assurance, et je crois vraiment que nous avançons dans la bonne direction. Comme vous le savez, le Premier ministre a démissionné, bien qu'il n'y ait aucune preuve qu'il ait été au courant de ce qui s'est prétendument passé, et le gouvernement a été totalement remanié. De plus, nous avons lancé notre propre enquête interne afin d'éliminer toute brebis galeuse dans nos rangs. Nous avons également arrêté la production et la vente de tous les véhicules sans chauffeur de niveau 5 du pays, jusqu'à ce que les logiciels soient corrigés et recalibrés. Je crois que nous avons été au-delà de ce que la population attendait de nous. Je ne vois pas ce que nous pourrions faire de plus.

— Vous pourriez faire bien plus ! » siffla une voix, hors-champ.

Un cameraman se déplaça prestement pour cadrer celle qui venait de contredire Glass. Assise à côté de lui, Libby était habillée d'une jupe bleue qui lui descendait au genou et d'un haut sans manches blanc. Les jambes croisées à hauteur des chevilles, elle portait aux pieds des Jimmy Choo vintage. Elle avait l'air aussi assuré que résolu.

« Éclairez-moi, fit Glass, sarcastique. Quoi d'autre ?

— Ce que votre gouvernement n'arrive pas à comprendre, c'est que l'opinion publique veut la vérité. Vous pouvez virer autant de Premiers ministres que vous voulez, lancer autant d'enquêtes internes que vous voulez, ça n'y changera rien tant que ce ne sera pas une enquête indépendante, non partisane, et qu'elle restera composée de membres de votre sérail.

— Je vous assure que ce n'est pas le cas…

— Alors pourquoi les fuites policières disent-elles que votre équipe leur donne toujours les mauvaises informations et qu'on les empêche de faire leur travail ?

— Comme vous venez de l'entendre de la bouche du nouveau Premier ministre, nous ne ferons plus aucun commentaire à ce sujet tant que l'enquête de police ne sera pas bouclée. Ces choses-là prennent du temps.

— Et ce temps permet à certaines factions de votre parti d'enterrer les preuves et de resserrer encore plus les rangs. »

Glass hocha la tête et leva les yeux au ciel pour bien marquer son incrédulité. « Vous avez déjà obtenu ce que vouliez, mademoiselle Dixon ! Les salariés de l'industrie automobile et de la technologie qui y est rattachée, celles et ceux qui ont travaillé dur pour créer nos toutes nouvelles villes intelligentes ont tous perdu leurs moyens de subsistance parce que vous et votre bande avez voulu supprimer les voitures de niveau 5 de nos routes. Pourquoi vous acharner à faire payer les gens ordinaires ? »

Libby lui sourit, amusée. « Bien essayé, monsieur Glass, mais ne jouez pas à me faire porter le chapeau. Tout ce qui s'est passé est le résultat de ce que vos collègues ont fait. C'est votre gouvernement qui a nié l'égalité entre les citoyens. Je n'ai jamais voulu mettre personne au chômage, et vous le savez très bien !

— Il est clair que vous aviez bien avant les événements de ce jour-là un objectif secret. Le concept de voiture sans chauffeur existe depuis l'Exposition universelle de New York en 1939, mais les gens comme vous refusent de laisser les innovations se développer naturellement, par pur égoïsme. Vous prétendez qu'on va vous forcer à modifier votre mode de vie uniquement parce que vous refusez le changement. Nous avons tous vu ces vidéos où vous manifestiez dans les rues de Londres contre la Révolution routière.

— Je n'ai absolument rien contre l'innovation. Et cette manifestation a eu lieu bien avant que j'apprenne que l'ennemi n'était pas l'Intelligence Artificielle mais ceux qui étaient derrière elle ! Vous semblez oublier que plus de cinq mille personnes ont été tuées ou grièvement blessées dans tout le pays ce jour-là, pour la plupart des personnes à revenus modestes, des employés, des sans-abri, des personnes âgées, malades ou handicapées – un génocide, tout bonnement, grâce à *votre* logiciel. »

Du coin de l'œil, Libby vit Katy Louise porter l'index à son oreille. Libby était apparue dans suffisamment de débats en direct à la télévision pour comprendre que le réalisateur suggérait à la présentatrice une question non prévue dans le script.

« Alors que voulez-vous, Libby ? demanda Katy Louise.

— Qu'on garantisse et qu'on prouve de manière indépendante que les choix des nouveaux logiciels ne seront pas biaisés. Notre niveau de revenu, d'éducation ou notre mode de vie ne doivent pas entrer en ligne de compte. Nous avons tous une valeur pour la société, et il n'appartient pas au gouvernement de décider de celle-ci. Il s'est passé un peu plus de six mois depuis le plus grand attentat terroriste dont le pays ait eu à souffrir. S'il avait été l'œuvre d'une puissance étrangère, nous l'aurions déjà bombardée. Mais parce que cet attentat était une réaction aux actions menées par des membres de ce gouvernement, il a été incroyablement lent à réagir.

— Et pendant ce temps, vous regardez avec un plaisir sadique notre économie s'effondrer, ajouta Glass. Vous devriez avoir honte.

— C'est vous qui la laissez s'effondrer. Les victimes de ces horreurs et leurs familles veulent des réponses, veulent la justice et veulent des garanties inattaquables. Quand allez-vous les leur fournir ? »

À la manière arrogante dont David Glass inclina la tête, Libby sut la direction que ses arguments allaient prendre. À chaque fois qu'elle acculait un représentant du gouvernement dans les cordes, les attaques devenaient personnelles. Et elle était prête.

« Nous avons tous vu votre manière pathétique de lécher les bottes de Jude Harrison, Nous vous avons entendu essayer de persuader le monde entier de lui sauver la vie. Vous aviez des sentiments pour cet homme, c'est clair. Une femme ayant aussi mal jugé l'homme qui a joué un rôle clé dans ces horreurs, comme vous dites, devrait-elle vraiment avoir le droit de tenir notre économie en otage ? »

Libby entendit la caméra qui pivotait vers elle. Hors cadre, ses orteils se recroquevillèrent dans ses chaussures et elle serra les poings. Mais elle n'allait pas se laisser faire par Glass.

« Où habitez-vous, monsieur Glass ?

— Je ne vois pas le rapport avec ma question.

— Ça n'est pas moins en rapport avec la question que ce que vous venez de dire. Je vais donc le rappeler à nos téléspectateurs. Vous habitez le Cambridgeshire. Pour qui avez-vous voté aux dernières législatives ?

— Vous détournez la conversation, mademoiselle Dixon.

— Vous avez voté pour votre ancien député, Jack Larsson ; vous l'avez dit auparavant dans plusieurs interviews. On vous a aussi beaucoup vu en photo en sa compagnie, lors d'événements mondains ou publics. Au fait, vous et votre femme n'avez-vous pas fait une croisière avec lui ?

— Comment… Je ne vois pas le rapport… bégaya Glass, troublé, tandis que Libby sortait de sa poche une photo qu'elle présentait à la caméra.

— On vous voit là aux côtés de Larsson, en train de boire du champagne sur le pont d'un yacht ralliant Malte à la côte tunisienne peu de temps avant le piratage. Et maintenant dites-moi, qui est le plus mauvais juge de nous deux ? »

Glass rougit, les narines dilatées, se leva, arracha son micro et quitta le plateau, furieux.

Libby remarqua les coins de la bouche de Katy Louise qui se relevaient tandis qu'elle tentait de cacher sa joie après leur affrontement. Libby savait qu'en quelques minutes, l'extrait allait être diffusé partout et ferait une énorme publicité à l'émission de Katy Louise. Ça ne nuirait pas non plus à la cause défendue par Libby.

« Libby, puisque nous parlons de Jude Harrison, que ressentez-vous en entendant prononcer son nom, aujourd'hui ? » demanda Katy Louise. La question ne la prit pas totalement au dépourvu.

« Rien, répondit-elle, l'air impassible.

— Rien du tout ?

— Non.

— Mais vous pensez qu'il faisait partie de l'organisation du Hacker ?

— Oui.

— Quel était son rôle, d'après vous ?

— Je n'en ai aucune idée.

— Mais vous pensez qu'il a pris une grande part là-dedans.

— Il semblerait, oui.

— Et quel effet cela vous fait-il ?

— Comme je viens de le dire, aucun.

— Si vous pouviez lui dire quelque chose, à l'instant, que lui diriez-vous ?

— Je n'aurais rien à lui dire. »

Katy Louise fit une pause et la caméra s'attarda sur Libby, cadrant son visage de plus en plus serré. Mais Libby ne voulait pas dire la petite phrase que la présentatrice espérait et resta muette jusqu'à ce que, enfin, Katy Louise reprenne la parole.

« Eh bien, merci d'avoir été avec nous, David Glass et Libby Dixon, représentante de l'ATIA, Association pour la Transparence de l'Intelligence Artificielle. À suivre... »

Le régisseur indiqua d'un signe qu'ils n'étaient plus à l'antenne, et un assistant guida Libby jusqu'au foyer, où son amie Nia l'accueillit les bras grands ouverts.

« Woohoo ! Tu as été géniale ! dit celle-ci, enthousiaste.

— Je veux rentrer.

— Sérieusement, Libs, tu l'as défoncé, ce trou du cul !

— Viens, on s'en va. » répliqua Libby, dont les mains tremblaient. Face à la caméra, elle avait appris à se cacher sous une carapace. Mais en coulisse, elle était toujours aussi fragile, surtout quand Jude était mêlé à la conversation.

Nia et Libby prirent un couloir et se dirigèrent vers les ascenseurs de verre. Une fois à la réception, elles rendirent leurs badges d'invitées à la femme en costume chargée de la sécurité.

« Qu'est-ce qui ne va pas ? demanda Nia. Pourquoi est-ce que tu fais la tête ? Tu t'es très bien débrouillée, sur le plateau. C'est la question sur Jude ? »

Libby jeta son sac sur son épaule et soupira. « C'est toujours la question sur Jude », répondit-elle.

61

Libby était mal à l'aise parmi la foule des touristes et des clients des boutiques d'Oxford Street. « Par ici », dit-elle en entraînant Nia dans Rathbone Place, moins fréquentée.

Après le détournement, Libby avait réalisé qu'elle était devenue un personnage public. Son visage avait été retransmis sur des milliards d'appareils électroniques et d'écrans télé. On la reconnaissait immédiatement. Encore aujourd'hui, elle avait du mal à marcher dans une rue sans qu'on l'arrête pour lui demander un selfie. Certains n'avaient même pas la politesse de lui poser la question, ils l'attrapaient par l'épaule ou par la taille, tendaient leur téléphone et déclenchaient sans même un s'il vous plaît ni un merci. Elle avait appris que pour ne pas être au centre de l'attention dans sa vie quotidienne, elle devait éviter certains quartiers quand ils étaient trop animés. Parfois, en sortant tard le soir pour aller à l'épicerie ou partir courir, elle se sentait presque dans la peau d'un vampire.

En général, les gens prenaient son parti. Ils avaient vécu le détournement de voitures à travers elle et avaient espéré le même dénouement de conte de fées qu'elle. Mais eux aussi s'étaient sentis trahis par Jude Harrison. Personne, et encore moins Libby, ne savait qui il était vraiment ni où il avait disparu.

Mais Libby ne supportait la compassion de l'opinion que jusqu'à un certain point. Les médias, éditorialistes et blogueurs la dépeignaient volontiers comme une victime mais elle ne se voyait pas comme telle. Les vraies victimes étaient les Passagers, qu'ils aient survécu à l'épreuve ou non. En comparaison, Libby avait seulement eu le cœur brisé par un menteur.

« Qu'est-ce que tu dis de celui-là ? » demanda Nia, désignant l'entrée d'un petit bar dans une rue adjacente. Ses fenêtres sombres ne permettaient pas de bien voir à l'intérieur depuis le dehors.

« Parfait ! » répondit Libby.

Dedans, tandis que Nia patientait pour commander au bar, Libby choisit un box à l'écart dans un coin et s'assit dos au mur, pour pouvoir surveiller à tout instant qui s'approchait d'elle. Elle avait une fois déjeuné dans un restaurant de Northampton avec sa mère et avait vu toute sa conversation filmée et mise en ligne par un blogueur assis à une table d'elles. Libby ne ferait pas deux fois la même erreur. Elle se méfiait de chaque inconnu.

Elle repensa à tous les changements que sa vie avait connus depuis ce mardi matin tristement célèbre où elle s'était rendue à la Commission. Ce n'est qu'après, poussée par le besoin de ne plus être considérée comme une des victimes du Hacker, qu'elle avait saisi l'occasion de mettre sa renommée au service d'une bonne cause.

Libby avait entendu parler de l'Association pour la Transparence de l'Intelligence Artificielle avant que celle-ci ne la contacte. Jusqu'à la prise d'otages, l'association militait pour que les débats conduisant aux décisions de la Commission soient rendus publics. Mais le gouvernement s'y opposait pour des raisons de sécurité nationale, affirmant que ce serait alors ouvrir la porte à des hackers susceptibles de pirater leur IA. L'ironie de ce qui s'était produit ensuite n'avait échappé à personne.

Après la prise d'otages, l'intérêt pour le travail de l'association avait faibli et, après quelques réunions, Libby avait accepté de devenir son porte-parole. Son rôle consistait à intervenir régulièrement dans les médias et à être l'oratrice principale dans les réunions publiques pro-ATIA. Libby aurait voulu porter le message plus loin en se rendant dans les autres pays ayant suivi le modèle britannique et adopté nationalement les voitures autonomes, pour les prévenir des risques potentiels. Mais avec très peu de financement, l'influence de l'ATIA demeurait limitée.

« J'en ai bien besoin », dit Nia en posant deux pintes de lager sur la table. Elle en leva une. « Santé ! reprit-elle en faisant tinter les verres. Tu n'as pas dit grand-chose en venant. Tu penses encore à Jude, hein ? Tu as toujours ce regard absent quand tu penses à lui.

— Désolée, je n'arrive pas à m'en empêcher, répondit Libby. J'ai toujours du mal à comprendre pourquoi ils ne l'ont pas encore retrouvé. Des milliards de gens, littéralement, savent à quoi il ressemble et pourtant personne ne l'a jamais vraiment vu nulle part.

— Qu'a dit la police, la dernière fois ?

— Rien que je ne sache déjà. Apparemment, il y a des robots impossibles à repérer un peu partout dans le monde qui inondent l'Internet et les fichiers de police de faux signalements, de faux renseignements sur lui avec des faux noms, des fausses photos de jeunesse, des fausses complicités, des faux CV, des faux certificats de naissance, des fausses photos de mariage… des dizaines et des dizaines par jour depuis la prise d'otages. À la vitesse à laquelle tout

ça arrive, les enquêteurs reconnaissent qu'il leur faudrait des années pour tout éplucher et parvenir à l'identifier vraiment. Mon instinct me dit qu'ils ne trouveront jamais rien. »
Libby se tut.

« Et toi, tu es certaine que tu veux encore savoir ? demanda Nia.

— Oui. Je ne sais pas vraiment pourquoi. » Libby se frotta les yeux. « Je sais qu'il a joué un grand rôle dans ce qui est arrivé, mais c'est comme si on était liés par une corde invisible, malgré tout. Je ne sais pas pourquoi, mais j'ai besoin de savoir exactement ce qu'il est et qui il est. C'est dingue non ?

— Non, ça n'a rien de dingue. C'est comme si tu étais en deuil. Tu as espéré que si vous vous retrouviez un jour, vous repartiriez de là où vous étiez arrivés la première fois. Tu as passé des mois à essayer de le retrouver et quand tu l'as revu, ç'a été dans des circonstances que personne n'aurait pu imaginer en un million d'années.

— Sauf lui.

— Lui, il ne compte pas. Je pense que tu pleures le Jude que tu as cru qu'il était.

— Alors quand je l'ai croisé pour la première fois dans ce bar, d'après toi, c'était par hasard ou est-ce qu'il avait tout manigancé ? »

Nia posa la main sur celle de Libby. « Honnêtement, je pense qu'il avait tout prévu. Je crois qu'il savait qui tu étais, ce que tu avais vu dans Monroe Street, qu'il était au courant pour ton frère et ses problèmes, qu'il savait ce que tu faisais comme métier et il a joué sur le fait que tu as besoin d'aider les gens qui ont de gros problèmes affectifs. C'est comme ça qu'il t'a vendu son mensonge sur ses projets de suicide. Ça n'était que pour que tu aies envie de l'aider. Il a profité de ta gentillesse. »

Les yeux de Libby s'embuèrent et elle les tamponna avec un mouchoir. Elle avait déjà envisagé tout ce que Nia venait de dire. Mais entendre sa meilleure amie le verbaliser ainsi la faisait se sentir encore plus idiote. Elle ne pouvait pas l'avouer à Nia, mais elle ne pourrait se résoudre à haïr Jude tant qu'elle ne l'aurait pas entendu lui-même reconnaître son rôle dans l'attentat. Il y avait donc peu de chances qu'elle puisse tourner la page.

« Ce crétin ne doit plus te bouleverser comme ça, reprit Nia. Il ne mérite plus une seule de tes larmes.

— Je me sens tellement bête de m'être laissé avoir comme ça.

— On se serait tous fait avoir. Et c'est pour ça que tout le monde t'aime bien : parce que tu es comme eux. »

Libby but une gorgée et regarda le pub où elles étaient. Un couple qui attendait au comptoir la dévisageait. Quand ils virent qu'elle les regardait, ils détournèrent la tête. « Tu penses que je pourrai un jour recommencer à vivre comme avant ? demanda-t-elle.

— Tu en as envie ?

— Tu sais que toute cette attention me met mal à l'aise, mais ça m'a donné une occasion unique de porter une cause qui me passionne. Pourtant, parfois, la normalité me manque.

— Tu as aussi besoin d'aller jusqu'au bout, sinon tu passeras ton temps à te demander ce que tu aurais pu accomplir. Ton boulot t'attendra quand tu seras prête à retravailler à la fin de ton congé sabbatique. Mais il va falloir que tu t'habitues au fait que tu ne seras plus jamais comme tout le monde.

— C'est bien ce qui m'inquiète. »

62

Libby et Nia se tenaient à la rampe, près de la porte du wagon, et essayaient de garder l'équilibre en gloussant tandis que le train s'arrêtait à New Street, la gare de Birmingham.

Libby tendit les bras et attira Nia contre elle pour lui dire au revoir. « Merci d'être venue avec moi, dit-elle. Et merci de m'avoir écouté geindre, une fois de plus. Je ne sais pas comment j'aurais tenu ces derniers mois, sans toi.

— Bah, tais-toi, tu es soûle.

—Un petit peu, mais je le pense vraiment. Tu es une amie géniale.

— Tu n'as pas intérêt à l'oublier, dit Nia en souriant. Et souviens-toi de ce que je t'ai dit à propos de celui-dont-on-ne-doit-pas-prononcer-le-nom. Il faut que tu le chasses de ta tête. Plus vite tu l'oublieras, plus vite tu rencontreras quelqu'un qui te mérite. Tu me le promets ?

— Je te le promets. » Libby serra une fois de plus Nia dans ses bras. Il y eut une sonnerie, la porte du train s'ouvrit et les deux femmes se séparèrent.

Libby désactiva le mode avion de son téléphone et une bonne trentaine de messages apparurent, d'amis et de collègues de travail qui la félicitaient d'avoir démoli le porte-parole du gouvernement, David Glass. Comme Libby l'avait prévu, la vidéo était devenue virale.

Il ne s'était pas passé grand-chose durant les cinquante minutes de trajet entre Londres et Birmingham, que Nia et Libby avaient passé au wagon-bar, hormis deux demandes de photo. Arrivée à Birmingham, la soirée commençait à peine mais il faisait déjà nuit. Libby flottait quelque part entre étourdissement et ivresse. Nia lui avait vraiment remonté le moral, même si elle allait le payer d'une gueule de bois le lendemain matin. Se préparant à l'inéluctable, elle s'arrêta à un kiosque pour acheter une bouteille d'eau et une boîte d'aspirine avant de rentrer à pied pour s'éclaircir les idées.

Tandis que Libby s'éloignait du centre-ville, elle vit avec plaisir que les gens se remettaient à conduire leurs véhicules, au lieu de se faire conduire par eux. Au lendemain du piratage des voitures, la demande en véhicules de niveaux 2 et 3 avait fortement augmenté et l'usage des vélos en libre-service avait également crevé le plafond. L'humanité était un peu moins esclave de la technologie.

David Glass avait raison sur les torts causés à l'économie britannique par l'arrêt de la production des véhicules de niveau 5. Les pertes à l'exportation s'élevaient également à plusieurs milliards, les pays étrangers ayant cessé tout achat ou tout développement du concept de ces véhicules dans l'immédiat. Ça ne durerait pas, car les progrès technologiques étaient inévitables, mais au moins le futur s'annonçait plus transparent. Et si Libby ne verrait jamais d'un bon œil les véhicules autonomes, elle pensait qu'entre de bonnes mains, les avantages de l'IA l'emportaient sur ses inconvénients.

En tant que porte-parole de l'ATIA, Libby était une cible de choix pour ses détracteurs. Des employés au chômage mécontents reprochaient à Libby et aux militants de l'ATIA les annulations de contrats, les réductions d'horaires et la baisse de leurs revenus. Un peu plus tôt dans la soirée, dans le train, un barbu dépenaillé l'avait bousculée, faisant tomber son sac à main par terre, et elle avait craint une agression – on l'avait déjà menacée. Mais il s'était éloigné sans un mot, ni d'insulte, ni d'excuse.

À chaque fois que Libby doutait de la force de ses convictions, elle revoyait le nuage de fumée noire au-dessus de Birmingham, tandis que les voitures sans chauffeur se rentraient les unes dans les autres. Il était de son devoir de faire en sorte que rien de tel ne puisse plus jamais se produire.

Libby but une nouvelle gorgée d'eau et descendit avec précaution les marches qui menaient au chemin de halage du canal. Elle cliqua sur une application de son téléphone reliée aux sept caméras installées dans et à l'extérieur de sa maison que son père avait insisté pour faire installer. Juste après la prise d'otages, les paparazzi avaient campé à la lisière de sa résidence protégée, se cachant dans des voitures aux vitres teintées ou dans des chambres louées à des voisins peu scrupuleux. Libby refusait systématiquement de parler aux photographes ou de réagir à leurs insultes alors qu'ils essayaient de la provoquer. Elle avait fini par porter toujours les mêmes vêtements quand elle sortait de chez elle, après avoir appris que les photos de célébrités habillées toujours exactement de la même manière n'intéressaient pas les magazines. Pour le lecteur, il n'y avait plus de nouveauté là-dedans. Et les paparazzi avaient peu à peu fini par la laisser tranquille.

Sa montre se mit à vibrer. Sa mère lui avait laissé un message vidéo et elle lança la lecture. « Coucou Libs, c'est toujours d'accord pour qu'on vienne ce week-end ? »

Libby enregistra sa réponse et l'envoya. « Bien sûr, répondit-elle. Dites-moi par quel train vous arrivez et je viendrai vous chercher. Je vous aime. X»

Comme deux cyclistes la dépassaient sous la vive lumière blanche des réverbères, elle repensa à cette autre conséquence de la prise d'otages : elle s'était rapprochée de ses parents, alors qu'elle les avait presque effacés de sa vie. Lorsque les reporters avaient assiégé sa maison, ils avaient insisté pour qu'elle vienne chez eux à Northampton. Et bien qu'elle eût passé près de dix ans à éviter de revenir dans la maison familiale à cause des souvenirs liés à la mort de son frère, il ne lui était plus resté assez d'énergie pour protester.

Elle n'avait jamais réussi à comprendre pourquoi ses parents n'avaient pas vendu la maison où leur aîné s'était donné la mort. Elle ne supportait pas qu'ils laissent telle quelle la chambre de Nicky, jusqu'aux draps dans lesquels il avait dormi pour la dernière fois. Ce n'était pas comme s'ils attendaient qu'il revienne d'une sortie scolaire.

Ce n'est que lorsqu'elle avait affronté ses peurs et passé du temps chez eux qu'elle avait compris qu'elle s'était privée du droit de se pardonner. Libby se sentait coupable de sa mort. C'était avec elle qu'il passait le plus clair de son temps, avec elle qu'il pouvait parler en toute sincérité du désespoir qui l'accablait. Et c'était Libby qui avait voulu croire qu'il maîtrisait sa dépression et qu'il était prêt à rentrer chez lui après son dernier séjour à l'hôpital. C'est sous sa garde qu'il était mort. C'était de sa faute.

Désormais, elle acceptait le fait qu'elle n'avait pas plus d'influence sur les actions de Nicky que sur celles du Hacker. Que si sa chambre restait intacte, ce n'était pas parce que ses parents n'avaient pas accepté sa mort. Au contraire. En acceptant son choix, ils avaient pu tourner la page, ce que Libby n'avait pas réussi à faire. Et quand elle avait enfin quitté cette maison pour rentrer à Birmingham, elle avait renoué les liens avec ses parents – et avec le frère qu'elle avait perdu.

Libby arriva devant sa résidence sans même s'en rendre compte et fit face au scanner de reconnaissance faciale le temps qu'il l'identifie et que la porte s'ouvre. Elle ne savait pas si elle souriait à cause de l'alcool ou à cause de sa conversation avec Nia. Ça n'avait pas d'importance, elle baignait dans l'optimisme. Elle ne retrouverait probablement jamais sa vie d'avant son passage à la Commission, mais elle comprenait petit à petit que ça n'était pas nécessairement une mauvaise chose.

Elle ouvrit son sac à main pour y dénicher le Vigik de sa porte d'entrée lorsqu'elle sentit un objet lisse et plat à l'intérieur. Libby l'en sortit : c'était une tablette électronique. Elle contempla l'objet, se demandant comment elle avait pu entrer en sa possession. Elle n'avait pas emporté de tablette et celle de Nia était toujours dans une coque rose fantaisie. Libby avait-elle empoché par erreur celle de quelqu'un au wagon-bar, en croyant que c'était la sienne ?

Elle ouvrit la porte, la referma derrière elle et se dirigea vers la cuisine tandis que les éclairages s'allumaient automatiquement à son passage. Elle jeta un coup d'œil dans le coin de la pièce où se trouvait autrefois la cage de ses deux lapins domestiques, Michael et Jackson. Quand sa carrière médiatique avait décollé, elle avait dû s'en séparer, passant trop de temps loin de chez elle. La fille de la voisine à qui elle les avait offerts avait promis à Libby qu'elle pouvait venir les voir quand elle le voulait.

Elle se versa une tasse de café, s'assit et tâtonna pour trouver le bouton de la tablette. Celle-ci s'anima aussitôt, sans aucun contrôle de sécurité : pas de code, de reconnaissance faciale ou oculaire. L'écran d'accueil ne contenait ni applications, ni pages sauvegardées. Il n'y avait qu'une icône, le symbole d'une vidéo.

Libby la frôla du doigt, hésita, se demandant si lancer la lecture n'était pas une violation de l'intimité du ou de la propriétaire de la tablette. La curiosité l'emporta et d'une pression du doigt, l'icône de la vidéo devint quatre fois plus grande. Un visage d'homme apparut dans le cadre. Il avait quelque chose de familier, mais elle n'arrivait pas à mettre le doigt dessus. Il avait une barbe brune épaisse, des lunettes à monture noire et un bonnet lui couvrait la tête. Puis elle reconnut l'homme dépenaillé qui l'avait bousculée dans le train, plus tôt dans la soirée.

« *Libby* », commença-t-il. Sa voix la fit frissonner.

C'était Jude Harrison.

« *Je suis désolé de devoir te contacter comme ça. Mais il fallait absolument que je puisse te joindre, et je ne peux pas vraiment simplement sonner à ta porte. Tout d'abord, je veux que tu saches que je ne t'ai pas complètement menti quand nous nous sommes rencontrés en vrai, il y a un an, ou pendant que tu étais à la Commission. Dans ce qui s'est passé ce jour-là, tout n'est pas aussi noir et blanc que tu le crois. Et j'aimerais pouvoir te dire la vérité, parce que tu en as bien le droit. Mais je ne veux pas te l'expliquer comme ça ou en appel vidéo. Je veux que ce soit en face. Je suis en ville, Libby. Je suis à Birmingham et il faut que je te voie ce soir.* »

63

Libby lâcha la tablette comme si elle lui brûlait les mains. Puis elle la contempla, incrédule, essayant de donner du sens à ce qu'elle venait de voir et d'entendre.

Jude Harrison était de retour. Et il voulait la revoir.

Le premier choc passé, la colère s'empara d'elle et elle voulut jeter la tablette contre le mur, la réduire en miettes et oublier son existence. Mais c'était impossible. On ne peut pas « dé-voir », et elle ne pouvait ignorer le fait que Jude était sorti de son trou pour la contacter.

Elle devait appeler la police. Elle prit son téléphone, les mains tremblantes, et demanda à son assistant virtuel de retrouver la carte de visite électronique que lui avait fournie un inspecteur principal chargé d'une des enquêtes concernant la disparition de Jude. Elle l'avait rencontré plusieurs fois pour répondre à des questions sur sa première rencontre avec lui. Et ils avaient ensemble revu et réécouté les enregistrements de ce qui s'était passé dans la salle de la Commission, en essayant d'en extraire des petits détails qui auraient pu les mettre sur la piste de sa véritable identité.

« *Voulez vous que j'appelle le numéro que vous m'avez demandé ?* » fit la voix de l'assistant électronique.

Libby ouvrit la bouche, mais la réponse ne vint pas. Elle se repassait en boucle le moment, dans le train, où Jude l'avait bousculée. Elle s'en voulait d'avoir trop bu et d'avoir baissé la garde. Si elle avait été sobre, elle aurait peut-être pu l'identifier sur-le-champ et appeler à l'aide. Il ne devait pas manquer dans ce train de justiciers en herbe prêts à retenir l'homme le plus recherché au monde jusqu'à ce que la police arrive.

« *Voulez vous que j'appelle le numéro que vous m'avez demandé ?* » répéta l'assistant électronique.

Libby se demanda depuis combien de temps Jude la suivait. Est-ce qu'il était seulement monté dans le train entre Londres et Birmingham ou est-ce qu'il l'avait espionnée toute la journée ? Toute la semaine peut-être ? Ou davantage encore ? La pensée qu'il ait pu être aussi proche la rendait malade.

« *Voulez vous que j'appelle…*

— Non », coupa-t-elle.

Elle reporta son attention sur la tablette. Une part d'elle-même voulait ardemment revoir la vidéo, mais une autre avait trop peur pour lancer la lecture. Elle finit par rassembler son courage et Jude reparut. « *Dans ce qui s'est passé ce jour-là, tout n'est pas aussi noir et blanc que tu le crois. Et j'aimerais pouvoir te dire la vérité.* »

Bien sûr que si, ta culpabilité est en noir et blanc ! pensa-t-elle. *La police scientifique a établi avec certitude que tu n'avais jamais été Passager de la voiture dans laquelle on te voyait. On n'y a trouvé aucune trace d'ADN, aucun emballage vide, aucun sac sur le siège arrière comme ceux qu'on voyait à l'écran !*

La vie de Jude Harrison n'avait jamais été menacée, parce que Jude Harrison n'avait jamais existé. C'était un personnage de fiction, sans plus de réalité que ceux des polars qu'elle lisait. Elle répéta ses paroles à voix haute : « J'aimerais pouvoir te dire la vérité. » Personne ne connaissait la vérité, ni même ne s'en approchait. Était-ce sa seule chance ?

Il y a moins d'une heure, elle avait promis à Nia de commencer à effacer Jude de son esprit. Mais elle savait que, en dépit de la promesse creuse faite à son amie, elle ne serait jamais vraiment en paix tant qu'elle n'aurait pas entendu de la bouche même de Jude ce qui s'était passé ce jour-là.

Elle réécouta le message une dernière fois avant de se décider. Elle devait l'entendre, face à face. Si Jude avait voulu la faire tuer, elle serait déjà morte.

« Comment vais-je te trouver ? » fit-elle à voix haute. Elle examina une fois de plus la tablette, au cas où quelque chose lui ait échappé. Une fois sûre que Jude ne lui avait laissé aucun moyen de le recontacter, elle retourna à la machine à café et choisit le modèle de capsule le plus chargé en caféine. Elle avait besoin de tous ses esprits. La tablette se mit à vibrer sur la table de la cuisine, attirant son attention. Un message était arrivé. Et il ne pouvait être que de Jude. Pleine d'appréhension, elle lut.

« *Une voiture t'attend dehors. Elle te conduira à moi.* »

Libby prit une grande inspiration. « Tu crois que je vais monter, comme ça, dans une voiture que tu m'as envoyée ? » dit-elle tout haut.

Quelques secondes plus tard, un nouveau message s'afficha sur l'écran. « *Non.* »

Libby se figea. Jude l'écoutait via la tablette.

Un autre message apparut. « *Je n'ai aucune raison de te faire du mal.* »

« Il n'y avait aucune raison de faire du mal à personne, ce jour-là ! » répondit Libby, avec un peu plus d'assurance.

« *Ce n'était pas de mon fait*, texta Jude. *Laisse-moi tout t'expliquer de vive voix.* »

Libby hésita. C'était maintenant ou jamais. Si elle voulait vraiment les réponses aux questions qui la hantaient, c'était peut-être sa seule chance.

Elle se tourna vers la tablette de Jude, inspira longuement, tira ses cheveux en queue-de-cheval et les noua avec un élastique.

« OK, dit-elle. Où est-ce que je vais ? »

64

Le véhicule que Jude avait envoyé pour Libby fut facile à repérer ; c'était le seul garé à l'extérieur de sa résidence avec les feux allumés, personne à l'intérieur et la portière entrouverte.

Une dernière fois, Libby réfléchit à ce qu'elle faisait avant d'y monter. Elle jeta un coup d'œil à l'intérieur. C'était une voiture de niveau 3, au minimum. Au tableau de bord, un volant, et dessous, les pédales de frein et d'accélérateur. Mais on aurait pu facilement les trafiquer et les désactiver. *Oui, mais pour quoi faire ?* se demanda-t-elle. Il y avait d'autres méthodes bien plus simples pour la tuer, si c'est ce que voulait Jude.

Finalement, son envie brûlante de connaître la vérité l'emporta sur tout le reste et elle monta à bord. La porte se referma, sans se verrouiller.

Le cœur de Libby se mit à cogner dans sa poitrine et le véhicule démarra de lui-même. Libby agrippa le volant et testa la pédale de frein. Les deux semblaient fonctionner. Le trajet dans Birmingham ne dura que dix minutes mais lui parut bien plus long, et finalement la voiture s'arrêta le long d'un trottoir. Libby reconnut immédiatement l'endroit. Monroe Street. Le quartier où elle avait vu trois générations d'une même famille fauchées par une voiture autonome. Elle descendit vivement de voiture.

Le choix du lieu de rendez-vous la mit soudain en colère. Jude aurait dû savoir combien elle avait été dévastée en revoyant les images de l'accident durant la Commission. Elle attendit de nouvelles instructions, serrant la tablette contre sa poitrine jusqu'à ce qu'elle se mette à vibrer. Un message afficha : « *Numéro 360* ».

Des magasins, en majorité des petites boutiques indépendantes, bordaient la rue. Les grandes chaînes des principales rues commerçantes ayant fermé peu à peu pour devenir des boutiques en ligne, les centres-villes se désertifiaient. Mais les boutiques indépendantes, plus petites, avaient connu un regain de popularité. Le jour, Monroe Street était très animée, mais il était près de 21 heures et elle était presque vide. Libby examina soigneusement chaque devanture jusqu'à ce qu'elle trouve le 360, un ancien café aux vitres couvertes de blanc d'Espagne pour arrêter les regards trop curieux. Elle alluma la lampe torche de son téléphone et tenta de jeter un œil par la porte vitrée, mais ne rencontra que son propre reflet.

Tu n'es pas obligée de le faire, se dit-elle. Mais si l'idée d'affronter Jude la terrifiait, il lui aurait été trop pénible de s'en aller maintenant et de passer le restant de ses jours sans savoir. Hésitante, elle appuya sur la poignée et la porte s'ouvrit. Une clochette fixée en haut de la porte sonna, bien plus fort que sa taille ne le laissait supposer, et la fit sursauter.

« Il y a quelqu'un ? » demanda-t-elle d'une voix tremblante. Du rayon de sa torche, elle balaya la pièce. Une dizaine de tables et des chaises, couvertes de poussière, l'entouraient, ainsi que des comptoirs et des étagères vides. Une échelle, des pots de peinture et des bâches étaient éparpillés au sol. Si on avait commencé à redécorer l'endroit, le travail avait cessé depuis bien longtemps.

« Ferme la porte, s'il te plaît », fit une voix dans le fond de la pièce. Libby la reconnut et ne put retenir un hoquet de surprise. La main dans la poche, elle sentit le métal froid du couteau à légumes qu'elle avait ramassé dans la cuisine, hors de portée de l'objectif de la tablette. Elle en serra le manche et referma doucement la porte.

« Tu n'auras pas besoin de ton couteau, reprit Jude. Mais garde-le si tu te sens plus en sécurité avec. »

Comme elle se tournait dans sa direction, il alluma une lampe et Libby cilla pour habituer ses yeux à la lumière. Maintenant, elle le voyait clairement. Jude était assis à une table, les mains à plat sur le dessus, à proximité d'un téléphone. Il était entièrement vêtu de couleurs sombres, avec un manteau d'hiver et de grosses chaussures à lacets montantes. Il avait une barbe de trois centimètres d'épaisseur, des cheveux courts ébouriffés et portait des lunettes. Malgré elle, Libby ressentit pour lui des éclairs de quelque chose qu'elle n'arrivait pas à nommer.

« Bonjour Libby », dit Jude en lui offrant un petit sourire. Son ton était amical, mais avec une forme d'assurance. Elle n'avait encore jamais rencontré cette version-là de lui. « Comment vas-tu ? » dit-il, mais Libby n'était pas encore en état de répondre. Ça ne parut pas le préoccuper. « Je suis content que tu sois venue. Tu es sûre que tu ne veux pas t'asseoir ? »

Il indiqua une chaise, face à lui. Libby fit non de la tête et le dévisagea comme si elle le rencontrait pour la première fois. Et par certains côtés, c'était bien le cas. Ce n'était pas l'homme dont elle avait été amoureuse. Celui-ci était un inconnu. « Tu dois avoir beaucoup de questions à me poser, dit-il. Je t'écoute. »

Libby acquiesça et s'éclaircit la gorge mais elle eut beau essayer, elle ne put empêcher sa voix de trembler.

« Entre tous les endroits où tu aurais pu m'emmener, pourquoi avoir choisi Monroe Street ? demanda-t-elle.

— On viendra à ça bientôt, je te le promets.

— Depuis combien de temps est-ce que tu me suis ?

— En chair et en os, ça va faire à peu près deux semaines. Via les données de ton téléphone, tes traqueurs d'activité, tes habitudes d'achat, ton utilisation de l'Internet et ton image publique, j'imagine que je n'ai jamais cessé de te suivre. Pas depuis la soirée où on s'est rencontrés à Manchester, pas même depuis les mois précédents.

— Donc on ne s'est pas rencontrés par hasard ?

— Non, ça n'était pas un hasard. »

En Libby, quelque chose s'écroula. Elle était presque déçue de l'entendre admettre ce qu'elle subodorait déjà. « Comment savais-tu que j'irais dans ce pub ?

— Nous avions accès à toutes tes données personnelles, y compris tes e-mails et ton journal.

— Tu veux dire que tu les as hackés ?

— Oui.

— Et quand tu as découvert où j'allais passer le week-end, tu m'as suivie ? » Jude acquiesça. « Comment savais-tu que je viendrais te parler ?

— Je ne le savais pas. Je t'ai suivie de bar en bar et j'ai attendu que tu aies un peu bu avant d'essayer d'attirer ton attention. D'après tes photos sur Facebook, je savais que tu aimais les karaokés, et ta playlist Spotify m'avait appris que ton artiste préféré était Michael Jackson.

— Les amis avec qui tu étais. Ils étaient dans le coup ?

— Ce n'étaient pas mes amis.

— Je les ai vus. Tu étais avec un groupe de mecs.

— Non, j'étais *derrière* un groupe de mecs. Je ne savais pas plus qui ils étaient qu'eux ne me connaissaient. Comme pour ma voiture autonome, tu n'as pas pensé à douter de ce que tu voyais.

— Pourquoi en aurais-je douté ? Je fais confiance aux gens jusqu'à ce qu'on me donne une raison de m'en méfier. Mon premier réflexe n'est pas de supposer que tout ce que je vois ou que j'entends est faux. En tout cas ça ne l'était pas, jusqu'à ce que tu surgisses. Comment pouvais-tu être sûr que tu me plairais ?

— Les profils que tu as remplis en t'inscrivant sur les sites de rencontres. Nous avons examiné le genre d'hommes dont tu avais vu les pages, combien de temps tu avais passé devant chaque photo, nous avons analysé leurs personnalités et, bien sûr, nous avons étudié ton ex, William. Nous avons étudié tes goûts et tes phobies, tes hobbies, les conversations en ligne que tu avais eues, les qualités que tu exigeais chez quelqu'un avant d'accepter de le rencontrer. J'ai adapté mon apparence en fonction de tout ça. Je me suis coupé et teint les cheveux, j'ai mis des lentilles de contact et porté le genre de vêtements que tu aimais chez les hommes. Je suis devenu celui que tu cherchais. La seule chose impossible à prévoir, c'était si le courant allait passer. Et tu ne peux pas le nier, il est vraiment passé. Quand tu es partie, j'ai emporté le verre que tu avais laissé et j'ai fait le test *Mariez vos ADN*, pour voir si on était génétiquement faits l'un pour l'autre. Tu veux connaître le résultat ? »

Le regard de Libby brûlait de fureur, mais elle garda les doigts tendus, pour ne pas serrer les poings et montrer à Jude à quel point elle se sentait bafouée.

« Non, je ne veux pas savoir », répondit-elle en grinçant des dents. Mais au fond d'elle-même, elle eut soudain peur d'être le Binôme d'un psychopathe. « Et les discussions que nous avons eues ce soir-là, elles étaient préparées, aussi ?

— Certaines, oui.

— Par exemple ?

— Par exemple, que j'aimais les films étrangers, la cuisine et que je connaissais les chansons de Michael Jackson.

— Mais tu connaissais les paroles !

— Mon équipe envoyait les paroles sur ma lentille connectée, et je lisais. Et je l'ai vite enlevée quand tu es venue me trouver. Mais tout n'était pas fabriqué.

— Qu'est-ce qui était authentique ?

— Mon intérêt pour ce que tu disais. »

Libby rit. « Tu penses que je vais te croire ?

— Tu n'es obligée de croire en rien de ce que je dis. Mais si tu es tellement persuadée que je vais te mentir, alors pourquoi es-tu venue ce soir ? »

Libby ouvrit la bouche, mais s'arrêta. Elle ne savait pas répondre à ça. « Comment dois-je t'appeler ? demanda-t-elle plutôt. J'imagine que Jude Harrison n'est pas ton vrai nom. »

Il hocha la tête. « Continue à m'appeler Jude, si ça peut simplifier les choses.

— Non. Je veux connaître ton vrai nom.

— Ça n'a aucun intérêt. Je suis tellement bien caché tout au fond du web que le temps que tu sortes d'ici, même si tu décides d'en parler à la police, mon vrai nom n'aura aucune importance. Il n'aidera personne à me retrouver.

— Je m'en fiche. Tu me le dois bien.

— Je m'appelle Noah Harris. »

Ce nom rappelait quelque chose à Libby, mais elle avait la tête tellement farcie d'informations qu'elle ne pouvait le situer.

« Pourquoi avoir pris le nom de Jude ?

— *Hey Jude*, c'était la chanson préférée de ton frère. Vous l'avez passée à son enterrement. Au refrain, toute ta famille s'est levée, vous vous êtes tenus la main et vous avez chanté ensemble les *na, na, na, na-na-na-na…* Et puis tout le monde s'est levé et a chanté avec vous.

— Tu oses ?!? Comment peux-tu savoir ça ?

— Ces temps-ci, les gens enregistrent tout pour la postérité. Je n'ai pas eu de mal à trouver ça en ligne. »

L'étendue de ce qu'il savait, la minutie de ses recherches firent frissonner Libby. « Tu aurais pu choisir n'importe qui. Pourquoi moi ?

— Il nous fallait quelqu'un qui ait des valeurs morales, sincèrement préoccupé du bien-être d'autrui, même d'inconnus. Pour la retransmission, il nous fallait une femme qui soit sympathique à des hommes et des femmes de tous âges. Et pour qu'ils puissent avoir de la compassion pour elle, il nous fallait une femme brisée.

— Tu penses que le monde me croit brisée ?

— Je me trompe ?

— Espèce de connard !

— Il fallait donner à notre cible un Passager à soutenir. Quoi de mieux qu'un homme avec une histoire poignante, et qui lui plaisait ? Le fait de partager notre mépris pour les véhicules autonomes était bien sûr un très bon argument, et c'est une des raisons pour lesquelles nous t'avons fait nommer à la Commission.

— *Vous* m'avez mise dans le jury ? Je n'ai pas été choisie au hasard ?

— Je croyais que tu avais déjà compris ça. Nous voulions une personnalité capable de remettre en question les choix des autres jurés. Je dois reconnaître que nous avons cru nous être trompés, le premier jour, quand les autres te forçaient à les suivre sans réfléchir et que tu as renoncé à te battre. Mais le deuxième jour, juste après le premier détournement, tu t'es révélée. À ce moment-là, nous avons compris que nous n'aurions pas pu faire un meilleur choix. »

Libby bouillait intérieurement. Elle avait compris depuis longtemps qu'elle s'était fait manipuler, mais elle n'avait aucune idée de l'ampleur de ces mensonges. Elle se sentait stupide. « Mais pourquoi moi en particulier ? Il y a des millions de femmes dans le monde qui pensent comme moi.

— Mais il n'y en a pas beaucoup qui partagent ce que toi et moi avons en commun. »

Libby leva les sourcils. « C'est-à-dire ?

— Quand tu arrivée ici, tu m'as demandé pourquoi j'avais choisi cet endroit. De ce que j'ai pu comprendre en recueillant tes données, trois événements ont fait de toi ce que tu es. La découverte du corps de ton frère, ton petit ami qui a fait un enfant à une autre femme, et l'accident ayant tué trois femmes auquel tu as assisté, dans cette rue. Nous partageons une de ces trois choses.

— Je ne comprends pas.

— Les trois femmes que tu as vues mourir juste devant cette porte étaient ma femme, ma fille et ma mère. »

65

Libby recula d'un pas et hocha la tête.

« C'est encore un de tes mensonges, n'est-ce pas ? cracha-t-elle. Tu es répugnant ! »

Sans lui laisser l'occasion de s'expliquer, elle fit demi-tour et se dirigea vers la porte. Derrière elle, elle entendit les pieds de sa chaise grincer sur le sol carrelé. Elle se tendit, serra plus fort le manche du couteau dans sa poche.

« Ne pars pas, dit Noah. Je t'en prie ! » Pour la première fois de la soirée, Libby entendit quelque chose comme du désespoir dans sa voix. Cela suffit à l'arrêter. « Je t'ai dit que tu avais droit à la vérité, et *c'est* la vérité. Je le jure.

— Je ne te crois pas. » Elle secoua la tête et se retourna vers lui. Il s'était levé. Quelque chose l'empêchait de faire ces quelques pas de plus et de quitter le café. Tout à coup, elle se rappela pourquoi le nom de Noah Harris lui disait quelque chose. Il n'était pas le seul capable de tenir un secret. Elle allait garder ça pour elle, pour l'instant.

« Stephenie, Gracie et Mary. Ma femme, ma fille, ma mère. J'étais au travail quand j'ai reçu un coup de fil de l'hôpital Queen Elizabeth. Une infirmière m'a annoncé qu'elles avaient eu un accident. Ce n'est qu'à l'hôpital qu'on m'a appris que je les avais perdues, toutes les trois.

— Leurs noms sont dans le domaine public», répondit froidement Libby.

Noah prit le téléphone, sur la table, et demanda au système d'exploitation d'ouvrir un dossier. Il s'avança vers Libby, le bras tendu pour qu'elle regarde le téléphone de plus près. Libby serra à nouveau le couteau et recula de trois pas. Noah parut déçu par sa méfiance et déposa le téléphone sur la table, du côté de Libby, avant de revenir s'asseoir.

Dans le dossier, Libby trouva des dizaines et des dizaines d'albums, remplis de photos de famille. Elle balaya tous les dossiers, en ouvrit quelques-uns au hasard. L'un renfermait des photos de Noah enfant, en compagnie d'un homme d'une trentaine d'années et d'une femme un peu plus jeune, que Libby reconnut pour l'avoir vue dans l'accident. La mère de Noah, supposa-t-elle. D'autres dossiers contenaient des photos de mariage, de lune de miel, et des clichés de Noah avec un nouveau-né.

«Regarde les vidéos!» pressa-t-il. Libby s'exécuta. Dans la première, Stephenie était assise sur un banc dans le jardin et nourrissait un bébé. Elle avait la même voix que la femme qu'elle avait réconfortée dans Monroe Street. Libby n'oublierait jamais que, dans son dernier souffle, elle avait seulement voulu savoir si sa fille allait bien.

Libby hésita avant de reprendre la parole. «Je suis désolée pour ce qui leur est arrivé. Mais ça n'explique pas ton rôle dans la prise d'otages ni pourquoi tu as frappé tant d'innocents.

— Rien de tout ça n'aurait dû arriver. Personne n'aurait dû mourir. Tout est… parti en vrille… a complètement échappé à mon contrôle. Je n'ai pas pu l'en empêcher.

— Qui?

— Alex.

— Qui est Alex ?
— Mon frère.
— Qu'est-ce qu'il venait faire là-dedans ?
— C'est un de ceux que vous appelez le Hacker.
— Ton frère était le Hacker ?
— *Un* des Hackers. Le Hacker n'est pas une seule personne. La voix que tu entendais était une voix de synthèse – une voix humaine artificielle. Plusieurs personnes, hommes et femmes de différents âges, avec des accents, des langues et des dialectes différents, se sont relayés pour dicter ce que le Hacker allait dire, pendant que d'autres contrôlaient les images que vous aviez sur vos écrans. Pour réussir notre coup, il nous a fallu un réseau dans le monde entier. Tu veux bien t'asseoir, que je t'explique ? »

Libby s'arrêta. Elle regarda à nouveau vers la porte pardessus son épaule, et jugea que si Noah se faisait menaçant, elle pouvait arriver à la porte avant qu'il ne l'attrape. Elle relâcha l'étreinte sur le manche du couteau et choisit une chaise à deux tables de lui. Puis elle serra les dents et tenta de ne pas se noyer dans ses yeux qu'elle avait tant cherché à revoir.

« Je ferais mieux de commencer par le commencement, reprit-il. Dans les années quarante, pendant la Seconde Guerre mondiale, mon grand-père a monté une entreprise de construction de moteurs pour les véhicules de l'armée. Avec le temps, il l'a diversifiée et transmise à mon père. Quand Alex et moi sommes sortis de l'université, nous avons commencé à travailler pour lui comme programmeurs informatiques, à créer des logiciels et à développer radars, senseurs et lidars pour les voitures de niveau 5. Mon père était en course pour un contrat de plusieurs millions de livres avec le gouvernement, pour fournir des logiciels et des caméras aux véhicules des services d'urgence. Ça devait être le plus gros contrat de l'histoire de la boîte. Et comme la Grande-Bretagne devait être le premier pays à passer entièrement aux véhicules autonomes, le projet était de vendre ensuite nos logiciels et nos systèmes dans le monde entier. Après le Brexit, la société restait fragile mais ça devait assurer le travail de nos six cents employés. Et puis comme ça… » Noah claqua des doigts. « Tout s'est arrêté.

— Pourquoi ?

— Nous étions prêts. Nous avions le personnel et la technologie qu'il fallait et l'usine avait même été agrandie. C'est Alex qui a détecté une faille dans le logiciel que d'autres avaient déjà commencé à développer, et sur lequel nous étions en train de travailler. C'était comme un trou minuscule dans une clôture, mais c'était quand même un trou. Ce qui voulait dire que ce logiciel soi-disant sûr et inviolable pouvait, en théorie, être piraté. Nous l'avons signalé et on nous a assuré que ce serait rectifié. Et puis une semaine avant la signature du contrat, une compagnie concurrente, basée en Inde, a débarqué et fait une offre moins onéreuse. Nous avons réduit nos propositions pour nous aligner, mais ils ont encore baissé leur prix et là, tout était terminé. Nous aurions perdu énormément d'argent. Donc le gouvernement leur a offert le contrat. Nous étions sûrs que les Indiens ne pouvaient pas fournir un meilleur produit que le nôtre, et avec raison. Parce qu'en désassemblant leur logiciel, nous nous sommes rendu compte qu'il était identique au nôtre. Ils avaient volé notre travail, et la seule façon de faire ça, c'était d'avoir une taupe au sein du gouvernement.

— Alors pourquoi vous ne les avez pas poursuivis pour violation de la propriété intellectuelle ?

— Des parties cruciales de nos demandes de dépôt de brevet avaient “disparu” une fois arrivées au Bureau de la Propriété intellectuelle. Le temps de s’en rendre compte, il était trop tard. Les Indiens nous avaient doublé et déposé les brevets. Tous les avocats internationaux que nous avons contactés nous ont dit qu’il n’y avait aucune chance de gagner, ni litige ni compensation.

— Et l’entreprise de ton père ?

— Dans les six mois qui ont suivi, les actionnaires ont exigé la mise en redressement judiciaire et le personnel a été licencié. Comme la plupart des employés vivaient à proximité de l’usine, en peu de temps, la région est devenue sinistrée. Les gens ont dû déménager pour trouver du travail, le prix de l’immobilier a chuté donc ceux qui sont restés sont passés en capital négatif, le taux d’alcoolisme et même le taux de suicides ont grimpé. Certains avaient travaillé pour mon père ou pour mon grand-père toute leur vie. Mon père a tout pris pour lui. La culpabilité et le stress ont été si intenses qu’il a fait une attaque et qu’il est mort l’année suivante des complications d’une pneumonie. »

Noah s’interrompit pour prendre une bouteille, posée au sol. Il l’ouvrit et la tendit à Libby. La poussière de la salle lui asséchait la gorge mais elle refusa.

« Mon frère a été plus atteint que moi par ce qui est arrivé, reprit Noah. Nous étions tous les deux proches de mon père, mais Alex était l’aîné et c’était son portrait craché. Je l’ai vu s’enfoncer de plus en plus dans la dépression. Il avait été diagnostiqué bipolaire, adolescent ; il a commencé à arrêter de suivre son traitement et à s’auto-médicamenter. Il était instable, il est devenu amer, en colère, et se mettait en rogne pour un rien. Il a plusieurs fois été arrêté pour des bagarres et a fini par passer quelques mois en prison. Et à sa libération, il a disparu. Personne ne l'a retrouvé. Il ne répondait plus au téléphone ni à nos messages. Et comme la police n'arrivait pas non plus à le retrouver, nous avons commencé à craindre le pire. Mais il a réapparu, aussi soudainement qu'il avait disparu. »

Malgré elle, Libby se laissait prendre par l'histoire de Noah. « Il était allé où ? demanda-t-elle.

— Il n'a pas voulu me le dire, mais quelque chose avait changé en lui. Pas seulement parce qu'il était sobre et qu'il avait repris son traitement, mais il montrait une forme de résolution que je ne lui avais pas vue depuis longtemps. Il a fini par me dire qu'il passait du temps avec un groupe de "gens qui pensaient comme lui", comme il disait. On aurait pu croire qu'il avait rejoint une secte ou quelque chose comme ça, mais c'était une communauté de hackers qui se cachait sur le dark web. Alex avait rejoint une organisation qui visait à détruire l'industrie britannique des voitures autonomes. Il a appris que nous n'étions pas la seule entreprise à s'être fait avoir par le gouvernement à cause d'appels d'offres étrangers moins chers. Il y avait au moins une dizaine de boîtes qui avaient joué un rôle au début de la Révolution routière et qui s'étaient fait voler leurs produits, juste sous leur nez, grâce à ce trafic et à ce vol de brevets. Ils ont invité Alex à les rejoindre et à collaborer avec eux pour trouver un moyen de mettre l'industrie à genoux et faire comprendre à tout le monde ce qu'elle avait fait subir aux entreprises locales. Et il m'a supplié de m'impliquer aussi.

— Et tu as dit oui.

— Non, pas au début. Comme Alex, je leur en voulais de ce qu'ils avaient fait à l'entreprise de mon père, mais je ne pouvais pas me permettre de tout laisser tomber et de le suivre dans sa croisade. Steph et moi venions d'avoir Gracie, et elles passaient avant tout.

— Qu'est-ce qui t'a fait changer d'avis, alors ?

— Le jour où ma famille a été fauchée par une voiture autonome de niveau 5. Personne ne voulait me dire comment elles étaient mortes, on m'a seulement annoncé que la Commission avait conclu que c'étaient elles qui étaient en tort. La Commission n'a même pas demandé à ce qu'on révise le logiciel.

— Donc Alex a eu l'idée de la prise d'otages pour se venger ? »

Noah laissa la question un instant en suspens avant de répondre.

« Non, Libby. C'est moi qui en ai eu l'idée. »

66

Libby se raidit et sa colère contre Noah se fit plus intense encore. Un court instant, elle avait compris sa rancœur envers le gouvernement qui avait fait péricliter l'entreprise familiale, ainsi que sa rage contre la Commission qui avait jugé sa femme et sa mère responsables de l'accident dans lequel elles étaient mortes. Mais quand il reconnut que c'est lui qui avait eu l'idée de la prise d'otages, toute sa compassion s'évanouit.

Noah dut sentir le froid qui venait de s'installer entre eux car, soudain mal à l'aise, il se frotta le visage et hocha la tête.

« Laisse-moi t'expliquer, reprit-il. Au début, le plan était de paralyser les voitures. Tous les véhicules, quels que soient le modèle ou la marque, ont un logiciel commun qui leur permet de communiquer entre eux, pour s'avertir d'embouteillages ou de travaux sur leur trajet, par exemple. Et parce que nous avions participé à la programmation de ce logiciel, nous savions comment nous y infiltrer pour avoir accès aux senseurs des véhicules.

« Alex et les autres devaient installer un bout de code dans le logiciel de vérification, ce qui permettait d'accéder au code source de tous les modèles de véhicules de niveau 5 et l'infecter avec un virus qui le plaçait sous notre contrôle. En mettant une voiture à l'arrêt à cause d'un problème fictif, le virus devait se reproduire et des milliers et des milliers de voitures allaient s'arrêter aussi. Le temps de découvrir et de corriger ce piratage, le mal serait fait. Ça n'aurait pas duré longtemps, mais suffisamment pour bloquer tout le pays et ridiculiser l'industrie des voitures autonomes.

— Alors qu'est-ce qui a changé ? demanda Libby. Qu'est-ce qui a transformé tout ça en massacre ?

— Une fois entré dans le logiciel, Alex a découvert que les voitures lisaient nos cartes d'identité et toutes les données que nous transportions. Et c'est là que nous avons compris ce qui était vraiment arrivé à notre mère, à ma femme et à ma fille. Elles avaient été sacrifiées parce que le Passager de la voiture qui les a fauchées était un pilote de la RAF, protégé par l'IA. Comme il était au service du pays, sa vie valait plus que celle de ma famille. »

Noah attendit la réaction de Libby, mais elle continuait de l'étudier avec la même prudence. « La haine pour tout ce qui était lié à ces voitures m'a dévoré. Les conséquences de tout ça allaient tellement loin. Et même après, ma petite fille est morte parce qu'il n'y avait pas de donneur pour son foie : moins d'accidents dans des voitures plus sûres, ça signifiait moins de dons d'organes.

— On ne peut pas punir les gens de ne pas mourir ! coupa Libby. C'est fou !

— Je sais. Mais ça montre dans quel état d'esprit j'étais à ce moment-là. Et je me suis dit qu'immobiliser les voitures ne suffisait pas. J'ai décidé que notre piratage devait durer plus que le cycle habituel de trois jours aux informations. Il fallait que ce soit un événement dont tout le monde se rappellerait toute sa vie. Un détournement. J'ai dit à Alex qu'il fallait s'emparer du contrôle total d'une poignée de voitures et prendre leurs Passagers en otage, menacer de les tuer si le gouvernement refusait de reconnaître ses torts. Et obliger la Commission à faire ce que faisait l'IA : choisir un survivant uniquement sur la base des données tronquées qu'on lui fournissait. Mais à aucun moment, il n'a été question de tuer des gens. »

Libby inclina la tête, incrédule.

« Je te promets que je croyais simplement qu'on allait déclencher une hystérie contre ces voitures "impossible à pirater". Et puis tout a changé le soir où je t'ai rencontrée.

— Moi ?

— J'ai dû regarder la vidéo du jour où ma famille a été tuée une centaine de fois, jusqu'à la connaître par cœur. J'ai compté le nombre de pas que tu as fait pour passer de l'une à l'autre, le temps que tu as passé avec ma mère, avec Steph, ce que tu leur as dit pour essayer de les réconforter. En voyant ta gentillesse, et combien tu étais touchée par la mort de gens que tu ne connaissais pas, j'ai su à ce moment-là que je voulais que tu fasses partie de la Commission. Mais quand nous nous sommes rencontrés à Manchester, tu étais la première personne vivant hors de ma bulle toxique à qui je parlais depuis très, très longtemps. Et j'ai été aussi sensible que toi à ce qui se passait entre nous quand on s'est embrassés. Tu m'as réveillé, tu m'as rappelé qui j'étais vraiment et tu m'as fait comprendre que je pouvais accomplir tout ce que je voulais sans devoir recourir aux menaces de violence. Mais essayer de convaincre Alex et les autres que j'avais changé d'avis s'est révélé impossible. Comme te l'a expliqué Matthew, l'autre juré, la psychologie des foules rend les gens plus téméraires quand ils sont en groupe.

— Tu aurais dû être encore plus ferme, objecta Libby.

— Je l'ai fait.

— Tu aurais dû leur faire comprendre qu'ils avaient tort.

— J'ai essayé.

— Alors pourquoi ne t'ont-ils pas écouté ?

— Parce qu'à ce moment-là, ça faisait dix-huit mois qu'on préparait l'opération et que personne ne voulait reculer ! Et j'avais peur que tout dérape si je m'en dissociais. Je me suis dit qu'en restant avec eux, je pouvais au moins leur tenir la bride, s'il le fallait.

— Et tu as l'impression d'y être parvenu ? » demanda froidement Libby.

Noah baissa les yeux au sol. « Je n'aurais jamais imaginé qu'ils iraient aussi loin.

— Tu étais où, ce jour-là ? Puisque tu n'étais pas dans la voiture qu'on voyait.

— Pour les images en direct, j'étais dans une voiture immobile, dans une grange dans l'ouest de l'Irlande, entourée d'écrans verts. Les images de l'autre voiture servaient de décor, pour donner l'impression que j'étais sur la route. Mais quand j'ai vu Victor Patterson mourir, mon horreur n'avait rien de simulé, tout comme quand j'ai essayé de sortir de la voiture dans laquelle ils m'avaient enfermé. Ils ont coupé mon micro et ont passé en boucle des images plus anciennes, pour que tu ne m'entendes pas les supplier d'arrêter et menacer de tout raconter aux spectateurs. Ils m'ont dit que si je ne jouais pas le jeu, ils tueraient tous les Passagers, et toi avec. Je n'ai pas pu faire autrement. Et bien sûr, je ne savais pas qu'ils allaient déclencher des accidents dans tout le pays.

— Tu t'es caché où ?

— Dans plusieurs pays. Je n'ai rencontré que cinq ou six des personnes impliquées. Ils m'ont trouvé des endroits sûrs, dans des pays qui n'ont pas de traité d'extradition avec le Royaume-Uni. Tant que je fais profil bas, que je ne cherche pas à attirer l'attention ou que je ne cause pas de tort à leurs gouvernements, ils continueront de m'accueillir. Mais je n'ai aucune garantie. Ils peuvent me jeter aux loups quand ils veulent.

— Et ton frère ?

— Je n'en ai aucune idée. Je n'ai pas réussi à le contacter depuis le jour de la prise d'otages. »

Libby ferma les yeux en essayant de digérer la version que présentait Noah des événements. Elle devait bien reconnaître qu'il avait de très bons arguments, et son attitude dénotait un homme tourmenté par le remords. « Pourquoi aujourd'hui ? demanda-t-elle. Pourquoi venir me retrouver ?

— Je me fous de ce que le monde pense de moi, tout ce qui m'importe, c'est toi. Je voulais que tu saches que celui que tu as vu à Manchester et comme Passager, c'est vraiment moi ; je ne suis pas celui dont tu doutes depuis six mois.

— *Dont je doute* ? répéta-t-elle, arquant les sourcils. Tu es loin du compte ! Tu m'as manipulée et tu t'es servi de la mort de mon frère pour ça. Tu as choisi le pire moment de ma vie et tu t'es servi de Nicky pour me faire avaler tes mensonges. Et tu ne serais pas vraiment celui-là ?

— Non, je te le promets. Laisse-moi te le prouver. Viens avec moi. »

Libby crut avoir mal entendu. « Quoi ?

— J'ai des contacts qui peuvent nous permettre d'aller n'importe où dans le monde. Là, on pourra apprendre à se connaître vraiment, loin de tout ça. Tout recommencer. »

Libby fut aussi surprise que Noah de s'entendre rire. « Tu es sérieux ? Et pourquoi te suivrais-je ?

— Parce que tu sais aussi bien que moi, malgré tout le reste, qu'il y a encore quelque chose entre nous. Quelque chose que je n'ai ressenti qu'une seule fois avant, pour ma femme. Je dois savoir où ça me mène. Et tu ne peux pas nier que tu ressens encore quelque chose pour moi. Malgré ta bravade et tout ce que tu crois savoir sur moi, tu es quand même venue ici, parce qu'au fond de toi, tu veux croire que celui pour lequel tu as des sentiments n'est pas quelqu'un de mauvais.

— C'est ridicule, dit Libby en hochant vigoureusement la tête. J'ai une vie, tournée vers un nouvel objectif, je me débrouille bien et je peux peut-être contribuer à changer le monde. Et j'échangerais tout ça pour un homme dont les amis ont tué des milliers de gens ?!? Tu es fou !

— Libby, je jure devant Dieu que je n'ai pas voulu ça. Et je passerai le reste de ma vie à réparer ça, si tu le veux. Tu peux m'aider à compenser les conséquences terribles de l'idée que j'ai eue. »

Libby se leva et se mit à faire les cent pas. « Comment ? dit-elle. Même si tu disais la vérité, tu resterais le catalyseur de tout ça. Si tu regrettes vraiment ce qui s'est passé, pourquoi ne te rends-tu pas à la police ? Explique-leur tout ce que tu viens de me dire. Prouve-moi avec autre chose que des mots que tu es celui que j'ai d'abord cru que tu étais. »

Noah passa les mains dans ses cheveux puis les joignit, comme en prière. « Je ne peux pas, Libby, dit-il d'un air suppliant. Ils vont me mettre sur le dos tout ce qu'ils peuvent, et plus encore. Je ne peux leur donner que quelques noms, mais rien qui permette d'en retrouver un seul, et aucune preuve que ce n'est pas moi qui ait tout organisé. Je ferai plus de bien en liberté que derrière les barreaux. Oui, je sais que certains auraient le sentiment que justice est faite s'ils me savaient en prison, mais avec ton aide, je peux faire beaucoup plus en restant libre. »

Noah s'avança une nouvelle fois vers elle et, pour la seconde fois, Libby recula.

« Et si j'enregistrais mes aveux et que je les rendais publics une fois arrivés là où on veut aller ? proposa-t-il. Ça t'aiderait à changer d'avis ?

— Jude, commença Libby avant de se reprendre, Noah, tu entends ce que tu dis ? On passerait notre temps à regarder par-dessus notre épaule, sans jamais pouvoir nous relâcher. Je ne peux pas, je ne veux pas vivre comme ça. Je veux vivre comme les gens normaux et rien de tout ça… rien de *tout ça* n'est normal.

— Mais on pourra avoir tout ce qu'on veut, simplement, ce sera dans des circonstances particulières. Et tu pourras continuer à militer, mais avec plus de financement, et une portée plus vaste. Tu pourras même lancer une association au nom de ton frère pour aider les gens qui ont des problèmes psychologiques, si tu veux. J'ai assez de ressources financières pour que tu puisses faire tout ça. Je t'offre le monde, Libby, et je me mets dans la balance. Le vrai moi. Je t'en prie, accepte d'y penser ! »

Les yeux de Libby s'emplirent de larmes, qu'elle chassa d'un revers de manche. « Tu sais ce qui me fait vraiment mal ? C'est que tu t'es moqué de moi… C'est que j'ai baissé la garde et que tu m'as fait croire que tu étais quelqu'un d'autre que celui que tu es vraiment. Comment pourrais-je oublier que tu m'as menti, que tu m'as manipulée ? Tu le pourrais, si tu étais à ma place ?

— J'ai risqué très gros pour venir ici. Ça ne veut rien dire pour toi ? »

Libby devait bien reconnaître que si. Elle demeura immobile, regarda fixement Noah. Dans son regard, l'espoir et l'impuissance semblaient se mêler. Si l'homme qu'elle avait en face d'elle avait été celui qu'elle avait rencontré à Manchester, elle l'aurait cru. Mais c'était Noah, et c'était un inconnu pour elle. Pourtant, elle avait beau lutter, elle ne pouvait nier une forme d'attirance. Un aimant invisible la faisait aller contre sa raison et la poussait à le croire.

« Comment pourrai-je jamais te pardonner ce qui s'est passé ? demanda-t-elle. Tout – et je dis bien *tout* – joue contre nous.

— On peut s'en sortir, j'en suis sûr. Donne-moi seulement une chance. Je sors de nulle part, je te fais cette proposition... je sais que ce que je te demande est totalement dément. Je le sais parfaitement. Mais j'étais prêt à risquer ma liberté pour venir ici parce que je suis sûr de ce qu'il y a entre nous. »

Un filet de sueur descendit de la nuque de Libby, le long de sa colonne vertébrale. Elle ne voulait pas lâcher le regard de Noah avant d'être prête à répondre.

Puis, imperceptiblement, elle se mit à faire oui de la tête. En retour, Noah écarquilla les yeux et son visage s'illumina.

« Vraiment ? dit-il. Tu es sûre ?

— Oui, dit-elle doucement. Mais il faut partir maintenant, avant que je ne reprenne mes esprits. »

Cette fois, quand Noah s'approcha d'elle, Libby ne recula pas. Elle le laissa l'envelopper de ses bras et l'attirer contre sa poitrine. Quand il se pencha pour l'embrasser, Libby ferma les yeux et oublia tout ce qui s'était passé. L'espace d'un instant, elle se revit dans le jardin du pub, un an plus tôt, sous la lueur ambrée des lanternes suspendues aux arbres. Les lèvres d'un inconnu étaient collées aux siennes et elle respirait le parfum de son eau de Cologne et sa peau tiède. C'était le début d'un nouveau chapitre, avait-elle pensé alors. Quelque chose en elle s'éveillait. Le souvenir, fugace, disparut et Libby s'écarta de lui.

« Où irons-nous d'abord ?

— Je connais des gens qui peuvent nous faire quitter le pays cette nuit.

— Mais j'ai besoin de mon passeport. Et mon boulot, ma maison, ma famille, mes amis ? Comment vais-je leur expliquer ?

— On réglera tout ça en route, je te le promets. » Noah sourit et leurs doigts s'enlacèrent tandis qu'ils se dirigeaient vers la porte.

« Tu oublies ton téléphone, dit Libby en désignant la table où il s'était assis.

— Tu vois l'effet que tu me fais ? répondit-il en avançant vers l'objet.

— Je peux te poser encore une question ? dit tout à coup Libby.

— Tout ce que tu veux.

— Qu'est-il vraiment arrivé à Noah Harris quand sa famille est morte ? »

Libby vit l'homme devant elle s'arrêter brusquement, sans se retourner vers elle. « Je ne comprends pas ? » dit-il. Mais son ton démentait ses paroles.

« J'étais là, à l'enterrement de sa famille. Je n'ai pas pu détacher mon regard de Noah, debout près de l'autel. Ses amis devaient le soutenir tellement il était dévasté par le chagrin. Je l'ai vu déposer une rose blanche sur chacun des cercueils, je l'ai vu suivre les employés des pompes funèbres jusqu'aux corbillards et aller jusqu'au crématorium pour la cérémonie privée. Pendant une seconde, j'ai croisé son regard. Je n'oublierai jamais l'image de ce pauvre homme désespéré. Et tu n'es définitivement pas Noah Harris. Si ? »

67

Dans l'espace entre Libby et l'homme dont elle était tombée amoureuse, autrefois, elle n'entendait plus que le bruit des battements de son cœur qui s'accéléraient. « Tu es le frère de Noah, Alex, c'est bien ça ? » Il répondit par le silence.

C'était le moment ou jamais pour elle de s'enfuir, et la Libby d'avant aurait foncé à la porte pour appeler au secours. Mais Alex ne connaissait pas la Libby Dixon d'après le détournement, la femme résolue, inébranlable, bien déterminée à aller jusqu'au bout de cette confrontation. Maintenant qu'elle avait l'avantage, elle n'allait pas battre en retraite.

« Noah est mort, n'est-ce pas ? reprit Libby. C'est ton frère qui a changé d'avis et n'a pas voulu aller jusqu'au bout de votre projet de prendre les Passagers en otage. C'est toi qui as fait monter les enchères et tué tous ces gens. »

Alex marqua un temps avant de répondre. « Attention à ce que tu dis, Libby. Tes prochaines paroles pourraient changer le cours des choses. »

Mais Libby n'avait aucune intention de céder à ses menaces à peine voilées. « Si je n'avais pas vu Noah à l'enterrement, j'aurais pu croire que tu étais lui. Surtout à cause de ta façon de regarder Stephenie et Gracie dans ces photos et ces vidéos. Parce que tu étais amoureux d'elles, n'est-ce pas ? Noah était peut-être ton frère, mais tu aimais Stephenie. Tu ne regardais pas sa fille comme un oncle attendri, mais comme un père débordant de fierté. »

Libby faillit ne pas voir le hochement de tête d'Alex. « Quand elles sont mortes, c'est ta douleur qui t'a poussé à de telles extrémités pour te venger, pas celle de Noah.

— Noah était faible, répondit Alex. Il n'a pas eu le courage de faire ce qui était nécessaire, ni d'aller jusqu'au bout. Il n'aimait pas Steph comme elle le méritait ; il ne la respectait pas, et pourtant elle n'a jamais voulu le quitter. Même quand elle a découvert qu'il la trompait souvent. C'est moi qui la consolais, qui séchais ses larmes, qui lui disais qu'elle pouvait trouver mieux, et c'est vers moi qu'elle s'était tournée pour se sentir à nouveau aimée. Elle a même reconnu qu'elle avait choisi le mauvais frère. Mais quand elle est tombée enceinte de moi, elle m'a préféré Noah. Comme un idiot, j'ai promis de m'effacer et de laisser une chance à leur couple, parce que j'étais certain qu'un jour, elle me préférerait à lui. Mais ce jour n'est jamais arrivé.

— Je ne me souviens pas de t'avoir vu à l'enterrement, avec le reste de la famille.

— Je n'y suis pas allé. J'étais trop démoli par ce qui était arrivé. Pas comme mon frère. Il ne les pleurait pas autant que moi. Il ne s'était pas passé trois mois qu'il chargeait déjà sa photo sur des applis de rencontre. »

Libby le vit s'assombrir à ce souvenir. Ses doigts se tordaient et il semblait de plus en plus fiévreux.

« Noah a-t-il jamais vraiment approuvé ton projet ?

— Au tout début. En fait, il le voulait encore plus ambitieux, et provoquer plus d'accidents après l'arrêt des Passagers. Mais comme à son habitude, ce n'était que des mots et il a changé d'avis. Mais il y avait déjà trop de gens impliqués dans le monde entier pour arrêter le projet. Une armée résolue d'hommes et de femmes, des sections et des cellules qui prenaient tous les risques pour atteindre notre but. Au bout d'un an et demi de préparation, personne n'a voulu reculer à cause d'un seul. Comme j'étais son frère, on m'a chargé de lui faire entendre raison, mais il n'a pas voulu m'écouter. C'était comme si la vie de Steph, de Gracie, de notre mère n'avait pas d'importance pour lui. On s'est disputés, il a menacé de dévoiler notre plan et il ne m'a pas laissé d'autre choix que celui de protéger notre action. »

Alex se retourna enfin vers Libby, le visage empreint de sincérité. « Tout ce que j'ai dit sur toi et moi est vrai, et je veux qu'on donne une chance à notre histoire. Je peux nous offrir un avenir. Il suffit de me faire confiance. Même maintenant, même en sachant ce que tu sais, tu ne peux pas tuer ce que tu ressens pour moi. Nous sommes un Binôme et je pense qu'au fond de toi, tu le sais. Viens avec moi. »

Tout le corps de Libby fut parcouru d'un frisson. Elle secoua la tête à l'idée qu'ils puissent être faits l'un pour l'autre. « Je ne crois pas que nous soyons un Binôme, dit-elle, méprisante. C'est encore un de tes mensonges. Tu m'as menti quand tu étais Jude, tu m'as menti quand tu étais Noah. Qu'est-ce qui peut bien te faire penser que je vais te croire maintenant ? Et puis, tu aurais peut-être dû suivre tes propres conseils.

— À propos de quoi ?

— Quand tu m'as dit tout à l'heure que je ne pensais pas à mettre en doute ce que je voyais, quand j'avais supposé que tu étais avec ce groupe de mecs au bar. Eh bien toi aussi, tu as cru que j'avais seulement un couteau dans la poche. Mais j'ai activé un signal d'alarme et il y a un traqueur installé par la police sur mon téléphone, qui retransmet tout ce qu'on vient de dire. » Les yeux d'Alex s'étrécirent jusqu'à n'être plus que des fentes. « De tout ce que tu m'as dit, reprit Libby, la seule chose que je crois, c'est que tu as senti qu'il se passait quelque chose entre nous. Moi aussi, je l'ai senti. Mais ce que j'ai senti n'était pas réel, parce que cet homme-là n'existe pas. Pour ça, et pour un million d'autres raisons, je n'irai pas plus loin que cette pièce avec toi. Je préférerais mourir comme ton frère qu'être avec toi. »

Rapide comme l'éclair, Alex bondit sur elle, mais Libby fut plus rapide que lui. Elle fit demi-tour et se précipita vers la porte tout en sortant le couteau de sa poche. Elle tendit le bras vers la poignée, tourna, tira, mais celle-ci refusa de bouger.

Paniquée, elle se retourna, couteau brandi devant elle. La lame accrocha la lumière de la lampe et se mit à scintiller tandis qu'Alex s'approchait d'elle. Il leva vers elle un Vigik. « Il y a un verrou automatique sur la porte, qui ne s'ouvre qu'avec ça, gronda-t-il. Tu n'iras nulle part. »

Libby eut envie de hurler pour appeler à l'aide, mais elle tint bon, le couteau balayant l'air devant elle, de droite à gauche, d'avant en arrière, tandis qu'Alex esquivait comme un boxeur sur un ring.

« On peut jouer à ça toute la nuit, dit-il. Mais un seul d'entre nous sortira d'ici.

— Les flics doivent déjà être là, dehors, répliqua Libby, au désespoir. Tu ferais mieux d'abandonner, Alex, c'est fini.

— Quoi qu'il m'arrive, je te promets une chose, Libby. Si tu t'en sors vivante, tu ne seras plus jamais libre. Nous sommes nombreux, et nous ne te lâcherons pas d'une semelle, prêts à te tuer – et ceux que tu aimes avec – s'il le faut. Pense aux gros titres que ça ferait si on te tuait. »

Tout à coup, le couteau toucha Alex, lui entaillant le dos de la main. Il grimaça et recula d'un pas, essayant d'évaluer à la lumière de la lampe la gravité de la blessure. « Tu viens de prendre la pire décision de ta vie », dit-il en serrant les poings. Libby inspira un grand coup et, avec toute la force dont elle était capable, se fendit une fois de plus, couteau en avant. Elle manqua sa cible. Alex parvint à lui saisir le poignet et à enfoncer les doigts dans ses tendons, assez fort pour pouvoir lui reprendre le couteau.

Tandis qu'il lui faisait face, il lui adressa un dernier sourire pincé. « Je suis désolé d'en arriver là, vraiment », marmonna-t-il.

Mais au moment où il se jetait sur elle, Libby vit un minuscule point rouge apparaître sur son cou. Et tandis qu'il armait le bras pour la poignarder, une balle fit exploser la porte vitrée et frappa Alex en pleine gorge.

QUATRIÈME PARTIE
DEUX ANS PLUS TARD

68

UKTodav.co.uk

+direct – le gouvernement approuve la réintroduction des voitures autonomes

Les véhicules autonomes qui ont fait l'objet de virulentes controverses pourront réintégrer les routes britanniques d'ici trois ans.

Le Premier ministre Nicholas McDermott réaffirmera à l'opinion publique, dans un communiqué qui sera publié un peu plus tard dans la journée, que les véhicules autonomes sont désormais « sûrs » et que toutes les précautions pour rendre impossibles de nouveaux piratages ont été prises.

En revanche, le délai de dix ans fixé pour que toutes les voitures circulant sur les routes britanniques soient autonomes a été abandonné.

« Il nous faut regagner la confiance de l'opinion, a déclaré une source proche du gouvernement avant la publication du communiqué. Le processus doit être graduel. »

Article complet à suivre...

Libby descendit lentement l'escalier, en prenant bien soin de ne pas trébucher sur l'ourlet de sa robe.

Elle étudia une dernière fois son reflet dans le miroir en pied de l'entrée. Grâce à des myriades d'épingles et à une bombe entière de laque extra-forte, ses cheveux étaient restés en place depuis qu'elle était sortie de chez la coiffeuse, plus tôt dans la matinée. Après l'avoir maquillée et aidée à enfiler sa robe, Nia était partie et l'attendait sur les lieux de la cérémonie.

« Tu viens ? cria Libby en direction de la cage d'escalier.

— J'en ai pour une minute, répondit une voix masculine étouffée. Je cherche mon deuxième bouton de manchette.

— C'est moi qui suis censée arriver en retard à notre mariage, pas toi !

— Tu m'avais dit que tu n'aimais pas tous ces trucs traditionnels, sinon on ne serait pas là aujourd'hui…

— Une jeune mariée a le droit de changer d'avis !

— Je l'ai trouvé ! » Matthew Nelson apparut sur le palier et Libby revint au salon, où ils découvrirent chacun pour la première fois la tenue de mariage choisie par l'autre. Ils se mirent tous deux à sourire.

Matthew rayonnait. « Que vous êtes belle, mademoiselle Dixon !

— Vous n'êtes pas mal non plus, Docteur Nelson ! Tu as tout ? »

Il tapota la poche de sa veste bleu clair. « J'ai les alliances, la licence et nos pièces d'identité. » Matthew lui saisit les joues et l'embrassa sur la bouche.

« Tu vas abîmer mon rouge à lèvres, dit Libby, taquine. On aura toute la vie pour s'embrasser, une fois que tu auras fait de moi une femme honnête.

— J'ai du mal à croire qu'on va vraiment se marier.

— Moi aussi, vu les circonstances de notre rencontre.

— Tu m'as plu dès que je t'ai vue entrer dans la salle de la Commission.

— Maintenant, je le sais. Mais sur le moment, tu l'as très, très bien caché.

— Je pouvais difficilement t'inviter à prendre un café tant qu'on était dans le jury, hein. Je voulais attendre la fin de la semaine avant de te le demander.

— J'aurais dit non, fit-elle, moqueuse. Je te prenais pour un crétin prétentieux.

— Tu me le redis souvent. Et maintenant ?

— Maintenant, je te prends pour un adorable crétin prétentieux. »

La montre connectée de Matthew se mit à vibrer et il regarda l'image animée qui s'affichait. « La voiture est devant la porte. On y va ? C'étaient vraiment de simples tiraillements, pas des vraies contractions ?

— Oui, vraiment », répondit Libby en caressant son abdomen gonflé.

Matthew se pencha pour lui embrasser le ventre et parler au bébé à venir. « On a très, très envie de te rencontrer, mais il faut que tu restes là-dedans encore quelques semaines. D'ici là, on ne veut pas te voir, et surtout pas aujourd'hui.

— Oui Papa », répondit Libby à la place du bébé.

Quand Libby avait acheté sa robe droite sans bretelles couleur ivoire après avoir dit oui à Matthew, elle ne savait pas encore qu'elle était enceinte. Aujourd'hui, à cinq semaines du terme, elle était retournée plusieurs fois à la boutique de mariage pour la faire retoucher.

Matthew enroula le bras sur l'épaule de sa future femme. « Prête ? » Libby acquiesça. « Alors allons-y. »

Une fois sortis de la maison qu'ils avaient achetée au début de l'année, ils découvrirent la Mercedes noire d'époque qui scintillait dans l'allée. Libby s'assura que c'était bien le modèle qu'elle avait loué, une voiture ancienne de niveau 1. La société de location y avait fait nouer des rubans ivoire allant de la calandre aux rétroviseurs. Un chauffeur en costume gris élégant en descendit et leur ouvrit la portière arrière. Libby y grimpa, en prenant soin de ne pas froisser sa robe. Une fois Matthew à côté d'elle, elle se laissa aller sur le siège et la voiture entama le trajet entre leur maison de Hove et la mairie de Brighton.

Beaucoup d'amies de Libby avaient reconnu être des boules de nerfs avant leur mariage, mais elle ne partageait pas leur appréhension. Elle avait su d'instinct qu'ils étaient faits l'un pour l'autre, même après avoir entendu Alex Harris affirmer qu'elle et lui étaient Binômes. Quand le commandant Riley l'avait débriefée, après la mort d'Alex, il lui avait confirmé qu'ils avaient retrouvé en analysant son téléphone un e-mail avec le résultat du test de *Mariez vos ADN*. Riley lui avait demandé si elle voulait en connaître le contenu.

Elle avait fait non de la tête. Elle croyait en la vérité, mais cette fois-là, la vérité ne lui aurait été d'aucune utilité. Aujourd'hui, jour de son mariage, elle était plus convaincue que jamais qu'elle avait bien fait. Parfois, il valait mieux ne pas savoir. Avec ou sans test, Matthew était l'homme idéal.

Elle s'en était rendu compte d'un coup. Lorsque la nouvelle de son affrontement avec Alex se répandit, la mort de l'homme qui était derrière le collectif de hackers fit les titres de la presse internationale. Quelques jours plus tard, Matthew était le seul membre du jury à prendre de ses nouvelles.

Les e-mails se muèrent en SMS, les SMS en appels vidéo et il ne lui fallut pas longtemps pour voir qu'il ne ressemblait pas à l'homme qui avait fait partie de la Commission en même temps qu'elle. Plus tard, alors qu'il assistait à un congrès médical à Birmingham, elle avait accepté son invitation à dîner, et compris qu'il y avait là plus que de l'amitié. En tête à tête devant une assiette de tapas à partager, elle s'était rappelé que le jour de la prise d'otages, Matthew avait plus fait attention à elle qu'elle ne le pensait à l'époque. Il s'était dressé contre Jack Larsson pour elle, et l'avait consolée quand la voiture de Bilquis avait explosé.

Deux autres rendez-vous avaient suivi avant que Matthew ne l'embrasse. Cinq mois plus tard, oubliant toute prudence, elle mettait en location sa maison de Birmingham et déménageait à trois heures de là, sur la côte sud, où ils achetaient leur première maison ensemble.

C'était assez loin de Londres pour leur garantir un peu d'intimité, mais suffisamment près pour y aller facilement et remplir ses obligations médiatiques. Libby commençait à avoir moins de travail après la mort d'Alex et la publication des résultats de l'enquête de police sur la manipulation des logiciels. Jack Larsson était au cœur d'un grand procès public, et certains fonctionnaires autorisés et des commissions indépendantes avaient désormais accès aux logiciels des voitures de niveau 5. Libby retrouvait peu à peu la normalité à laquelle elle aspirait. Après la naissance du bébé, elle démissionnerait de sa fonction de porte-parole de l'ATIA pour se consacrer à son nouveau travail de mère. Et elle espérait pouvoir reprendre ensuite son poste d'infirmière.

Malgré l'amour et la sécurité que lui offrait sa nouvelle vie, le passé revenait parfois tourmenter Libby. Elle revoyait dans les moments les plus inattendus le visage d'Alex. Elle crut le retrouver une fois, sous les traits d'un inconnu dans la salle d'attente d'un chirurgien-dentiste. D'autres fois, il lui revenait quand elle fermait les yeux pour s'enfoncer dans l'eau de son bain. Il lui apparaissait parfois en rêve, notamment lors des derniers instants de leur confrontation violente. Elle revoyait le petit point rouge apparaître, en plein sur sa pomme d'Adam, entendait le son de la balle du tireur d'élite de la police qui fracassait le verre de la porte et lui traversait la gorge, le son de sa main qui claquait sur son cou à l'endroit de la plaie pour endiguer le flot de sang. Et puis elle revoyait la police enfoncer la porte du café derrière elle et la mettre à l'abri, et elle se revoyait sur le trottoir d'en face, incapable de ne pas fixer, les yeux écarquillés, les secouristes qui tentaient de le réanimer. Elle n'avait recommencé à respirer que quand ils avaient signalé que lui avait cessé de le faire.

Les circonstances de la mort du vrai Noah Harris resteraient probablement toujours mystérieuses, mais les enquêteurs avaient confirmé avoir retrouvé son corps décomposé à proximité d'une grange dans l'ouest de l'Irlande. L'autopsie avait conclu à une probable asphyxie, à peu près à la période de la prise d'otages et non pas des mois plus tôt, comme Alex l'avait laissé entendre. Dans la grange, on avait retrouvé le véhicule qui avait servi à filmer "Jude" enfermé dans sa voiture pendant le détournement.

Dans le monde entier, peu à peu, des personnes furent arrêtées et mises en examen au fur et à mesure du démantèlement du collectif de hackers à la suite de l'enquête internationale. Parfois, les paroles d'Alex revenaient la hanter, notamment lorsqu'il l'avait avertie qu'elle ne serait jamais libre, que le collectif de hackers la surveillerait en permanence, attendant son heure, prêt à frapper lorsqu'elle s'y attendrait le moins. Mais elle savait qu'une vie menacée par des « peut-être » n'était pas une vie.

Cependant, aujourd'hui n'était pas le jour à s'attarder sur le passé ni à se poser des questions dont elle n'aurait jamais la réponse. Libby revint au présent et écarta les doigts, les leva dans la lumière du soleil qui illuminait la vitre de la voiture. Elle admira sa bague de fiançailles en diamant, la fit tourner encore et encore, à peine capable d'attendre que Matthew passe une alliance à ce même doigt.

Dehors, le rythme des vagues par-delà la large plage attira son attention. Sous le soleil hivernal, le bleu marine habituel de l'océan s'était transformé en petites touches argentées. Ayant passé la plus grande partie de sa vie dans les Midlands, loin de la mer, la proximité de la côte la surprenait toujours.

Elle ferma les yeux et imagina quel effet cela lui ferait de voir son frère Nicky attendre dans la salle de la mairie, en compagnie de ses parents, de marier sa petite sœur. À présent, quand elle pensait à lui, elle ne ressentait plus de douleur, elle n'avait plus envie de pleurer. Elle souriait, heureuse du temps qu'ils avaient passé ensemble plutôt que triste des années qui les séparaient.

Libby ouvrit les yeux en sentant les doigts de Matthew enlacer les siens.

« Ça va ? demanda-t-il. Je t'ai perdue, l'espace d'un instant.

— Oui, ça va », répondit-elle en serrant sa main en retour. Elle savait qu'avec lui, elle ne se perdrait plus jamais.

La montre de Matthew se mit à sonner et les surprit.

« Rien d'important, juste une alerte info, dit-il. Ça peut attendre. » Mais la sonnerie d'un SMS suivit très vite, puis une autre, et de nombreuses autres.

« Qu'est-ce qui se passe ? » demanda Libby tandis que Matthew lisait. Il se décomposa, et hocha la tête. « Tu ne vas pas le croire, dit-il.

— Croire quoi ? » Matthew tendit le poignet vers Libby et elle écarquilla les yeux tandis qu'elle lisait les messages. Quand elle eut tout lu, elle fixa Matthew.

« Comment a-t-il pu s'en tirer comme ça ? »

69

QuotidienCitoyenOnline.co.uk

NON COUPABLE – JACK LARSSON ACQUITTÉ DE TOUS LES CHEFS D'INCULPATION

- Le procès du ministre, qui a duré cinq mois, s'achève à la Cour de justice.
- L'ex-député est innocenté des quatre chefs d'inculpation : détournement de fonds publics, divulgation de secrets d'État, trafic d'influence et atteinte aux intérêts de l'État.
- M. Larsson risquait jusqu'à 18 ans de prison.

En haut des marches de l'escalier de pierre, Jack Larsson avait une posture de défi. Bras croisés, le regard plein d'une résolution inflexible, le coin des lèvres relevé, il souriait presque.

Il était flanqué d'une demi-douzaine de gardes du corps trapus, trois hommes et trois femmes, tous vêtus de costumes anthracite assortis. Chacun était équipé d'une oreillette et de lunettes connectées. Ils scrutaient les visages qui leur faisaient face pour identifier toute menace potentielle pesant sur l'ex-ministre dont tout le pays parlait.

Derrière eux, des arches de pierre entouraient la porte qu'ils venaient d'emprunter pour quitter l'Old Bailey de Londres, la Cour de justice d'Angleterre et du pays de Galles, bâtie il y a cent trente ans. Pendant cinq longs mois, Larsson avait passé cinq jours par semaine entre ces murs, à écouter avec attention l'accusation tenter de détruire sa réputation tandis que ses avocats démontaient les allégations de celle-ci. Parfois, comme il n'avait pas grand-chose d'autre à faire, il s'était surpris, du box où il était assis, à dévisager les douze jurés choisis parmi ses pairs, sept hommes et cinq femmes. Il les tenait en piètre estime. Ils n'étaient pas plus ses pairs que lui n'était le premier homme sur Mars. Il valait mieux qu'eux tous.

Sur sa gauche et sur sa droite, derrière les balustrades de fer forgé séparant l'escalier du trottoir, des policiers repoussaient les manifestants. Ils étaient plus nombreux encore de l'autre côté de la rue, parqués derrière des barrières métalliques mobiles. Ils l'injuriaient, mais il n'entendait pas le détail de leurs slogans. Il remarqua qu'ils ne brandissaient pas les pancartes qu'ils apportaient presque chaque matin. Les slogans tels que "MP – Meurtrier du Parlement" ou les images de sa tête posée sur le corps d'Adolf Hitler étaient courants, et il s'amusait en secret de leur inventivité. Mais aujourd'hui, le verdict "non coupable" les avait pris au dépourvu. La seule personne à s'y attendre, c'était lui.

Les photographes le mitraillaient frénétiquement tandis que des dizaines de journalistes tendaient micros et enregistreurs dans sa direction et posaient leurs questions tous en même temps. Mais Jack Larsson garda les lèvres closes tout en contemplant la vermine qui avait essayé de le crucifier en un véritable lynchage médiatique. Aux yeux de la loi, il était innocent et, à partir de ce jour, ils avaient intérêt à se le rappeler, faute de quoi il n'hésiterait pas à les poursuivre en justice. L'avocat de Larsson, Barnaby Skuse, s'avança jusqu'à lui avant de lui faire un signe de tête. Jack lui rendit la pareille, indiquant qu'il était prêt. Skuse portait un costume sur mesure, et non la robe noire et la perruque blanche que Larsson s'était habitué à le voir revêtir dans la salle du tribunal. Il balaya la frange grise sur son front et leva une feuille de papier A4. Au-dessus des mots imprimés, le blason familial de Larsson s'étalait : un bouclier dans lequel on voyait un dragon, une épée et un poing fermé. Seul Jack Larsson savait que ce blason n'avait jamais existé jusqu'à ce qu'il l'invente.

Barnaby Skuse s'éclaircit la gorge avant de se mettre à parler d'une voix forte et riche. « J'ai une déclaration à faire au nom de mon client, monsieur Jack Larsson, dit-il. Aujourd'hui, justice a été rendue. Le jury a conclu qu'il n'y a aucune preuve qu'un soi-disant "nettoyage social" ait jamais existé, ni que monsieur Larsson ait été impliqué dans une quelconque activité illégale. Tous les éléments mis en avant pour prouver le contraire par l'accusation reposaient sur des logiciels modifiés ou créés par l'organisation connue sous le nom de Collectif de hackers. Si monsieur Larsson a reconnu que des discussions avaient eu lieu pour donner la priorité à certaines professions dans l'éventualité d'accidents potentiellement mortels, il ne pense pas qu'un tel logiciel ait été mis en service ni qu'aucun membre du gouvernement, passé ou présent, l'ait approuvé. Ce dont il a pu discuter devant les caméras et que les spectateurs ont pu entendre était purement spéculatif et hypothétique. Monsieur Larsson voudrait remercier les membres du jury, qui ont eu le bon sens de le soutenir. Il va maintenant prendre le temps de la réflexion, mais se réjouit de pouvoir revenir au gouvernement, innocent et libre. Ce sera tout. Je vous remercie. »

Tandis que M. Skuse repliait la feuille de papier et la remettait dans la poche de sa veste, Larsson prit le temps de savourer sa victoire et de profiter de l'attention des caméras. Ils furent bientôt submergés par les journalistes qui se battaient pour obtenir une petite phrase de la bouche même du député. Mais Larsson n'avait pas l'intention d'ajouter quoi que ce soit à la déclaration de son avocat et laissa le sourire qu'il retenait depuis longtemps s'étaler sur sa figure. Il savait que son triomphe était retransmis en direct sur toutes les chaînes et tous les sites d'information. Demain, sa victoire ferait la une de tous les quotidiens.

Il attendit que ses gardes du corps lui fraient un chemin au milieu des journalistes, tandis que trois Land Rover aux fenêtres fumées s'arrêtaient au bord du trottoir avec une précision toute militaire. Jack grimpa à l'arrière du véhicule du milieu avec un de ses gardes du corps, qui s'assit à côté du chauffeur. Ses autres agents de sécurité s'engouffrèrent dans les deux autres voitures, et les trois véhicules s'éloignèrent, laissant le tumulte derrière eux.

Dans la voiture, Larsson demeura silencieux, attendant que la poussée d'adrénaline s'atténue. Il regarda par la fenêtre, vit qu'ils longeaient Embankment et passaient devant Westminster, où il avait passé une grande partie de sa vie active. Son esprit le ramena à son premier jour là-bas, jeune parlementaire nerveux et plein de bonnes intentions. Sa seule volonté était alors de bien représenter les électeurs qui l'avaient élu député.

Mais quelque part en chemin, cupidité et ambition avaient remplacé son envie de se mettre au service des classes populaires. Son désir d'être aussi riche que ceux de la classe dirigeante qui l'entouraient lui avait fait perdre de vue tout le reste. Au lieu de les combattre, il était devenu l'un d'eux. Souvent, le temps passant, une petite voix se faisait entendre au fond de sa tête et lui demandait si cela valait la peine de mettre ses principes de côté. Et à chaque fois, il répondait : oui, ça en valait la peine.

La voiture traversa Richmond puis Twickenham avant qu'il ne voie le premier panneau indiquant l'aéroport de Heathrow. En liberté sous caution depuis deux ans, il lui avait été interdit de quitter le pays. Il attendait à présent avec impatience de se retrouver seul dans une cabine privée de première classe à bord d'un avion de British Airways avant de décoller pour quatorze heures de vol. Son départ pour la Chine était prévu en fin d'après-midi, il avait encore pas mal de temps à tuer. Il avait déjà réservé son massage, sa manucure et son coiffeur, bien avant que le jury ne prononce son verdict. Et après une semaine en Extrême-Orient, il se rendrait dans un hôtel sélect des Maldives, puis aux Seychelles, ce qui lui laissait bien assez de temps pour élaborer ce qu'il allait faire ensuite.

Le téléphone dans sa poche se mit à vibrer et il se glissa un écouteur dans l'oreille.

« Monsieur Larsson, puis-je avoir votre code de sécurité, s'il vous plaît ? fit une voix féminine pleine d'assurance.

— Certainement, répondit-il avant de prononcer une série de chiffres et de lettres apprise par cœur.

— Je vous remercie. La directrice de cabinet du Premier ministre est en ligne et cherche à vous joindre. Ne quittez pas. »

Pendant qu'il attendait, Larsson appuya sur un bouton et une séparation vitrée se leva, isolant totalement le siège arrière du véhicule. Il but une gorgée de whisky à une flasque logée dans l'accoudoir. Tout à coup, la voix de Diane Cline surgit.

« Eh bien, eh bien, dit-elle, on a des amis très haut placés. »

Larsson eut un rire forcé. « Je n'ai jamais douté que la justice finirait par triompher.

— Vous ne deviez pas être très nombreux à le penser. Néanmoins, je tiens à te féliciter.

— Tu veux dire que tu aimerais bien savoir ce que je projette pour la suite. » Larsson but une nouvelle gorgée de sa flasque.

« Bon, il serait inexact de dire que ça ne m'a pas traversé l'esprit. Le Premier ministre a entendu dire que ton retour en politique était imminent.

— Je n'ai pas utilisé le mot imminent mais oui, je pense que j'ai passé suffisamment de temps sur la touche, pas toi ?

— On ne va pas un peu trop vite, là ?

— *On*, ou moi ?

— Toi. Dans ton propre intérêt, il serait peut-être plus prudent à long terme de laisser à certains événements récents le temps de retomber.

— L'opinion a la mémoire courte.

— Ne te fais pas d'illusions, Jack. Pas pour quelque chose d'aussi grave. Il lui faut encore un bouc émissaire. Et elle va se sentir flouée si ce n'est pas toi. »

Larsson hocha la tête. « Je suis sûr que mes électeurs me soutiendront.

— Mais ce ne sont plus tes électeurs, tu l'as oublié ? Nous avons dû te remplacer et procéder à une législative partielle.

— Ce que vous n'avez pas perdu de temps à faire, si ma mémoire est bonne.

— Tu ne nous as pas laissé le choix. »

Larsson commençait à perdre patience. « *Je* ne vous ai pas laissé le choix ?

— Je voulais dire que la situation ne nous a pas laissé le choix.

— Vous avez même réagi tellement vite que l'opposition a gagné mon siège.

— C'était perdu d'avance. Même mère Teresa n'aurait pas pu empêcher ton siège de revenir à l'opposition.

— Dois-je te rappeler, Diane, la discussion que nous avons eue il y a quelque temps, et où on m'a dit qu'une fois blanchi, on me rappellerait immédiatement à la table du pouvoir ? Et je ne parle pas d'une table au fond de la salle ou à la périphérie, mais de la *vraie* table. Et s'il faut pour ça en écarter un autre et me présenter à une élection bidon dans une circonscription sûre, voilà encore un sacrifice que je suis prêt à faire pour le bien du parti. Il me doit bien ça.

— La décision n'était pas gravée dans le marbre. On ne t'a rien promis. Je suggère simplement de ne pas réveiller les chiens qui dorment pour le moment. Il est peut-être trop tôt pour annoncer ton retour en politique, juste après le procès.

— Procès où j'ai été acquitté.

— Oui, mais à quel prix ? On y a étalé beaucoup d'informations sensibles, que nous aurions préféré garder secrètes. Que ça te plaise ou non, ta défense a causé des torts presque irréparables à l'image du parti. »

Larsson serra les poings et se retint de hurler au téléphone. « Tu ne t'attendais quand même pas à ce que je sois le pigeon dans toute cette histoire ? À ce que je passe dix-huit ans derrière les barreaux pour quelque chose que toi, le Premier ministre actuel et d'autres du premier cercle avaient approuvé ? Si oui, tu me connais mal ! Tu n'as accepté mon retour que parce que tu pensais que je serais condamné, c'est ça ? Eh bien, désolé, mais Jack Larsson ne se laisse pas abattre sans combattre. Et je ne tomberai certainement pas tout seul.

— Jack, nous devrions peut-être en rediscuter une autre fois, quand tu seras moins… *ému* ?

— Ou peut-être quand tu seras prête à ne plus jouer les vieilles hypocrites moralisatrices ? »

Il regretta instantanément le choix de ses mots, mais il ne pouvait pas se laisser faire comme ça. Ils étaient dans une impasse et il fallait en sortir.

« J'ai des enregistrements », dit Larsson d'une voix plus calme.

Diane répondit sévèrement : « Tu devrais peut-être t'autocensurer, avant de dire quelque chose que tu risques de regretter. »

Mais Larsson savait qu'il était trop tard. Il avait abattu son jeu et il n'avait plus rien à perdre. « J'ai des noms, Diane. J'ai des vidéos, des images satellites, des logiciels, des dates, des lieux, des témoins. J'ai tout ce qu'il faut à ma disposition pour mettre ce gouvernement à genoux.

— Tu devrais bien réfléchir à ce que tu t'apprêtes à faire, Jack.

— Toi aussi », répondit Larsson avant d'enlever son oreillette et de raccrocher.

Il vida la flasque de whisky et la jeta au sol. *Comment ose-t-elle me parler comme ça ?* se dit-il. *Le parti n'a pas le droit de me tourner le dos comme ça après tout ce que j'ai sacrifié pour lui.* S'ils ne le laissaient pas revenir au bercail, ils allaient le payer.

Ce n'était pas seulement son poste que Larsson voulait retrouver. C'était aussi l'occasion de se remplir les poches grâce au pouvoir qui allait avec. Malgré tous les efforts du Hacker pour vider ses comptes, Larsson était prêt. Ce que le monde lui avait volé, poussé par le Hacker, équivalait à peine à un cinquième de sa fortune totale. Le reste de ses 70 millions de livres était à l'abri dans des sociétés de gestion d'actifs et des fonds de capital-risque, dans des endroits sûrs tels que paradis fiscaux, fonds spéculatifs, trusts, sociétés écrans et holdings opaques. Ses avoirs nets restaient immenses.

Il avait acquis la plus grande partie de sa fortune au début de la Révolution routière, en investissant dans des sociétés de construction automobile et des industries connexes. C'était une prise illégale d'intérêts qui, si elle avait été découverte et dévoilée, lui aurait valu une interdiction à vie d'exercer un mandat politique et une longue période de prison. Sa position unique, en faisant passer la loi au Parlement tout en persuadant l'opinion publique que les véhicules autonomes étaient sans danger, lui avait permis de sélectionner soigneusement les sociétés dans lesquelles investir. Production d'asphalte, fabrication de panneaux routiers électroniques, synthèse du graphène, façonnage de vitres opacifiantes, logiciels pour sonar et lidar, il avait beaucoup de fers au feu.

Mais ces revenus n'étaient pas éternels et ses dividendes allaient finir par baisser. Larsson devait trouver une nouvelle source de revenus pour augmenter sa fortune déjà considérable. Ce furent Noah Harris et son frère Alex qui lui donnèrent l'idée.

Ils travaillaient pour une PME familiale des Midlands, détenue en partie par une des sociétés écrans de Larsson. Le ministère de Larsson allait signer avec elle un contrat à plusieurs millions de dollars pour développer un logiciel et des caméras équipant des véhicules d'urgence. Mais quand Larsson apprit que les frères Harris avaient découvert la faille de sécurité utilisée par ses services pour manipuler l'IA, il y vit une opportunité.

Les frères Harris ne savaient pas pourquoi la faille existait, ils avaient seulement découvert son existence, et signalé la possibilité d'un piratage. Mais si, au lieu de refermer définitivement cette faille, on la laissait pour que quelqu'un d'autre la découvre plus tard, qu'allait-il se produire ? avait pensé Larsson. Après toutes ces promesses sur l'inviolabilité de l'IA, quel pouvait être l'impact d'un piratage sur la Révolution routière ? L'opinion publique n'aurait plus confiance. Mais elle aurait encore besoin de l'automobile. Il tombait donc sous le sens qu'on reviendrait à ce qu'on connaissait, à ce en quoi on avait confiance : aux véhicules de niveaux 1, 2 et 3, qu'on pouvait diriger. La demande allait exploser.

Il y avait là un flot d'argent potentiel tout neuf. Les actions des entreprises qui fournissaient des pièces de plus en plus obsolètes à mesure que ces véhicules étaient remplacés avaient déjà commencé à baisser. Larsson battit le fer tant qu'il était encore chaud et investit massivement. On effectua une correction de pure forme sur la faille de sécurité. Pendant ce temps, pour punir les frères Harris de leur découverte, il vendit ses parts dans leur société, fit en sorte que le contrat soit signé par une société étrangère, indienne, et obligea celle des frères Harris à fermer.

Puis il se contenta d'attendre l'inévitable.

Le jour J, le grand nombre de morts et l'ampleur des dégâts causés par les Hackers le surprirent. Tout comme le fait d'apprendre que les têtes pensantes du détournement étaient les frères Harris.

Larsson reçut les accusations en pleine figure, laissa croire au gouvernement qu'il était le bouc émissaire du nettoyage social, mais il savait très bien que le procès venu, des gens à lui allaient acheter les membres du jury pour le faire acquitter. Les réputations se faisaient et se défaisaient tout le temps, se disait Larsson, et la sienne ne faisait pas exception à la règle.

Jack se jura de ne pas laisser l'ingratitude de la directrice de cabinet du Premier ministre lui gâcher ce jour, le début d'un nouveau chapitre de sa vie. « Musique, dit-il tout haut. Il me faut du Nina. »

Il parcourut le menu du système audio jusqu'à ce qu'il trouve la chanson qui convenait le mieux à son état d'esprit. Quelques instants plus tard, Nina Simone chantait de son timbre fluctuant une nouvelle aube, un nouveau jour et une nouvelle vie[5]. Le sentiment ne pouvait être plus approprié, se dit-il, et il eut un instant les larmes aux yeux. Il les balaya avant qu'elles ne coulent.

Larsson ne se rendit compte que son véhicule avait atteint la M4 que lorsque son chauffeur mit son clignotant pour se diriger vers l'aéroport de Heathrow. Son garde du corps croisa son regard, tout en tapotant de l'index sur son oreillette. Larsson le vit acquiescer puis parler au chauffeur. Il baissa la musique et parla dans l'interphone. « Il y a un problème, Marlon ? » demanda-t-il.

Avant que Marlon ait le temps de répondre, Jack vit la voiture qui les précédait, avec à son bord deux autres de ses gardes du corps, s'arrêter sur le bas-côté. Le véhicule de Larsson s'arrêta également. « Marlon ? » répéta-t-il, mais on ne lui répondit pas. *Il doit y avoir un défaut dans l'interphone,* se dit-il. Il appuya sur le bouton pour faire descendre la vitre de séparation mais rien ne produisit. Il frappa à la vitre, avant de se rappeler qu'elle était totalement insonorisée. Larsson se retourna et vit le troisième véhicule, derrière lui, s'arrêter également.

Le pli de son front se creusa un peu plus quand chauffeur et garde du corps descendirent de voiture, le laissant seul

---

5 *« It's a new dawn, it's a new day, it's a new life… »*, vers de la chanson *Feeling Good,* NdT.

dans la voiture, et s'approchèrent de leurs collègues des deux autres voitures. Puis, sans même jeter un coup d'œil à Larsson, tous se dirigèrent vers l'autre côté de la route. Larsson tendit la main vers la poignée de la portière, mais elle refusa de bouger.

La panique le foudroya.

« Qu'est-ce qui se passe ? » demanda-t-il tout haut. Il cogna en vain sur la vitre et vit qu'il n'avait plus de signal sur son téléphone. Il observa, impuissant, ses gardes du corps grimper dans une camionnette blanche garée là et s'éloigner. Puis, quand les trois voitures, désormais sans chauffeur, redémarrèrent, Larsson se sentit totalement désarmé.

Assis au milieu du siège arrière, il regardait la voiture qui le précédait. Ses pires terreurs devenaient réalité. Il ne contrôlait plus son destin. Puis, sans avertissement, le véhicule devant lui explosa en une boule de feu. Larsson en croyait à peine ses yeux. « Non ! » haleta-t-il, le souffle coupé. Sa voiture clignota et doubla lentement le véhicule en flammes, aussi tranquillement que si elle dépassait un cycliste. Larsson pressa sa figure contre la vitre et vit impuissant les flammes rouge et orange jaillir par les fenêtres et lécher le toit et le coffre. Il se tourna pour voir ce qu'il restait du Land Rover disparaître au loin par la vitre arrière.

« Bonjour Jack ! »

La voix qui surgit des haut-parleurs le fit bondir de terreur. Il la reconnut instantanément. C'était le Hacker.

« Tu as peut-être compris que ton véhicule n'était plus sous ton contrôle. À partir de maintenant, c'est moi qui décide de ta destination. »

La voix de Larsson se brisa avant même qu'il ne parvienne à parler. « Qui... Qui êtes-vous ?

— Je pensais que c'était évident. Nous sommes ceux que ton avocat a appelé le Collectif des hackers.

— Qu'est-ce que vous me voulez ?

— Ça n'a pas vraiment d'importance. Ce que tu dois savoir pour l'instant, c'est que dans deux heures trente, tu seras très probablement mort. »

Un goût acide de vomi remonta dans la gorge de Larsson. Le sang affluait à la surface de sa peau, il avait l'impression d'être brûlant, mais il se mit à transpirer d'une sueur glacée.

Petit à petit, la musique revint, le volume se fit de plus en plus fort, pendant que Larsson tentait désespérément d'éteindre le système audio et de s'éclaircir les idées pour élaborer un plan. Il appuya un peu partout au hasard sur l'écran mais rien ne se produisit et la chanson qu'il avait choisie repartit du début.

Mais cette fois-ci, quand Nina Simone chanta qu'elle se sentait bien, Jack Larsson ne partageait plus du tout son sentiment.

70

Bla-
Bla-
Chat!

Nombre de posts : 001

Qu'est-ce qu'elle a cette bagnole ?

Il y a une minute

Rayondesoleil : Yen a ki regardent Instagram TV ? Je vs jure ke ce chelou de Jack Larsson est filmé en train de flipper dans une caisse.

Lanadoom : On dirait ke c lui, mais C pas poss, si ?

Rayondesoleil : P'tain ! La caisse juste devant lui vient d'Xploser !!!

Lanadoom : Mec, C pas poss, si ?

Rayondesoleil : T'as vu ça mon frère ? ÇA RECOMMENCE !!! ÇA VA ÊTRE TROP DE LA BALLE !

REMERCIEMENTS

Les Passagers ont demandé bien plus de recherches que tous mes autres livres jusqu'à présent, et une bonne partie de celles-ci ont été entreprises par mon mari, John Russell. Donc, en tout premier lieu, merci JR, pour tous les efforts que tu as fournis. Sans ta minutie et ton sens du détail, il m'aurait fallu beaucoup plus de temps. Merci également à ma mère, Pam, pour son soutien sans faille, et à mon chien Oscar, qui figure dans chacun de mes livres. Toutes mes excuses pour t'avoir transformé en loulou de Poméranie alors que tu es un border terrier, Oz.

Je voudrais aussi beaucoup remercier toute l'équipe d'Ebury. Mon éditrice et *Penguin* en chef, Gillian Green, qui a cru en l'histoire (même si tu as coupé dans les "et-ils-vécurent-malheureux-pour-toujours"), et le *Little Penguin*, Stephenie Naulls, pour son inventivité constante et ses brillantes idées. Merci aussi à tous ceux qui ont travaillé sur ce livre et sur *The One* (*Âmes sœurs*), notamment Tess Henderson, Bethany Wood, Katie Seaman, Rae Shirvington, Alice Latham et Donna Hillyer, et tous les autres tout aussi talentueux mais trop nombreux pour être cités. Et bien sûr merci à l'ancienne *Big Penguin*, Emily Yau, qui m'a donné l'idée et m'a lancé dans ce voyage de folie.

J'aimerais aussi saluer mes collègues Louise Beech, l'Ena Sharples de la littérature, sur qui j'ai testé mes idées, et Darren O'Sullivan, pour tous ses DM. Merci aussi à Cara Hunter, Randileigh Kennedy, Jo Edwards, CJ Skuse et la toujours drôle Claire Allan, pour leurs tweets si amusants.

Mes livres ne seraient pas ce qu'ils sont sans une certaine Tracy Fenton. Tracy et l'équipe de *THE Book Club*, sur Facebook, m'ont toujours soutenu. Merci d'avoir fait ce superbe voyage avec moi. Merci aussi à Wendy Clarke et aux membres du *Fiction Café*, à Bee Jones et à ceux de *Lost in A Good Book*, ainsi qu'au *UK Crime Book Club*. Toute ma gratitude également aux nombreux blogueurs et blogueuses, notamment celles et ceux qui m'ont accueilli pendant mes tournées. Merci de si bien soutenir les auteurs. Vous faites un boulot incroyable, et travaillez beaucoup pour très peu – souvent pour rien – en retour, juste par amour de la lecture. Vous n'avez pas toujours la reconnaissance que vous méritez.

Je remercie aussi ma reine des réseaux sociaux, Pippa Akram de @Social_Pip, pour ses précieux conseils sur la direction que prennent les réseaux sociaux, ainsi que Jenny Knot et David Kerrigan : son livre *Life As a Passenger* est le complément de lecture idéal pour tous ceux qui s'intéressent au futur des voitures autonomes.

Et merci à Mandie Brown, Danielle Graph, Jo Edwards, Rachel Cochlin et Niamh Lanigan Bonner.

Pour participer aux tests des choix éthiques à faire en cas d'accident impliquant des voitures autonomes, consultez le site : moralmachine.mit.edu.

Enfin, merci à chacun d'entre vous, qui avez acheté ou téléchargé une copie de ce livre. Ma gratitude envers vous, qui me permettez de poursuivre ma carrière, est incommensurable.

Imprimé en France par CPI
en octobre 2019

Dépôt légal : novembre 2019
N° d'édition : 01
N° d'impression : 2047937